24
DECLASSIFIED

세뇌 테러

마크 세라시니 지음 | 박진경 옮김

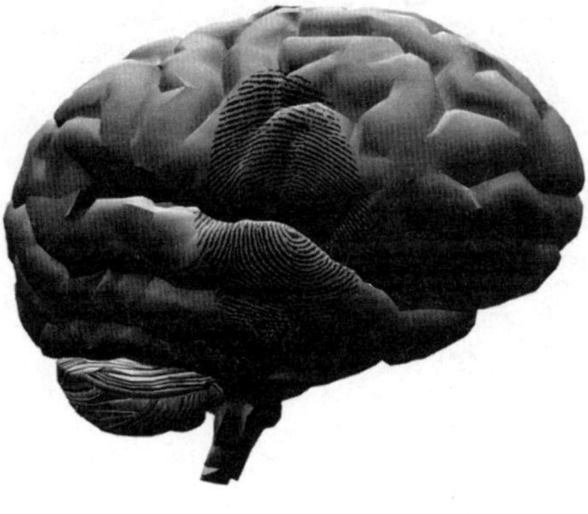

마그마북스

24 DECLASSIFIED : TROJAN HORSE
by Marc Cerasini

이 소설을 제 어머니 에블린 메이 세라시니에게 바칩니다.

감사의 글

소프트웨어 엔지니어이자 메인 프레임 전문가인 샤론 K. 휠러에게 디지털 지식에 관한 지도를 기꺼히 도와주신 것에 대해 진심어린 감사를 드립니다. 이 책 내용 중 컴퓨터 기술의 묘사에 있어서 어떠한 실수, 혹은 문학적인 파격 어법이 있다면 그 책임은 전적으로 작가에게 있습니다.

하퍼콜린스 사의 호프 이넬리와 조시 베하르에게도 그들의 비전, 지도 그리고 개인적인 격려에 대해서 특별한 감사를 드립니다. 또한 20세기 폭스 사의 버지니아 킹에게도 지속적인 지원을 해주신 것에 대해 감사드립니다.

획기적인 아이디어로 에미상을 수상한 "24"의 기획자 조엘 서노우와 로버트 코크란, 그리고 그들의 재능 있는 각색 팀이 없었다면 이 소설을 존재하지 않았을 겁니다. 그분들과 또한 잊지 못할 인물인 잭 바우어에게 생명을 불어넣어 준 키퍼 서덜랜드에게도 특별한 감사를 드립니다.

마지막으로 나의 작품 에이전트, 존 탤보트에게 계속적인 지원에 대해 감사드립니다. 그리고 매우 특별한 감사를 드리고 싶은 사람은 저의 아내 앨리스 알폰시입니다. 한 남자로서 더 나은 배우자를 바랄 수는 없을 겁니다—글을 쓰거나 생활에 있어서 말이죠.

1993년 세계무역센터가 공격을 받은 후, 중앙정보국(CIA)은 테러리즘의 위협으로부터 미국을 보호하는 임무를 수행하는 국내 부대를 신설했다. 워싱턴 D.C.에 본부를 둔 대테러부대(Counter Terrorist Unit)는 미국 주요한 도시들에 현지 지부를 설립했다. 초기부터 CTU는 나머지 다른 연방 법집행기관들로부터 적대감과 회의론에 직면했다. 관료주의적인 저항에도 불구하고 몇 해 지나지 않아 CTU는 주요 세력으로 부상했다. 테러와의 전쟁이 시작된 후로 다수의 초기 CTU 임무들이 기밀 자료에서 해제되었다. 다음은 그것들 중 하나이다.

프롤로그

그는 잭 바우어가 팔을 베게 삼아 회의실 탁자 위에 엎드려 있는 것을 발견했다. 관리 책임자인 리처드 월쉬는 곧바로 잭이 깊이 잠들어 있다는 것을 알아차렸다. 디지털 오디오 녹음기를 탁자 위에다 내려놓으면서 월쉬는 이 혼란스러운 와중에도 잭이 어떻게 평온함을 찾을 수 있는지 의아해 했다. 짐작컨대 벽의 반대편인 CTU 작전 상황실은 위기 상황이 지나간 지 몇 시간이 흘렀는데도 그 혼란이 여전히 그득했으니까.

월쉬는 그의 넓은 어깨에 비해 꼭 끼는 듯해 보이는 양복 상의 단추를 끌렀다. 그는 잭을 그냥 꿈 속에 놔두는 편이 낫겠다고 여겼다. *하나님은 아실 거야, 이 남자는 쉴 자격이 있다는 걸.* 그러나 랭글리에 있는 그의 상관들이 답변을 요구하고 있으므로—아마도 상하원 정보위원회에 있는 그 사람들의 상관들도 똑같은 것을 요구하고 있을 테니까—월쉬는 가능한 빨리 모든 진술서들을 모으고 자신의 조사결과를 넘겨줄 도리밖에 없었다. CTU 관리 책임자는 문을 닫고 잠을 자고 있는 남자 건너편의 철제 의자에 앉았다.

잭은 그 소리에 깨어났고 얼른 정신을 차렸다. 그는 주변 상황을 파악하고 고지식하게 똑바로 앉았다. 잭은 남의 이목을 의식한 듯 턱에 난 까칠하게 자란 수염을 만지작거리고, 손가락으로 자신의 엷은 금발 머리를 빗으며, 그의 상관 앞에서 흐트러진 모습을 보인 것에 대해 쑥스러워 했다.

"깼군, 잭. 잘 잤나?"

바우어는 상관이 동정어린 미소를 지으며 건넨 가벼운 농담을 시시하다는 듯 무시해 버렸다. 그 상황은 윌쉬가 디지털 녹음기를 조작하자 이내 사라졌다.

"기록 번호는 32452, 부제는 그냥 넘어가고…. 임무 수행 보고는 특수요원 잭 바우어." 윌쉬는 말하면서 잭의 군번, 요일, 날짜, 시간을 덧붙였다. 그런 다음 윌쉬는 바싹 면도한 턱을 긁적거렸고 연푸른 색 눈을 탁자 너머의 남자에게 고정시켰다.

"라이언 슈펠이 내게 말하길, 어떤 큰 영화사에 대한 급습 작전이 이 유쾌하지 못한 사태를 촉발시켰다고 하는데. 도대체 자네와 블랙번의 전술 팀은 할리우드에서 뭘 하고 있었던 건가?"

"유토피아 영화사는 큰 영화사가 아니고 할리우드에 있지도 않습니다." 잭이 대답했다. "유토피아는 불경기, 그러니까 그들이 애써 팔고 있던 소프트-코어 포르노와 싸구려 공포 영화에 대한 제작 비용 상승과 대중의 관심 하락이라는 복합적인 상황을 맞기 전까지도 별로 크지 않은 가정용 비디오 제작사였습니다."

"그래서 유토피아 영화사가 국가 안보에 위협적인 존재가 되었단 말인가?"

"유토피아 영화사는 존재하지 않습니다. 더 이상은요." 잭이 말했다. "그 회사의 최고경영자는 파산을 선언하고 새로운 재정적 후원자와 함께 새로운 회사를 설립하고는 생산 시설들을 몬트리올로 옮겼습니다. 그 이전으로 인해 그 사람은 큰돈을 절약했지만 예전 영화사는 글렌데일의 산업 공단 끝자락에 텅빈 채로 남아 있고, 그곳의 소유권은 현재 소송이 진행 중에 있습니다. 그러는 와중에 마약-폭력범들이 들어와서는 사업을 시작한 겁니다—최소한 그것이 당시에 우리가 가진 알고 있는 정보였습니다."

윌쉬는 앞에 놓인 한 뭉치의 서류를 살펴보았다. "DEA(마약단속국)에 따르면, 이 건은 원래 마약 단속 작전이었다는네."

"그건 맞습니다. 쳇 블랙번과 저는 DEA와 함께 임무를 수행하는 합동특수부대의 일원이었습니다. 지부장인 라이언 슈펠이 말하는 정보기관간 업무협조 계획이라는 측면이었죠."

"그래. 그것에 대한 메모는 봤네." 윌쉬는 냉담하게 말했다.

"그 계획이 착수하게 된 것은 CIA와 DEA가 밝혀낸 정보 때문인데, 국제적인 테러분자들과 어떤 마약 조직들 사이에 새로운 단계의 협력 징후가 보인다는 것이었습니다. 슈펠은 마약단속국과 팀을 이루는 것이 문제의 보다 나은 해결을 위해서 최선이라고 생각했습니다."

"게다가 일이 엉뚱하게 될 경우엔 책임 소재를 나눌 수도 있고 말이야."

잭은 고개를 끄덕였다. "그도 그렇죠."

"일부 잘못된 정보는 그렇다고 치고, 그 *'정보기관간 업무협조 계획'* 에 대한 이론적 근거는 뭔가?"

"상황이 점점 심각해지고 있습니다. 지난 20개월 동안, DEA는 미국과 멕시코 국경을 따라 수차례의 급습을 통해서 군대에 버금가는 수준의 무기들을 포획했습니다. 그리고 기억하시겠지만 최근 CTU에서는 밀수한 북한제 롱-투스(Long Tooth) 견착 발사용(shoulder-fired) 미사일로 미국 민간 항공기를 격추하려는 음모를 좌절시켰던 일이 있었습니다."

월쉬는 엄지와 검지로 팔자로 기른 콧수염을 매만졌다. "'헬 게이트' 작전을 말하고 있는 거로군."

그것은 질문이 아니었기에 잭은 대답하지 않았다.

월쉬는 철제 의자에 앉은 채로 자세를 바꿨는데, 그 건장한 남자에게는 좀 작은 듯이 보였다.

"슈펠은 또한 내게 말하기를, 국가 안보에 명백한 위협이 분명한데도 불구하고 자네가 처음에는 이 임무를 반대했다고 했네. 그래, 왜 그렇게 한 건가, 바우어 특수요원?"

월쉬는 이제 잭을 빤히 쳐다보면서 기다리고 있었다.

"마음놓고 말할 수 있도록 해주십시오."

월쉬는 음성 녹음기를 껐다. "말해 보게."

"대테러부대(CTU)에 있어서 정보기관간 협조 작전은 언제나 일방통행이었습니다." 잭이 입을 열었다. "CTU는 주기만 했고, FBI, DOD(국방부), DEA는 받기만 했죠. 이상입니다."

"점점 나아지고 있네." 월쉬가 말했다. 그의 주름진 얼굴은 무표정했고, 읽을 수 없었다.

“저도 최근 들어 상황이 나아지고 있다는 건 인정하겠습니다. 하지만 CTU는 아직도 큰 그림 밖으로 내몰리고 있습니다. 슈펠이 제게 함께 일하라고 명령한 바로 그 사람들 중 일부에 의해서 말입니다.”

“자네는 그 임무를 거절할 수도 있었네. 자네는 나한테 올 수도 있었고 그랬다면 난 슈펠과 그 상황을 처리했을 걸세. 자네는 여기에서 선택을 해야만 했네.” 월쉬는 잠시 멈췄다. “그래, 무엇 때문에 마음을 바꾼 건가, 잭?”

“카르마 때문입니다.”

리처드 월쉬는 녹음기를 작동시켰다. “지난 24시간 동안 자네와 로스앤젤레스 지부 대원들에게 일어난 모든 것을 말해 보게, 바우어 특수요원. 시작하지….”

1 2 3 4 5 6 7 8 9 10 11 12 13 14 15 16 17 18 19 20 21 22 23 24

다음 이야기는 오전 5시부터 오전 6시 사이에 일어난 것이다.

오전 5:01:01

로스앤젤레스, 앳워터 빌리지

잭 바우어는 유토피아 영화사를 뚫어지게 보았다. 징후는 분명히 보여주고 있었다. 그러나 텅 빈 출입구와 망가진 철조망 너머로 바우어가 보는 거라곤 여기저기 움푹 패인 아스팔트에 인접해 있고 서로 연결되어 군락을 이루고 있는 꼴사나운 낙서로 얼룩진 콘크리트 블록 건물들뿐이었다.

눈을 가늘게 뜨고 망원 영상기를 통해서 보고 있던 잭은 덧문이 내려진 화물 적하장들과 강철 문들, 판자로 단단히 가려진 창문들을 자세히 살폈다. 그는 각별해 보이는 출입구 하나를 재확인했는데, 숫자 9가 평평한 철문 위에 페인트로 쓰여 있었다. 그러고 나서 그는 그 작은 장치를 야간용 검은색 전투복에 붙어 있는 주머니 안으로 밀어넣었다. 이제는 해가 수평선 위로 느릿하게 기어나오고 있었으므로 어둠을 꿰뚫어보기 위한 영상장치의 열 감지 혹은 광원 강화 기능들은 더 이상 필요가 없었다.

유토피아 영화사와 또 다른 칙칙한 공업 단지 사이를 가르고 있는 바위투성이의 갈색 둔덕 꼭대기에 배를 깔고 팔다리를 쭉 벌리고 있던 잭은 잡목 덤불 뒤로 머리를 낮추고 등에 엇메어 놓은 벨크로(Velcro, 상표명, 일명 찍찍이)로 고정된 총집 안에 들어 있는 자동소총을 점검했다. 그는 그 위치에 몇 시간 전에 도착했는데, 함께 이동해 온 쳇 블랙번의 CTU 공격 팀 대원 다섯 명은 지금은 각자 흩어져서 바위들과 주변의 낮은 둔덕들 사이에 몸을 숨기고 있었다. 또한 잭은 마약단속국에서 나온 또 다른 전술 팀이, 비록 그들을 볼 수는 없지만, 그 복합 단지 반대쪽에 있는 나무숲 속에 매복해 있다는 걸 알고 있었다. 신호가 떨어지면 두 공격 팀은 조직적인 두 갈래의 공격으로 그 건물에 모여들 것이다.

전술 팀들이 버려진 것으로 추정되는 영화 제작 스튜디오를, 그 안에 있는 누구에게도 들키지 않고, 포위하기 위해 모여든 것은 무덥고 건조한 한밤중이었다. 그리고 나서 그들은 연무에 둘러싸인 태양이 뜨거운 노란색 공 모양이 될 때까지, 두 정보기관들 모두가 그들이 쳐놓은 그물에서 퍼내길 바라고 있는 대어가 도착할 때까지 기다렸다.

잭은 땀에 젖은 손을 쥐었다 폈다를 반복하고 저린 팔과 다리를 뻗으면서 자세를 바꾸었는데, 그럴 때마다 자신의 위치가 드러나지 않도록 조심했다. 잭은 피부를 쓸리게 만드는 돌멩이 하나를 치우고 쓰라린 목을 주물렀다. 델타 포스의 대원으로 복무하던 때와 비교해 보면, 이번 임무는 그다지 불편한 편은 아니었다. 복무 중에는 한적한 절벽에서 남부 캘리포니아의 일출을 지켜보는 것보다 훨씬 좋지 않은 경우가 다반사였으니까. 단순히 나이 때문인지는 몰라도 꼼짝도 않고 있는 상황에서 관절 통증, 근육 경직이 찾아들었다. 아마도 슬금슬금 늘어나는 나이가, 공격 시간이 점점 다가오자 잭이 왜 예전답지 않게 초조함과 조바심을 느끼면서 출동 신호를 기다리고 있는지를 설명해 주는 건지도 모른다.

아니, 어쩌면 그것은 잭 바우어가 다른 사람들과 마찬가지로 그 명령을 기다려야만 하는 사실 때문일 수도 있다. DEA와 협력하여 일하는 것은 바우어의 직무 유형에 잘 들어맞지도 않을 뿐더러 그는 다른 이들로부터 명령을 받는 것을 달가워하지도 않았으니까. 그 때문에 라이언이 몇 주 전 그에게 이 임무를 처음 넘겼을 때 잭은 거절했다. 슈펠은 잭의 반응에 놀란 것 같지는 않았고, 오히려 잭에게 먼저 검토해 본 다음에 결정하라고 조언까지 했다.

"오늘 오후 브리핑에 가 보게." 라이언이 말했다. "DEA에서 무슨 말을 하는지 들어보게. 자네 마음이 바뀔지도 모르니까."

잭은 놀랍게도 DEA가 그를 비롯한 다른 정보기관의 선발 요원들에게 '카르마'의 위험성에 관한 브리핑을 한 후 마음을 바꾸었다. 카르마는 미국 거리들을 강타할 만반의 준비를 갖추고 있는 강력하고 새로운 마약으로, 마치 아이스크림 파티처럼 1980년대 크랙 코카인의 급속한 확산을 일으킬 잠재력을 가지고 있다는 것이었다.

이 물질의 샘플을 분석한 연구가들에 따르면, 카르마는 강력한 메탐페타민(각성제, 속칭 필로폰)의 한 종류라고 했다. 그러나 카르마는 단순히 강력한 흥분제가 아니었다. 그 마약은 그 사용자가 뿌리칠 수 없는 극도의 희열감과 도취감을 유발하고 때로는 가벼운 환각 증상을 동반하기도 했다. 그 새로운 혼합물과 두뇌에 미치는 영향을 연구한 약리학 전문가들은 카르마는 크랙 코카인 또는 헤로인보다도 더 중독성이 강하다고 믿었다.

카르마는 입을 통해서 복용하는데—마치 마름모꼴 목사탕처럼 혀 아래에서 녹이거나 아니면 그냥 꿀꺽 삼키거나—마약의 간편한 섭취는 그것의 매력적인 한 요소였다. 사실상 감지해 수 없는 그것은 착향 음료 또는 알코올 음료에 용해될 수 있으므로 데이트 상대의 성폭행용으로 완벽한 마약이 되었다.

어떤 범죄 조직 혹은 마약-폭력범 조직이 처음으로 카르마를 합성했는지는 아무도 몰랐지만, 그 마약이 처음으로 등장한 곳은 대략 일 년 전 동유럽, 러시아 그리고 체첸공화국의 길거리에서였다. 카르마는 미국이나 서유럽에서는 볼 수 없었는데, 그 이유는 제조하기가 까다로웠기 때문이었다. 제대로 합성되기 위해서는 실질적인 제조실 환경이 필요했다. 합성한 후라도 그 혼합물은 빠른 속도로 분해되었는데, 상대적으로 짧은 보존 기간을 조장하기 위해서였다. 그 마약을 대량 생산하기 위한 복잡하고, 잘 갖춰진 제조실은 지역적으로 가까이에 설립되어야만 했다.

불법 제조자들에게 이로운 점은 일단 조직망이 구성되고 운영되면, 제조실을 찾아내기가 쉽지 않다라는 것이었다. 불법적인 밀반입품도 제조 과정에는 전혀 함유되지 않았다. 카르마의 성분은 규제를 받는 약품들이 아니라 상업적으로 구입이 가능한 일반적인 화학약품들이었다. 이미, 최소한 하나 이상의 해외 범죄 조직의 우두머리가 로스앤젤레스, 샌프란시스코, 시애틀, 몬트리올에 위치한 카르마 제조실의 설립에 자금을 대고 있었다.

DEA의 유력한 정보에 따르면, 유토피아 영화사 단지의 내부에 있는 불법 제조 시설이 첫 번째로 가동 중인 미국 내 제조실이라는 것이다. DEA는 그들의 독약이 거리에 손을 뻗치기 전에 그곳을 폐쇄하고 관련자들을 체포하길 원했다.

잭은 이어폰이 치직거리는 바람에 사색을 멈췄다.

"여기는 엔젤 쓰리. 차 한 대가 노스 샌 페르난도 로드에서 방금 벗어났다. 안드리타 거리를 따라 동쪽으로 이동하고 있다."

"여기는 엔젤 투. 알았다." 잭은 침착한 목소리로 대답했다.

엔젤 쓰리, 즉 미구엘 아빌라 요원은 DEA의 20년차 베테랑이었다. 야위었지만 강단 있고 입이 거친 아빌라 요원은 앞을 가리는 것 없이 잘 보이는, 영화사 정문 바로 바깥쪽과 버려진 영화 스튜디오에서 안드리타 거리 전역을 볼 수 있는 위치에 자리하고 있었다. 씻지도, 면도도 하지 않은 채 더러운 담요 한 장을 몸에 두르고 발을 질질 끌며 걷고 있는 아빌라 요원은 지난 9일 동안 노숙자 행세를 하면서 낡은 스튜디오에서의 움직임을 감시해 오고 있었다.

그 시설을 좀더 자세히 정찰하기 위해 아빌라 요원은 빈 공터에 있는 뒤틀린 나무들의 잡목숲 가운데에 주거를 정하고, 그곳에서 공공연히 술을 퍼마시고, 배수로에다 소변을 보고, 교통량이 적은 도로를 따라 일하는 사람들로부터 거의 이목을 끌지 않도록 했다. 그는 또한 매 시간 로스앤젤레스 DEA 지부에 있는 그의 상관에게 보고를 했다. 몇 대의 트럭이 버려진 것으로 추정되는 스튜디오를 들고 나는지, 그리고 중서부 지역 마약 공급업자로 잘 알려진 한 인물이 몇 번을 방문하는지를 관찰한 것에 대해서.

안드리타 거리에서 생활한 지 삼 일째 되는 날, 몇 명의 촐로(cholo, 스페인계와 아메리카 원주민 피가 섞인 라틴 아메리카인)들이 유토피아 영화사에서 나와서는 아빌라 요원에게 꽤 심한 구타를 가했다. 그들은 아빌라 요원의 낡은 옷을 샅샅이 뒤진 다음 그를 주먹으로 때리고 발로 찼다. 그래도 만족스럽지 않은지, 그 양아치들은 아빌라가 밀고 다녔던 낡아빠진 쇼핑 손수레를 헤집고, 그 안의 내용물들을 공터에 가로지르며 흩뿌려 놓았다. 다행히도 아빌라는 조심성이 많았고, 그 양아치들은 반 정도 남은 싸구려 와인 외에는 아무것도 찾아내지 못했는데 그들은 그것을 배수로에다 쏟아부었다. 그 후, 아빌라는 그들의 머리 속에 진짜 노숙자로 자리 잡았고, 스튜디오에서 일하는 그 양아치들은 그 노숙자를 다른 사람들과 마찬가지로 더욱 무시했다. 예방책으로 아빌라 요원은 계속해서 그의 라디오와 무기를 참나무 덤불숲 기슭에 있는 얕은 구멍 안에 묻어 두었다.

"여기는 엔젤 쓰리. 차가 정문 바깥쪽에 멈추었다. 반복한다, 차가 멈추었다."

"여기는 엔젤 원. 알았다. 아마 누군가가 정문을 열어주길 기다리는 것 같다… 이 멍청이들은 무엇이 그들을 덮칠지 전혀 모르는 것 같다. 이상."

헤드폰을 통해서도 잭은 그 남자의 목소리에 묻어 나는 긴장감을 느낄 수 있었다. 긴장감을 감추려고 지나치게 많은 말, 지나친 허세를 부렸지만 말이다. 잭이 보기에 DEA 요원인 브라이언 맥코넬, 즉 앤젤 원은 아직은 이 정도 범위와 중요성을 가진 급습 작전에서 지휘 명령을 내리거나 한 공격 팀을 이끌기에는 아직 준비가 되어 있지 않다는 것이 빤히 보였다.

헌데 어째서 그가 전술 팀들의 책임을 맡게 되었을까?

"여기는 엔젤 쓰리. 누군가가 정문을 열기 위해 나오고 있다."

"바로 이거야!" 엔젤 원이 잔뜩 긴장한 목소리로 소리쳤다. "움직일 준비를 해!"

절차를 무시하고 잭이 말했다. "여기는 엔젤 투. 자기 위치를 고수해라. 자기 위치를 고수해라."

그러나 아무도 듣지 않고 있었다. 아무튼, DEA에서 나온 어느 누구도 말이다. 잭은 검은색 전투복과 둔탁한 방탄복 차림의 남자들이 영화 촬영소 반대쪽에 있는 엄폐물에서 일어서는 것을 볼 수 있었다.

"발각되기 전에 당신네 대원들이 물러서게 해, 엔젤 원." 잭이 명령했다. 잭은 말하는 동시에 등을 엇메어 두른 총집에서 5.56mm 철갑탄이 장전된 헤클러 & 코흐 G36 특공용 소총을 꺼내들었다.

또 다른 목소리가 통신망 안으로 밀고 들어왔다. "여기는 아크엔젤(대천사). 물러나, 엔젤 원. 차에 타고 있는 남자들의 확실한 신원 확인을 기다리게."

잭은 반대편 덤불숲에 있던 남자들이 다시 주변 지형 속으로 사라진 것을 보고 긴장을 풀었다.

아크엔젤은 DEA 지부장인 제이슨 펠츠였고, 이번 작전의 총지휘관이었다. 40대 후반에, 구부정한 어깨에다 희끗희끗한 머리카락 가운데가 벗겨지고 있는 펠츠는 고등학교 역사 선생에 더 잘 어울려 보였지만 20년 이상의 경력을 가진 마약단속국의 주요한 실력자였다. 작년에 펠츠는 DEA 로스앤젤레스 지부의 꼭대기 자리에 올랐다. 그 이후 그는 일선에서 활약하는 요원보다는 다소 관료주의자가 되었다. 그러나 펠츠는 자신의 주변에, 헌신적이고 유능한 역량을 갖추고 청렴결백하고 마약 전쟁에 있어서 베테랑인 미구엘 아빌라 같은 요원을 둘 만큼은 상식이 있는 사람이었기에 그의 연금은 안전한 상태였다.

잭이 펠츠의 관리 방식에 불만이 하나 있었다면, 그건 그 사람이 한 블록 반이나 떨어진 곳에 주차된 지저분한 승합차 내부에 숨겨진 이동용 지휘 본부에서 명령을 내리는 방법을 선택했다는 점이었다. 잭이 보았듯이, 펠츠는 이곳, 현장에, 그의 대원들과 함께 있었어야만 했다. 잭이 걱정하는 것은 펠츠가 명백하게 수준 미달인 브라이언 맥코넬처럼 경험 없는 공격 팀 지휘자를 무리하게 발탁한 것을 그대로 내버려 두는 것이었다.

아무런 피해는 입지 않았지만, 큰 혼란이 벌어질 뻔했으니까.

"엔젤 쓰리, 엔젤 원이다. 차량과 탑승자에 대한 확실한 신분을 파악하고 있나?"

"차량은 다른 것 같다, 엔젤 원." 아빌라 요원이 대답했다. "하지만 내 생각에 운전자는 같은 자다. 세 명의 남자들이 차에 타고 있지만 색유리 때문에 그들의 자세한 용모는 볼 수가 없다."

"내 말 잘 들어, 아빌라. 난 확실한 신원 파악이 필요해, 지금 당장, 아니면 우린 짐을 싸서 곧장 집으로 가야 할 거야."

"나도 노력 중이야, 맥코넬. 시간이 더 필요하다고, 젠장."

잭은 무선 통신 규율을 위반한 것에 대해 화가 났다. 의사소통은 와해되고 있었고 맥코넬 요원은 아빌라 요원을 독촉함으로써 상황을 점점 악화시키고 있었다.

“엔젤 원, 엔젤 투다.” 잭이 말했다. “두 번째 건물 북동쪽 모서리에서 움직임이 감지된다. 확인 바란다.”

잭이 새 한 마리가 지붕에서 푸드덕거리는 것을 보았고 무엇을 보았는지는 인식하고 있었다. 하지만 그는 맥코넬의 관심을 아빌라에게서 다른 곳으로 전환시키고 싶었다. 그가 거리에서 그의 임무를 충분히 할 수 있도록.

“여기는 엔젤 원. 북동쪽에서는 아무런 움직임도 감지되지 않는다. 자네가 아마 새를 본 것 같다.”

“알았다.” 잭이 대답했다.

“여기는 엔젤 쓰리. 탑승자에 대한 확실한 신원을 확인했다. 목표는 차 안에 있다. 반복한다, 목표는 차 안에 있다.”

“여기는 엔젤 원. 움직이자. 출동.”

잭은 은신처에서 튀어나왔고, 한 손으로는 균형을 잡고 다른 손으로는 공격용 소총을 쥔 채로 전투화가 먼지를 일으킬 정도로 덤불숲을 가로지르고 바위투성이의 경사면을 질주해 내려갔다. 그 뒤에서 세 명의 다른 요원들이 은신처에서 나와 뒤를 따랐다. 쳇 블랙번과 그의 CTU의 전술 팀 대원들이었다.

잭의 발이 누구보다 먼저 아스팔트 포장도로에 이르렀다. 그는 안전장치를 가볍게 튕겨낸 다음, G36의 총구를 숫자 9가 표시된 철문을 향해 조준했다. 어깨 쪽에서 포장도로를 쿵쿵 울리는 발소리가 들렸다. 쳇 블랙번이었고, 그를 엄호하는 중이었다.

그들은 3초 후 동시에 벽을 닿았고, 그 문의 양 옆으로 바싹 기대었다. 벌써 블랙번은 한 뭉치의 C-4 플라스틱 폭탄을 문 손잡이에다 둥글게 감기 위해서 도넛 형태로 변형시켰다. 그는 그것을 금속 잠금장치에 걸쳐 놓고 기폭장치에 연결했다.

“5초.” 쳇 블랙번이 경고했다.

시간은 길게 느껴졌다. 잭은 벽에다 몸을 바싹 붙이고는 기다렸다. 드디어 폭발이 일어났을 때, 그는 충격파가 척추를 따라 올라오는 것을 느꼈다. 문짝이 경첩에서 떨어져 날아가며 빙글빙글 돌았다. 잭은 덜컹 하는, 그 문짝이 스튜디오 안쪽 어딘가로 떨어지는 금속성 소리를 들었다. 폭발의 소음은 금세 사라졌다. 바우어와 블랙번은 조심스럽고도 빠르게 출입구를 통과했다. 다른 두 명의 대원들이 그들을 엄호하고 아무도 그물망에서 빠져나가지 않도록 확실히 하기 위해서 바깥쪽에 남았다.

그때, 영화 촬영소의 반대편과 정문 근처에서 총소리가 들려왔다.

오전 5:22:56

출라 비스타(캘리포니아 주, 샌디에이고 인근 도시)의 남쪽,

805번 고속도로

눈부심 때문에 눈을 가늘게 뜨고 있던 토니 알메이다는 테가 굵은 선글라스를 꼈다. 남부 캘리포니아의 태양은 이미 수평선 위로 떠올랐고 너무나 밝고, 뜨겁게 빛나고 있었다. 로스앤젤레스 분지는 15년 만에 최악의 가뭄을 겪고 있었다. 여기서 아래쪽인 국경 부근은 상황이 더욱 심각했다. 관목숲의 산불로 인한 연무가 언덕 위를 뒤덮고 있었다.

그러나 새삼스러운 것은 아니었다. 토니가 해병대 복무를 마치고 천사들의 도시(로스앤젤레스)로 온 이후, 남부 캘리포니아는 잇따르는 최악의 위기 상태 속에 놓인 듯 했다. 가뭄과 그로 인한 산불. 산사태. 폭동. 그리고 흔히 발생하는 지진.

그는 손목에 찬 태그호이어(Tag Heuer, 기업명)의 크로노그래프 시계를 힐긋 보았다. 5시 30분까지 10km를 더 가야 하는데, 교통량이 너무 많아 제시간을 맞추지 못할 것 같았다. 토니는 욕설을 내뱉고, 최신형 다지 트럭을 휙 틀어서 구불구불한 도로로 우회했다. 그 바람에 차량의 외관은 찌그러지고, 긁힌 자국들로 뒤덮이고 말았다. 옆 좌석에 있는 여자가 꽥 소리를 질렀다. 김이 나는 뜨거운 커피 일부를 로우-라이더스(low-riders, 엉덩이에 겨우 걸친 청바지)에 엎질러 버린 것이었다.

"속도를 좀 줄여요, 토니. 뭣 때문에 그렇게 서둘러요?"

토니는 저속 기어로 낮추고 속도를 줄였다—페이 허블리를 달래기 위한 것이 아니라 차량 흐름이 느려져서 네 개 차선이 모두 기어가고 있었기 때문이었다. 잠시 후 흐름이 완전히 멈추자, 토니는 창문을 내렸다. 먼지와 뜨겁고 건조한 공기가 차 안에 들어찼다. 페이는 색 바랜 청바지에 묻은 갈색 얼룩을 가볍게 문지르면서 과장되게 헛기침을 했다. 토니는 그녀를 무시한 채, 소용 없다는 것을 알면서도 차 앞유리를 가득 채운 목재 트럭 너머를 보기 위해 고개를 밖으로 내밀었다. 브라운 필드 시립 공항으로 향하는 항공기 한 대가 머리 위에서 굉음을 내며 지나가느라 소음이 한층 심해졌다.

토니는 창문을 올리고 운전대 뒤로 털썩 앉았다. 에어컨의 덜덜거리는 소리가 귀를 괴롭히던 도로의 소음을 대신했다.

"선배가 커피를 들고 있지 않은 걸 다행으로 생각하세요, 너무 긴장하고 있네요." 페이가 말했다. "우리가 늦은 건가요? 그 때문에 멈추지 않고 계속 달린 거예요? 내 말은, 우린 스타벅스에서 겨우 2분 까먹었을 뿐이라고요."

토니는 핸들에서 손을 내려놓고 검은색 염소수염을 쓰다듬었는데, 그의 입술 아래에는 평소에 길렀던 것보다 훨씬 많은 양의 턱수염이 자라 있었다. 머리 모양 역시 이상하게 느껴졌다. 뒤로 길게 늘어뜨린 다음 목덜미에서 작은 말총머리로 모아 여며져 있었다.

페이는 긴 금발 속눈썹 아래로 토니를 힐끗 쳐다본 다음 시선을 돌렸다. 그녀는 반짝거리는 입술을 불만스러운 듯 오므렸고, 곱슬곱슬한 금발머리의 달랑거리는 머리카락을 햇볕에 탄 얼굴 너머로 빗어 넘겼다

"긴장 좀 풀어요, 선배. 우리가 마감 시간에 쫓기는 것도 아니잖아요?"

"우린 정말로 마감 시간에 쫓기고 있다고, 허블리 요원. 만일 우리가 제 시간에, 게다가 바로 그 국경 경비대원이 근무 중일 때 국경을 넘지 못하면, 우리는 제지 당할 수도 있는 위험을 감수해야 한다고. 그리고 만일 그들이 이 트럭 뒤에 있는 물건을 발견한다면 우리는 하는 일을 해명해야 한단 말이야."

"우리가 뭐 나쁜 사람들은 아니잖아요. 그냥 국경경비대에 우리가 누군지, 우리가 무슨 일을 하는지 말하면 되잖아요."

"그래, 일부 국경 경비대원들에게 기밀 정보를 알려주자고." 토니가 대답했는데, 말투는 짜증스러웠다. "젠장, 우선 우리가 말을 건네는 그 경비대원이 리

처드 레서를 멕시코 국경 너머로 달아날 수 있게 해 준 썩어빠진 개자식과 같은 놈일지도 모른다고."

페이는 토니에게서 얼굴을 돌리고 조수석 쪽 창문 밖을 바라보았다.

토니는 말을 꺼낸 순간 곧바로 자신의 말이 아니라, 자신의 말투를 후회했다. 그녀가 경험이 부족한 것, 그녀가 전에 비밀 첩보 작전을 전혀 수행한 적이 없는 것, 아니, 현장에서 일해 본 경험조차 전혀 없는 것은 그녀의 잘못이 아니었다. 만일 상황이 그녀의 참여를 요구하지 않았더라면, 그녀는 지금 이러고 있지는 않았을 것이다. 토니가 허블리 요원의 컴퓨터 전문 기술을 필요로 한 것은 그들이 쫓는 자의 사이버 흔적을 냄새 맡고 그러는 동안 그는 현실 세계에서 그 도망자를 추적하여 붙잡기 위해서였다.

그들이 추적하고 있는 남자, 리처드 레서는 거의 페이와 비슷한 나이였다. 스탠포드 졸업생인 레서는 컴퓨터 공학 석사 학위를 가졌다. 또한 그는 동급생들 가운데 최고의 컴퓨터 프로그래머 중 하나였다. 보안 프로토콜(컴퓨터 통신 규약)들을 개발하거나 또는 컴퓨터 게임들을 설계하면서 일 년에 거금 50만 달러를 벌어들이는 것에 만족하지 않은 레서는 대학 졸업 후 첫 번째 경력 전환을 미국의 최고 컴퓨터 보안 전문가들의 컴퓨터를 해킹하는 것으로 결정했고, 곧바로 그 컴퓨터의 전체 데이터베이스를 볼모로 삼았다. 보스콤 시스템 사는 그들의 평판을 보호하기 위해 5백만 달러의 거금을 지불했다. 결국 그 회사 자체의 사이버-탐정들이 레서의 신원을 간신히 확인했는데, 그건 그가 보스콤의 중앙 컴퓨터에 무심코 내버려둔 그의 '납치(hijack)' 프로그램에서 발견된 단 한 개의 잘못된 코딩 때문이었다.

2주 전, 레서는 그에 대한 기소가 공식 발표되기 몇 시간 전에 간신히 국경을 넘었다. 그의 범죄 행위는 단순히 경제적인 것이었고 피해 범위도 제한적이었기 때문에 그는 CTU에서 일상적으로 추적하는 범죄자의 전형도 아니었다. 그러나 지난 8일 동안, 지속적이고 긴박한 밀담이 두 군데의 잘 알려진 중앙아메리카의 마약-폭력범 집단들과, 하산이라는 이름의 실체 없는 인물이 이끄는 알려지지 않은 한 조직 사이에서 감지되었다. 세 군데의 집단들 모두 리처드 레서의 이름을 언급했다. 이들 조직들 중 하나는 콜롬비아에 위치하고 있었고, 다른 하나는 멕시코 시티에 근거를 두고 있었고, 세 번째는 미국 내 어딘가에 있었다. 그들 모두가 도망자 레서에게 티후아나의 모처에 은신처를 제공했고, 분석가들은 세 군데 집단들 모두 그를 낚아채기 위해서 대리인을 급파하는 중이라고 믿었다.

그 감청은 CTU 사이버 수사대—페이 허블리가 근무하는 부서—내부에 경보를 울렸다. 상황 보고가 이루어진 직후, 특수요원 래리 해이스팅스, 워싱턴의 CTU 사이버 작전팀 책임자는 레서가 라이언 슈펠에게, 레서가 그가 가진 지식과 기술들 때문에 그 분야의 세계에서 가장 위험한 도망자가 된 것으로 여겨진다고 말했다. 해이스팅스는 레서가 체포되어 미국으로 송환되거나 아니면 필요한 모든 수단을 동원해서라도 테러분자들과 연계되는 것을 막는 것이 필수적이라고 느꼈다. 워싱턴의 승인 하에 토니와 페이, 그들 각각의 임무들이 서둘러 조합되었다.

도로에 있는 차량들이 다시 움직이기 시작했다. 토니는 기어를 1단으로 전환하고 침묵 속에서 차를 몰았는데, 여전히 자신의 실랄한 책망을 후회하고 있었다. 거의 24시간 동안 샤워도, 면도도 하지 않았다는 사실도 알메이다의 기분에 도움을 되지 않았다. 오전 6시가 채 되지도 않았는데 그는 벌써 숨막히는 열기, 데님 재킷의 깃 주위로 서서히 쌓이고 있는 모래, 스티브 매든(Steve Madden, 상표명) 부츠 안에 고인 땀을 느낄 수 있었다.

"긴장을 풀지 않는 것처럼 보이네요." 페이 허블리가 분위기를 해소하려고 애쓰면서 말했다.

"티후아나에 도착하면 긴장을 풀 거야." 토니는 정면을 바라본 채로 말했다.

토니 알메이다는 페이 허블리를 LA에 있는 그녀의 컴퓨터 앞에 안전하게 내버려두는 편을 택했을 것이다. 일반적인 상황 하에서라면 그는 정말 그렇게 했을 것이었다. 하지만 반드시 성공해야만 하는 이런 최우선 순위 임무를 위해서, 토니는 그들이 추적하고 있는 남자의 컴퓨터 활동, 즉 리처드 레서의 은행계좌, 신용카드, 그의 컴퓨터 사용 및 인터넷 활동 등을 감시하기 위해서 지속적으로 예의 주시할 수 있는 누군가의 도움을 필요로 했다. 이런 역할의 사이버-수사관 임무에 페이 허블리보다 더 나은 인물은 없었다. CTU LA지부에서 제일 신참이긴 하지만.

허블리 요원은 25살이었고, 카네기 멜론 대학 대학원을 갓 졸업하고 나라에 봉사하기를 갈망했다. 오하이오 주, 콜롬버스에 있는 가족에게 돌아가서 어떤 닷.컴 회사에 취업하는 대신 페이 허블리는 대테러부대에 채용되었다. 처음엔 워싱턴 D.C.에서 근무했고 얼마 후 로스앤젤레스 지부로 자리를 옮겼다.

관리 책임자인 리처드 월쉬가 허블리 요원을 서해안으로 데리고 온 것은 그녀가 특정 전화번호에 연결된 전화선을 이용하거나 또는 심지어 무선 인터넷을 이용하더라도 그 컴퓨터 사용자를 추적할 수 있는 블러드하운드(bloodhound, 사람을 찾거나 추적할 때 이용하는, 후각이 발달한 개) 프로그램을 개발했다는 걸 그가 알게 된 직후였다. CTU에서는 이미 그녀의 프로토콜을 이용해서 랭글리에 있는 CIA 데이터베이스에 거의 불법 침입할 뻔했던 한 컴퓨터 해커의 활동을 추적한 적이 있었다. 그 남자는 현재 수감 중이고 재판을 기다리고 있다.

페이 허블리의 첫 번째 위장 첩보 임무 용도로 그녀의 컴퓨터 기술은 25만 달러 상당의 가치를 가진 하드웨어와 소프트웨어를 필요로 했고, 그들의 진짜 임무를 숨기기 위한 눈요깃거리—수백 개의 훔친 신용카드들과 몇 개의 마그네틱 선 탐지기들—와 함께 그들의 승합차 뒤에 실려 있었다.

만일 토니 또는 페이가 멕시코 정부 당국에 저촉될 경우, 그들은 그럴싸한 변명거리와 그걸 입증할 만한 증거를 가지고 있었다. 게다가 토니 알메이다는—토니 나바로라는 파렴치한 미국인 신용카드 사기꾼이자 명의 도용꾼으로 위장했는데—그와 그의 여자 친구를 부패한 멕시코 법 집행 관리들로부터 자유롭게 해줄 충분한 현금을 가지고 있었다.

이곳에서 위험스런 상황을 줄이기 위해서, 그들은 위장 첩보 작전을 수행하는 미국 정부 요원들보다는 화이트-칼라 범죄자들로 행동해야만 했다. 토니가 염려하는 것은 DEA 요원 엔리케 카마레나 살라자르에게 일어난 경고성 소문이 여전히 설득력이 있기 때문이었다. 살라자르는 과달라하라(멕시코 제2의 도시로 중서부에 위치)의 거리에서 납치되어 마약 암거래상에게 고문을 받아 죽고 말았는데, 그 마약 암거래상은 부패한 멕시코 경찰관들에게서 정보를 넘겨받았다.

"봐요! 거의 다 왔어요." 페이가 소리쳤다. "3km만 더 가면 국경이에요."

그녀는 표지판을 가리키다가 자신의 청바지에 커피를 또 쏟고 말았다.

토니는 그녀의 옷차림새를 힐끗 보았는데, 평소 CTU에서 봐왔던 페이 허블리의 조용하고 보수적이고 생기 없는 외모와, 현재의 위장 첩보 작전의 주인공 같은 이미지에서 일치하는 점을 찾아내기가 힘들었다. 토니 알메이다는, 한때, 정확하게 묘사하자면 거리의 불량배였을 때가 있었다. 시카고의 거칠고 폭력적인 이웃들 속에서 자란 그는 역시나 거칠고 폭력적으로 성장했다. 비록 그 시절은 지나갔지만, 토니는 악역을 맡아야 하다면 여전히 예전의 모습으로 돌아갈 수 있었다. 하지만 아무리 그가 애를 써봐도 토니는 페이 허블리가 가진 개성의 숨겨진 면이자 그녀가 연출하려고 마음에 둔 가짜 신분이 무엇인지 상상할 수 없었다.

샌들과 몸에 꼭 붙는 골반 바지 차림의 페이는 배가 드러나 보이는 주홍색 면 블라우스를 입고 있었는데, 70년대 복고풍의 술 장식이 달랑거리고 있었다. 소매가 없는 상의라서 페이의 팔뚝을 휘감고 있는 덩굴 모양의 문신이 그대로 드러났다. 또 하나의 문신인, 정교하게 그려진 잠자리가 날개를 펴고 그녀의 가는 허리를 가로지르는 것 또한 눈에 띄었다. 페이의 손톱과 발톱 들은 밝은 보라색으로 칠해져 있어서 그녀의 아이섀도 및 립스틱과 잘 어울렸다.

어제 밤, 파견 임무의 사전 브리핑 직후 그 커플이 티후아나를 향해 CTU 본부를 출발하려고 준비하고 있을 때, 제이미 패럴은 동료의 위장한 모습에 시선이 모아졌다.

"우와!" 그녀가 말했다. "페이 허블리가 바비(착하고 귀여운 이미지의 인형)보다 브라츠(섹시하고 자유분방한 도시 이미지의 인형)에 더 가까울 줄 누가 알았겠어?"

토니는 그 문신들이 진짜인지 가짜인지는 확신하지 못했지만, 임무는 페이가 배꼽에 피어싱을 할 시간이 없을 만큼 빨리 진행되었다—그럼에도 불구하고 정교하게 만들어진 은색 잠자리 한 마리가 지금 그녀의 배꼽 링에 매달린 가느다란 줄에서 흔들거리고 있었다.

토니는 페이가 자신의 눈길을 알아채기 전에 시선을 돌렸다. *이런, 얌전한 고양이가 부뚜막에 먼저 올라간다고 하더니만.*

오전 5:46:01

유토피아 스튜디오

그들은 버려진 스튜디오 내부로 진입하는 데에는 성공했지만, 빗발치는 총격 때문에 멈춰야만 했다. 지금 잭 바우어와 쳇 블랙번은 유토피아 영화사의 커다란 방음 스튜디오들 중 한 곳 안에서 콘크리트 벽과 대형 금속 쓰레기통 사이에 서로 등을 맞댄 채 웅송그리고 있었다. 철갑탄들이 강철을 꿰뚫어버릴 만한 강력한 힘으로 금속 쓰레기통을 강타했고 유탄이 그 쓰레기통 내부에서 미친 듯이 튀어다니고 있었다.

"그들은 궁지에 몰렸어. 어디로 달아날 수도 없고. 젠장, 대체 왜 그냥 항복하지 않는 거야?" 블랙번은 소음 너머로 외쳤다. 그의 안면 보호대 안쪽에 있는 가무잡잡한 피부가 땀으로 번들거렸다.

"총를 가져왔으니까," 잭이 말했다. "그들 입장에선 그걸 사용하는 게 당연한 거 아니겠어."

잭은 쪼그리고 앉아서 코에서 흘러내리는 피를 닦았다. 그는 왜 통신기가 작동을 멈추었는지 의아해 하면서 철모를 벗어젖혔다. 철모 안감 내부의 송신기가 좀 전에 투구를 스치고 지나갔던 탄환에 의해 부서져 있는 것을 발견했다.

"엔젤 원과 연락을 취해 봐." 잭이 시뻘건 피를 뱉으면서 말했다. "저 벽 바깥쪽에서 뭔 일이 벌어지고 있는지 알아봐."

조심스럽게 잭은 머리를 내밀었다. 방음 스튜디오는 영화에 쓰이는 소품들로—화려하게 장식된 과거 어떤 시대의 가구들에서부터 할아버지 시대의 시계, 가짜 실험실 기계, 심지어 갑옷 한 벌 등 온갖 것—뒤죽박죽이었는데, 15미터쯤 건너에 아직도 닫혀 있는 또 하나의 철문을 보았다. 그의 움직임은 짧은 사격 세례를 유발시켰다. 잭이 엄폐물 뒤로 몸을 숙이는 동시에, 금속 탄환들이 벽에 맞고 튀면서 두 남자에게 유탄 파편과 먼지를 끼얹었다. 잭은 끙 앓는 소리를 냈다. 뜨거운 금속 파편 하나가 그의 전투복을 뚫었고 그의 왼팔 이두박근 쪽에 구멍 하나가 타들어갔다. 잭은 타는 듯한 고통을 무시하면서 분노를 삼켰다.

“엔젤 원의 팀이 지금쯤이면 저 문을 통과했어야 했는데.” 잭이 블랙번에게 말했다.

“그들이 통과할 수 없을 것 같다는데.” 블랙번이 대답했다. “저 문을 이 같은 급습으로부터 제조실을 보호하기 위해서 용접해 놓았다는구만. DEA는 제조실을 장악했고, 대어도 역시 낚았대. 지금 우리한테 도달할 수 있는 다른 길을 찾고 있는 중이래.”

“서둘러야 할 텐데.” 잭이 말했다.

블랙번은 바우어의 팔에 묻어난 얼룩에 주목했다. “여기 그냥 앉아서 기다릴 수는 없어. 움직이지 않으면 죽을 거야.” 그리고 나서 쓴웃음을 지어보였다. “그러니까 우리가 들어온 길로 나가야 해. 이놈들은 멍청이들뿐이라서 도망치지도 않을 거야. 우리는 녀석들이 나오기를 기다리거나 아니면 더 많은 대원들을 데리고 돌아올 수 있을 거야.”

바우어는 고개를 저었다. “이 상황을 지금 끝내버리자고, 누군가 다치기 전에 말이야. 총잡이들이 몇 놈인지 봤나?”

“둘은 봤네.” 블랙번이 대답했다. “하나는 3시 방향. 또 하나는 저 갑옷 주변 너머에 잠복해 있네, 아니, 1분 전까지는 있었어.”

이제 그 사내는 어디에도 있을 수 있다. 그들 두 사람은 그걸 알았다. 잭은 부서진 송신기의 파편들을 케블러 전투 헬멧 밖으로 털어내고 재빨리 착용했다. 그는 금이 간 안면보호대를 내렸고 그런 다음 그와 블랙번은 무기를 확인했다.

“가자.” 잭이 말했다.

그들은 서로에게 반대편으로 몸을 구른 다음, 곰보가 되어버린 대형 쓰레기통 양쪽으로 전력 질주해서 모습을 드러냈다. 잭은 G36을 겨냥했다—허공에 대고. 그의 사냥감은 사라져버렸다.

첫 블랙번은 운이 좋았다. 그의 사냥감은 엄폐물 뒤에서 일어났고 양손에 45구경 권총을 하나씩 들고 사격을 개시했다. 히스패닉계로 20대 중반의 그 촐로는 운동복, 하얀색 운동화 차림이었고, 보석 가게를 차려도 될 만큼 번쩍거렸다. 그는 권총들을 역시 갱단원 방식대로 옆으로 눕어서 쥐었다—달리는 차량에서의 사격으로는 인상적인 전술이지만 이 상황에서는 전혀 효과적이지 않았다.

블랙번은 처음 두 발의 총알이 귀를 스쳐 지나갈 때까지는 자기 위치를 고수했는데, 세 번째 총알이 방탄복에 흠을 내고 한 덩어리의 전투복을 뜯어내자 움찔하며 놀랐다. 곧바로 그는 두 발을 쏘았다. 첫 발은 그 총잡이의 두 눈 사이를 맞추었고 그자의 머리가 뒤로 제껴졌다. 두 번째는 남자의 턱 아래를 파고 들어갔고 그자의 두개골 위쪽을 날려버렸다. 시체가 된 남자는 바닥에 털썩 주저앉았고, 경련을 일으키던 손이 마지막 총알을 분출했는데 그것은 벽을 맞고 튀어나왔다.

잭은 그의 목표물이 옛 영화 촬영장을 가로질러 달리는 것을 알아챘다. 그는 사격을 위해 G36을 들어올렸다가, 바로 총구를 내리고 무기를 어깨 너머로 둘러맸다. 생포하기로 결정한 잭은 전력으로 달렸다. 그는 그 젊은이를 촬영장의 가장자리에서 가로막으려고 시도했다.

블랙번은 죽은 남자의 무기를 확보하면서 시선을 들어올렸다. 그는 바우어가 달아나는 남자를 따라잡고, 그자의 목덜미와 길고 검은 머리카락 한 움큼을 잡아채는 것을 지켜보았다. 두 남자는 갑옷에 함께 세차게 부딪혔는데, 그것은 강철로 용접된 실제 조각품이었다. 잭은 다른 남자의 몸이 그 충격을 완충시켜 주었음에도 불구하고 숨이 턱 막혔는지 끙 하고 앓는 소리를 냈다.

첫 블랙번도 움찔했다. 10미터나 떨어져 있었는데도 도망자의 코가 납작해지고, 앞니들이 갑옷의 철제 가슴받이에 부딪쳐 박살날 때 진저리가 쳐질 정도의 우드득 하는 소리를 들었으니까.

비틀거리면서 일어선 후 잭은 중세 시대의 소품에 기대었다. 그는 플라스틱 수갑을 사용해서 피를 흘리고 있는 그 남자의 팔을 등 뒤로 해서 채웠다. 그러나 그가 죄수를 끌어당겨서 일어켜 세우기 직전에, 스튜디오는 또 다른 폭발로 흔들렸다. 한 덩어리의 벽이 날아가버리면서 벽토가 무너지는 동시에 먼지가 거대한 방음 스튜디오의 한쪽 구석에서 자욱하게 피어올랐다. 엔젤 원이 DEA 기동 부대의 세 요원과 함께 연기 속에서 모습을 나타냈다.

잭은 몸을 돌려 그들을 마주 보았다. 가늘게 흐르는 피가 그의 코에서 흘러내렸다. 더 많은 피가 그의 전투복에 얼룩져 있었다. 하지만 잭 바우어는 당당하게 선 채로 중세 시대의 갑옷 그림자 아래에서 망가져버린 포로를 여전히 붙잡고 있었다.

"이런," 첫 블랙번이 말했는데, 치아가 그의 까무잡잡한 피부 때문인지 더 하얗게 반짝거렸다. "기병대가 납셨군, 정확하게 시간 맞춰서 말이야."

오전 5:59:56

산타모니카

침실용 탁자 위에 있는 전화기의 소리가 테리 바우어를 흔들며 잠에서 깨웠다. 그녀는 돌아누워 침대 건너편으로 손을 뻗었다. 침대 시트는 차가웠고, 구겨져 있지 않았다. 그녀는 수화기를 들었다. "잭?"

"테리?" 목소리는 남자였지만, 잭보다는 음조가 높았고 영국식 억양이었다.

테리는 눈을 번쩍 뜨며 일어났다. "데니스? 당신 맞아요?"

남자가 웃었다. "지금까지도 내 목소리를 알아차릴 줄은 미처 몰랐는데."

"당신의 그 억양 때문이에요. 게다가 겨우 일 년 정도밖에 안 됐잖아요."

"거의 이 년이야, 그리고 내가 이 시간을 얼마나 기다려왔는데."

테리는 그녀의 짧고 윤기 나는 검은 머리를 손으로 쓸어넘기며 다음에 무슨 얘기를 꺼내야 할지 난감해 했다. 그녀의 전 고용주인 데니스 윈스럽에게서 전화가 올 줄은 전혀 뜻밖이었다.

"그래, 전화를 하기엔 너무 이른 시간이란 걸 알아, 하지만 난 지금 막 런던에서 야간 비행 편으로 도착했거든."

"런던이요, 와우. 긴 여행이었네요."

"…그리고 난 당신이 매일 새벽 4시에 일어나서 두세 시간 동안 디자인 작업을 한 다음에, 당신 딸이 학교에 갈 수 있도록 준비해야만 했던 것을 기억하고 있었거든. 그래도 당신은 언제나 진짜 환상적인 디자인을 가지고 정오쯤에 프로덕션 사무실에 나타났지만 말이야."

테리는 미소를 지었다. “아이고, 그러지 마세요.”

“아냐. 당신 작품을 과소평가하지 마.” 남자는 잠시 멈췄다. “깨어 있던 거 맞지, 그렇지? 내가 당신을 침대에 끌어냈다고 생각하기는 싫거든.”

“네, 그럼요.” 테리는 거짓말을 했다. “일어난 지 몇 시간 됐어요. 그나저나 무슨 일이에요?”

“그러니까, 내가 돌아온 건 오늘밤 시상식 때문이야. 당신도 알 걸, 실버 스크린 시상식….”

“그래요, 알아요. 실버 스크린 시상식.” 테리는 슈퍼마켓에서 대기 중에 대충 훑어본 연예잡지 표지에서 시상식에 대해서 뭔가 본 것을 떠올렸다.

“〈악마 사냥꾼〉이 미술 부분을 포함해서 3개 부문에 후보에 오른 거 알고 있었어?”

“세상에, 난 몰랐어요. 대단해요, 데니스. 진짜 대단해요. 축하드려요.”

“있잖아, 내가 다급하게 알리는 건 알아, 하지만 나도 오늘 아침에 L.A. 사무실 문을 열고 나서야 오늘밤 시상식 입장권 16장이 내 책상 위에 놓여 있는 걸 발견했어. 직원들은 갈 거야, 출연자들도 갈 거고… 그리고 난 당신도 왔으면 하는데.”

“뭐라고 말해야 할지. 정말 너그럽고 사려가 깊으시네요.”

“전혀 그렇지 않아. 당신은 미술 분야에서 누구 못지않게 일을 했잖아. 당신도 참석해서 그 자리에서 영광을 함께 나누었으면 하는데. 챈드라와 칼라한테도 전화할 거야. 그리고 낸시도 올 거야.”

“낸시! 오, 낸시도 다시 보고 싶어요.”

“낸시가 아이를 낳았다고 하더군. 아들이래.”

“전 몰랐어요.”

“그리고 칼라는 약혼했어.”

“세상에….”

“다들 결혼을 하거나, 약혼을 하거나, 아이들을 기르고 있는 것 같아 보여.” 짧은 침묵이 흘렀다. “책과는 여전하지?”

“아, 그럼요. 알잖아요.”

“그래, 잘 됐네. 오늘밤 잭과 킴에 대해서 말해주면 되겠네. 올 거지?”

“글쎄요. 전….”

“온다고 해 줘.”

“알았어요, 갈게요.” 테리는 마침내 마지못해 말했다. “그런데 이거 텔레비전에 나오는 거 맞죠? 무엇을 입어야 해요?”

“당신이 잘 생각하면 될 거야. 당신은 어떤 옷을 고르더라도 아름답게 보일 거야.”

“알았어요.” 테리는 소심하게 대답했다. “몇 시죠?”

“당신을 모셔오도록 5시에 리무진을 보낼게. 좀 이른 시간인건 시상식을 동부 해안에 실시간으로 방영하기 때문에 그래.”

“리무진은 필요 없어요, 데니스.” 테리가 말했다.

“그건 걱정하지 마. 영화사에서 모두 지불할 거니까. 재미있을 거야. 그리고 테리….” 그의 목소리가 한 옥타브 내려갔다. “당신을 다시 보면 정말 기쁠 거야.”

테리는 자신의 뺨이 달아오르는 것을 느꼈다. “저도 당신을 보면 정말 기쁠 거예요, 데니스.”

1 **2** 3 4 5 6 7 8 9 10 11 12 13
14 15 16 17 18 19 20 21 22 23 24

다음 이야기는 오전 6시부터 오전 7시 사이에 일어난 것이다.

오전 6:01:31

유토피아 스튜디오

앰뷸런스 한 대가 들것에 묶인 잭 바우어가 붙잡은 포로를 태우고 출발하는 동안, 두 명의 응급의료원들이 잭을 치료하고 있었다. 그는 그들이 어깨 보호대, 케블러 조끼, 무릎과 팔꿈치 보호대를 벗기도록 놔두었다. 그들이 그의 팔을 응급 처치하고 피가 흘러내리는 코를 지혈하는 동안은 협조적으로 조용하게 앉아 있었다. 그러나 말썽이 시작된 것은 한 응급의료원이 잭도 마찬가지로 들것 위로 옮기려고 시도했을 때였다. 잭은 거부했고, 시비가 붙었다. 마침내 한 여성 응급 구조대원이 앞으로 나서서 애써 이유를 설명했다.

"난 저 헬멧이 얼마나 단단한지, 또 당신이 얼마나 강하다고 생각하는지는 관심 없어요, 바우어 경관님. 당신은 뇌진탕일 가능성이 크기 때문에 반드시 진찰을 받아야 합니다."

"이봐요…." 잭은 그 여자의 명찰을 확인했다. "베사리오… 이네즈 양. 난 괜찮아요. 진짜에요. 머리가 멍한 느낌도 들지 않아요. 쇼크를 일으킬 것 같지도 않고요. 앞도 잘 보이고 심지어 두통조차도 없다고요."

그녀의 눈은 크고 동그랗고 무척 까맸다. 그녀의 단호한 표정으로 보아 잭은 이네즈 베사리오가 자신만큼 고집스럽다는 것을 알 수 있었다. "머리는 혹이 불거졌고 코는 출혈이 전혀 멈추지 않고 있어요."

잭은 웃으며 그녀의 어깨를 툭 쳤다. "의사한테 꼭 진료를 받겠소, 본부에 돌아간 후에 말이오. 염려해 줘서 고마워요."

그녀는 긴 속눈썹 너머로 잭을 빤히 쳐다보았다. 그런 다음 마치 다 알고 있다는 듯한 미소를 지었다. "당신네 경찰들은 다 똑같아요. 자신이 슈퍼맨인 줄 알고 있죠."

잭은 그녀의 손가락에 있는 결혼 반지 자국을 알아보았다. "그런 경험이 있는 것처럼 들리는군요."

"바우어 특수요원. 이쪽으로."

잭은 그 부름에 몸을 돌렸다. 브라이언 맥코넬 요원은 바우어가 따라오는 것을 기다리지도 않았다. 그는 홱 돌아서더니 폭발로 날아간 9번 스튜디오의 출입구 근처에 주차된 하얀색 승합차로 걸어 돌아갔다.

"실례하겠소." 잭은 그 응급의료원에게 말했다.

그녀는 끄덕였다. "가보는 게 좋겠군요, *특수요원* 바우어."

이네즈 베사리오는 쳇 블랙번의 다리에 응급 처치하고 있는다른 응급 구조대원들에게 합류했다. 잭은 주차장을 급히 가로질렀다. 그는 아빌라 요원을 발견했는데, 예전에 그를 두들겨 팼던 촐로들 중 한 명을 신축성 있는 끈으로 단단히 죄고 있었다. 마침내 잭은 낡은 승합차의 문 앞에서 엔젤 원을 따라잡았다. 맥코넬은 승합차의 더러운 문짝을 손바닥으로 두 번 두드렸다.

"들어와." 나직한 목소리가 안쪽에서 들렸다.

맥코넬은 손잡이를 홱 잡아당기고 문을 열어젖혔다. 지휘 본부 내부에 제이슨 펠츠가 승합차의 바닥에 고정된 의자에 앉아 있었다. 그 남자는 컴퓨터들, 깜박거리는 모니터들과 각종 통신 장비들에 둘러싸여 있었다. 심지어 작은 화학 실험실도 내부에 딸려 있었다. 두 손에 장갑을 낀 기술요원 한 명이 유리병들을 들고 작업하고 있었는데, 유토피아 영화사 내부에서 발견된 마약 샘플을 검사하는 중이었다. 펠츠는 워크스테이션 전원을 끄고 헤드셋을 벗은 다음 어수선한 승합차에서 밖으로 나왔다.

"훌륭했소, 바우어. 그리고 블랙번 요원과 대원들에게도 감사 인사를 전해주시오. 정보기관의 협력 덕분에 우리는 서부 해안에서 가장 큰 필로폰 제조실을 폐쇄하고 관련된 일당들을 체포했어요…."

"잠시만요." 잭이 끼어들었다. "지금 필로폰 제조실이라고 하셨나요? 이 제조실은 카르마를 제조하고 있는 것으로 알고 있었는데요."

"우리의 정보가 잘못된 것 같소." 펠츠가 말했다. "우리 과학수사요원들은 이 제조실이 양질의 필로폰 제조 외에 다른 어떤 것을 위해 사용되었다는 증거는 찾아내지 못했소."

펠츠는 눈살을 찌푸렸다. 마치 미소 같은 표정의 가면도 그 남자의 눈만은 숨기지 못했다. "미안하오, 잭."

바우어는 화가 났지만 그것을 드러낼 수는 없었다. 그는 브라이언 맥코넬을 바라보았지만, 그 남자는 그의 눈길을 마주보려 하지 않았다. 잭은 '엔젤 원'이 곤혹스러워하는 것이 실망감인지 혹은 죄책감인지 알지 못했다—그건 잭이 이것이 DEA의 단순한 잘못인지 혹은 그와 CTU가 그들에게 놀아난 것인지를 알지 못한다는 의미였다.

반사적으로, 잭은 욱신거리는 관자놀이를 문질렀다. "그것 참 불운이군요." 그가 침착하게 말했다. "그럼 우리는 어떻게 하는 것이 좋겠습니까, 펠츠?"

펠츠는 한숨을 쉬며 자신의 허벅지를 툭 쳤다. "지금 곧바로 작별 인사를 해야할 것 같소."

"뭐라고요?"

"이건 꽤 큰 급습 작전이었고, 새크라멘토에 있는 내 상관들은 거기에서 어느 정도는 성과를 얻기를 원했소." 펠츠는 잠시 멈췄다. "언론에서 냄새를 맡는 중이에요, 잭, 우리가 말하는 동안에도 말이오. 카메라들이 곧 이리로 몰려들 거요. 난 이미 내 대원들에게 철수를 명령했소. 당신도 당신네 팀을 이곳에서 철수시키는 것이 최선일 거요, 지역 뉴스에서 당신네 비밀 첩보 요원들의 얼굴을 보고 싶지 않다면 말이오."

속이 끓어올라서 잭은 몸을 돌려 주차장을 건너갔다. 그는 쳇 블랙번이 앰뷸런스에 기대어서 자신의 다리를 감은 붕대를 살펴보고 있는 것을 보았다.

"자네 대원들을 불러모으고 여기에서 철수시키게. 언론사에서 오고 있는 모양이야."

블랙번은 눈을 껌벅였다. "그것 참 빠르네."

바우어는 하얀색 승합차를 쳐다보았다. "누군가가 그들에게 누설했겠지. 나도 자네와 함께 본부로 돌아갈 거야."

"우선 자네의 옛 친구에게 인사하지는 않겠나?"

잭이 고개를 돌렸다. 쳇는 활짝 웃고 있었다. 그의 뒤에는 한 남자가 파란색 최신형 렉서스에 기대어 있었다. 잭과 엇비슷한 나이로 보이는 그는 카키색 바지와 폴로 셔츠를 입고 있었다. 팔과 얼굴은 햇볕에 짙게 탄 듯한 갈색인데 비해, 머리카락은 옅은 갈색에 숱이 적었다.

"프랭크! 프랭크 카스탈라노." 잭은 그 남자의 손을 꼭 잡았다.

"만나서 반갑네, 잭." 카스탈라노가 잭의 팔을 손바닥으로 철썩 때렸다. "또 골치 아픈 일인가, 응?"

"내가 기억하기론, 프랭크, 자네도 구린내가 나는 곳에서 그리 멀리 있지는 않았어."

쳇이 허공에 대고 코를 킁킁거렸다. "그한테서는 아무런 냄새도 맡을 수 없어, 잭. 확실히 이제는 문짝을 걷어차고 다니진 않나 봐. 이런 무더위에 땀도 한 방울 흘리지 않는 걸 보니."

잭은 활짝 웃었다. "이제는 로스앤젤레스 강력반의 프랭크 카스탈라노 형사니까 당연한 거지. 그래, 여기는 어쩐 일인가, 파트너?"

프랭크는 잭의 눈길을 붙잡았다. "사실, 나도 이게 그냥 사교적인 방문이었으면 좋겠네, 하지만 그렇지가 않아."

"쳇, 본부에 먼저 돌아가서 보고서를 작성해 주겠나?" 잭이 말했다. "난 내가 알아서 돌아갈게."

블랙번은 언쟁의 기미를 감지했었다. 지금은 냉기가 느껴지고 있었다. "알았네." 그가 말했다. "만나서 반가웠네, 프랭크. 자주 연락하세나."

쳇과 그의 전술공격 팀의 나머지 대원들이 검은색 CTU 전술용 승합차에 우르르 올라타고 떠나버린 후, 카스탈라노 형사는 자신의 렉서스 조수석 문을 열었다.

"드라이브나 할까, 잭."

"나 체포된 건가?"

프랭크는 웃으면서 바우어의 팔을 다시 치려고 움직이다가 이내 자신을 제어했다. "30분이면 돼, 잭. 그 정도면 충분해. 그런 다음 집으로 데려다 주겠네. 자네 아직도 산타모니카에 사나?"

오전 6:23:44

멕시코 티후아나

그들은 약속 시간에 간발의 차이로 5번 도로에 있는 국경 검문소에 도착했다. 토니는 승합차를 천천히 몰아 맨 오른쪽에서 두 번째 관문에 들어섰다. 지시 받은 대로. 국경 경비대원은 자동차와 토니의 변장한 모습을 알아차렸고 승합차가 검문소를 곧바로 지나가도록 손짓을 했다.

국경 검문소 주변 지역은 교전 지역과 유사했는데, 겹겹이 쌓인 철조망 울타리 맨 위는 둘둘 말린 가시 철조망과 햇빛 속에서 반짝이는 칼날들로 덮여 있었다. 양국 사이의 이 무인지대에는 풀 한 포기 자라지 않았다. 움직이는 거라곤 누렇게 마른 듯 펼쳐진 바위투성이 사막 도처에 소용돌이치는 흙먼지의 작은 회오리바람뿐이었다.

마지막 2~3km를 지나는 동안에는 2개 국어로 표기된 표지판을 점점 더 많이 눈에 띄었다. 이제는 모든 것이—거리 표지판, 광고판, 모든 것이—스페인어였다. 토니는 승합차를 다리 쪽으로 몰았다. 그들이 티후아나 강의 운하를 건너기 전까지는 실제로 티후아나에 도착한 것은 아니었다. 가뭄으로 인해 그 "강"은 진흙 개울에 더 가까워 보였고, 시내 전체는 고운 가루 같은 먼지로 뒤덮인 듯이 보였다.

토니는 천천히 가고 있는 트럭을 추월하기 위해서 창문을 내렸다. 매연이 차 안을 가득 채우는 바람에 페이가 코가 찡그렸다. "누군가 '마이다스'(Midasize, 머플러를 전문으로 하는 자동차 수리 프랜차이즈)를 꼭 해야겠어요."

"무연이 아닌 유연 휘발유 때문이야. 여기선 그게 합법이고. 익숙해져야 해."

토니가 말했다.

강의 건너온 토니는 한 상업 지구를 통과하며 몇 블록을 운전했고, 그런 다음 레볼루시온 대로 쪽으로 방향을 틀었다. 이른 시간이었지만, 일부 술집과 식당들은 영업을 위해 문을 열은 상태였다. 이미 음식을 실은 손수레들이 뜨겁고 건조한 아침 공기를 숯 냄새와 재빨리 구운 고기 냄새로 가득 채우고 있었다.

"도시 전체가 이런가요?" 페이가 물었다

"여기는 관광지라고."

그녀는 알았다는 듯이 웃었다. "알겠어요. 여기가 마을에서도 지저분한 지역이라는 거죠."

"아니. 여기가 그나마 나은 좋은 곳이야."

토니는 레볼루시온 대로를 계속 달렸는데 그 대로가 끝나는 곳까지가 센트로라는 티후아나의 중심지였다. 그는 아마쿠삭 거리에서 왼쪽으로 돌았고, 구불구불한 무리에타 거리에서 또 한 번 좌회전을 했다. 후안 에스쿠티아 거리에서 토니는 3층짜리 벽돌 건물 앞에 차를 세웠는데, 2층과 3층은 금방이라도 무너질 것 같은 발코니가 전면으로 튀어나온 구조였다. 문짝이 하나뿐인 출입구 위의 간판에는 '라 하시엔다(La Hacienda, 대농장)'라고 쓰여 있었다. 토니는 엔진을 껐다.

"다 왔어." 그가 말하고는 안전벨트를 풀었다. 페이 허블리가 문 손잡이를 향해 손을 뻗었다. 토니가 그녀를 막았다.

"지시 사항들을 기억해야 해. 이름만 사용하고 위장 신분을 기억해야 해. 난 토니 나바로, 당신은 페이 켈리. 최선은 어떠한 대화도 하지 않는 거야, 그리고 어느 누구의 눈도 쳐다보지 마. 그리고 잘 기억해, 만약 우리가 헤어지게 되거나 나한테 무슨 일이 생기면…"

"곧장 미국 영사관으로 가서 그들에게 내가 누군지 말하는 거죠."

토니는 고개를 끄덕였다. "좋아. 보안 시스템을 작동시키고 들어가자고."

그는 계기반 아래로 손을 뻗어서, 왼발 근처의 덮개 아래 숨겨둔 작은 레이저 렌즈를 찾았다. 그는 유리눈 같은 인식 장치에 엄지손가락을 반듯하게 대고 눌렀다. 엄지 지문이 확인되자, 안전벨트 경고음과 비슷한 삐 하는 소리가 들렸다. 그 소리는 여섯 개의 장치들이 작동되기 시작했으며, 그로써 그 승합차는 침입할 수도 없고, 움직일 수도 없다는 것을 알려주었다. 엔진은 점화 장치를 우회한다고 해도 시동을 걸기가 불가능했고, 바퀴들은 교통 경찰이 사용하는 바퀴 죔쇠처럼 작동되는 내장 시스템으로 잠겼다. 심지어 견인 트럭이 온다하더라도 승합차를 끌고 가기는 힘들 것이다.

토니가 차량을 안전을 점검하는 동안, 페이는 착색된 앞유리를 통해 주변을 빤히 쳐다보았다. 그 지역은 대부분 금방이라도 주저앉을 듯한 2층이나 3층의 목조 혹은 벽돌 건물로 이루어져 있었다. 단층짜리 가게들이 좀더 튼튼한 건물들 사이를 비집고 들어가 있었고, 그 대부분은 농산물 가게와 식품 매점들이었다. 빨랫감들이 건물들 사이에 매달린 더러운 빨랫줄에서 깃발들처럼 흩날리고 있었다. 겨우 몇 그루의 나무들만이 페이의 눈에 띄었는데, 계속된 가뭄 때문인지 바싹 메말라 있었다.

"맙소사, 우리가 여기에 머물 거라는 게 믿어지질 않네요."

토니는 여자가 안절부절못하는 것을 이해했다. 이번이 페이 허블리로선 처음으로 현장 작전에 참여하는 것이었고, 그녀는 엄밀히 따지면 현장 요원도 아니었으니까. 그녀가 받은 훈련이라곤 지난 24시간 동안 몇 차례의 브리핑이 전부였다. 거기에다 페이 허블리는 라 하시엔다 같은 지저분한 싸구려 호텔에는 걸어들어 가본 적도, 홀로 밤에 지내본 적도 없었을 것이다.

"이봐. 난 전에도 이 호텔에서 묵은 적 있어. 보기보다는 나쁘진 않아." 토니가 그녀를 안심시키기 위한 어조로 말했다. "나를 알아볼 수도 있겠지만 누군지는 모를 거야. 아무도 우리에게 신경쓰지 않을 거야. 너무 걱정하지 마."

바깥쪽의 후끈한 열기가 그들을 마치 망치처럼 두들겼다. 거의 38도에 가까웠고, 낮에는 더욱 뜨거워질 것이다. 매연과 음식 냄새가 주변 공기를 가득 채우면서 좀처럼 사라지지 않는 먼지들과 뒤섞였다. 차량에서 내리자마자 두 사람을 에워싼 것은 십여 명의 아이들이었다—거지들. 토니는 마치 파도를 헤쳐나아가듯 무리들을 뚫으며 움직였다. 페이는 아이들을 향해 방긋 웃었고 토니는 그녀에게 경고의 표정을 쏘아댔다.

"그냥 무시해버려." 그가 고함을 질렀다. "그리고 저쪽에 있는 꽃 파는 여자

아이들도 마찬가지고. 걔네들은 십중팔구 소매치기들이야."

"이 아이들은 뭐죠, *올리버 트위스트*인가요?"

"여기는 캔자스가 아니란 걸 알아둬."

"전 *오하이오* 출신이라고요, 토니. 내가 말했잖아요, 오하이오 출신이라고."

"깜박했어."

토니는 길을 앞장서며 파리똥으로 얼룩진 망으로 된 문을 밀며 지나갔다. 페이는 끊임없이 성난 듯 윙윙거리는 소리를 듣고 올려다보았다. 그녀는 혐오스러운 듯 코가 주름 잡힐 정도로 찡그린 것은 가늘고 기다란 오렌지색 파리잡이 끈끈이가 몸부림치고 있는 검은색 몸체들로 뒤덮여 있는 것을 보았기 때문이었다. 그 해충 끈끈이는 그녀의 머리 바로 위에 매달려 있었다. 페이는 서둘러 출입구를 지나갔다.

라 하시엔다의 작은 로비 내부는 10도는 더 시원했다. 바닥은 여러 색깔의 타일들로 구성되어 있었는데, 일부는 깨지고 얼룩져 있었다. 벗겨지기 시작한 벽들은 빛바랜 푸른색이었고, 커다란 천장 선풍기 하나가 그들의 머리 위 높은 곳에서 느릿느릿 회전하고 있었고, 입구 옆에는 여러 개의 빈 의자들이 놓여 있었고, 신문들이 그들 주위의 바닥에 어지럽게 흩어져 있었다.

토니는 긁힌 자국이 가득한 초록색 포마이카(내열성 합성수지, 상표명)로 도장된 나무 칸막이 쪽으로 나아갔다. 문이 열렸고 젊은 남자가 스페인어로 그들이 맞이했다. 토니가 같은 언어로 대답했다. 토니는 방을 잡고, 미국 달러로 지불하고, 숙박계에 서명했다. 그런 다음 그들은 추레한 카펫이 깔린 층계를 올라 2층으로 향했다. 층계 꼭대기에는 멕시코 대통령 빈센트 폭스의 초상화가 멕시코 국기 밑에서 그들에게 미소를 짓고 있었다.

"6번 방, 여기야."

토니는 열쇠를 돌리고 문을 열어젖혔다.

방은 페이가 염려했던 것만큼 나쁘지는 않았다. 커튼이 드리워진 창문 둘, 옷장 하나, 작고 낡은 책상 하나, 곧 쓰러질 것처럼 보이는 침대 둘, 허름한 안락의자 하나, 그리고 전화기 한 대. 작은 화장실은 사람이 걸어 들어갈 수 있는 벽장 옆에 있었다. 샤워를 하기에는 충분한 공간이지만 욕조통은 없었다.

방은 덥고 답답했다. 페이는 묵직한 커튼을 열어젖혔지만, 창문은 빗장이 쳐져 있었다. 그녀는 빗장을 돌려서 창문을 열려고 했지만, 방범용 빗장 때문에 밀어서 겨우 15cm정도만 열 수 있었다.

토니는 창문 옆에 있는 침대 위에 배낭을 내려놓았다. 용수철들이 마치 짜증 난 쥐들처럼 찍찍거렸다. 그는 다른 쪽 창문을 막고 있던 커튼을 열어젖히고 에어컨을 찾아냈다. 전원을 올리자 엄청 심하게 덜커덕거리는 바람에 그게 창문 밖으로 떨어지지나 않을까 하고 생각할 정도였다. 그 물건은 이내 잠잠해지더니 시원한 공기를 내뿜기 시작했다.

"페이, 장비 설치를 시작해. 나는 트럭으로 다시 돌아가서 나머지 장비들을 가져올게. 내가 돌아오면 CTU와 연락을 취하자고. 이곳에서 작전을 개시하기 전에 지난 4시간 동안 레서의 활동들을 업데이트 해야 할 필요가 있으니까."

오전 6:54:23

베벌리 힐스

카스탈라노 형사는 노스 샌 페르난도 로드에서 플레처 드라이브를 향해 남서쪽으로 차를 몰았고, 다시 캘리포니아 2번 도로를 타고 남쪽으로 향했다. 교통은 벌써 혼잡해져서 진행 속도가 더디었다. 렉서스 내부에 있는 경찰 무선통신이 한 번 치직거렸다. 프랭크는 그것을 껐다.

"해변 가까이에서 사는 건 정말 멋져 보인단 일이야." 카스탈라노가 말했다. "요즘도 서핑 자주 하나?"

잭 바우어는 고개를 저었다. "아니, 일이 너무 바빠서. 가족도 있고 해서. 그렇지만 킴에게 서핑을 가르치고 있긴 하네. 가끔은 그 애가 그걸 즐기는 척하기도 하지."

카스탈라노가 낄낄거렸다. "하긴, 가족과 함께 보내는 시간이 일보다 훨씬 더 복잡하긴 하지. 테리는 어때?"

"다시 정규직으로 일하고 싶어서 근질근질한가봐. 난 괜찮지만 자기한테 맞는 일을 찾는 게 잘 안 풀리는 것 같아. 레이첼과 해리는 어떤가?"

"레이첼은 아주 잘 지내, 여전히 교직에 있지. 해리는 이제 12살인데 말썽꾸러기야. 2년째 리틀 야구를 하고 있지."

"정말인가?"

"팀은 형편없어, 아직까지 단 한 시합도 이긴 적이 없지만 녀석이 아주 좋아하네. 냇 그리어가 코치야. 냇 기억하지?"

"물론이지. 어떻게 그가 은퇴를 내켰을까?"

"부상 때문에 어쩔 수 없이 은퇴한거지, 뭐. 하지만 냇은 먼저 나서서 자기가 어떻게 노후 생활을 즐기는지에 대해서 자네가 알고 싶어 하는 모든 걸 분명히 말해줄걸세."

카스탈라노는 101번 국도로 합류해서 북쪽으로 향했다. 교통은 혼잡하긴 했지만 움직이고 있었다.

"예전의 흥미진진했던 날들이 그립구만, 잭, 물론 내가 보기에 자네 인생은 여전히 스릴로 넘쳐 보이지만 말이야. 아까 거기 안드리타에서는 무슨 일이 있었던 건가?"

"우리 기관이 DEA와 같이 마약 단속 작전을 벌이는 중이었네. 보아 하니, 모든 저녁 뉴스에 나올 거 같네."

"여전히 문짝을 걷어차고 다니는군."

잭은 도로 정면을 응시하면서 관자놀이를 문질렀다. "필요하다면."

"나는 LA 경찰청이 자네의 발목을 잡고 있다는 인상을 늘 가졌었네." 카스탈라노가 말했다. "너무 많은 절차들, 너무 많은 훈련 과정들, 그에 비해 많지 않은 실시간 작전. 자네 말고는 모두 훈련과 임무를 따라잡기 위해 분투하고 있었지—가족들을 속이고 기진맥진 녹초가 되어가면서까지 말이야. 반면에 자네는 지루해 죽을 지경이었지."

"그때는 젊었으니까."

차량들이 갑자기 움직임을 멈추었다. 카스탈라노가 브레이크를 밟았고 렉서스는 멈춰 섰다. 형사는 고개를 돌려 잭을 바라보았다.

"냇 그리어는 자네는 항상 스릴을 좇았다고 말했네. 자네가 고등학교 시절엔

모터사이클과 서핑도 즐겼다고 하더군, 이후에는 군대에 입대했고. 또 자네가 어떤 비밀스런 집단에 들어갔다고 하던데. 특수 작전 부대 같은 거 말이야."

"냇이 너무 많은 말을 했군."

카스탈라노는 선셋 대로의 진입로 쪽으로 방향을 바꿨다. 교통량은 고속도로를 벗어나자 조금 줄어들었고, 움직임은 선셋 대로를 따라서는 꽤나 꾸준해졌다. 태양이 색유리창을 뚫고 내리쬐었다. 잭의 머리가 다시 욱신거리기 시작했고 따분한 대화들이 지겨워졌다. "어디로 가는 건가?" 그가 물었다.

카스탈라노는 잭의 질문에 자기 방식대로 대답했다. "요즘에 프리랜스로 일한 적 있나, 잭? 이를테면, 사립 탐정이나 컨설팅 같은 거 말이야? 어떤 기업체를 위한 특별한 업무라던가?"

"아니. 지금 하는 일과 동시에 하는 건 불가능하네."

"나도 자네 같은 친구들이 CTU에서 으스스한 일을 한다는 건 알아. 그런 곳에서 두 가지 일을 겸업할 기회가 많다고는 생각하지 않네."

잭은 더 이상 조바심을 감출 수 없었다. "이봐, 프랭크, 대체 무슨 일이야?"

카스탈라노의 얼굴은 엄격해졌고, 시선은 정면을 똑바로 향했다. 그들은 이제 구불구불한 도로를 따라 언덕을 올라가고 있었다. "무슨 일에 관한 건지 말해줄 수도 있어, 잭. 하지만 보는 편이 훨씬 나을 거야. 그리고 1~2분 내로 그렇게 해주겠네. 거의 다 왔으니까."

언덕의 산마루 부근에서 프랭크는 급하게 우회전을 했다. 렉서스는 주변의 나무들로 인해서 어지간히 잘 가려져 있는 어떤 좁은 진입로로 들어섰다. 가뭄에도 불구하고 이곳의 잔디들과 나무들은 더 푸르고, 더 우거져 있었다.

"베벌리 힐스로군." 잭이 말했다.

진입로는 계속 이어져 있었지만, 프랭크는 웬만한 독립형 차고만큼 커다란 둥근 모양의 석조 구조물 쪽으로 차를 몰았다. 렉서스는 아치형 구조물 아래 멈추었는데, 거기에는 작은 벽샘이 졸졸 흘러내리고 있었다. 시원한 그늘 속에서 프랭크가 엔진을 끄는 사이에 잭은 주변을 살펴보았다.

건물에는 커다란 유리문이 있었고, 그 앞에 주철로 된 정문이 하나 있었다. 정문은 활짝 열려 있었고, 유리문은 약간만 열려 있었다. 진입로를 따라 더 멀리에는 여러 대의 차량들이 우거져 있는 유칼립투스 나무들 아래에 아무렇게나 세워져 있었다. 표식 없는 경찰차 두 대, 앰뷸런스 두 대, 그리고 검은색 과학수사대 승합차 한 대. 잭은 또한 차 지붕이 내려져 있는 황갈색 롤스-로이스 컨버터블에 주목했다. 주변을 어슬렁거리며 태연한 척 보이려고 애쓰고 있는 사복 형사 한 명을 제외하고는 아무도 보이지 않았다. 모든 차량들은 도로에서 보이지 않도록 정원 안쪽으로 충분할 만큼 깊숙이 들어와 있었고, 잭은 그것이 의도적이라고 생각했다. 경찰 당국이 계획적으로 무언가를 숨기려고 애쓰고 있다는 것이다.

"휴 베트리라고 들어본 적 있나?" 프랭크가 말했다.

그 이름이 잭의 기억 속에서 뭔가를 일깨웠다. "어쩌면. 내가 알아야 하는 사람인가?"

"가세나." 프랭크가 말했다. "내가 소개시켜주지."

그들이 차에서 나오자마자, LAPD 과학수사대 요원 한 명이 유리문을 통해서 나왔다. 그 남자는 낯선 사람과 같이 있는 프랭크를 보고는 인상을 찌푸렸다. 그가 다가와서 그들 두 사람에게 라텍스 장갑을 건넸다.

"침실과 서재는 마쳤습니다. 현재는 보모의 방을 조사하고 있습니다." 과학수사대원이 카스탈라노에게 말했다. "하지만 전 꼭 필요치 않은 사람이 저곳에 들어가는 건 원치 않습니다."

"빨리 끝내겠네." 카스탈라노가 대답했다. 그 남자가 많은 의문들을 갖고 있어서 그와 형사는 몇 분 동안 바싹 붙어서 협의를 했다. 굳이 엿듣고 싶지 않았으므로 잭은 적당히 떨어진 곳으로 이동해서 장갑을 착용했다. 아침 해가, 시원한 그늘 속에 있는데도 불구하고, 벌써부터 작열하고 있었다. 잭은 이마를 문질렀고, 잠시나마 눈부심을 피하기 위해서 눈을 꼭 감았다. 마침내 카스탈라노가 그 남자에게서 떨어져 나와서 잭에게 문을 통과하자는 손짓을 보냈다.

잠시 후 잭은 에어컨이 작동하고 있는 유리로 둘러싸인 건물 입구의 통로에 들어섰는데, 그 안쪽에는 단 한 개의 철제 기둥에 대리석 계단들을 층층이 쌓아 놓아서 만든 널찍한 층계가 있었다. 휴 베트리의 저택은 언덕의 경사면을 따라 아래쪽으로 수직으로 건축되어 있었다. 3층이고 각 층마다 앞면이 유리로 되어 있어서 계곡 아래의, 이미 안개와 연무로 감싸여 있는 멋진 경관을 공유하고 있었다.

"이리로 내려가세, 잭."

카스탈라노는 잭을 굽은 계단 아래로 안내했다. 현대 미술 작품과 매달려 있는 조각상들 때문에 벽과 천장이 두드러져 보였다. 램프들과 가구들 또한 예술 작품들처럼 보였는데, 그것들은 모두 강철, 유리 그리고 크롬으로 만들어졌다. 1층에 이르렀을 때, 잭은 많은 목소리들을 들었다. 말투는 전문가적이었지만, 목소리는 나지막하고 정중하고 소곤거렸다. 때문에 잭은 이 장소에서 누군가가 죽었다는 것을 알아차렸다.

"이 휴 베트리란 사람이 누구야?" 잭이 물었고, 그의 직업적인 본능이 깨어났다. "영화 배우 아니면 감독?"

"베트리는 독립영화 제작자야." 카스탈라노가 대답했다. "2년 전에 그가 어떤 환타지 영화를 제작했는데 그해의 최고 블록버스터가 되었지. 조만간 속편을 내놓을 예정이지, 아니, 예정이었지."

"예정이었다고?"

카스탈라노는 화려하게 조각된 참나무 문 앞에서 멈추었고, 문을 밀어서 열었다. "휴 베트리를 만나보게나."

냄새가 먼저 잭에게 덤벼들었다. 엎질러져 있는 피, 꺼내서 놓아둔 내장들과 방광—도살장에서 나는 냄새였다. 그의 시선은 응고되어 거무스름한 피의 흔적을 좇았는데, 참나무 재목의 커다란 책상 쪽으로 이어졌다. 한 남자가 그 위에 큰 대자로 누운 채 팔과 다리를 아무렇게나 늘어뜨리고 있었다, 마치 해부용 탁자 위의 개구리처럼. 가죽 벨트들과 실크 타이들이 그의 손목과 발목을 묶는 데 사용되었고, 마치 어떤 생물학적 표본처럼 그 희생자는 내장이 적출되어 있었다. 잘게 찢어진 내장이 방을 가로지르며 흩뿌려져 있었다. 바닥에는 그 남자의 간 한 덩어리가 유리벽을 통해 흘러들어오는 햇빛에 희미하게 빛나고 있었다. 남자의 음경이 흩어져 있는 컴퓨터 본체의 부속품들 한 가운데에 놓여 있었다—시체와 컴퓨터의 모니터만이 참나무 책상 위에 남아 있었다. 컴퓨터는 켜져 있었고, 모니터 위에는 해변의 전경을 보여주는 화면보호기가 끝

없는 반복을 재생하고 있었다.

잭은 역겨움을 충분히 억누르며 시체를 건드리지 않은 채로 살펴보았다. 각별히 흥미로운 것은 몸체의 위치, 팔과 다리의 묶인 상처들, 오른쪽 눈 밑의 뺨에 난 선명한 멍이었다. 가장 두드러진 것은 죽은 남자의 얼굴에 나타난 표정이었다—한쪽 눈은 뜨고 다른 쪽은 감고 있었고, 입은 벌린 채 피가 얼룩덜룩 묻어 있었고, 혀는 검고 부풀어 있었다. 이 남자의 죽음은 고의적으로 길게 늘어졌다. 그는 몇 시간의 고문을 경험한 후에 비로소 죽음을 맞이했다.

카스탈라노 형사가 침묵을 깼다. "그의 아내, 사라는 부부용 침실에 있네. 목이 베였어. 베트리의 딸은 욕실에 있고. 이 짓거리를 벌인 놈들이 한밤중에 수영을 하고 있는 그녀를 발견한 모양이야. 그녀가 제일 먼저 죽었지만, 다행히도 빨리 죽었다네, 이 가여운 작자와는 달리."

"다른 사람은?" 잭의 목소리는 냉담했다.

"입주 보모와 젖먹이 아들 하나. 그들은 모두 아기 방에 있네. 그 범죄 현장도 볼 텐가?"

"아니."

"잘 생각했어. 그 살인자들은 무척 잔인한 놈들임이 틀림없어. 이 짓거리를 벌인 놈들이 누구건 간에 휴 베트리한테 쌓인 원한이 무척 깊었던 게지."

"살인범이 어떻게 안으로 들어왔지?"

"그게 바로 수상한 부분이야." 카스탈라노가 대답했다. "경비업체 말로는 경보장치가 오후 8시에 작동되었고, 자정쯤에 다시 꺼졌다고 하더군. 비밀번호를 이용해서 말이야. 어쩌면 내부자 소행일지도 모르지. 그 각도로도 확인하는 중일세, 다른 방향과 더불어서 말이야."

카스탈라노는 시체를 힐끗 보았다가 시선을 돌렸다. "빌어먹을 찰스 맨슨(연쇄살인범, 그를 추종하는 히피족들로 구성된 맨슨패밀리가 1969년 영화감독 로만 폴란스키의 집을 습격하여 그의 아내이자 유명 영화배우인 샤론 테이트를 포함 5명을 무참히 난도질해서 살해했는데, 그녀는 당시 임신중이었다)이 다시 나타난 것 같군. 히피족들은 이미 멸종해 버렸으니까."

잭이 방에서 나가려고 몸을 돌리려는데, 카스탈라노가 그의 팔을 잡았다.

"잠깐만, 자네가 꼭 봐야할 게 더 있네, 잭."

형사는 방을 가로질러 책상의 구석 위에 놓여 있는 컴퓨터 쪽으로 향했다. 키보드는 바닥에 떨어져 있었지만, 무선 마우스는 죽은 남자의 머리 옆에 있는 패드 위에 놓여 있었다.

"휴 베트리는 살해당할 때 컴퓨터를 이용하던 중이었네." 카스탈라노가 말했다. "CD-ROM에서 정보를 둘러보던 중이었어."

장갑을 낀 손으로, 카스탈라노는 무선 마우스를 툭 건드렸다. 화면보호기가 사라지면서 컴퓨터는 재빨리 마지막 자료 화면을 표시했다. 잭은 숨도 못 쉴 정도로 충격을 받았다. 바로 자기 자신의 얼굴이 나타났으니까.

사진과 함께 거기에는 잭에 관한 정확한 신상 정보가 있었다. 그의 가족들의 이름들, 그의 집 주소, 그리고 그의 집 전화번호, 그의 핸드폰 번호, 그리고 CTU 본부의 사무실 번호 등을 모두 포함한 그의 모든 숫자 정보들. 잭은 모니터 가까이 몸을 기울였다. 다시 눈여겨 보니 이 정보들은 CTU의 데이터베이스에서 나온 것 같았다.

"휴 베트리가 어디에서 이 정보를 얻은거지?"

카스탈라노는 어깨를 으쓱했다. "자네의 추측도 나랑 다를 바 없군. 아무래도 전문가들이 이 사람의 하드 드라이브에 있는 데이터를 뒤져봐야지만 우리 두 사람에게 말해줄 수 있겠지."

잭은 모니터를 살펴보았다. "누가 시체들을 발견했지?"

"우리는 그 살인자가 전화한 것으로 보고 있어." 카스탈라노가 대답했다. "911에서 익명의 제보를 접수한 게 5시간 전이야. 우리가 몇 가지 단서를 잡았어. 그 전화는 공중전화에서 걸려왔고 우리는 그걸 추적했네. 하지만 확신할 수 있는 건 아직까진 아무것도 없네."

잠시 정적이 흘렀다. "잭, 자네에게 물어볼 게 있어."

잭은 끄덕였다. "말해 봐."

"휴 베트리가 어떤 이유로 자네 또는 자네의 현재 가족 중 어느 누구에게 관심이 갖게 되었는지 짐작 가는 거라도 있나?"

"전혀."

1 2 **3** 4 5 6 7 8 9 10 11 12 13
14 15 16 17 18 19 20 21 22 23 24

다음 이야기는 오전 7시부터 오전 8시 사이에 일어난 것이다.

오전 7:05:11

멕시코, 티후아나, 라 하시엔다

토니는 나머지 배낭들도 뜨거운 도로 위에 세워둔 승합차의 화물칸에서 끌어내었다. 음악이 거리에서 요란하게 울려 퍼지고 있었다. 전통적인 멕시코 민요도 아니었고 귀에 거슬리는 시끌벅적한 마리아치(멕시코의 떠돌이 악단) 음악도 아니었다—그냥 스페인어로 읊조리는 시끌벅적한 도시풍의 힙합이었다. 남자들은, 노소를 막론하고, 일터로 또는 일거리를 찾아서 걸음을 재촉했다. 아이들은 떼를 지어 학교를 향해 어슬렁거리며 걷다가도, 혼잡한 도로를 건널 때는 자동차들 사이를 쏜살같이 달음질 치기도 했는데, 그 사이에도 오도가도 못하는 차량들은 계속해서 유독한 매연을 이미 연무로 가득한 대기 속으로 내뿜고 있었다.

승합차 뒤칸은 이제 텅 비었다. 이번이 토니의 마지막 걸음이었다. 위층에서는 페이 허블리가 이미 위성 접속장치를 설치하고 가동에 들어갔다. 컴퓨터 시스템은 그 다음 차례였다.

운전석 쪽의 문을 닫기 전에 토니는 바닥에 있는 비밀 사물함 안에 숨겨둔 두 정의 글록 C18 권총들 가운데 한 정을 주머니에 넣을까를 놓고 고심했다—곧바로 마음을 바꿨다. 총은 문제를 일으킬 수도 있었고 그들이 쫓고 있는 도망자가 폭력적인 성향은 아니었으니까. 토니는 이번 임무를 무기에 의지하지 않고 완수할 수 있기를 바랐다.

그는 거의 마무리 되었을 즈음 돌연 땀으로 푹 젖은 피부가 따끔거리는 것을 느꼈다. 누군가가 그를 지켜보는 중이었고, 그는 그것을 느낌으로 알 수 있었다. 쳐다보지 않은 채 그는 승합차의 보안 시스템을 재조정하고 문을 세게 닫았다. 어깨에 걸머멘 배낭을 고쳐 잡으면서 토니는 자연스럽게 주변을 살펴보았다. 경찰관 한 명이 도로 건너편에서 순찰차에 기대어 있었다. 그의 회색 제복은 찜통더위에도 불구하고 주름 하나 없이 빳빳해 보였고, 얼굴은 무표정해서 무슨 생각을 하는지 알 수 없었고, 두 눈은 짙은 선글라스 뒤에 숨어 있었다.

토니는 가능성들을 고려해 보았다. 그는 나중에 견인하려고 승합차에 눈독을 들이고 있는 건지도 모른다. 승합차는 정상적으로 주차되어 있지만, 자동차에 대한 관리들의 부당 강탈은 티후아나에서는 꽤 흔한 일이었다. 특히 미국 번호판을 부착한 차량일 경우에는 더욱. 사라진 차량은 멕시코 경찰에게 두둑한 "견인비"를 지불한 후에야 겨우 돌려받게 된다.

다른 한편으로, 그 작자는 자연스러운 호기심, 즉 자신의 관할 구역에서 무슨 일이 일어나고 있는지 알아야 할 필요 때문에 지켜보고 있는 건지도 모른다. 토니는 후자이길 바랐다. 무엇보다도, CTU의 임무 계획 회의에서 그와 페이에게 상기시켜 준 내용이 바로 범죄 집단들이 간혹 미국인들을 납치해서 몸값을 챙기는 일을 저질렀다는 것이었으니까. 게다가 부패한 경찰도 그 일에서 한몫을 챙기는 걸로 알려져 있었다.

배낭 끈을 잡아당긴 걸 마지막으로 토니는 승합차 주변을 한 바퀴 돌고는 라 하시엔다의 입구를 향해 걸어갔다. 매 걸음마다 토니는 그 경찰의 시선이 등줄기를 찔러대는 것을 느낄 수 있었다.

6호실로 들어서자, 물건들이 별안간에 어질러진 듯이 보였다. 몇 대의 휴대용 컴퓨터들이 네트워크를 형성하기 위해 작은 서버와 상호 연결된 채로 작은 책상과, 두 개의 침대 중 하나 사이를 가로지르며 펼쳐져 있었다. 불빛들이 깜박거렸고 디스크 드라이버들이 윙 소리를 내면서 돌아가고 있었지만, 페이는 어디에도 보이지 않았다. 토니는 닫힌 화장실 문을 보았고, 물이 흐르고 있는 소리를 들었다. 그는 어깨에 멘 배낭을 내리고 똑같이 생긴 다른 다섯 개의 배낭 옆에다 놓았다—그것들은 모두 비어 있었다.

피곤한지 않는 소리를 낸 그는 울퉁불퉁한 의자에 털썩 앉아서 부츠를 벗겨냈다. 의자 안으로 몸을 기댄 토니는 팔짱을 끼고, 휴대용 컴퓨터가 놓여 있는 침대의 모서리에 다리를 받쳐놓고는 눈을 감았다. 끊임없는 달그락거리는 에어컨의 소음이 달래듯이 들리는 바람에 거의 잠이 들 때쯤 욕실 문이 열리는 소리가 들렸다. 페이가 자욱한 수증기 속에서 달랑 수건 한 장으로 몸을 감싼 채로 밖으로 나왔다. 머리는 핀으로 고정되어 있었고, 그녀한테서는 감귤 향이 풍겼다. 토니는 여자의 차림새 선택에—아니면 그런 것에 대한 무감각함에—불편해 하면서 그녀가 지나갈 수 있도록 자세를 바꾸었다.

"레서에 관해 소식은?" 토니가 물었다.

페이는 침대 모서리에, 그것도 토니 바로 맞은편에 앉아서는 긴 다리를 꼬았다. "그가 아직까지는 인터넷에 접속하지 않았어요, 하지만 계속 감시하는 중이에요." 그녀가 대답했다. "물론, 리처드 레서는 우리가 모르는 가짜 신분, 서버, 계정 들을 가지고 있을 거예요. 하지만 그는 자신의 서명 프로토콜을 사용하지 않은 채로는 어떤 공격도 착수하지 않을 것이고, 그가 그렇게 하는 순간에 그를 잡는 거죠."

페이는 말을 하면서 머리를 풀었다. 금발의 타래들이 그녀의 가녀린 어깨 주위로 허물어지듯 흘러내렸다. 비록 그녀가 수건을 가슴 쪽에서 쥐고 있었지만, 그 테리 직물(보풀을 고리지게 짠 두꺼운 직물)은 아래로 내려져 있어서 토니가 그녀의 등허리에 있는 잠자리 문신을 보기에는 충분했다. 그는 고개를 돌려 시선을 호텔 방 여기저기 흩어져 있는 컴퓨터 쪽으로 옮겼다.

"CTU에서 말이야, 당신 상관인 해이스팅스 말로는 당신이 레서를 잡기 위해서 50만 달러 가량의 장비들이 필요하다고 했다는데." 토니가 말했다. "그런데 지금 내가 보는 거라곤 휴대용 컴퓨터 몇 대, 서버 한 대, 위성 접속장비 하나, 그리고 몇 개의 네트워크 연결장치들뿐인걸."

페이는 웃었다. "비싼 장비들 대부분은 CTU에 있어요." 그녀가 그에게 말했다. "해이스팅스가 말한 건 단 한 명의 범인 수색을 위해 할당된 CTU의 모든 재원의 비용에 관한 걸 거예요. 여기 이 장비들은 단지 CTU 사이버 부서에서 운영되고 있는 시스템과 프로토콜 들에 접속하기 위한 것들일 뿐이예요."

토니는 앞으로 몸을 기울여서 모니터들 가운데 하나를 힐끗 보았다. 정보들이 평평한 화면을 따라 오르내리고 있었다. 결코 초보자가 아니었지만, 토니는 화면에 표시되고 있는 정보들이 무엇을 뜻하는지 감을 잡을 수 없었다.

"뭘 하고 있는 거지?" 그가 물었다.

"음," 페이는 가장 큰 모니터가 있는 침대 쪽으로 미끄러지듯 건너가며 말했다. "알겠지만, 애초부터 CTU에서는 두 개의 분리된 컴퓨터 시스템을 사용해서 첩보 정보를 수집하고 있어요. 한 시스템은 기밀로 분류되지는 않았지만 보안이 철저한 출처들로부터 자료를 추출하는 거죠—신용카드 회사들, 항공사 기록들, 은행 기록들, 주와 연방 부서들, 화학약품 공급처들, 그런 곳들이죠. 일반적인 테러범들도 실제 세계에 살고 있으니까 그들도 먹고, 물건을 사고, 이동을 하고, 직장에서 일을 하고, 할부금을 지불하는 것 같은 일상생활을 해야 하거든요. 에이블 데인저(Able Danger, 미국 특수작전사령부와 국방부 정보국에 의해 만들어진 테러에 대비한 비밀 군사 기획 활동)에 채용된 수학적 모델과 비슷한 알고리즘을 사용함으로써…."

토니는 턱선을 따라 거뭇하고 까칠한 수염을 매만졌고, 그의 새로운 염소수염을 긁었다. "알카에다를 잡으려는 DOD(Depart-ment of Defense, 국방부)의 비밀 계획에 관해 말하는 건가?"

"바로 그거예요. 비슷한 시스템, 알고리즘, 그리고 프로토콜을 사용함으로써 CTU에서는 우리의 국경 내부에 있는 테러범들의 위치를 찾아내고 포획하는 데에 몇 번 성공한 적이 있어요."

"CTU의 랜덤 시퀀서(임의 순서 배열 장치)를 사용해서 말이지, 그런가?"

페이는 끄덕였다. "두번째 시스템 역시 자료를 추출하는 것이기는 한데, 하지만 이것은 폐쇄적이거나 심지어 기밀로 분류된 출처들로부터 자료들을 수집하는 거죠. 그 시스템으로 CTU에서는 개인 계좌들에 접근하고, 보안이 되어 있는 거래들을 추적하고, 기밀로 분류된 CIA와 DOD의 파일들, 국무부와 재무부 파일들, 통화 기록들, 기업의 컴퓨터들, 보안 의료 기록, 심지어 인터폴 파일에도 접속할 수 있어요. 리처드 레서의 경우, 우리가 운영 중인 프로토콜은 그가 잔고 확인차 은행에 전화를 하는 것까지도 알려줘요. 어떠한 전자 공학적인 행위도 우리 레이더에 걸리게 되는 거죠."

"이 장비들을 가지고 무얼 하려는지는 여전히 말해주지 않는군."

페이는 긴 금발 곱슬머리를 어깨 너머로 넘겼다. "랜덤 시퀀서를 이용해서 그럭저럭 세 번째 시스템을 설치해 놓았어요. 이 시스템은 월드 와이드 웹으로부터 자료를 추출해 내죠. 보안 조치가 되어 있는 것들을 포함해서 모두 다요."

"슈퍼 검색 엔진 같은 건가?"

페이는 활짝 웃었는데, 자부심이 넘쳐나 보였다. "한층 강화된 *블러드바운드*에 더 가깝죠. 찾고자 하는 사람이 누구인지, 어떤 컴퓨터, 서버 또는 ISP(인터넷 서비스 제공자)를 사용하고 있는지를 안다면, 그때부턴 제 프로그램과 CTU의 중앙 컴퓨터가 내 마법 같은 손가락들과 협동으로 작업해서 그들을 추적할 거예요."

토니는 회의적이었다. "얼마나 가까이 접근할 수 있지?"

"이 휴대용 컴퓨터로 나는 어떤 대상의 활동을 어느 특정 서버까지, 그런 다음 특정 전화번호 혹은 무선 통신 지역까지 추적할 수 있어요. 만약 내 계략이 성공한다면—뭐, 항상 성공하지만—몇 번이든지 레서가 그의 시스템을 지우거나 흔적을 감추려고 애쓴다 해도 그자는 내 손 안에 있는 거죠. 우리가 가진 영장으로, 나는 합법적으로 정부가 예전에는 정보 수집을 금지시켰던 모든 종류의 데이터에 접근할 수 있는 거죠."

토니는 팔짱을 꼈다. "RICO 법안(Racketeer-Influenced and Corrupt Organizations, 조직범죄처벌법)을 확대 해석하는 게 어떻게 어떤 사람들을 미치게 만든다는 건지 도대체 모르겠어. 이런 법안들을 이용해서 마약 중개인들을 기소할 수 있다면, 어째서 같은 법률로 테러리스트들을 막는 데에는 적용하지 않는 걸까?"

"맞아요, 국세청에서 어떤 시민이 어느 연도에 행한 모든 개별 금융 거래를 알고 있는 것에 대해서도 어떻게 아무도 불평하지 않는지 이상해요. 하지만 어떤 용의자가 도서관에서 무슨 책을 빌려간 것을 알고 있으면 갑자기 문제가 되죠."

"그게 이론과 현실 세계의 차이지." 토니가 말했다. "대부분의 사람들은 연방

기관에서 그들이 도서관에서 무슨 책을 빌리는지 알게 될까봐 한밤중에 깨어나 걱정하진 않아. 그들은 관료적인 형식주의 때문에 정부가 테러범들의 공격을 막는 데에 실패하리란 것을 걱정하지. 베슬란(러시아 학교 인질 사태) 또는 발리(나이트클럽 폭탄 테러) 또는 런던(출근길 지하철과 버스 폭탄 테러)에서처럼 말이야."

페이는 휴대용 컴퓨터 중 한 대를 만지작거리는 바람에 몸에 두른 타월이 거의 떨어질 뻔했다. "여기, 이것 좀 보세요."

그녀는 일어나서는 발끝으로 살금살금 걸어서 토니에게 다가갔고 그의 무릎 위에 휴대용 컴퓨터를 올려놓았다. 페이는 그의 뒤로 움직여서는 그의 어깨에 기대어서 화면을 가리켰다. 그는 그녀의 가슴이 어깨를 누르는 것과, 긴 머리카락이 코를 간지르는 것을 느낄 수 있었다.

"리처드 레서는 우리가 알고 있는 두 개의 다른 신분을 가지고 있는데, 단지 우리가 알고 있다는 사실을 모르기 때문에 그는 자신의 흔적을 감추었다고 생각하고 있어요. 그 신분들은 바로 여기 두 개의 그래프로 표현돼요. 물론 그가 그냥 실명을 쓸 수도 있겠죠—이곳에선 도망자가 아니니까요. 그래서 그건 바로 여기에 네모 표시를 달아놓았어요. 보시다시피 아직은 활동이 없어요. CTU에서 운영 중인 세 개의 프로토콜 중 어느 것에서도요. 하지만 그건 시간 문제일뿐이에요."

"시간?"

"제가 현실 세계에서의 생활에 대해서 말했던 거 기억하시죠?" 페이가 대답했다. "조만간 리처드 레저는 수표를 쓰고, 본인의 십여 개가 넘는 계좌 가운데 하나에서 현금을 인출하고, 신용카드를 사용하거나, 또는 컴퓨터를 켜게 될 거예요. 나는 그 근원지를 거슬러 추적할 것이고 우리는 그자가 어디에 있는지 알아낼 거예요—아니면 그가 30분쯤 전에 어디에 있었는지는 알게 되겠죠, 어쨌든 간에."

토니는 그의 뻣뻣한 목을 문질렀다. "정말 멋지군."

페이는 토니의 짧고, 새롭게 기른 말총머리를 한쪽으로 넘기고, 그의 목과 어깨 위로 손을 움직여서 그의 뭉쳐 있는 근육들을 마사지했다. 그는 잠시 동안 그녀의 친밀한 행동을 허락했다—그 느낌이 너무나 좋았으니까.

마침내 토니는 몸을 앞으로 숙여 페이의 손길에서 벗어나 모니터의 활동을 지켜보는 척하고 있었다. "그러면 레저가 또 다른 웜(worm, 자가 복제를 통해 컴퓨터 간에 전파되는 바이러스 프로그램)이나 어떤 종류의 사이버 공격에 착수하지 않았다는 것을 어떻게 알 수 있지, 보스콤에다 했던 것처럼 말이야?"

페이는 의자를 돌아 나와서 침대에 걸터 앉고는 맨살이 드러난 다리를 꼬았다. "보스콤 시스템에 있는 사람들이 리처드 레저를 발견한 건 그가 게으른 탓에 일부 잘못된 코드들을 침투 바이러스 안에다 묻어둔 채로 남겨 두었기 때문이에요. 약간 조사를 해봤는데 그가 스탠포드에 재학 중일 때 마이크로소프트에도 그것과 유사한 멍청한 짓을 시도했었다는 걸 알아냈죠. 제이미 패럴이 레저의 버그 복사본을 MS 보안부서에 근무하는 옛 친구한테서 받아서 저에게 주었어요. 예상대로, 그 바이러스는 내부에 같은 코드를 가지고 있더군요. 그건 그의 서명, 즉 지문 같은 거라고요."

"그래서 그가 똑같은 실수를 저지를 거라고 생각하는 거야?"

페이는 끄덕였다. "물론이죠. 리처드 레저는 똑똑하고, 천재일 거예요. 조급한 성격이 아니었다면 범죄자가 되지는 않았을 거예요. 그는 지금 성과를 원하고 있어요. 그건, 그가 지름길을 택할 거라는 뜻이죠. 게다가 그는 습관의 동물이거든요."

페이는 올이 풀린 호텔 수건을 단정히 했다. "그러면 이제 뭘 하기를 원해요, 토니?…" 그녀는 미소지었다. "그러니까, 제가 여기에 꼼짝없이 들러붙어서 이 컴퓨터들을 감시해야만 하기 때문에 우리는 외출할 수 없잖아요, 그렇지만…."

토니는 침을 꿀꺽 삼켰다. 그가 가장 하고 싶지 않은 일은 페이의 감정을 상하게 하는 것이었다. 우선, 언짢은 감정은 임무를 위태롭게 만들 수도 있으니까. 그러나 한편으론 그렇기 때문에 티후아나의 싸구려 호텔에서 그녀와 가벼운 섹스를 할 수도 있다. 요점은 이번 임무기간 동안은 토니가 그녀의 상관이라는 것이다. 어떤 종류의 친밀감도 전적으로 부적절할 수 있다.

"내 생각엔 조금이라도 잠을 자 두는 게 나을 것 같아, 교대로 말이야." 토니가 잘라 말했다. "리처드 레저가 행동하기로 결정하면, 우리는 몇 시간 아니 몇

일 동안 계속 바쁠지도 몰라. 쉴 수 있을 때 쉬는 게 좋아."

"분부대로 하죠." 페이는 실망한 기색을 보이지 않으려고 애를 쓰며 말했다.

오전 7:55:34

산타모니카

한적한 교외의 거리에 서서 잭 바우어는 프랭크 카스탈라노의 렉서스가 모퉁이를 돌아서 시야에서 사라지는 것을 지켜보았다. 1.5km 떨어진 바다에서 불어오는 희미한 산들바람이 아침나절의 뜨거운 열기를 약간 누그러뜨렸지만, 잭의 지끈거리는 두통은 여전했다. 돌로 된 보도를 우회한 그는 잔디밭을 가로질러 난평면 구조(부분별로 높이가 다른)의 농장 주택같은 단층집 현관 쪽으로 성큼성큼 걸었다.

그는 손목시계를 힐끗 쳐다보고 킴을 만나는 걸 놓쳤다는 것을 알았다. 그 애의 스쿨버스는 벌써 가버린 뒤였다. 지금쯤이면 이미 교실에 앉아 있을 것이다. 그러나 한편으로는 오늘처럼 특별한 아침에는 딸을 만나지 못한 것이 오히려 다행일 수도 있었다. 잭은 상처를 만졌다. 얇은 재킷 아래로, 아직도 검은색 전투복을 입고 있었고, 피로 얼룩진 붕대를 팔에 감싸고 있었다. 더욱 좋지 않은 건 집안에서 무기를 지니고 있는 것이었다. 잭은 킴에게 그의 직업에 따르기 마련인 위험을 떠올리게 하는 것을 좋아하지 않았다.

시원한 샤워와 몇 시간의 단잠을 기대하면서 그는 열쇠를 찾아 더듬다가 주머니 안에서 CO-ROM을 만졌는데 LAPD 증거물 봉투 속에 들어 있었다. 비록 설득하는 데에 많은 시간이 걸렸지만, 카스탈라노 형사는 CTU 사이버 수사대에서 온 팀이 휴 베트리의 컴퓨터를 본부로 가져가 제이미 패럴이 분석할 수 있도록 허락했다. 잭의 주장—CTU가 LAPD보다 하드 드라이브에 있는 자료를 추출하는 작업을 훨씬 잘 해낼 수 있다는 것—은 논리적이고 정확했다. 그러나 두 사람은 잭의 요청에 대해서 실질적이고 입 밖에 내지 않은 저의를 알고 있었다.

그것은 침해였다. 바우어의 사생활이 침해를 받았고, 개인적인 생활의 세부사항과 가족의 생명이 위험에 빠질 수도 있는 위태로운 상황에 처한 것이었다. 잭 바우어는 어떻게 그리고 왜 그런 일이 발생했는지, 그리고 그가 사랑하는 사람들을 보호하기 위해서 무엇을 해야만 하는지 알 필요가 있었다.

그 때문에 그가 CD-ROM을 가지고 있는 것이었다. 그는 그 디스크를 제이미에게 나중에 비공식적이고 사적으로 넘겨줄 것이고, 결과를 그에게 개인적으로 전달해 주도록 요청할 것이다.

가족이 위험에 처해 있을지도 모른다는 생각이 아드레날린을 온몸에 솟구치게 만드는 바람에 잭은 문을 열기 전 잠시 멈춰서 마음을 가라앉혔다. 두려운 마음을 다져 누르면서 그는 손을 안정시켰다. 어떠한 일이 있어도 가족이 그의 얼굴에서 분노, 불안, 공포 같은 것을 절대로 못 보도록 해야 했다. 잭 바우어에게 있어서 일거리 혹은 그에 따른 위험요소들을 집으로 가져오는 것은 선택 사항이 아니었다.

현관 문을 연 후, 잭은 안으로 들어서고 나서 거실로 갔는데, 그곳은 아무도 없었지만 조용하지는 않았다. 킴이 또 텔레비전을 켜놓은 채 나간 것이었다—그게 아니라면 그의 아내가 MTV를 시청하고 있었는지도. 그는 재킷을 벗고, 그것을 옷장 안에 걸었다. 그런 다음 재빨리 얼룩진 붕대를 벗겨내고, 소매를 내려서 상처를 가렸다. 그는 팔을 구부려 보고 좌우로도 움직여보더니, 팔이 여전히 잘 움직이고 통증이 묵직한 욱신거림으로 누그러진 것을 보고 다행으로 여겼다. 잭은 거실을 가로질러서는 텔레비전을 껐다.

부엌에서 그는 붕대를 쓰레기통 깊숙이 밀어 넣었다. 신선한 커피 한 잔이 막 내려져 있었다. 그 향이 유혹했지만, 잭은 그것을 이겨냈다. 두어 시간의 잠이 필요한 걸 알고 있으니까.

"여보?" 그가 욕실 쪽으로 걸어가면서 불렀다.

"여기 있어요." 나직한 목소리가 현관 복도 끝에서 들려왔다.

잭은 침실에서 아내를 발견했는데, 아직도 잠옷 차림이었다. 그녀는 옷장을 거의 다 비워 냈고, 옷들은 퀸-사이즈 침대, 의자, 책상 그리고 화장대에까지 쫙 펼쳐져 있었고, 구두들은 바닥에 어지럽게 흩어져 있었다.

"무슨 일이야?" 잭이 문틀에 기댄 채 물었다.

"무슨 일이냐 하면 입을 만한 게 하나도 없다는 거예요." 테리는 방을 가로질러서 남편의 뺨에 가볍게 입맞춤을 했다. 그녀는 그의 옷차림새에 주의를 기울이지 않았는지 토를 달지는 않았다. 또한 그의 머리에 난 혹에 대해서도 아무런 언급을 하지 않았는데, 그렇긴 해도 잭은 그게 보이지도 않을 거라고 장담하지는 않았다.

"어디 특별한 데라도 가는 거야?"

"그럴지도요," 테리가 대답했다. "봐서요."

잭의 눈썹이 치켜 올라갔다. "봐서라니, 뭘?"

"오늘밤 입을 만한 것이 있는지에 따라서요. 텔레비전에 걸맞는 걸로요."

"*오프라*가 LA에서 녹화라고 한대?"

"근처에도 못 갔어요."

잭은 주머니를 비우고 열쇠, 지갑, 휴대전화기를 화장대 위로 툭 던졌다. "알았어, 내가 졌어. 무슨 일이야?"

테리는 검은색 드레스를 몸에 걸치고 거울에 비친 자기 모습을 살펴보았다. "내가 코벤트리 프로덕션에서 자유계약직으로 일했던 거 기억해요?"

잭은 옷가지들을 치우고 침대 모서리에 앉았다. "그 만화영화사 제작사? 기억하지. 다른 작가와 함께 일했잖아…, 나탈리."

"낸시예요."

"그래, 맞아. 낸시."

잭의 생각이 2년 전, 그 시절로 돌아갔다. 머리에 제일 먼저 떠오른 것은 CTU에서 맡은 임무들이었다. CTU에 들어간 이후로는 그가 맡은 임무들이 잭의 삶에 있어서 척도가 되어버렸다. 2년 전, '점프 로프(줄넘기) 작전'이 마무리되고 '프로테우스(자유자재로 변신하고 예언의 힘을 가졌던 바다의 신) 작전'이 막 전개될 무렵이었다. 그리고 가정에 대해서—잭은 충분히 알 수 있을 만큼 집에 머무르지는 않았으니까, 그는 딱 그 정도만 기억하고 있었다. 킴은 사춘기에 접어들고 있었고, 모녀간의 유대감은 상호 파멸의 관계로 치닫고 있다는 정도만.

잭은 테리 역시 그 당시에는 많은 시간을 일하고 있었던 것을 기억해 냈다.

데니스라는 영국의 어떤 만화영화 제작자와 함께 센추리 시티에 있는 한 사무실에서. 잭은 그 남자를 만난 적은 없었고 전화로 통화할 때 그의 목소리를 들었을 뿐이었지만, 테리는 그에게 깊은 인상을 받은 것처럼 보였다—잭은 그것 역시 그 정도만 기억했다.

"그래, 낸시는 어떻게 지낸대?" 그가 물었다.

"듣기로는 얼마 전에 아기를 낳았대요. 아들이래요."

"들었다고? 낸시한테서?"

테리는 또 하나의 옷더미를 헤쳐댔다. "사실은 데니스 윈스롭이 전화했어요. 그 사람은 낸시의 상사였거든요. 당신은 그 사람을 한 번도 만난 적이 없기 때문에 그 사람 이름을 기억하지는 못할 거예요."

"그래."

"어쨌든, 〈데몬 헌터〉라는, 코벤트리 프로덕션에서 제작한 장편 만화영화가 실버 스크린 시상식에서 수상 후보에 올랐대요. 내가 그 작품의 미술 부분 작업에 참여했으니까 오늘밤 그 시상식에 초대하겠대요. 시상식은 텔레비전에 생방송으로 나갈 예정이라네요."

"정말 잘됐군." 잭이 말했다. "수상하게 되면 당신도 트로피 받는 건가?"

"바보 같은 소리 좀 하지 마요." 테리가 웃었다. "난 그냥 배경 전담 작가의 보조 계약직으로 일했다고요. 초대를 받아서 다행이에요. 낸시가 너무 보고 싶어요. 그리고 칼라와 챈드라도요."

잭은 일어나서 아내를 끌어안았다. "당신이 텔레비전에 나올지도 모르니까 나가서 입을 만한 신상품을 하나 사지 그래?"

"실없는 소리 말아요, 잭. 이 검정색 드레스로 이미 결정했어요."

"괜찮구만." 그가 미소 지었다. "그걸 걸치면 정말 멋지겠는걸."

"당신은 괜찮겠어요, 잭?"

"당연히 괜찮지. 킴이랑 나는 피자를 시켜 먹으면 돼."

"그래요. 하지만 페퍼로니(향신료를 듬뿍 넣은 쇠고기와 돼지고기를 말린 소시지) 피자는 안 돼요. 킴이 다시 채식주의자가 됐거든요."

잭은 믿지 못하겠다는 듯 코웃음을 쳤다. "언제부터?"

"내가 어제 저녁에 미트 로프(다진 고기·계란·야채를 섞어 덩어리로 구운 것)를 요리한 후부터요."

"저런, 어쨌든 우리도 방송 도중에 당신이 나오는지 찾아보면서 재미있게 보낼게."

테리가 웃었다. "눈도 깜박거리면 안 돼요."

잭은 다시 침대에 걸터앉아서 전투화를 벗겨내고는 구석에다 툭 던졌다. 테리는 거울 쪽으로 걸어가서 짧고 검은 머리칼을 긴 손톱으로 얼굴 너머로 빗어 넘기면서 거울 속에 있는 자신의 얼굴을 찬찬히 살펴보았다.

"한 가지만 더." 잭은 일어나서 간단한 샤워를 위해 욕실로 향하면서 말했다. "만약 당신이 수상하게 되면, 수상 소감으로 성실하고 열심히 후원해 준 남편에게 감사한다는 말 잊지 마."

테리는 거울 속에 있는 잭의 눈을 보면서 웃었다. "당신과 킴은 나한텐 언제나 제일 소중해요, 잭. 잘 알면서."

1 2 3 **4** 5 6 7 8 9 10 11 12 13
14 15 16 17 18 19 20 21 22 23 24

다음 이야기는 오전 8시부터 오전 9시 사이에 일어난 것이다.

오전 8:03:41

앤젤레스 국유림, 앤젤레스 크레스트 고속도로

북쪽에 있는 그 유명한 시에라 네바다(캘리포니아 북동부의 산맥)에 비할 만큼 장관은 아닐지라도, 샌 가브리엘 산맥과 그 주변을 둘러싸고 있는 국립공원은 L.A. 시민들에게 무엇보다 뚜렷한 장점 하나를 제공하고 있었다—그것은 글랜데일 지역에서 자동차로 겨우 30분 정도 거리에 있다는 것이다. 샌 가브리엘은 참나무, 소나무, 삼나무로 숲을 이루고 있는 데다가 맑은 시냇물, 작은 호수, 폭포 그리고 가파른 협곡 들로 아름답게 어우러져 있어서 낚시, 도보 여행 그리고 야영을 하기에 안성맞춤이었다.

여러 갈래의 도로들이 70만 에이커(약 2,800㎢)의 공원을 올라가고 있었는데, 모든 도로들은 구불거리고 가파르고 좁았지만 그 산맥을 통과하는 주 도로인 앤젤레스 크레스트 고속도로만은 예외였다. 그 도로는 라 카냐다 플린트리지에서 꾸준히 오르막길을 오르면서 거의 해발 2,440미터에서 마침내 정점에 도달한 다음, 내리막길을 따라 내려가며 평평하고, 저주받은 황무지인 모하비 사막에 결국 끝이 난다.

급격한 곡선을 이루며 이 고속도로에서 벗어나고 있는, 눈에 띄지 않는 도로가 하나 있었다. 그리 길지 않은 울퉁불퉁한 흙먼지 길 끝에는 훤칠한 소나무들을 끼고 세 동의 목조 건물들, 여러 개의 소풍용 탁자들, 깃대 하나, 대여섯 개의 천막들이 자리하고 있었다. 작고, 꼭 필요한 것들만 제공되는 이 야영장은 1980년대 말 대도시 중심부의 저소득층 거주 지역에 있는 두 곳의 교회가 설립하였다—로스앤젤레스 사우스 센트럴에 위치한 '하느님의 사자(the Lion of God)' 교회와, 도로에 면한 다 허물어져 가는 건물에서 소수의 기독교 신도들이 운영하는 콤프톤 침례 주일 학교.

깎아지른 절벽이 드러나 보이는 높은 산 봉우리들의 완벽한 경치와 더불어, 그곳은 도회지의 아이들에게 도시의 찌는 듯한 더위로부터 며칠 가량의 피서 기회를 주는 동시에 피정(避靜, 기독교인이 일상생활에서 잠시 벗어나 묵상과 침묵 기도를 하는 종교적 수련)을 통해 그들의 사명(使命) 선언을 이행할 수 있도록 했다. 뿐만 아니라 이곳에서 아이들은 콘크리트 속에 인류가 게워낸 죄와 오만들보다는 자연 속에 투영된 신의 축복을 눈앞에서 목격할 수 있었고, 아이들은 매연 대신 초목들과 나무들의 향기를 들이마실 수 있었고, 아이들은 성경에 대한 교육을 받는 동안 불량배들의 SUV에 달린 서브우퍼의 끊임없는 소음 폭력 대신 새들의 노랫소리를 들을 수도 있었다.

9명의 아이들이 이번 특별 피정 모임에 참여했는데—12세에서 14세 사이의 4명의 남자아이들과 5명의 여자아이들—그 아이들은 지금 한 쌍의 소풍용 탁자들에 둘러앉아 있었다. 아침식사를 마치고 종이 접시들을 모아 놓은 다음, 키가 크고 갈대처럼 호리호리하며 갈색 가죽 같은 피부에 넓은 이마 위로 백발이 뻣뻣하고 선 랜더스 목사가 그들 모두를 이끌면서 작별 기도를 하고 있었다.

15미터쯤 떨어진 곳에선, 25살의 레이니 콜더가 야영장에서 가장 큰 건물로부터 나와서 현관에 서 있었다. 아침 햇살에 눈을 찡그린 날씬하고 젊은 그 아프리카계 미국 여성은 긴 머리를 여러 가닥으로 아름답게 땋은 모습을 한 채 하늘에서 노랗게 빛나고 있는 태양으로부터 고개를 돌린 후 야구 모자로 머리에 눌러 썼다.

"틀림없이 저 아래 시내는 무척 무더울 거야. 이 산속을 떠나는 건 정말 싫은데." 레이니가 중얼거렸다.

그녀의 뒤쪽에서 몸집이 큰 50대 후반의 흑인 여성이 전동 휠체어에 탄 채로 그 건물에서 천천히 나왔다.

“엄청 더울 거야.” 리타 태프트가 말했다. “하지만 고원 지대에서 불어오는 바람 속에서 한기를 느낄 수 있어. 겨울이 다가오고 있다는 거지. 이삼 주 내로 목사님은 봄까지 이곳을 문 닫으려고 하실 거야.”

나이 든 여자는 먼 산을 지친 눈빛으로 바라보았다. 그리고 나서 휠체어를 작동시키는 턱 조정 장치를 이용해서 젊은 여자와 얼굴을 마주볼 수 있도록 회전시켰다.

“이곳을 처음 문을 열 당시, 그러니까 20년 전에는 매년 여름에도 산에 쌓인 눈을 볼 수 있었어—심지어 7월에도 말이야. 하지만 올해는 달랐어. 가뭄을 비롯한 온갖 이유로 눈이 오질 않았어. 단 한 조각도.”

리타가 잠시 말을 멈추고 젊은 여자에게 시선을 고정시켰다. “나는 그 하얀 가루가 없다면 세상은 아마도 훨씬 좋아지리라고 생각하고 있어. 내 말이 무슨 뜻인지 안다면….”

레이니 콜더는 고개를 끄덕였다. “훨씬 좋겠죠.”

“그러면 너한테는 그 더러운 눈가루가 더 이상 필요치 않다고 내게 말해 주겠니, 네가 도시로 돌아가더라도 말이야? 온갖 악의 유혹들이 넘쳐나는 세상으로 돌아가더라도?”

젊은 여자는 머리를 끄덕였다. “마약을 끊은 지 이제 아홉 달이 넘었는데, 자유롭고 상쾌해졌어요. 사모님과 목사님에게 감사드려요, 제게 더 나은 길을 알려주셔서요. 다시는 타락의 길에 들어서지 않을 거예요….”

리타 태프트의 방글거리는 미소가 얼굴 주위로 밝게 빛났다. “하나님의 축복이 너와 함께 하기를. 계속 그런 식으로 잘해나가면 내년에는 네가 내 일을 맡아서 할 수 있을 거야!.”

레이니의 밤색 눈이 휘둥그레졌다. “전 절대로 할 수 없….”

“너는 똑같은 말을 6개월 전에도 했어. 목사님이 너에게 야영장 상담역을 맡겼을 때 말이야. 지금은 아이들이 너를 가장 좋아하잖아.”

“저도 물론 아이들을 사랑해요.”

한 구름의 먼지가 야영장 끝에 있는 나무들 너머로 나타났다. 잠시 후 교회 승합차가 아이들을 집으로 데려가기 위해 도착했다. 레이니는 버스를 초조하게 힐끔 바라보았고, 떠나기를 주저했다.

리타가 목을 가다듬었다. "휴대폰을 가지고 있잖아. 콤프턴에 도착하면 나한테 꼭 전화해라." 그녀가 말했다. "그리고 마음 쓰지 마. 겨우 며칠 동안 가는 것뿐이잖니. 다음 주 화요일에 다시 만날 수 있을 거야. 네가 한 무리의 새로운 아이들과 함께 오면 말이야."

레이니는 몸을 구부려서 나이 든 여자의 뺨에 입을 맞추었다. "몸조심하세요, 태프트 부인, 그리고 타이렐에게 전동 휠체어 배터리를 충전해 놓으라고 반드시 일러두세요. 그렇지 않으면 저번처럼 꼼짝 못하실 수 있어요."

리타는 휠체어를 앞쪽으로 장난스럽게 획 내밀었다. "집으로나 가시죠, 아가씨."

레이니는 현관에서 뛰어내려서 버스로 향했다. 커다란 승합차로 승객용 좌석이 네 줄로 늘어서 있었다. 아이들은 이미 차에 올라타서 좌석을 고르는 중이었다. 그녀는 승객용 출입구를 둘러보고 탑승했다. 다섯 아이의 엄마이자 코코아색 피부, 검고 짧은 곱슬머리를 가진 셀마 레이튼이 운전석에서 함박웃음을 지으며 그녀를 맞아주었다. "레이니, 도시로 돌아가는 걸 후회하게 될 거야. 차라리 지옥이 콤프턴보다는 시원할걸."

"쉿!" 레이니가 속삭였다. "아이들 앞에서는 말을 조심해주세요."

셀마는 머리를 뒤로 젖히면서 웃었다. "저 녀석들은 나한테 겁을 먹지도 않아, 그리고 어차피 듣고 있지도 않잖아. 그래도 태프트 부인 앞에서는 반드시 입조심을 한다고. 한번은 내가 욕두문자를 사용했더니 그 부인이 그 망할놈의 휠체어로 내 정강이를 후려쳤다니까."

레이니는 놀란 표정으로 그녀를 쏘아보았다. "부인이 타이렐에게 당신 입을 비누로 씻기라고 하지 않을 걸 다행으로 여기세요."

셀마는 레이니를 향해 익살맞은 미소를 지었다. "나는 타이렐뿐만 아니라 목사님에 대해서도 걱정하지 않아. 두 사람 다 날 따라잡기에는 너무 늙었거든."

셀마는 후면 거울을 통해서 승객들을 확인했다.

"좋아, 얘들아, 이제 안전벨트를 매." 그녀는 아이들의 웃음과 울음 소리에 지지 않도록 크게 소리쳤다. 잠시 후 엔진의 시동을 걸고 냉방 장치를 강하게 틀었다. 버스는 캠프장을 마지막으로 한 바퀴 빙 돈 다음, 고속도로를 향해서 언덕을 다시 기어올랐다.

나무로 된 정문은 닫혀 있었다. 셀마는 브레이크를 밟았고 땅바닥에서 일어난 먼지 구름이 버스를 뒤덮었다. "내가 타이렐에게 정문을 열어둔 채로 놔두라고 말했는데. 대체 그 사람은 어디로 간 거야?"

"베르두고 시내에 있는 월-마트에요. 태프트 부인이 몇 가지 물건이 필요하다고 했거든요." 래니가 대답했다. "걱정 마세요. 제가 문을 열게요."

그녀는 차 문을 열고 폴짝 뛰어내리더니, 나무로 된 정문으로 달려가서는 문을 끌어당겨서 열었다. 입구 너머 몇 미터 앞에서부터 기다란 띠 모양의 콘크리트 고속도로가 시작되었다.

"올라 타!" 텔마가 소리쳤다.

레이니는 고개를 저었다. "정문을 열어둔 채로 떠나고 싶지는 않아요. 통과하고 나서 고속도로에서 기다려 주세요."

셀마는 손을 흔들고 차량을 앞쪽으로 움직였다. 승합차의 부르릉거리는 엔진 소리 너머로, 레이니는 또 다른 소리가 들렸다고 생각했다—비행기가 내는 굉음 같은 소리.

교회 승합차가 고속도로 위로 막 올라서자마자 나지막하고, 좀 전에 레이니가 들었던 정체를 알 수 없는 소음이 갑작스레 귀청이 터질 것 같은 굉음으로 바뀌었다. 전속력으로 내달리는 새빨간 스포츠카가 끼익 하는 소리를 내며 모퉁이를 돌아 나왔고, 아이들로 꽉 찬 승합차를 향해서 정면충돌을 하려는 듯이 돌진하고 있었다. 셀마가 고속으로 다가오고 있는 자동차의 진로에서 벗어나기 위해 안간힘을 쓰자, 타이어들이 끼익 소리를 냈고 차량 뒷부분이 물고기처럼 좌우로 흔들거렸다. 그녀의 신속한 운전 솜씨 덕분에 정면 충돌은 가까스로 피했지만, 두 차량은 비스듬히 충돌하고 말았다.

레이니는 금속이 찢어지는 듯한 소리를 들었고, 불꽃들을 보았다. 승합차의 유리창들이 박살나면서 유리 파편들이 고속도로 위로 비 오듯 쏟아져 내렸다. 스포츠카에 부딪혀서 위태롭게 움직이던 승합차는 방호책을 들이받았는데, 그것은 이미 경미한 산사태로 인해 약해진 상태였다. 승합차의 속도와 무게로 인해 방호책의 아랫부분이 뽑혀져 나갔고, 승합차는 산의 가파른 경사면 아래로 구르기 시작했다.

속수무책으로 비명만 지르던 레이니는 승합차가 가파른 경사면을 굴러 떨어지는 것을 지켜보았다. 공포에 떨며 머리를 움켜쥔 그녀가 스포츠카를 안중에 둘 리 없었고, 그 사이 그 차는 도로의 갓길 위를 구르다가 흘러내리는 먼지와 돌덩이들 속에서 멈춰섰다.

젊은 여자가 고속도로를 가로질러 뛰어가서 지켜보는 가운데, 교회 승합차는 뒤집어지고 빙글 빙글 돌면서 깊고, 나무가 우거진 협곡 속으로 떨어졌다. 금속이 찌그러지는 소리와 흘러내리는 바윗돌들의 요란한 소리 너머로, 레이니는 셀마의 울부짖음과 아이들의 비명 소리를 들었다. 마침내 버스가 계곡의 바닥에 부딪치는 순간, 모든 사람들의 소리들이 갑자기 멈춰버렸다.

레이니는 무릎을 꿇고, 흐느끼면서 주먹으로 포장도로를 내리쳤다. 그녀는 주변을 둘러보며 도와줄 누군가가 있기를, 어떤 기적을 바랐다. 그제서야 그녀는 빨간 재규어 차를 알아챘다. 운전자는 차에서 내릴 기미조차 보이지 않았다. 지금 그 사람은 갓길에서 도로 위로 올라서기 위해 애를 쓰는 중이었다. 레이니는 그 폭주자가 도망치려고 애쓰는 중이라는 걸 깨달았다.

"멈춰!" 레이니가 소리쳤다. "저들은 도움이 필요하단 말이야! 저들을 그냥 내버려두면 안 돼."

그 차는 마침내 포장도로 위로 미끄러져 올라왔다. 레이니는 운전자의 옆 창문이 박살나서 없어진 것과, 차의 문짝이 부서진 것을 보았다. 안에는 얼굴이 거무스름한 남자가 지저분한 갈색 얼룩이 진 하얀 티셔츠를 입고 선글라스로 눈을 가린 채 운전석에 앉아 있었다. 타이어에서 연기가 날 정도로, 그 남자는 서둘러 도망치기 위해 엔진을 고속으로 회전시켰다. 마침내 바퀴들이 마찰력을 얻었고, 거무스름한 남자는 뒤도 돌아보지 않고 쏜살같이 떠나버렸다.

비록 레이니는 방금 목격한 참혹한 광경 때문에 뼛속까지 떨렸지만, 그녀는 침착함을 되찾고 가방에서 핸드폰을 꺼내 경찰에 전화를 걸었다. 그녀는 사고 경위, 사고 위치, 그리고 사고 현장에서 도주해 버린 차량의 번호판을 알렸다.

LAPD가 뺑소니 사고에 연루된 차량의 신원을 분명히 파악하는 데에는 30초밖에 걸리지 않았다. 선홍색 1998년형 재규어는 영화 제작자인 휴 베트리의 이름으로 등록되어 있었고, 장식된 번호판은 FYLM-BOY였다. 그 차량은 베벌리 힐스에 있는 사건 현장에서 그날 일찍 도난당한 것으로 보고되었다. 2분 만에 전국 지명 수배가 발령되었고, 달아난 운전자에 대한 주 차원에 걸친 범인 수색이 시작되었다.

오전 8:23:06

멕시코 티후아나, 라 하시엔다

똑똑 하는 문 두드리는 소리 때문에 토니는 삐거덕거리는 침대에서 일어났다. 맨발로 조용히 마루를 가로질러 흠집투성이의 나무 문에 귀를 바싹 댔다. 방 건너편에서는 페이가 또 다른 침대에서 일어나 앉았는데, 불안한지 긴장하고 있었다. 토니는 그녀의 눈을 바로보고 집게손가락을 자신의 입술 위에 갖다 대었다.

"거기 누구야?" 그가 말했다.

"이봐, 나바로…, 나야, 로이 도빈스."

그제서야 토니는 문에 난 작은 구멍을 통해서 살펴보았다. 그는 단번에 도빈스를 알아보고는 나지막하게 욕설을 내뱉었다.

레이 도빈스는 캔자스 주 위치타 출신의 이주민이었다. 그는 자신의 고향은 물론, 아칸소, 텍사스, 캘리포니아 등지에서 사기 행각을 벌이다가 10년 전 결국 수배를 받는 바람에 범죄인 송환이 허술한 멕시코로 도주했다. 그 후 레이는, 토니의 위장 신분인 "나바로"가 지금 벌이고 있는 것들과 유사한 사기 행각을 저지르며 근근이 생활하고 있었다—신용카드 사기, 인터넷 사기, 불량 수표 유포.

나바로라는 인물로 신분을 위장한 토니 알메이다는 2년 전 그가 다른 사건을 다루고 있었을 때, 엔세나다(멕시코 바하칼리포르니아 주에 있는, 티후아나에서 남쪽으로 90km 떨어진 태평양 연안의 도시)에서 도빈스와 모종의 거래를 한 적이 있었다. 지금 토니는 자신이 보잘것없는 사기꾼 이상의 인물로 의심을 살 만한 빌미를 그자에게 제공한 적이 있었는지를 기억해 내려고 애를 썼다.

"이봐, 좀 들어가자고, 응?" 도빈스가 얇고 낡은 문 반대편에서 소리쳤다.

"잠시만 기다려," 토니가 소리쳤다. 그리고 나서 페이 허블리를 마주보았다. "빨리 옷 입어," 그가 속삭였다. "그리고 내가 당신을 소개할 때, 될 수 있으면 말을 하지 마."

페이는 욕실로 들어가서 문을 닫았다. 토니는 셔츠를 벗어서 침대 위 시트 가운데에다 던져 놓고 헝클어뜨린 다음, 치노(chino, 카키색의 튼튼한 면직물) 바지만 입은 채로 문의 빗장을 풀고 열어 젖혔다.

도빈스는 토니보다 거의 머리 하나 정도가 작았다—대략 페이 허블리의 키만 했다. 그러나 그의 허리둘레는 신장의 모자람을 만회하고도 남았다. 오히려 토니가 마지막으로 봤을 때보다 더 살이 쪄 보였다. 168cm의 도빈스는 135kg이 넘게 나가 보였다.

"이봐, 레이, 들어와." 토니가 옆으로 비켜서며 말했다.

도빈스의 얼굴은 둥글었고, 발그레했고, 주근깨가 있었다. 짧게 깎은 빨간 머리카락 가운데 땀에 젖은 타래들이 하얀색 파나마 모자의 챙 아래로 삐져나왔다. 그는 아마 마흔 살 정도 되었지만, 포동포동한 살 덕분에 열 살 정도는 젊게 보였다. 땅딸막한 두 팔은 긴 하와이안 셔츠의 소매 밖으로 달랑거렸고, 굵고 털이 많은 두 다리는 하얀색 린넨 반바지 밖으로 드러나 있었다. 볼이 넓은 발 위로는 지저분하고 고르지 못한 발톱이 낡은 가죽 샌들 끝부분 밖으로 튀어 나와 있었다.

"내가 방해를 한 건가?" 도빈스가 음흉한 미소를 지으며 물었다. 그는 방을 두리번거렸다. 그의 시선은 즉각 책상과 바닥에 흩어져 있는 컴퓨터들과, 구석에 잔뜩 쌓여 있는 플라스틱 신용카드들과 자기(磁氣) 카드 판독기에서 멈추었다.

"아하, 옛날에 하던 짓을 아직도 하는가 보군, 나바로."

토니는 문을 닫았다. "늘 하던 일이니까. 파사데나(LA 시 북동쪽에 있는 도시)에 있는 창고를 채우려고 인터넷을 이용하던 중이었어. 그냥 한 귀로 듣고 한 귀로 흘려 버려, 내 말 알아듣겠지? 다음 주 내로 난 20만 달러어치의 물건을 가지고 사라질 테니까."

도빈스는 끄덕거리며 감탄했다.

"자넨 어때, 레이? 어떻게 지내고 있었어?"

도빈스는 모자를 벗어서 침대 위로 툭 던졌다. "그냥 뭐 이것 저것 하면서 지냈어. 최근엔 프라다 짝퉁들을 북쪽으로 옮기는 일을 하고 있지—베벌리 힐스에 있는 몇몇 일류 부티크들도 내 최고의 고객들이지. 요즘은 아무도 믿을 수 없다니깐."

"내가 시내에 있는 건 어떻게 알았지?"

"좀 아는 친구 하나가 알려줬네. 공직에 있는 친구들 중 하나지."

토니는 자신이 짐을 내리는 것을 지켜보고 있었던 멕시코 경찰관을 떠올렸다. *도빈스는 언제나 꽤 쓸 만한 연줄을 잡고 있단 말이야. 또 한편으론, 그런 인간이 이런 곳에서 살아남으려면 바람막이가 필요했을 테니까.*

욕실 문이 열렸고 페이 허블리가 모습을 드러냈다. 그녀는 짧은 청치마와 몸매가 훤히 드러날 정도로 꼭 끼는 보라색 민소매 셔츠를 입고 있었다.

"내가 *정말로* 방해를 했구만." 도빈스가 능글맞게 웃으며 말했다.

"이쪽은 페이, 내 새로운 동업자야." 토니가 말했다.

페이는 방을 건너오더니 토니의 팔을 휘감으며 엉겨 붙었다. "또한 토니의 여자친구이기도 하죠. 하지만 이 사람은 그 사실을 인정하는 걸 너무 두려워해요." 그녀가 말했다. 페이는 토니의 목에 코를 비벼댔고, 그의 귓불을 부드럽게 깨물었다.

도빈스의 음흉한 미소가 더욱 능글맞아졌다. "물 좋은 곳에 가서 재미 좀 보자고 말하려고 했는데, 자넨 그럴 필요 없겠군."

토니는 페이를 부드럽게 밀어서 떼어냈다. "가서 일이나 해."

페이는 길고 곱실거리는 금발머리를 좌우로 흔들면서 책상 쪽으로 어슬렁거리며 걸어갔고, 도빈스의 시선이 그녀의 모든 움직임을 좇았다. "자넨 행운아야." 그가 말했다.

"한잔 하러 나갈 텐가?" 도빈스가 물었다.

토니는 고개를 저었다. "나한테 꼭 해야 할 말이 있다면 페이 앞에서 해도 괜찮아." 그가 남자에게 말했다.

"알았어." 도빈스가 말했다. "지난주에 화물을 잃어버렸어. 프라다 핸드백. 만 사천 개야—빌어먹을 연방 요원들이 그 물건들을 국경 지역에서 낚아채 갔다고. 망할놈의 국경선이 움직일 리도 없고…."

토니는 대화를 갑자기 가로막았다. "이 일이 나와 무슨 관계가 있지?"

도빈스의 시선은 토니로부터 페이에게로 옮겨갔다가, 다시 되돌아왔다. "제3자를 위해서 자네의 계산에 여지가 좀 있을까 생각하는 중이었어. 여기 아래쪽도 상황이 점점 힘들어지고 있어. 갱단 녀석들이 모든 활동에서 힘겨루기를 하고 있어든—MS-13(히스패닉계 갱단), *세이세스 세이세스*(seises seises, seises는 6의 스페인어), 더 킹스 같은 갱단들 말일세—그게 내가 여기 와서 자네한테 경고해 주려는 것들 중 하나야."

토니는 한숨을 쉬며 목을 주물렀다. 페이는 앞에 있는 모니터를 살펴보는 척하고 있었다.

"이번 건은 빠듯해, 몫이 돌아가기엔 많지 않아." 토니가 말했다. 남자의 표정이 어두워졌다. 토니는 그에게 뼈다귀를 던져줄 때라고 생각했다. 그는 도빈스의 어깨에 팔을 둘렀다. 다시 말을 꺼냈을 때는 음모를 꾸미는 듯한 속삼임이었다. "들어봐, 레이. 어쩌면 내가 자네에게 한몫 잘라줄 수도 있어."

도빈스가 이를 드러내며 히죽거렸다. "말해보게, 친구."

"여기로 내려온 한 녀석이 있는데, 2~3일 전쯤에 모습을 나타냈을 거야. 그자도 컴퓨터를 이용해서 사기를 치고 다니는 놈이야, 나처럼 말이지. 이름은 리처드 레서, 나한테 많은 돈을 빚졌어. 만약 자네가 레서의 행방을 나한테 알려주면, 자네한테 한몫 챙겨준다고 약속하지."

도빈스는 흐릿한 녹색 눈을 통해서 토니를 바라보았다. "그 한몫이라는 게 얼마인가?"

토니는 그 질문을 고려하는 척했다. "선불로 천 달러 정도의 가치는 있다고 생각해. 만약 자네가 나를 레저한테 데려다주면 10장을 더 주지."

도빈스는 눈을 깜박였다. "이 녀석이 자네한테 정말 큰 빚을 졌나보군. 그렇게 하겠네, 나바로."

토니는 치노 바지 속으로 손을 넣어서 두툼한 지갑을 꺼냈다. 그는 빳빳한 백 달러짜리 지폐 열 장을 꺼내서 그 남자의 땀이 젖은 손에 그것들을 쥐어 주었다. 그리고 나서 레이 도빈스를 문 쪽으로 밀었다.

"나는 여기에 있을 거야, 기다리고 있겠네." 토니가 말했다. "그렇지만 딱 이틀이야. 리처드 레저가 어디에 숨어 있는지 알아내서 나한테 알려줘, 그러면 딱 그만큼의 지폐들을 자네한테 더 지불하지."

오전 8:46:18

리틀 도쿄, 사우스 샌 페드로 가

로니는 첫 번째 벨 소리에 수화기를 낚아챘다. "노부가나입니다. 말씀하세요."

"빨리 일어나서 나갔어야지, 사무라이. 아직도 집에서 뭉그적거릴 줄이야. 헛된 일에 시간을 낭비할 셈인가, 자네. 오늘은 자네한테 아주 중요한 날이야, 그리고 기회는 단 한 번뿐이고."

론은 편집장과 이름으로만 인사를 나누었다. 비록 제이크 골롭의 목소리를 알아차리지 못했지만, 편집장의 화법은 알아차릴 수 있었다. 골롭은 상투적인 말을 거침없이 내뱉으니까.

"일어난 지 꽤 됐어요, 제이크." 론이 대답했다. "나갈 준비를 하고 있다고요." 그는 또 다른 배달용 유니폼을 옷장에서 꺼냈다—이번 것은 '피터네 피자' 것이었다. 그리고 그것을 옷걸이에 걸린 그대로, 이미 침대에 놓여 있는 한 더미의 셔츠와 작업복 위로 툭 던졌다.

그는 전신 거울에 비쳐진 자신의 모습을 언뜻 보았다. 180cm인 그는 일본계 미국인치고는 키가 큰 편이었다. 뼈만 앙상할 정도로 마른 것은 수면 부족과 엉망인 식습관 탓이었다. 검은 머리칼은 삐뚜름했다. 자신의 평가해 봐도, 그는 UCLA 2학년 시절의 모습보다 실제로 많이 달라 보이지는 않았다—그해에 그는 자퇴를 했었다.

“카메라들은 모두 꾸려놓았고 15분 안에 시내 중심가로 출발할 겁니다.” 론은 편집장에게 말했다. “적당한 위장복을 결정하자마자 곧바로요.”

그는 옷장에서 한 쌍의 작업복을 잡아당겼다. 그 옷에는 쓰인 문구는 ‘퍼시픽 전력’이었다.

“어떻게 생각하세요?” 론이 물었다. “‘피터네 피자’ 배달원 복장으로 가야 할까요, 아니면 왕조시대의 중국 식당 변장을 고수할까요?”

“싱가포르 항공사 유니폼도 옷장 안에 있나?”

론이 멈칫했다. “무슨 일인데요?”

“로이터 통신사의 한 특파원이 애버게일 헤이어가 싱가포르에서 비행기에 탑승하는 것을 목격했다더군.”

“예, 그래서요? 그녀는 오늘밤 실버 스크린 시상식에서 수상자를 발표할 예정이에요. 그건 스케줄 상에도 있어요, 참.”

“잘 들어, 론.” 골롭은 이제 거의 속삭이는 듯이 말했다. “그 자식이 말했는데, 그녀가 임신을 했대. 아마 6개월 아니 그 이상일 거래. 그녀가 자랑하듯 내보이고 있었다니까, 확실하다고.”

론은 작업복들을 바닥에 떨어뜨렸다. “장난 아닌데요? 애 아빠가 타릭 파리드, 그 녀석라고 생각하세요, 그녀가 런던에서 사귀었던 터키인 말이에요? 아니면 니콜라이 마노스라는, 그녀가 루마니아에서 촬영한 마지막 영화에서 만났던 그 녀석일까요?”

“도대체 내가 그걸 어떻게 알아?” 골롭이 되받아쳤다. “나도 그 년이 임신했다는 걸 겨우 5분 전에야 알았다고. 다른 소식을 알고 있긴 하지만….”

이런, 우라질.

“다음 주 표지에 실을 헤이어 양의 괜찮은 사진이 필요해.”

“제발요, 편집장님. 10시간만 기다리면 골라서 쓸 만한 사진들을 모든 뉴스통신사로부터 받을 수 있잖아요.”

“내가 통신사에 돈을 지불하고 표지 사진을 쓸 거면, 도대체 뭐하러 너한테 돈을 주겠어?” 골롭이 고함을 질렀다.

"좋은 지적이네요."

"잘 들어, 론. 애버게일 헤이어가 탄 비행기는 LA 국제공항에 1시간 30분 내로 도착할 거야, 지연되지 않는다면. 거기서 빨랑 튀어 나와서 나한테 쓸 만한 사진을 가져와."

"제발요, 편집장님…."

그러나 전화는 조용했다. 편집장은 이미 전화를 끊어버렸다. 론은 선셋 거리에 있는 〈한밤의 고백*Midnight Confession*〉 잡지사의 전화번호를 화난 듯이 눌러댔다. 바로 그때 어떤 생각이 그의 머릿속에 불현듯 떠올랐고 론은 통화를 취소했다.

도대체 내가 왜 공항까지 내내 운전하고 가서, 다른 50여 명의 파파라치들과 몸싸움을 해가면서, 다른 모든 이들과 마찬가지로 본질적으로 똑같은 허접한 사진을 찍어야 하는 건가? 그건 바보 같은 짓이라고, 특히 내가 괜찮은 사진을 찍을 수 있는 훨씬 나은 방법을 가지고 있을 땐 말이야… 그것도 독점 사진으로….

론은 그의 위장용품 가방을 잡아챘다—커다란 옷가방으로 수년 동안 모아놓은 의상들로 꽉 채워져 있었다. 그리고 나서 카메라 가방을 어깨에 걸쳐 맸다.

행운을 빌기 위해서 론은 문을 나가는 도중에 8×10인치 크기의 컬러 광택 사진을 매만졌다.

많은 사람들이 영화 속 등장인물들에 동질감을 느끼고 있었다. 어떤 이들에게는 배트맨이었고, 다른 이들은 험프리 보가트 같은 터프가이를 숭배하고 있었다. 론의 영웅은 전등 스위치 옆의 벽에 걸려 있었다—사진 속 인물은 영화배우인 〈L.A. 컨피덴셜〉의 대니 드비토였다.

오전 8:55:13

베르뒤고 시티 상공

프랭크 카스탈라노 형사는 그의 파트너의 송신 내용을 전혀 알아들을 수 없었다. 그가 타고 있는 LAPD 헬리콥터는 최고 속도로 비행 중이었는데, 180미터 정도의 고도로 도시의 북쪽 교외 상공을 날고 있었다. 그렇게 낮은 고도에서는 엔진의 굉음과 회전날개의 고동 소리가 지면에 부딪혀 튀어 오르기 때문에 헬기 내부의 안 그래도 귀청이 터질 것 같은 외침 소리를 더욱 증폭시키야만 했다.

"다시 말해봐." 카스탈라노가 다른 소음을 차단하기 위해서 헤드셋을 귀에 바짝 붙인 채 고함을 질렀다.

"지금 모든 사람들이 범인 수색에 나섰다고 말했어요." 제리 앨더 수사관이 대답했다. "군인들, 주 경찰들, 보안관들, 심지어 공원 경비원들까지도요. 앤젤레스 국립공원 주변으로 포위망을 둘렀으니, 그놈은 절대로 빠져나가지 못할 겁니다. 그리고 헬기 한 대가 그 재규어를 추적하는 중입니다…."

"적당히 거리를 유지해야 하는데."

"어떻게 흘러갈지 아시잖아요." 앨더가 대답했다.

카스탈라노는 욕설을 내뱉었다. 이건 그의 사건이었지만, 그는 사건에 관한 통제권을 상실하고 있었다. 더 괴로운 것은 잭 바우어가 피해자의 컴퓨터를 양도하도록 그를 설득한 것이었다. 비록 카스탈라노가 그 컴퓨터의 하드 드라이브와 내력에 관한 분석 결과를 그의 소속 부서보다는 CTU가 보다 빠르게 얻을 수 있다는 것을 알고 있었지만, 이럴 수도 저럴 수도 없는 상황이었다—잭 혹은 그의 상관들이 또한 "국가안보"라는 명분 아래 정보를 LAPD에 알리지 않을 수도 있으니까.

"젠장, 제리." 카스탈라노가 투덜거렸다. "수많은 경찰차들과 총기들이 이 주변에 깔려 있는데도, 사살하는 대신 생포할 가능성이 베이거스 슬롯머신에서 돈 딸 가능성보다 높아 보이지 않는데. 게다가 그 망할 놈의 항공 운행관리원이 내게 알려줬는데, 아이들이 잔뜩 탄 교회 버스를 그 범인이 도로에서 치고 달아났다는 소문이 퍼지는 중이라는군."

"좋지 않은 소식이군요." 앨더가 대답했다. "그런데 상황이 더욱 나빠지고 있어요."

"뭔 일인데."

"TV 뉴스 9의 니나 밴더본이 방금 청장님께 전화를 했어요." 앨더가 말했다. "방송국에서 경찰차들이 베트리의 집 앞에 진을 치고 있는 화면을 잡았답니다. 앰뷸런스가 왔다가 가는 것도요. 말하기를, 그 장면을 정오 뉴스에 내보낼 거라고 했답니다."

"제기랄!"

"우리도 이 사건을 더 이상은 묻어둘 수 없을 것 같아요." 앨더가 경고했다.

"정오라면 아직 몇 시간 남아 있어." 카스탈라노가 가슴을 졸이면서 말했다. "만일 우리가 재규어에 탄 이 망할 놈의 자식을 붙잡을 수 있다면, 우리가 이번 사건을 해결할 수도 있을 거야. 빨리 가서 11시 정각에 기자회견을 일정에 넣도록 허가를 얻어내. 우리가 그때까지 놈을 잡을지도 모르잖아. 어느 쪽이든 우리가 정보 공개를 통제해야 해—그리고 밴더본 양보다 선수를 쳐야 해.

오전 8:59:43

산타모니카

잭 바우어는 테리의 손이 어깨에 닿는 즉시 눈을 떴다. 그는 얼마나 길게 잠을 잤는지 알아보기 위해 시계를 확인할 필요도 없었다. 머리카락은 샤워 때문에 여전히 축축했고, 머리도 아직은 욱신거렸으니까.

테리가 그를 옆에서 지켜보고 있었는데, 무선 전화기를 한 손에 들고 있었다. "깨워서 미안해, 잭. 니나 마이어스한테서 온 전화야."

잭은 일어나 앉아 전화기를 받아들었다. 잭은 수화기를 테리가 침실에서 나갈 때까지 벌거벗은 가슴에 대고 있었다. 그런 다음 전화기를 귀로 가져갔다.

"니나?"

"뭐 하고 있는 거예요, 잭?" 니나가 소리쳤다. "라이언 슈펠이 워싱턴 D.C.에서 야간 항공편으로 돌아왔는데 화가 잔뜩 나 있어요."

"무슨 말인지 못 알아듣겠는데." 잭은 부상을 입은 팔을 주물렀는데, 자고 일어났더니 지금은 뻣뻣해져 있었다.

"유토피아 스튜디오에 대한 급습 작전 말이에요. 그건 비밀 작전이었잖아요. 헌데 지금 아침 뉴스에 나오고 있다고요."

"젠장!" 잭이 투덜거렸다.

"쳇 블랙번과 이야기를 나눴어요. 그가 말하길, 당신이 어떤 LA 경찰청 형사와 함께 떠났다고 하더군요. 개인적인 일로 말이에요. 사이버 수사대에로 보낸 그 컴퓨터와 어떤 관계가 있는 건가요?"

"맞아."

"말할 필요도 없지만, 내가 라이언한테는 그 사실들을 비밀로 해뒀어요. 그 사람은 지금 상태로도 충분히 화가 난 상태니까요."

"고마워, 니나. 내가 거기 가는대로 전부 설명할게."

"날아오는 게 좋겠어요."

잭은 시계를 힐끗 보았다. "30분이면 돼."

니나가 한숨을 쉬었다. "내가 할 수 있는 데까지는 해볼게요."

"신세지는군, 니나."

"그래요, 잭. 꼭 갚아요."

1 2 3 4 **5** 6 7 8 9 10 11 12 13
14 15 16 17 18 19 20 21 22 23 24

다음 이야기는 오전 9시부터 오전 10시 사이에 일어난 것이다.

오전 9:00:35

LA CTU 본부

CTU 수석 프로그래머인 제이미 패럴이 하루 일과를 시작하기 위해 그녀의 워크스테이션에 이르렀을 때, 마일로 프레스만이 진단용 플랫폼 앞에 있는 것을 보고 깜짝 놀랐다. 마일로는 네트워크 및 암호해독 전문가이자 CTU 컴퓨터 보안 책임자였다. 스탠포드 대학을 졸업하자마자 CTU에 채용된 그는 감상적인 눈, 검고 곱실거리는 머리카락, 그리고 그가 대학원 시절에 얻은 귀걸이를 아직도 달고 있었다.

아담하고, 강단 있어 보이는 히스패닉계인 제이미는 마일로보다 겨우 2살 많았지만, 이혼 후 이제 막 걸음마를 시작한 아들 하나를 홀로 키우고 있는 입장이었으므로, 성숙함 면에서는 그보다 10년은 더 많다고 종종 느끼곤 했다. 요점은 이것이다. 마일로는 결코 일하러 일찍 나온 적이 아직까지 이곳에선 없었는데, 그런 그가 델 사의 데스크탑 컴퓨터에서 메모리를 다운로드하는 중이라는 것이다.

"잘 다녀왔어, 신참, 꽤 빨리 돌아왔네?" 제이미가 해드백을 내려놓으면서 말했다.

프레스만이 몸을 뒤로 젖혔다. "내가 보고 싶었어요?" 그가 놀려댔다.

"아니." 제이미는 단호하게 말하며 스타벅스 커피의 뚜껑을 퐁 하고 열었다.

"주변을 어슬렁거리는 어떤 남자 하나가 없으니까 얼마나 좋던지. 언제 돌아온 거야?"

"지난밤에 워싱턴에서 야간 항공편을 탔어요. 라이언 슈펠과 함께 날아왔지요—일등석으로요. 그가 본부로 데려다준다고 해서 역시 같이 타고 왔어요."

"오호, 그거 감동인데." 제이미의 말투에는 실제론 그렇지 않다는 것이 내포되어 있었다.

"왜 그래요, 제이미. 그 사람한테도 기회를 좀 줘봐요. 슈펠은 그렇게 나쁜 편이 아니라고요. 내가 보기엔 그는 난처한 지경에 빠진 사람 같아 보였어요."

제이미는 그의 견해를 일축했다. "워싱턴에 너무 오래 있었구만. 마치 정부 관료처럼 말하고 있는데."

"랭글리는 버지니아에 있어요."

제이미는 크림과 설탕 세 개를 넣은 프렌치 로스트를 홀짝이면서 마일로의 작업한 것을 보았다. "이게 다 뭐야?"

마일로는 어깨를 으쓱했다. "비닐로 싸인 채 탁자 위에 있던 걸 발견했죠. 작업 지시서가 끼어 있어서 봤더니 잭이 분석을 위해서 보낸 컴퓨터라고 하더군요. 아침에 도착했어요, 송장에 따르면요."

"그거 하는데 도움이 필요해?"

"제가 잘 알아서 하고 있어요." 마일로가 대답했다. "페이는 어디 있어요?"

"토니 알메이다와 함께 현장 근무 중이야. 멕시코로 내려가서 레저라는 어떤 자식을 찾고 있을 거야."

마일로는 놀라서 입을 딱 벌렸다. "혹시 리처드 레저?"

제이미가 쳐다보았다. "네가 어떻게 알았어?"

"그리 놀랄 일은 아니에요. 스탠포드에서 '쥐새끼' 레저를 알았어요. 그때도 완전히 재수 없는 놈이었어요. 자기 자신을 '실리카 여신'이 프로그래밍을 위해 내려준 선물이라고 불렀으니까요."

"실리카 여신?"

마일로는 어깨를 으쓱했다. "어떤 게임에 나오는 쓰잘머리 없는 거예요. 다시 하던 얘기로 돌아가서… 페이가 멕시코에서 레저를 찾고 있다고 말했나요?"

"'일간 최신 정보에 다 나와 있어. 레드 파일 7번에.'"

"누가 그 최신정보 파일을 읽고 있어요? 난 2주일 만에 퍼즐 팰러스(Puzzle Palace, 국방부)에서 막 돌아왔어요, 게다가 그 전 주에는 '안개 낀 저지대(Foggy Bottom, 국무부)'에 있는 환기도 되지 않는 데다 창문도 없는 동굴 속에서 일주일 내내 보냈다고요. 지난 20시간 동안은 한숨도 못 잤고요. 어쨌든 난…."

갑자기 마일로가 벌떡 일어섰다. "뭐지? 방금 이상한 바이러스 경고음이 들렸는데."

제이미도 잠시 후 그 경고 소리를 듣고, 커피를 떨어뜨릴 뻔했다. "어디에서 난 소리야?"

"이 데스크탑 컴퓨터에서 메모리를 다운로드 받는 도중에 보안 프로토콜이 이상해졌어요. 파일 보관처가 업데이트된 지 얼마나 오래 되었죠?"

CTU의 컴퓨터 보안 파일 보관처는 월드 와이드 웹 상에 나타나는 모든 웜, 바이러스, 스파이웨어, 애드웨어 프로그램 등을 그것이 출현하자마자 그 복사본 하나를 저장하는 곳이었다. 마일로가 컴퓨터 '메이헴 웨어(mayhem ware)'라고 딱지를 붙인 것들을 지속적으로 수집하고 분석하는 것은 CTU의 권한들 중 하나였고, 사이버-수사대의 가장 중요한 임무였다. 제이미는 그 시스템을 적어도 하루에 두 번씩 업데이트하는 것에 관해서는 꼼꼼하게 주의를 기울였고 마일로도 그것을 알고 있었다.

"잘 들어, 마일로… 나는 어젯밤 9시 정각에 파일 보관처를 업데이트했어, 퇴근하기 전에 말이야. 업데이트 시간 기록을 화면에서 바로 확인할 수 있을 거야."

"진정해요. 제이미를 어떤 뜻으로든 비난하려고 하는 게 아니에요."

"그걸 격리시킬 수 있겠어?"

"아싸!" 마일로는 환호성을 질렀다. "이미 했죠."

마일로는 키보드를 두드리면서 그 바이러스를 보안 파일 안에 격리시키고, 그 데이터에 식별 번호를 부여한 다음, 그것을 파일 보관처로 전송했다. 그는 또한 분석용으로 복사본 하나를 자신의 시스템 안에도 보관해 놓았다.

마일로가 컴퓨터 위로 몸을 구부려서 연이어 타이핑을 하는 동안, 제이미는 그 델 컴퓨터를 감쌓던, 공처럼 뭉쳐 놓은 투명한 포장용 비닐 위에 있던 잭 바우어의 지시서를 들어 올렸다.

"그 바이러스는 모체가 되는 어떤 파일 안에 있어요—일종의 트로이 목마 바이러스죠. 다운로드 받은 영화 파일 내부에 숨어 있네요." 마일로가 말했다.

"일리가 있군." 제이미가 말했다. "이 컴퓨터는 휴 베트리 소유거든. 그 사람은 영화 제작자야."

"재밌네요." 마일로가 말했다. "그걸 어떻게 알았어요?"

제이미는 지시서를 그의 코밑에다 흔들었다. "왜냐하면 나는 실제로 이 최신 정보 메모지 한 장을 읽었거든."

마일로가 눈을 깜박였다. "이 다운로드 파일 말이에요. 파일명이 〈천국의 문〉이네요. 이거 새로운 영화 제목 아닌가요?"

"브래드 피트나 빈 디젤이 출연하는 게 아니라면, 관심 없어." 제이미가 카페인을 한 모금 들이킨 후 말했다.

오전 9:18:40

모리스 저수지 근처, 39번 도로

카스탈라노 형사는 문을 홱 열고 헬기에서 뛰어내렸다. 헬리콥터의 스키드(활주부, 滑走部)가 지면에 닿기도 전에 발이 바위투성이 땅에 닿았다. 빙글빙글 돌아가는 헬기의 회전날개 아래에 웅크리고 있던 그는 캘리포니아 주 경찰차들과 공원 관리국 차량들이 모여 있는 곳을 향해서 도로를 가로질러 달려갔다.

카스탈라노는 부하 수사관들을 거의 대부분 불러들였다. 솜씨가 좋은 일부 수사관들은 아직 오지 않았다. 앞에 있는 도로는 폭이 좁은 두 개의 차선으로 이루어졌는데 군데군데가 파이고 갈라진 상태였고, 색이 바란 황색 선이 도로 한가운데를 따라서 그어져 있었다. 바리케이드로부터 약 200미터 앞에서 도로가 급격하게 휘어져서 보이지 않았다. 도로의 갓길은 양쪽 모두 돋우어져 있었고, 표면은 두텁게 뒤엉킨 나무들과 덤불들로 뒤덮여 있었다. 주 경찰관들은 그들의 위치를 능숙하게 선정했다. 완벽해 보였다.

길 건너편에서는 헬리콥터가 다시 이륙하는 바람에 먼지와 마른 잡목 풀의 잎사귀들을 흩날렸다. 카스탈라노는 점점 가늘어지고 있는 갈색 머리카락을 한 손으로 훑고 제자리로 돌아가도록 빗어 넘기면서 공무 차량들이 밀집해 있는 곳으로 다가갔다. 한 캘리포니아 주 경찰관이 앞으로 나서서 그를 맞았다.

"카스탈라노? 프랭크 카스탈라노? 나는 랭 경감입니다."

그들은 손을 꽉 쥐었다. 그 경찰관은 마치 라인배커(linebacker, 미식축구의 수비수)만큼 어깨가 널찍했고 그 LA 경찰청 수사관보다 적어도 머리 하나 정도는 키가 더 컸다. 그는 햇볕에 그을은 피부, 짙은 회색 머리카락, 그리고 눈가에 깊은 주름을 가지고 있었다. 검은색 부츠는 마치 거울처럼 반짝거렸고, 카스탈라노는 그 남자가 수년 동안 적지 않은 캘리포니아 자동차 운전자들을 깜짝 놀래켰을 거라고 장담했다.

"최신 현황을 알려주시겠습니까, 경감님?"

랭은 카스탈라노를 진녹색 공원관리국 허머(Hummer, 기동성이 뛰어난 다목적 차량)로 안내했다. 문을 열고 몸을 내민 회갈색 제복을 입은 공원 경비원이 그들을 둘러싼 주변 지역을 나타낸 커다란 지형도를 펼쳐 들었다. 그 어깨 너머에 있던 또 다른 남자가 차량 무전기를 통해서 말했다.

"저 너머 어딘가를 선회하고 있는 헬리콥터 조종사의 도움으로 이들 두 공원 경비원이 재규어의 움직임을 쫓고 있습니다. 그 현황을 이 지도에서 볼 수 있어요." 랭이 설명했다. 카스탈라노는 지도를 살펴보았다.

"도주자는 한동안 목적 없이 돌아다니고 있었어요." 지휘관이 계속 말했다. "그리고는 용케도 앤젤레스 크레스트 고속도로로 향하는 39번 도로와 이어지는 예전 연결 도로를 찾아냈죠. 이 연결 도로를 이용해서 그는 39번 도로의 이쪽 길로 들어섰어요. 하지만 이 도로는 수년 동안 폐쇄되어 있었기 때문에, 스스로를 가둬버린 꼴이 된 셈이죠. 차를 돌려 그가 왔던 길로 다시 돌아갈 수도 없어요—그 길은 지금쯤 이미 백여 대의 경찰차가 가로막고 있으니까. 그리고 이쪽 길로 돌아가는 것은…," 랭은 두툼한 엄지로 그의 어깨 너머로 가리켰다. "길이 산사태로 막혀버렸죠."

"어떤 계획을 갖고 있습니까, 경감님?"

랭은 지평선의 한 지점을 손짓으로 가리켰는데, 그곳은 황량한 고속도로가 곡선을 그리며 사라지는 곳이었다.

"도주자는 도로 바리케이드를 볼 수 없습니다. 바로 저기로 올 때까진 말이죠. 우리는 곡선 주로의 바닥에다 타이어 파쇄기를 여기저기 뿌려놓았어요. 그 50미터 앞에다 또 한 무더기를 뿌려놓았지요. 그자가 저 모퉁이를 돌아나온 후에는 차 바퀴의 테로만 주행하게 될 겁니다. 내가 보장하죠." 랭은 수사관을 쳐다보았다. "계획이 괜찮다면, 그대로 하죠."

"당신이 이곳 책임자입니다, 랭 경감님. 제가 부탁드리고 싶은 건 경감님의 대원들이 이 도주자를 반드시 생포할 수 있도록 모든 노력을 기울이는 것입니다."

경감은 도로가 굽어지는 지점을 바라보았다. "말씀드리기 곤란합니다만, 그 문제는 현실적으로 내 부하들의 손에 달린 게 아닙니다, 수사관님. 도로 위에 깔려 있는 저 수많은 타이어 파쇄기들 때문에 용의자의 전반적인 건강 상태는 그가 얼마나 빠른 속도로 저 모퉁이를 돌아 나오느냐에 달려 있습니다."

"그는 다수의 살인사건 수사 선상에 있는 용의자입니다."

"저도 버스에 탄 아이들에 대한 소식은 들었습니다."

"그들뿐이 아닙니다." 카스탈라노가 말했다. "그는 로스엔젤레스에 사는 한 가족 또한 살해했습니다. 그리고 단독으로 행동하는 게 아닐 수도 있습니다. 나는 그자를 반드시 생포해서 L.A.로 데려간 다음 그를 심문해야만 합니다."

"그가 무장을 하고 있습니까, 형사?"

"살인 당시에는 어떠한 총기류도 사용되지 않았습니다." 카스탈라노는 그것이 답변이 아니라는 것을 알았다. 누가 알겠는가, 그 범인이 50구경짜리 기관총을 후드(자동차 엔진 덮개) 위에 장신구로 달고 있을지.

무선 통신 중인 공원 경비원이 조용해 달라는 손짓하더니 열심히 귀를 기울였다. "그자는 3km도 채 떨어지지 않은 곳에 있는데, 빠르게 다가오고 있답니다." 그가 마침내 말했다. "90초, 그보다 빠를 수도 있습니다."

랭은 대원들을 마주 대했다. "모두 자기 위치로!" 확성기가 필요없을 정도로

우렁차게 소리쳤다. "저 차량들 뒤쪽에 자리 잡아. 용의자는 무장하지 않은 것으로 추정된다. 다시 말한다. 용의자는 무장하지 않은 것으로 추정된다. 꼭 필요한 경우라면 테이저 총(작은 쇠화살을 쏴 전기 충격을 가하는 총같이 생긴 무기)을 사용해서 그자를 진압하기 바라고, 치명적인 폭력은 절대 안 된다. 이 자를 반드시 생포하길 바란다."

카스탈라노는 고개를 끄덕여서 랭 경감에게 고마움을 표시하고, 다른 대원들의 얼굴을 살펴보았다. 주 경찰관들은 긴장한 표정으로 준비 태세를 갖추었다. 공원 경비원들도 불안한 표정으로 방벽처럼 세워놓은 차량들 뒤로 이동했다.

30초도 채 걸리지 않아서 모든 대원들이 위치를 잡았다. 잠시 동안 그들이 들은 소리라곤 산속을 지나는 윙윙거리는 바람소리와 나무들이 바스락거리는 소리뿐이었다.

멀리 모퉁이 주변 도로 위에서 관측 역할을 하던 주 경찰관 한 명이 모퉁이 주변 자신의 위장지에서 튀어나왔다. 그는 랭에게 손을 흔들어 보이고 나서 몸을 숙여 시야에서 사라졌다.

경감은 권총집에 들어 있는 357 매그넘의 손잡이를 만지작거렸다. "그자가 거의 다 왔습니다." 랭은 나직한 천둥 같은 목소리로 경고했다.

재규어의 고성능 엔진이 내는 굉음이 순식간에 소리를 높였다가 그 높이를 낮추었고, 크롬으로 도금한 심홍색 흐릿한 물체가 시야로 돌진해 들어왔다. 바로 그때 폭발음과 동시에 앞바퀴 두 개가 터져버렸다. 카스탈라노는 순간적으로 총질을 못해 안달이 난 어떤 주 경찰관이 사격을 개시한 것이 아닐까 우려하면서 움찔했다. 두 번의 날카로운 펑 소리가 뒤따랐고, 재규어는 깨진 콘크리트 쪽으로 떨어졌다. 갈기갈기 찢긴 고무들이 멋대로 굴러다녔고, 엔진의 굉음은 끔찍하게 거슬리는 끼익 소리로 바뀌었다. 차량의 바닥 부분이 포장도로에 부딪히자 불꽃들을 일어났다. 재규어가 물고기 꼬리처럼 좌우로 흔들리다가 한쪽으로 크게 기울자, 카스탈라노는 달려들고 있는 쇳덩어리 추진체가 뒤집어질 거라고 생각했다. 하지만 차량은 돌아져 있는 갓길 쪽으로 내달리다가 세차게 부딪힌 다음, 먼지 구름과 쏟아져내리는 불꽃들과 돌덩어리들 속에서 멈춰 섰다.

전투화들이 즉시 지면을 박차고 쿵쿵거렸다. 카스탈라노도 엄호물에서 튀어나와 차량 쪽으로 달려가는 주 경찰관들을 뒤따랐다. 재규어에 가장 먼저 도착한 헬멧을 쓴 경찰관은 팔을 뻗어 두 손으로 테이저 총을 겨누었다.

조수석 쪽 문이 활짝 열렸다. 크롬 덩어리 문짝이 바닥에 덜커덩 소리를 내며 떨어졌다.

"꼼짝 마!" 그 경찰관이 소리쳤다. "두 손을 운전대 위에 올려놓고 그대로 앉아 있어, 아니면 쏴 버리겠어."

카스탈라노가 아직 5미터 정도 떨어져 있을 때쯤, 한 인물이 박살나버린 자동차에서 마치 먹잇감을 향해 달려드는 한 마리 늑대처럼 뛰쳐나왔다. 경찰관은 테이저 총을 발사했다. 남자의 가슴을 정면으로 타격했지만, 달려들던 운전자의 가속도로 인해 두 사람 모두 땅바닥에 쓰러지고 말았다. 바로 그때 카스탈라노가 운전자의 이빨이 경찰관의 목에 파고든 것을 보았고, 메마른 도로 위에 빠른 속도로 피 웅덩이가 만들어지고 있었다.

카스탈라노 형사는 업무용 리볼버를 꺼내들었고, 그자를 반드시 생포하겠다는 굳은 다짐은 야만스러운 공격에 잊히고 말았다. 주 경찰관들은 땅바닥에서 몸부림치고 있는 남자들 주변을 에워쌌고, 테이저 총들이 몇 차례 번쩍거렸다. 카스탈라노는 총격과 불꽃 들을 보았고, 고통으로 날카롭게 울부짖는 소리를 들었다. 오존 특유의 냄새가 코를 찔렀는데, 노골적인 땀 냄새와 피비린내가 섞여 있었다. 날카로운 구리 끝자락이 살을 꿰뚫고 전류가 치직 소리를 내자, 용의자는 경련을 일으키고 울부짖었지만 아직까진 격투를 멈추지는 않았다.

카스탈라노는 검은색 가죽옷 차림의 덩치들 사이를 밀치고 들어갔다. 포장도로에서 내딛고 피 웅덩이 속을 미끄러지듯 나아갔다—경찰관의 경동맥이 찢겨진 채 벌어져 있었다. 경련을 일으키며 놀란 채 눈을 부릅뜬 그 경찰관은 미치광이가 그를 물어뜯는 동안 수명을 바닥에 쏟아버리고 있었다. 마침내 전투화를 신은 누군가의 발이 미치광이의 뒤통수를 부서질 정도로 걷어찼다. 그자는 끙 하고 앓는 소리를 내다가 축 늘어졌다. 랭 경감이 두 번째 발길질을 해대자 피투성이 용의자는 경찰관에게서 굴러 떨어지며 콘크리트 바닥에 널브러졌다. 다른 경찰관들이 몸부림치고 있는 용의자에게 마치 독수리 떼처럼 달려들어서 구타를 하고 발길질을 해댔다.

"안 돼!" 카스탈라노가 소리쳤다. "그를 생포해서 데려가."

분노한 고함들이 들끓었다. 누군가가 용의자를 발로 걷어찼다. 비록 피가 코에서 흘러내리고 머리는 한쪽으로 축 늘어져 있었지만 그 남자는 아직 의식을 차리고 있었다. 처음으로 카스탈라노는 용의자를 자세히 살펴볼 수 있었다. 175~178cm의 키에 25세 가량으로 보였고, 중동인이였다. 옷과 얼굴에는 엉긴 피가 들러붙어 있었다. 굳지 않은 핏줄기들은 턱과 목을 타고 흘러내렸다. 일부는 그의 것이었다. 대부분은 주 경찰관은 것이었지만. 오래된 핏자국도 있었다. 응고되었고 갈색이었다. 휴 페트리 것인가?

그 남자의 눈은 초점이 맞지 않는 상태였다. 그때 그는 카스탈라노가 자신을 지켜보고 있다는 알아챘다. 두 손은 뒤로 수갑이 채워졌고, 열 개가 넘는 손들이 그의 손과 다리를 제압하고 있었으므로 꼼짝도 할 수 없었던 그는 한 입 가량의 뜨거운 피를 카스탈라노의 얼굴에다 내뱉었다.

"하산 빈 사바! 산 위에 계신 지도자님!(The old man on the mountain!) 그분은 모든 것을 보고 계시며 그분이 손을 쓰시면 그분을 믿지 않는 자들은 무사하지 못할 것이다."

그자는 부어터진 입술과 부러진 이 사이로 말을 했고, 두 눈은 사나웠다. 그렇지만 단어들은 또렷하게, 정확하게, 옥스퍼드에서 교육받은 억양으로 발음되었다.

그 발언 뒤로 이어진 말들은 알아들을 수 없는 절규였다. 그 남자의 눈은 다시 한 번 빛을 발했고 또 다시 몸부림을 쳤다. 그는 이제 또 다른 언어로 절규했다. 카스탈라노는 그것이 아랍어의 일종이라고 추측했는데, '알라 아크바(Allah Akbar)'라는 단어가 수차례 반복되었기 때문이었다—결코 좋은 징조는 아니었다.

"그자를 헬기에 태우게." 카스탈라노는 넌더리 치며 말했다. "이 미치광이를 데리고 본부로 날아가서 심문을 해야겠어."

용의자가 헬리콥터를 기다리기 위해 공터 쪽으로 끌려가자, 카스탈라노 형사는 갑자기 비틀거리더니 박살난 재규어의 엔진 덮개에 몸을 기댔다. 구역질을 하던 그는 바지 주머니에서 손수건을 홱 잡아당기고는 얼굴에 묻은 엉긴 핏덩이를 닦아냈다.

그는 재규어 내부를 들여다보았다. 황갈색 가죽 좌석들은 말라버린 피로 인해 갈색이 되었고, 칼이나 어떠한 종류의 살인 무기도 볼 수 없었다. 그는 여러 개의 빈 작은 유리병이 차량 바닥에 떨어져 있는 것에 주목했다. 그것들은 마약을 담아 놓는 유리병처럼 보였다. 그때 카스탈라노는 아직도 가득 차 있는 유리병 하나를 보았다. 마치 수정같이 맑은 파란색 물질을 담고 있었는데, 정제된 코카인이나 필로폰은 분명 아니었다—두 물질을 구별할 수 있을 만큼 충분히 보아왔으니까. L.A.에서 출발한 범죄 현장 감식반은 아직 도착하지 않았고 카스탈라노는 기다리지 않기로 결심했다. 그는 라텍스 장갑을 끼고 찰싹 소리가 나도록 잡아챘고, 차량 내부로 손을 뻗어서 유리병을 찾아 더듬거렸고, 그것을 재빨리 주머니에 넣었다.

카스탈라노가 그 일을 마무리한 후 고개를 들었을 때, 랭 경감이 그를 향해 다가오는 것을 발견했다.

"잘 하셨습니다." 형사는 쉰 목소리로 말했다. "다친 대원은 좀 어떻습니까?"

그림자가 랭의 얼굴에 드리워졌다. 그는 고개를 저었다.

오전 9:27:14

LA CTU 본부

잭 바우어가 회의실로 들어섰는데, 칼같이 예리하게 주름을 잡은 짙은 회색의 약간 헐렁한 바지와 방금 다림질한 암청색 셔츠 차림이었다. 라이언 슈펠이 긴급히 소집된 회의를 주재하고 있다가 테이블 상석에 있는 의자에 앉은 채로 고개를 들어 바라보았다.

"자네가 와 주다니 잘 되었군, 잭."

제이미 패럴은 연필을 두드리며 앉아 있었다. 그 옆에는 마일로 프레스만이 인쇄물을 간추리고 있었다. 니나 마이어스 역시 그곳에 있었다. 그녀는 잭에게 경고의 표정을 보냈다.

"혼란스럽게 해서 죄송합니다, 라이언. 기습작전 직후 바로 본부에 왔었어야 했는데…."

"그랬다면 좋았겠지." 슈펠이 말을 끊었다. "그러면 안 좋은 소식을 텔레비전 보도를 통해서 듣지 않았을 텐데 말이야."

"우리는 잘못된 정보를 가지고 있었습니다. 그뿐입니다."

"그 얘기는 그만하세나, 바우어 특수요원. 제이미 패럴과 마일로 프레스만이 내게 다른 사안을 대한 정보를 제공해 주었네."

잭은 니나의 건너편 자리에 앉았다. "다른 사안이요?" 그가 말했다.

"오늘 아침에 분석해 달라고 보낸 그 컴퓨터 말이에요." 제이미가 말했다. "선배의 직감이 맞았어요. 우리가 발견한 게 현재 조사 중인 다른 사건과 연관이 있더군요."

슈펠이 제이미를 쳐다보았다. "지금 잭이 이 컴퓨터에 뭐가 있었는지 알고 있었다고 말하는 건가?"

"잭은 일일 보고서들을 항상 확인합니다." 제이미가 대답했다. "그는 리처드 레저가 현재 진행 중인 조사에 있어서 요주의 인물이라는 걸 알고 있습니다."

잭은 제이미가 자신을 보호하기 위해 애쓰고 있다는 것을 알아차렸지만, 그 호의를 받아들이지 않았다. "잠깐만," 그가 말했다. "이 컴퓨터가 리처드 레저 사건과 연관되어 있다고 말이야?"

이번에는 마일로 프레스만이 입을 열었다. "그건 확실해요, 잭. 다운로드 받은 해적판 영화 한 편이 하드 드라이브 내부에 있었거든요. 〈천국의 문〉 복사판이죠. 제가 그걸로 멕시코에 있는 레저의 서버를 바로 역추적했어요. 만약 그걸로 증거가 충분치 않다면, 다른 것도 있어요. 그 다운로드 받은 파일 내부에 숨겨진 프로그램이 있거든요—트로이 목마 바이러스죠."

"자네가 말한 게 〈천국의 문〉 해적판이라고 했지." 잭이 말했다. "이해가 가지 않는군."

슈펠이 큰 소리로 말했다. "우리에게 설명해 보게, 잭. 먼저 어떻게 또 어디서 이 컴퓨터를 입수했는지부터 말이야."

잭은 그들에게 프랭크 카스탈라노 형사의 방문과 휴 베트리 저택에서의 살인 사건에 대해서 이야기했다—아직은 언론에 공개되지 않은 상태였다. 잭은 조심스럽게 아직도 그의 주머니 속에 있는 CD-ROM의 존재와, 그 디스크 안에 들어 있는 그과 가족들의 개인 신상 정보에 대해서는 언급하지 않았다. 어째서 LA 경찰청 형사가 맨 먼저 그에게 연락을 취해왔는지에 대해서 아무도 묻지 않기를 바라면서.

"이제야 잭의 요점을 알겠군. 어째서 휴 베트리가 자신의 영화를 다운로드 받았을까?" 슈펠이 물었다.

"그는 그 영화가 불법 복제되었다는 것을 알았습니다. 아마도 좀도둑들이 정말로 가지고 있었는지를 알아보고 싶었을 겁니다." 마일로가 견해를 밝혔다. "만약 그가 해적판을 보았다면, 그것을 역추적해서 최초로 디지털 파일을 훔쳐간 도둑놈을 찾으려고 했을지도 모르죠."

"아니면 그가 트로이 목마에 대해서 알고 있어서 그 바이러스가 퍼지기 전에 막고 싶었을 수도 있고요." 제이미가 말했다.

"이 바이러스가 무슨 짓을 하는지에 대한 단서는?" 잭이 물었다.

마일로는 어깨를 으쓱였다. "우리가 그 바이러스를 네트워크에서 분리된 컴퓨터 내부에 풀어 놓았는데, 아직까지는 아무 일도 일어나지 않았어요. 그 바이러스는 너무 암호화가 잘 되어 있어서 해독하기 쉽지 않아요. 아무래도 그 자식을 역설계해서 분석해 봐야만 그것이 어떤 기능을 하도록 고안되었는지 밝혀낼 수 있을 것 같아요." 마일로는 잠시 숨을 돌렸다. "그게 아니면 번데기(little dick, Richard의 별칭) 레저를 잡든지요. 만일 그 녀석이 내가 생각하고 있는 사람이 맞다면, 녀석은 간단하게 해독할 수 있을 겁니다."

제이미는 눈을 감고 조용히 한숨을 쉬었다. *마일로는 어쩜 저렇게 멍청한 거지,* 하고 생각했다. *입 다물고 가만히 있지 않고, 계속 주절대고 있구만. 그 멍청한 입에서 바보 같은 말이 한 마디씩 나올 때마다 자기 무덤을 조금씩 파고 있다는 걸 모르나.*

"딕 레저의 흔적들이 이 프로그램 도처에 남아 있어요." 마일로가 손을 허공으로 날리면서 단언했다. "이건 그 자식이 스탠포드에서 저질렀던 쓰레기 같은 짓거리와 똑같거든요!"

라이언 슈펠은 마일로를 바라보며 활짝 웃었다.

올 것이 왔군, 하고 제이미가 생각했다.

"프레스만 군. 자네가 이 리처드 레저를 알고 있다고 말하는 건가?"

마일로는, 당연하게도, 망치가 날아오는 걸 보지 못했다. "네, 그럼요." 그는 고개를 끄덕이며 말했다. "저는 대학원을 그 자식과 같이 다녔어요… 제가 조교였을 때, 그 자식 바로 옆 사무실에 있었죠."

슈펠은 손바닥을 테이블 위에 올려놓더니 몸을 일으켰다. "프레스만 군, 나는 자네가 헬기를 타고 멕시코 국경으로 가서 그쪽에 있는 CTU 안전 가옥에서 자동차 한 대를 골라서 남쪽으로 가도록 정식으로 허가는 바이네. 나는 자네가 티후아나에 있는 알메이다와 가능한 빨리 합류했으면 하네."

마일로는 눈을 깜박였다. "아니, 잠시만요. 전 스파이 짓 같은 건 못하는데요. 저는 현장요원이 아니거든요."

"페이 허블리도 현장요원이 아니네. 그러니 멕시코에서 페이와 함께 있도록 해. 너무 걱정 말게. 자네가 리처드 레저를 쫓는 동안 토니가 그곳 안전을 책임질 테니까."

"저요?" 마일로는 울먹이며 가슴에다 손을 올렸다. "어떻게 제가 리처드 레저를 잡을 수 있겠어요?"

"자네는 이 녀석을 잘 알잖아." 라이언이 대답했다. "레저의 심리, 특이한 버릇, 어느 자료에도 없는 그런 것 말일세."

"하지만…."

"서두르게, 마일로. 지금 당장."

슈펠은 회의실을 가로질렀다. 그는 문 앞에서 멈칫했다. "그리고 잭, 오늘 아침의 실패한 기습 작전에 대한 자네의 교전 후 보고서가 한 시간 내로 내 책상 위에 올려져 있었으면 하네."

슈펠이 나가고 나자, 제이미가 마일로에게 몸을 빙그르르 돌렸다. "내가 슈펠

앞에서는 입을 나불대지 말라고 했잖아. 넌 슈펠이 네 친구인 줄 착각하고 있어. 지금 그 사람이 너를 위험한 곳으로 보내는 거라고."

니나는 일어나서 문 앞에서 잭을 기다렸다. 그는 그녀에게 먼저 가라는 손짓을 하고 제이미 패럴에게 다가갔다.

"내 사무실에서 봤으면 하는데," 잭이 조용하게 말했다. "20분 후에."

"알았어요, 잭." 제이미는 약간 당황스런 표정으로 대답했다.

잭은 복도에서 니나를 따라잡았다. "다시 한 번 고맙다고 해야겠군, 니나."

"오늘 아침에 무슨 일이 있었던 거죠, 잭?" 그녀가 물었다.

"기습 작전을 말하는 거야? 슈펠에게 말했던 것과 똑같아. 잘못된 정보, 그게 다야. 그곳은 필로폰 제조실이었어. 다른 건 없었어. 아직도 카르마 제조실은 발견하지 못했고."

"어쨌든 DEA에서는 이번 불시 급습을 기회로 삼으려 할 거예요. 그쪽 지부장이 10분 전에 뉴스에 나온 걸 봤거든요."

잭이 인상을 찌푸렸다.

"그 컴퓨터를 가져온 건 훌륭한 발상이었어요." 니나가 계속했다. "라이언 슈펠의 주의를 심각한 대혼란 상황에서 다른 곳으로 돌리는 데에 성공했으니까요. 정말 멋졌어요. 관료적인 정치인들처럼 행동하기로 시작한 건가요, 마치 체스의 명인처럼 말이에요."

잭은 한숨을 내쉬었다. "난 그냥 내 일을 하고 싶을 따름이야, 니나. 그게 다라고."

오전 9:56:52

멕시코 티후아나, 라 하시엔다

커튼은 드리워져 있었고, 객실은 어두웠고, 에어컨은 끊임없이 웅웅거리는 잡음을 내고 있었다. 노크 소리가 한 차례 들리자, 토니는 침대에서 일어났고 문에 난 작은 구멍을 통해서 밖을 내다보았다.

레이 도빈스가 발뒤꿈치를 흔들거리면서 흙터투성이의 나무문 건너편에 서 있었다. 그 뚱뚱한 남자는 의기양양한 미소를 띠고 있었는데, 그건 그 정보원이 뭔가를 발견했다는 걸 말해주고 있었다.

토니는 문을 열었다. 도빈스는 안으로 들어오지 않았다. 그 대신 그는 문턱에 서서는 토니를 지나 페이에게 시선을 돌렸는데, 그녀의 얼굴은 모니터에서 나오는 불빛 때문에 빛나고 있었다.

"어이, 친구. 자네와 잠깐 이야기를 나눌 수 있을까, 개인적으로 말이야." 말을 하는 동안에도 도빈스는 페이한테서 좀처럼 시선을 거두지 못했지만, 그녀는 그들 두 사람을 대놓고 무시했다.

토니는 복도로 슬며시 나왔고, 뒤로 문을 닫았다. "무슨 일이야?" 그가 나지막한 목소리로 물었다.

"레저에 대한 단서를 잡은 것 같아." 도빈스가 대답했다. 말을 하는 동안 더러운 손수건으로 윗입술 쪽의 구슬땀들을 닦았다. "'리틀 피쉬(Little Fish)'라는 술집에 대해서 들은 적 있나? 친코 알비노 거리에 있는 것 말이야, 센트로 바로 서쪽에 있는."

토니는 고개를 저었다.

"그렇군, 음, 리틀 피시는 단순한 술집이 아니야. 2층에는 유곽이 있거든. 그곳에선 마약도 거래되고, 장물들도 그 갈보집 뒤에 있는 창고를 통해서 처분되고 있어. 그 모든 구조가 들리는 소문으로는 'SS'가 운영한다더군."

'SS'는 '*세이세스 세이세스*(Seises Seises)'의 줄임말이었다. 어떤 멕시칸 조직이 교도소의 독방동 번호—66—에서 이름을 따왔는데, 그곳에서 그 갱단이 시작되었다. 그 'SS' 갱단은 부패하고 잔혹한 멕시칸 형벌 시스템으로부터 야기된 가장 최근 범죄 조직이었다. 지금까지는 그들의 활동이 멕시코 북부와 바하칼리포르니아 주에 국한되어 있지만, 마치 모든 암 세포가 그렇듯이, 토니는 그들도 전염병처럼 반드시 확산되리란 걸 알았다.

"그게 레저랑 무슨 관련이 있는 거지?"

도빈스는 어렵사리 자세를 바꿨다. "소문으로는 그링고(gringo, 남미 국가들에서 미국인들을 못마땅하게 지칭하는 말) 한 사람이 일주일쯤 전에 리틀 피시에 왔다더군.

컴퓨터를 잔뜩 들고서 말이야. 그 이후론 그 쓰레기 곳 3층에서 숨어 지내고 있다는구만. 자네가 찾는 인물이 맞는 것 같은데, 나바로?"

토니는 고개를 끄덕였다.

"나쁜 소식은 그자가 곧 튈 것 같다는 거야." 도빈스가 계속 이야기했다. "온종일 짐을 싸고 있대. 벌써 튀어버렸을지도 모르지."

"나를 지금 그곳으로 데려다 주게." 토니가 명령하듯 말했다.

도빈스가 끄덕였다. "자네가 그렇게 나올 거라고 생각했어. 그런데 'SS'와 얽힌 문제는 비용이 좀 더 들어간단 말이야."

"자네 몫을 2만으로 올려주지. 더 이상은 안 돼."

토니는 그 남자의 두 눈 뒤에서 벌어지는 갈등을 볼 수 있었고, 순간 탐욕이 생존 본능을 이겼다는 것을 알아차렸다.

"너를 믿어도 될까, 나바로?"

토니는 그 남자의 시선을 마주 보았다. "만일 우리가 레저를 찾는다면, 우리 둘 다 한몫 잡는 거야. 만일 그자가 사라진다면, 우리 둘 다 아무것도 못 얻는 거지."

도빈스가 끄덕였다. "좋아. 그렇다면 지금 떠나자고, 우리의 돈덩어리가 숨어버리기 전에 말이야."

오전 9:59:11

로스앤젤레스, CTU 본부

잭 바우어는 제이미 패럴에게 디스크를 건네며 분석을 부탁했고, 발견한 것을 반드시 자신에게만 알려주겠다는 약속을 받은 후에 그녀를 보내주었다.

그는 오늘 아침의 현장 급습에 대한 교전 후 보고서와 씨름을 막 시작하려고 할 때 전화가 울렸다. "바우어입니다."

"바우어 특수요원? 저는 LAPD의 제리 앨더라고 합니다. 프랭크 카스탈라노의 파트너죠."

잭은 똑바로 앉았다. "무슨 일입니까, 형사님?"

"프랭크가 베벌리 힐스 살인 사건의 용의자를 체포했다는 사실을 당신에게 알려주기를 원해서요."

"어디서죠? 언젭니까?"

"앤젤레스 국유림에서, 약 15분 전에요. 잘 들으세요. 그자는 유학 비자로 체류 중인 사우디 아라비아 시민입니다.. 어떤 종류의 약물에 취해 있고 모든 이교도들에 대한 지하드(jihad, 이슬람교를 지키기 위한 성전)를 계속 말하고 있습니다."

"이 전화로는 더 이상 말하지 마십시요. 어디에서 프랭크가 그 용의자와 이야기하고 있습니까?"

"5번과 6번 가 사이에 있는 정부 중앙 시설입니다. 버스 터미널 근처요. 우리가 그 죄수에 대한 접근을 통제하는 데에는 법원 청사보다는 그곳이 훨씬 낫거든요."

"영리하시군요." 잭은 *죄수에 대한 접근을 통제하는 것*은 그를 가능한 한 오랫동안 변호사로부터 떨어뜨린 상태를 유지하기 위한 완곡한 표현이란 것을 알았다. 잭은 손목시계를 힐끗 보았다.

슈펠은 만약 30분 내로 그의 책상 위에서 교전 후 보고서를 보지 못할 경우 길길이 화를 낼 것이 분명했지만, 본능은 사실을 호도하기 위해 관료적인 말로 쓸데없는 요식 행위를 가다듬는 것보다는 이것은 훨씬 더 중요하다고 말하고 있었다.

"프랭크에게 전해 주십시오. 내가 지금 가는 중이라고."

1 2 3 4 5 **6** 7 8 9 10 11 12 13
14 15 16 17 18 19 20 21 22 23 24

다음 이야기는 오전 10시부터 오전 11시 사이에 일어난 것이다.

오전 10:01:01

로스앤젤레스, 테런스 알튼 체임벌린 대극장

'무대 장치 및 공예인 조합' 235지부 소속의 목공 인부 여덟 명은 조합 규정에 따라 제공되는 휴식 공간에 모여 있었다—이번 경우에는 커다란 은색 레저용 차량으로 거대한 체임벌린 대극장 바깥쪽 거리에 주차되어 있었다.

레저용 차량으로부터 100여 미터도 채 떨어지지 않은 곳에는 빨간색 카펫이 '실버 스크린 시상식 행사'를 위해 깔려져 있었다. 8시간 후에는 유명 인사들이 그 레드 카펫을 따라 자태를 뽐내며 걸어가면서 행사장 안으로 들어갈 것이다. 팬들과 줄지어 선 파파라치들은 벌써부터 최고로 목 좋은 자리인 경찰 바리케이트 뒤쪽을 놓고 권리를 주장하고 있었다.

냉방 시설이 잘 되어 있는 레저용 차량 내부는 꽤 안락했다. 인부들은 소파와 의자에 느긋하게 앉아 있었고, 일부는 전자레인지와 커피 메이커를 잘 활용하고 있었다. 또 어떤 사람들은 담배를 피우거나—엄격한 로스앤젤레스 카운티 조례의 규제 때문에—텔레비전을 시청하기도 했다.

남자들은 아침 6시부터 그곳에 와서는 오늘밤 시상식을 위한 무대 소품들을 조립하고 있었다. 지금은 모든 것이 준비가 되어 있었다. 정교하게 제작된 상패 자체의 모형과, 그것을 세워 놓을 나무로 만든 커다란 시상대를 제외하고. 이 소품들은 무대 중앙에 놓이게 될 예정이었고, 그 조립식 구조물은 엘 몬테(El

Monte, L.A. 부근 도시)에 있는 한 건설 하도급업체로부터 오는 중이었다. 이 무대 장치의 마지막 조각은 한 시간 내로 도착할 것이고, 생방송으로 커튼이 올라가기 전까지는 그것을 설치할 충분한 시간이 남아 있었다.

설령 그 부분들이 도착하더라도, 노조 협약에는 4시간의 작업 후에는 식사를 위한 휴식 시간을 의무적으로 갖도록 규정되어 있었다. 물론 그 목공반은 휴식 시간에 시차를 두기로 되어 있었으므로 누군가는 항상 목공일을 할 시간이 있었다. 그러나 팻 모건소—그 목공반의 현장 감독—은 현장에 얼씬거리지 않았고 그가 자주 가는 어느 곳에서도 모습을 찾을 수 없었다. 그 동안 작업 지시들은 관리 회사에서 현장으로 급파한 대체 현장 감독이 내렸다. 20대 중반인 에디 사비르라는 그 사내는 노조원들에게 꽤나 무시당하고 있었다.

케이블 방송에서 스포츠 뉴스가 한창일 때, 레저용 차량의 문이 열렸다.

"나와들 봐, 트럭 운전사들이 도착했어." 목수들 중 한 명이 소리쳤다. 야유와 날카로운 휘파람 소리들이 뒤따랐다.

한 중동인 남자가 출입구에 서 있었다. 그는 한 손을 흔들어 인사를 했는데, 다른 손에는 하늘색 플라스틱 보관 용기가 들려 있었다.

안락의자에 앉아서 ESPN을 시청하고 있던 뚱뚱한 동료가 이마를 찰싹 쳤다. "젠장, 하룬. 왜 이제서야 나타난 거야?"

출입구에 서 있던 남자는 노조원들을 향해서 활짝 웃어 보였다.

"이런, 미안하구만," 하룬이 말했다. "나쁜 소식이 있는데, 소품들이 실린 트럭이 여기 와 있다는구만. 그러니까 우리 모두 해야 할 일이 생겼다는 뜻이지. 하지만 좋은 소식도 있어. 내 아내가 또 벌꿀을 넣은 케이크를 만들었다는 거지."

말총머리를 한 건장한 목수가 휘파람을 불었다. "이런, 어서 가져오라고."

뚱뚱한 남자는 스포츠 방송의 소리를 줄였다. "어서 들어와서 앉게, 하룬. 방금 내린 커피가 있어."

하룬은 플라스틱 용기를 탁자 위에 내려놓더니 머리가 가로 저었다. "아니야, 안 돼. 나는 트럭을 하역장 안으로 옮겨놔야 해. 신경 쓰지 말고 먼저들 들라고. 나는 몇 분 내로 돌아와서 먹을게."

"서두르는 게 좋을 거야." 말총머리를 한 남자가 말했다. "지난번에 자네가 가져온 벌꿀 케이크는 현장 감독이 맛도 보기 전에 다 없어졌잖아! 그래서 모건 소 그 인간이 애들처럼 징징거렸지."

하룬은 서둘러서 문을 나왔다. 말총머리 남자는 달콤한 꿀이 흐르고 견과류가 들어간 작은 케이크들 중 하나를 집어 먹었다. 그는 그 케이크 용기를 다른 동료들에게 건넸다. "이런, 이거 입에 착 달라붙는구만." 그는 푸짐하게 한 입 베어 문 후에 칭찬의 말을 쏟아냈다.

그가 또 한 조각을 집어 들기 직전에 소파에 앉아 있던, 그 방 안에서 가장 젊은 남자의 입에서 신음 소리가 흘러나왔다. 그는 뚱뚱한 남자 옆에 있는 소파 위로 털썩 쓰러졌다. 덥수룩한 금발머리를 하고 파도타기 선수처럼 햇볕에 짙게 그을린 22세의 젊은이는 팔 다리를 흐느적거렸다. 그는 또 다시 끙 앓는 소리를 내뱉고 배를 움켜잡았다.

"이런 젠장, 쟤 왜 저러는 거야." 뚱뚱한 남자가 끈적거리는 케이크를 맛보기 전에 물었다.

"이 멍청이가 공항 근처에 새로 생긴 그 스트립 클럽에 갔었대." 말총머리 남자가 대답했다. "새벽 3시까지 술을 퍼마셨고, 곧바로 일하러 온 거야."

"도움이 안 되는 자식이구만." 대머리에다 근육질인 한 중년 인부가 투덜댔다. 그는 안락의자에 등을 기대어 앉아서 끈적거리는 손가락을 핥고 있었다.

속을 메스꺼워하던 젊은 남자는 더 이상 참을 수가 없었다—먹는 것, 입맛을 다시는 것, 냄새 모두 다. 그는 벌떡 일어나서 화장실로 뛰어 들어갔고, 문을 쾅 닫고는 뒤로 문을 잠갔다. 그는 변기 위에다 머리를 드리운 채로 기다렸다.

"변기통 숭배자가 또 한 사람 나셨구만." 말총머리 남자가 농담을 하자, 다들 웃음을 터뜨렸다.

비좁은 화장실 내부, 젊은 남자는 서너 번 정도 구토를 했지만, 구역질과 고문 같은 경련에도 불구하고 아무것도 나오지 않았다. 그는 놀라지는 않았다. 위장 속 내용물들은 비운 지 오래였고 이제 극도의 고통은 가라앉았다고 생각했다. 다시는 절대로 과음하지 않겠다고 다짐하면서 물을 틀어서 입안을 헹구고 얼굴을 물로 씻었다. 타월로 얼굴을 닦은 후 기분이 좀 나아지자 숨을 한 번 크게 쉬고는 문을 열었다.

처음에 그는 모든 것이 실없는 장난이라고 생각했다.

말총머리 남자는 탁자 너머로 푹 쓰러져 있었다. 머리는 한쪽으로 축 늘어져 있었고, 두 눈을 크게 뜬 채로 깜박거리지 않았고, 입술은 파랗게 변해 있었다. 스포츠 광인 뚱뚱한 남자는 두 눈은 크게 뜬 채로 텔레비전 방송을 응시하고 있었지만, 더 이상은 볼 수가 없었다. 또 다른 남자는 소파에 앉아 있는 그 사람 옆에 팔 다리를 쭉 펴고 드러누워 있었는데, 입을 헤벌리고 있었고 혀는 검게 변한 채 부풀어 있었다.

덩치가 큰 대머리 녀석은 바닥 위에 죽은 듯이 쓰러져 있었는데, 손가락들이 카펫을 말아서 움켜잡고 있었다. 젊은이는 흐느끼다가 뒤쪽에서 움직임을 느꼈다. 곧바로 딱딱하고 차가운 무언가가 뒤통수에 닿았다. 젊은이는 그대로 얼어붙었고 무릎이 갑자기 휘청거렸다.

"너도 저 케이크를 먹었어야 했는데." 하룬이 말했다. 소음기가 장착된 콜트 권총이 그의 손 안에서 움찔했다. 젊은 남자의 머리는 마치 멜론처럼 터져버렸고, 몸은 경련을 일으키다가 바닥으로 흐느적거리며 무너졌다.

하룬은 그의 얼굴 전체에 피가 흩뿌려지는 순간 중얼거렸다. "하산이 명하신 대로, 그대로 이루어질지어다."

나직한 총 소리가 완전히 사라지기도 전에 청바지와 티셔츠 차림의 남자 여덟 명이 레저용 차량 안으로 들어왔다. 하룬과는 달리, 그 남자들 중 어느 누구도 중동지역 출신이 아니었다. 모두 갈색 또는 검은색 머리카락을 가진 백인들이었고, 그중 세 사람은 하얀 피부와, 회색 또는 초록색 눈을 가진 금발이었다. 그들의 외모는 주위에 널부러져 있는 죽은 남자들의 이름들 그리고 신분들에 의심할 여지없이 딱 들어맞았다.

새로운 남자들은 조용히 죽은 남자들의 몸에서 연장 벨트, 신분증, 지갑, 작업용 조끼, 옷, 열쇠와 시계 들을 벗겨냈다. 한편 하룬은 조심스럽게 케이크 상자를 집어 들었고, 떨어진 빵 부스러기들을 모았다. 오염된 케이크가 그의 맨살에 닿지 않도록 주의하면서. 그는 독이 든 음식을 쓰레기 봉투 안에 버리고 소음기가 달린 권총도 함께 던져 넣은 다음, 다른 사람들과 합류했다.

지난 2주 동안, 하룬은—신비에 싸인 하산의 지시들에 복종하면서—그의 발 밑에 누워 있는 살해된 남자들과 함께 일하고 어울렸었다. 하룬은 이전에도 세 번 정도 벌꿀 케이크를 구워서 가져왔었다. 자신의 순종적이고 복종적인 무슬림 아내가 만들었다면서. 실상, 하룬은 아내가 없을 뿐만 아니라 지금까지 어느 여자와도 육체적인 관계를 갖은 적이 없었다—어쩌면 천국, 그곳에서 많은 관계를 갖었을지는 몰라도. 매번 케이크는 하산의 정보원에 의해서 전달되었고, 하룬은 그것들을 이 남자들과 나누어 먹도록 지시를 받았다.

하지만 오늘은 아니었다. 이번에는 위반하면 죽음에 처한다는 조건으로 그 케이크를 만지지 않도록 전달받았다. 늘 그랬듯이, 그는 편지에 적힌 그가 섬기는 지도자의 지시들을 그대로 복종했다.

그것은 그가 그분을 위해서 할 수 있는 최소한의 일이었다. 그에게 '천국의 문'을 보여 주시고, 이 현실 너머의 세계에 대한 감질날 정도의 짧은 환영을 허락해 주신 그분을 위해서 말이다.

하룬은 그가 섬기는 지도자가 이 남자들을 죽이는 데에 사용한 치명적인 독극물이 무엇이었는지 알지 못했다. 아니, 상관하지도 않았다. 중요한 것은 마침내 계획이 실행에 옮겨지기 시작했다는 것이었으니까. 아무것도 다가오는 피의 물결을 멈추게 하지 못할 것이다. 그의 주위에 흩어져 있는 죽은 남자들은 앞으로 쓰러질 수많은 사람들의 시작에 불과했다. 이들 어리석은 졸자들의 조용하고 아무도 알아주지 않는 죽음과는 달리, 다가올 대학살은 전 세계에서 수억 명이 보게 될 테니까.

오전 10:12:41

멕시코 티후아나, 라 하시엔다

팝 음악 벨 소리가 무아지경으로 모니터에 빠져 있던 페이 허블리를 흔들었다. 그녀는 하던 작업을 저장하고, 의자 등받이에 걸어 놓은 가죽 가방에서 핸드폰을 꺼냈다.

"여보세요."

"페이? 제이미야. 토니와 연락을 취하려고 했는데…."

"토니가 전화기를 꺼 놓았어요. 여기에서 어떤 고약한 냄새가 나는 끄나풀과 어쩌다 한 통속이 되어서 지금 어떤 단서나 아니면 뭔가를 쫓고 있는 중이예요."

"그 정보를 니나에게 알려주고 떠났어야지."

"토니가 저한테 전화를 하라고 했어요." 페이가 말했다. "제가 지금 막 하려고…."

"그 끄나풀 이름이 뭐야?"

"그 자식의 성은 도빈스, 이름은 레이예요."

"그 사람 성의 철자를 알아?"

"아니요, 하지만 토니가 그 사내를 전부터 알았다고 말했으니까 그의 작전 보고서 중 한 군데에 있을 것 같은데요."

"토니는 어디로 갔는데?" 제이미가 물었다.

페이는 마지못해서 내뱉었다. "어떤 유곽으로 갔어요. 알비노 거리에 있는 '엘 페퀴노스 페스카도스(El Pequenos Pescados)', 그러니까 '리틀 피쉬'라는 곳이에요."

제이미는 그 정보를 임무 일지에 기록하고, 페이를 더 많은 정보를 알아내려 했지만 별 소득은 없었다. 그녀는 페이가 걱정스러웠다. 젊은 아가씨가 마음이 산란한 것 같았으니까. "잘 들어, 페이. 나는 자네가 정신을 똑바로 차렸으면 해. 우리가 어떤 트로이 목마 바이러스를 발견했어. 적당한 장비를 갖춘 사람들이 다운로드 받기엔 무척이나 매력적이거든—아직 개봉되지 않은 어떤 영화니까 말이야. 마일로 프레스만이 그 숨겨진 바이러스를 자네가 분리해 놓은 프로토콜에 대응시켜 봤는데, 레저의 흔적들이 도처에 보인다고 하더군."

페이는 입술을 깨물었다. "안 좋은 소식이네요. 만일 레저가 지난 5일 동안 뭔가를 착수했다면, 우리가 전혀 알지 못하는 어떤 서버에서 그 일을 했다는 것이니까요. 그 말은 그가 적어도 우리보다 한 발 앞서 있다는 뜻이거든요."

"라이언 슈펠이 마일로 프레스만을 그곳으로 보내서 자네를 지원하라고 했어. 2시간 내로 도착할 거야. 더 많은 걸 알게 되면 바로 알려주도록 할게."

"좋아요." 페이가 말했다. "재미있겠네요. 마일로는 귀염성이 있으니까."

"잘 들어, 아가씨. 자네는 놀러간 게 아니야. 정신 바짝 차리고 조심해. 토니는 해병대 출신이고 현장 경험도 충분히 가지고 있어. 만약 토니가 자네한테 지시한 것들이 있으면, 그대로 따르도록 해. 이번 임무는 점점 치열해지는 데다 그곳 상황이 나빠질 수도 있으니까 말이야."

페이는 웃었다. "진정해요, 제이미. 제가 아프가니스탄에 있는 것도 아니잖아요. 그냥 멕시코 국경을 건너와 있을 뿐이에요. 실제로 대낮에 저한테 무슨 일이 일어나기라도 하겠어요?"

오전 10:18:37

멕시코 티후아나, 알비노 거리

레이와 토니는 택시를 타고 센트로의 숨막히는 거리로 향했지만, 토니는 플래닛 헐리우드 레스토랑 앞에서 차를 세우도록 했다.

"왜 택시를 바꿔 타려고?" 도빈스가 초조하게 물었다. "미행 당하고 있는거야, 아니면 다른 일?"

"여기서부터 걸어갈 거야, 그뿐이야." 토니가 말했다.

허리 둘레로 보건대 레이 도빈스는 걷는 것을 좋아하지 않는 게 분명했다. 알비노 거리까지 가는 내내 그는 아픈 발, 울퉁불퉁한 포장도로, 군중들, 열기, 자동차 매연 등에 대해서 계속 불평을 늘어놓았다.

'리틀 피쉬'로 불리는 선술집이자 유곽의 주변은 토니가 지난번 티후아나에 왔다 간 이후로 더욱 타락했다. 전성기 때의 알비노 거리는 성실한 중산층들이 열망하는 곳이었을지 모르지만, 지금 형편은 확실히 한물가서 초라해진 상태였다. 지금은 너무 많은 술집들이, 금방이라도 무너질 것 같은 교회들, 노점 점술가들, 전당포들, 주류 판매점들 그리고 환전소들 사이에 아늑하게 자리잡고 있었다. 그곳에는 또한 오해의 여지가 없는 범죄 활동의 징후도 있었다—갱들을 낙서, 거리의 매춘부들, 그리고 알아볼 수 있는 사람들의 눈에는 훤히 보이는 소매치기들. 외관이 박살난 차 한 대가 유리창은 깨지고 내부도 다 뜯겨 나간 채로 바스라지고 있는 도로의 연석 바로 옆에 서 있었다.

레이 도빈스는 알비노 거리 5번지를 창고라고 표현했지만, 토니가 보기에 그 건물은 산업용 용도로 개조되기 전인 1940년대와 50년대에 얼음 저장고로 쓰였던 것이 확실했다. 그 창고는 평평한 지붕에, 우중충한 빨간 벽돌로 지어진 창문 없는 직사각형 건물이었다. 3층짜리 물막이판자로 지어진 선술집과 여관은 1950년대 어느 즈음에 구식 벽돌 건축물에 기대어서 지어졌다. 선술집 정면의 나무로 된 조잡한 현관 위의 빛바랜 아즈테카(Azteca) 맥주 광고판 하나와, 창문에 걸린 쿠에르보(Cuervo, 테킬라) 네온 사인 하나가 이곳이 다른 다세대 주택과는 다르다는 것을 알려주는 유일한 표시였다. 부서진 포드 승합차 한 대가 그 건물 전면에 주차되어 있었는데, 단단히 잠겨 있었다. 현관에는 아무도 보이지 않았고, 2층과 3층 앞면으로 난 나무로 된 좁다란 발코니에도 마찬가지였다.

"안으로 들어갈까?" 토니가 물었다.

도빈스는 고개를 저었다. "들어봐, 나바로. 난 이 거래를 날려버리고 싶지는 않아—나는 돈이 꼭 필요하거든. 내가 먼저 들어가서 안을 살펴볼게. 나는 전에도 여기에 와본 적이 있어. 그들은 나를 안다고. 5분이나 그 안에는 돌아올 거야. 나한테 시간을 좀 줘."

토니는 남자의 속내를 생각해 보았다. 도빈스를 신뢰하지 않는다 할지라도 이 사기꾼이 그를 배신하면 아무것도 얻을 게 없다는 것을 알았다. 무엇보다도 도빈스는 돈을 좋아했고, 그리고 지금 당장 어느 정도의 돈이 절실하게 필요한 상태인 것처럼 보였다.

"좋아." 토니가 말했다. "바로 여기서 5분 후에 만나자고."

도빈스는 뒤뚱거리며 도로를 건너가더니, 나무 칸막이 문을 밀어 통과하고 지저분한 선술집 안으로 들어갔다. 토니는 잠시 지켜본 다음, 어떤 작은 가게에 들어가서 차가운 하리토스 한 병을 샀다. 달콤한 그 멕시코 탄산 음료수를 들이키면서, 이따금씩 시계를 슬쩍 쳐다보면서 기다렸다.

도빈스는 정확히 5분 후에 다시 나타났다. 하지만 길을 건너오는 대신, 현관에서 토니에게 손짓을 했다.

토니는 음료수를 단숨에 들이켰고 빈 병을 쓰레기통 속으로 던지고 먼지가 자욱한 거리를 건너갔다.

"레저야, 틀림없어." 도빈스가 말했다. "그는 3층에 있어. 숨어 있지도 않더구만. 바텐더에게 앤드류 잭슨(Andrew Jackson, 미국 7대 대통령으로 20달러 지폐 속 인물)을 슬쩍 내밀었더니 털어놓더라고."

"혼자 있던가?"

도빈스가 끄덕였다. "서둘러. 자네가 그자를 빨리 찾을수록, 나도 돈을 빨리 받을 수 있잖아."

토니는 망설였다. 작전 상황치고는 이 모든 설정이 수상쩍었다. 그는 알 수 없는 환경 속으로 단지 '거버(Gerber, 미국 칼 제작사) Mark II' 톱니 모양의 전투용 칼 하나만을 부츠 안에 넣은 채 향하는 것이었다. 다른 한편으로, 레저는 보잘것없는 인물인 데다가 미국 정부에서 파견한 누군가가 그를 찾고 있다는 증거도 전혀 없었고 난폭한 흉악범은 아니었다. 그는, 사실, 그저 컴퓨터만 아는 괴짜일 뿐이었다. 게다가 도빈스는 만일 그 거래가 결딴날 경우 아무것도 얻지 못하고 모든 것을 잃을 것이다.

"앞장 서."

도빈스는 활짝 웃으며 칸막이 문을 밀치며 들어갔다.

내부는 어둑했고 거의 비어 있었다. 판매대 뒤에 있던 땅딸막한 바텐더는 도빈스에게 고개를 끄덕였고, 그러고는 판매대 위쪽 텔레비전에서 중계하는 하이알라이(Jai alai, 스쿼시와 비슷한 스페인·중남미의 실내 구기 경기) 시합을 다시 지켜보기 시작했다. 문에서 꽤 떨어져 있는 구석쪽 탁자에는 두 명의 중년 남자가 두 명의 젊은 매춘부와 먹고 마시며 즐기고 있었다. 남자들은 거나하게 취했고, 여자들은 남자들에게 바싹 안겨 있었다. 다른 두 명의 여자들이 구석에 앉아 수다를 떨면서 손톱을 손질하고 있었다. 그들은 문이 열렸을 때 고개를 들었지만, 토니가 도빈스와 함께 있는 걸 보자 다시 그들의 대화로 되돌아갔다.

"계단은 이쪽 뒤에 있어."

도빈스는 술집을 가로질러 좁은 통로로 토니를 이끌었다. 단칸짜리 화장실 너머로 또 다른 문이 계단 쪽으로 열려 있었다. 도약하고 있는 모습의 은회색 물고기 세 마리가, 박제와 광택 칠이 된 상태로 그 문 위쪽에 장식되어 있었는데, 이 유곽의 이름을 묘사하고 있었다—'작은 물고기'

앞장을 서던 도빈스는 좁은 복도를 비집고 나아갔고 천천히 느릿느릿 가파른 계단을 오르며 2층, 그리고 나서 3층으로 올라갔다.

또 다른 문을 통과하자 또 하나의 복도가 나타났는데, 양 측면으로는 벽지가 벗겨지고 있었고 바닥은 얼룩져 있는 데다 아보카도 같은 초록색 리놀륨이었다. 벽 뒤쪽 어딘가에서 남자의 끙끙 대는 소리와 여자의 웃음 소리가 들렸다.

그들은 복도 끝에 있는 나무로 된 문으로 다가갔다. 도빈스가 노크를 두 번 했다. "들어와." 나지막한 목소리가 안쪽에서 흘러나왔다. 도빈스는 토니에게 윙크를 하고 문을 열었다.

방 안은 어두웠고 커튼이 드리워져 있었지만 토니는 두 대의 컴퓨터 모니터가 밝게 깜박거리는 것과, 한 인물이 의자에 앉아 그들을 마주보고 있는 것을 볼 수 있었는데, 그가 등을 돌렸다. 컴퓨터들과 부품들은 탁자들과 의자들 위에, 그리고 바닥에도 어질러져 있었다.

도빈스는 입을 벌리고 말을 하려했지만, 토니는 그를 조용히 시키고 문턱 너머로 내딛었다.

"리처드 레저? 나와 이야기를…."

토니는 뒤통수로 곤봉이 강하게 내려오는 것을 전혀 보지 못했다. 다행히 충격 또한 전혀 느끼지 못했다.

그 고통은, 뒤에 더 크게 다가올 것이다.

오전 10:34:09

로스앤젤레스, LAPD 중앙 시설

잭 바우어는 일방향 거울을 통해서 용의자를 관찰했다. 그 중동인 청년은 LAPD의 중앙 시설에 있는 한 취조실에 갇혀 있었다. 일반적인 죄수들은 시 교도소들 중 한 곳에 수감되고 그곳에서 경찰 기록에 올라갔다. 하지만 유명인사인 범죄자들은—혹은 이번 사건에 연관된 이 남자처럼 곧 유명인사가 될 인물은—종종 이곳으로 데려왔다. 그 이유는 언론에서는 아직 로스앤젤레스 버스터미널에서 한 구역 떨어져 있고, 원래 자동차 정비 공장인 시설 안에 있는 감방들과 취조실들의 존재에 대해 간파하지 못하고 있기 때문이었다.

취조실은 어둑했고, 그 남자는 한 줄기 밝은 백색 불빛 속에 고정시켜 놓은 것처럼 구속용 의자 위에 전방을 똑바로 응시한 채로 움직일 수 없도록 손과 발에 족쇄가 채워진 상태로 앉아 있었다. 그자의 찢겨지고 피로 얼룩진 옷은 증거물로 수거되었다. 지금은 깨끗한 하얀색 위아래가 붙은 옷과, 신발 없이 하얀색 튜브 삭스(tube socks, 뒤꿈치가 따로 없는 신축성이 뛰어난 양말) 차림이었다. 또한 깨끗하게 문질러서 씻겨졌다. 혈액 표본들과 인체 피부 조각들이 그의 피부와, 손톱 안쪽과, 치아 사이에서 수집되었다. 그의 새까맣고 긴 머리카락은 아직도 축축했다.

프랭크 카스탈라노 형사는 잭의 어깨 쪽에 서 있었고, 그의 파트너인 제리 앨더는 적당한 거리를 두고 떨어져 있었다.

"만일 이 사건이 자네의 신상에 관한 것이 아니었더라도, 나는 자네를 불렀을 거야, 잭." 카스탈라노가 계속 말했다. "이 남자는 사우디아라비아 국적이야. 계속 '지하드'를 지껄이고, '알라'를 찬양하면서, 하산이라는 어떤 테러리스트의 뜻에 따라 행동한 것이라고 주장하고 있네. 우리가 지문을 조회했을 때, 그의 유학 비자 덕에 정체를 알 수 있었네. 그리고 그의 이름이 국토안보부 목록에도 나타났네. 요주의 인물로 말이야."

잭은 카스탈라노의 손에서 파일을 가져와서 휙휙 넘겨보았다.

"이름은 이븐 알 파라드, 22살." 카스탈라노가 말을 이었다. "아버지인 오마르 알 파라드는 리야드(Riyadh, 사우디아라비아의 수도)에 있는 로얄 사우디 은행의 백만장자 부회장이자 정부의 고위 관리야. 그는 이븐을 미국으로 보내 서던 캘리포니아 대학교에서 공부를 시켰지만, 녀석은 일 년쯤 전에 사라졌어. 사우디아라비아 영사관에서 이 녀석을 찾고 있는 중이니까 그 사람들도 언젠가는 그의 체포 소식을 알아내겠지…."

잭은 그 용의자를 관찰했다. "그러니까 지금 이븐 알 파라드가 다시 모습을 드러냈는데, 이번에는 극악무도한 다수의 인명 살해 사건의 용의자로서란 말이지." 바우어는 고개를 가로저었다. "도무지 이해가 되지 않는군. 그가 뭐라도 진술을 한 게 있나?"

카스탈라노는 인상을 찌푸렸다. "우리가 그를 잡았을 때 그는 고함을 질러대고, 헬리콥터 안에서도 횡설수설하고, 이곳 취조실까지 오는 동안에도 내내 지껄이고 있었거든. 그런데 우리가 구체적인 질문들을 시작하고 진술을 녹취하려고 하는 순간, 자식이 입을 다물어버렸어."

"그자가 하산이라는 이름의 남자를 언급했다고 했던가." 잭은 똑같은 이름이 지난 24시간 동안 도망자 리처드 레저와 관련해서 불쑥 튀어나왔던 것을 기억해 내면서 말했다.

"그자는 그 하산이라는 남자를 '산 위에 계신 지도자님'라고 계속 부르더군. 산 가브리엘 계곡을 마치 미친광이처럼 차를 몰고 다녔던 이유가 그거라고 주장했다네—그 아버지란 사람을 찾기 위해 애쓰면서 말이지."

바우어는 얼굴을 찌푸렸다. 산 위에 계신 지도자님에 대한 언급이 머릿속에서 맴돌았지만, 그는 기억의 갈피를 잡지 못하고 포기하고 말았다. "그자가 어떤 약물에 취해 있었다고 했지?"

카스탈라노는 잭에게 박살난 재규어에서 꺼낸 작은 유리병을 보여주었다. "나는 그게 필로폰이라고 생각했어. 길거리 판매를 위해서 파랗게 착색했거나, 아니면 어떤 갱단 표식일 거라고 말이야. 그런데 그건 필로폰이 아니었어, 그 색깔이 설명해 주더군."

잭은 작은 유리병을 불빛 쪽으로 들어 올렸고, 얼굴의 찌푸림이 더 깊어졌다. "이건 '카르마'라는 새로운 마약이야." 그는 쉰 목소리로 말했다. "이 물질은 필로폰을 '노도즈(NoDoz, 카페인 정제)'처럼 보이도록 만든 거라네."

잭은 그 유리병을 카스탈라노에게 돌려주었다. "그자가 그밖에 또 다른 것은 가지고 있지 않았나? 어떤 살인 무기라든지? 코란 복사본이라든지?"

"어떤 메모를 가지고 있었어. 이븐 알 파라드 자신의 필체였지—우리가 그걸 대학 기록부와 확인해 봤으니까. 그런데 메모 내용은 거의 알아보기 힘들어. 이 친구가 과음한 상태에서 마구 휘갈겨 쓴 글씨처럼 보였으니까."

카스탈라노는 또 하나의 서류철을 열어서 잭에게 증거물 봉투 안에 봉인된 그 육필 문서를 보여 주었다. 필적은 작고 알아보기 힘든 글씨와 큰 글씨가 번갈아 나오고 있었고, 영어와 그의 모국어인 아라비아어가 뒤섞여 있었다.

"미친 소리겠지." 형사가 중얼거렸다.

그러나 잭은 그자가 쓴 것을 훑어봄으로써 그것이 완전히 정신 나간 소리만은 아니란 걸 이해할 수 있었다—이븐 알 파라드가 이 메모에 쓴 것처럼 사후 세계의 강력한 환영을 경험했다고 주장하는 최근에 개종한 무슬림 광신도에게는 전혀 아니었다. 그자는 또한 사악하고 구석구석 스며드는 미국 문화의 영향을 이슬람 세계에서 몰아내도록 서약했다

과연 그것이 휴 베트리와 그의 가족을 살해한 이유가 될 수 있었던 것일까? 그가 영화들을 제작했기 때문에?

메모의 많은 부분을 읽을 수가 없어서 잭은 문제의 해결을 포기했다. 아마도 CTU 언어 및 문서 부서에서는 그것을 좀더 이해할 수 있을 테니까.

바우어는 죄수한테서 등을 돌리고 카스탈라노를 마주보았다.

"프랭크, 이븐 알 파라드를 철저히 조사하기 위해서 CTU 본부로 데려가는 게 좋겠어. 살인 사건의 용의자이기 때문에 LA 경찰이 그를 취조할 수 있는 방법들에는 한계가 있을 거야. 하지만 저명하고 영향력 있는 미국 시민인 휴 베트리의 암살이라는 잔인한 테러 행위의 명백한 가해자라면, CTU에서는 자네가 알고 싶어 하지 않을 방법들을 사용하는 한도까지 그에 대한 조사를 밀어붙일 수 있네."

그는 카스탈라노의 눈 뒤쪽에서 일어나는 고심을 볼 수 있었다. "날 믿어, 프랭크." 잭은 계속했다. "나는 이자가 털어놓게 할 수 있어, 하지만 여기선 안 돼. 경찰 방식은 이자의 광신적 행위 앞에서는 충분치 않아."

카스탈라노의 표정이 어두워졌다. "2년쯤 전인가, 자네가 말하던 기본적인 시민 자유권에 대한 제한은 나를 정신이 나갈 정도로 두렵게 만들었네…. 하

지만 그건 내가 오늘 아침 휴 베트리의 저택에서 그 끔직한 광경을 보기 전까지의 얘기야."

형사는 잠시 멈추고, 승합차에 가득 탔던 순진한 아이들을 생각했고, 자신의 아이들도 생각했다. 그는 침을 삼켰다. "만약 경찰청장이 이송을 승인하면, 이 새끼는 자네 걸세. 하지만 내가 자네와 같이 갈 거야, 잭. 나는 이자를 심문하는 자리에 앉아 있을 걸세, 그리고 나는 그가 이름을 대는 공범들을 끝까지 쫓아가서 잡아낼 걸세, 그들이 누구든지 간에."

오전 10:49:12

멕시코 티후아나, 라 하시엔다

페이 허블리는 호텔 방의 문 바깥 복도에서 나는 어떤 소리를 들었다. 묵직한 발자국들 소리, 그리고 나서 속삭이는 소리. 그녀는 조용히 하던 작업을 저장하고, 컴퓨터를 대기 모드로 전환시키고는 의자에서 슬며시 빠져 나왔다. 조용하게 살금살금 방을 가로질렀다. 토니의 지시 사항들을 상기하면서, 그녀는 문구멍을 여는 대신에 귀를 문에 바싹 갖다 댔다—괜스레 움직였다가는 밖에 숨어 있는 누군가에게 방 안에 누가 있다는 것을 알려주는 꼴이 될 수도 있으니까.

페이는 숨을 참고, 오랫동안 귀를 기울였다. 아무런 소리도 들리지 않았다. 안심을 한 그녀는 욕실 쪽으로 한 걸음 내딛었다. 노크 소리가 작은 방 안에 마치 천둥처럼 울렸고 그 소리에 그녀는 깜짝 놀랐다.

어떻게 하지? 어떻게 하지?

토니는 그녀에게 만일 누군가가 노크를 하면 거기에 없는 척, 방이 빈 것처럼 하라고 알려주었다. 사슬고리를 채워 놓으면 설령 열쇠를 가지고 있다 하더라도 누군가가 안으로 들어오기 위해서는 엄청난 소음을 발생시키면서 과도한 이목을 끌지 않고는 힘는 일이었다.

페이는 토니가 도빈스와 함께 나간 후에 사슬고리 채우는 것을 잊어버린 걸 알아차렸을 때 숨이 턱 막혔다. 노크 소리가 다시 들려왔다. 이번엔 더 크고 무시할 수 없을 정도로 오래 지속되었다.

페이는 토니가 그녀에게 주고 간 총을 떠올렸다. 만약 누군가가 방으로 들어오려고 시도할 경우를 대비해서 가지고 있으라고 했던 것. 바깥에 세워둔 승합차에 글록 권총 두 자루가 있었는데 토니는 그중 하나를 가져와서 어떻게 쏘는 것인지를 보여주었다—하지만 그녀는 그것을 쏘고 싶지 않고, 아예 그럴 의도도 없고, 해야 할 필요도 없을 것이라고 스스로에게 내내 말해왔었다. 그래서 그것을 침대 위 베게 밑에 아무렇게나 놓아 두었다.

이제 그녀는 선택을 해야만 했다—총을 향해 달려가거나 아니면 사슬고리를 채우느냐.

사슬고리. 그거면 충분할 거야, 그녀가 자신에게 말했다.

문을 향해서 사실상 뛰어오른 그녀는 철제 고리를 더듬거리면서 가까스로 그것을 제자리에 채우려는 순간, 문이 강력한 충격으로 크게 울리면서 그녀는 뒤로 내쳤다. 문틀이 쪼개졌고, 고리와 사슬이 날아갔고, 문이 활짝 열렸다.

페이는 고함을 지르기 위해 입을 벌렸지만, 세 남자 중 앞에 있던 남자가 훨씬 더 빨랐다. 그자의 손이 페이의 입을 막았고, 곧바로 그는 그녀를 침대 쪽으로 질질 끌고 갔다. 다른 두 남자도 첫번째 남자의 뒤를 따라 방 안으로 들어와서 부서진 문을 뒤에서 쾅 닫았다.

그녀는 속수무책으로 몸부림을 쳤고, 남자의 거친 두 손이 블라우스 아래를 더듬고 부드러운 살결을 만지자 그녀의 나지막한 비명은 광분에 이르렀다.

오전 10:57:59

LA CTU 본부

제이미 패럴은 페이 허블리와의 대화에서 입수한 정보를 가지고 레저 자료에 대한 최신 정보 갱신을 끝마쳤다. 이제 잭이 건네준 CD-ROM 디스크를 분석할 참이었다. 그러나 그것을 찾기 위해 모니터에서 고개를 돌렸을 때, 라이언 슈펠이 그녀의 어깨 너머에서 조용히 맴돌고 있는 것을 보았다.

"제가 도와드릴 일이 있나요?" 그녀가 물었다.

"잭 바우어를 찾는 중이야." 슈펠이 말했다. "잭을 봤나?"

"30분 전에는 사무실에 있었어요. 이후론 제가 바빠서요."

슈펠은 떨떠름한 표정을 지었다. "그러면 자네가 나를 위해서 바이러스의 분석을 좀 해줄 수 있겠나?"

제이미는 눈을 깜박였다. "무슨 말이신지?"

"레저의 '트로이 목마' 바이러스 분석. 워싱턴에 있는 사이버-부서 본부에 약속을 했어. 오늘 무언가를 보여주기로 말이야."

"만약 그러길 원하셨다면, 우리의 암호 해독 전문가인 마일로를 부질없이 멕시코로 보내지 마셨어야죠."

슈펠은 찌푸림이 심해졌다. "그래서 자네는 그 작업을 할 수 없다고 말하는 건가?"

"저는 수석 프로그래머라고 말씀드리는 겁니다. 메이헴 웨어는 제 전문 분야가 아니거든요."

"해당 부서에 연락해서 다른 사람을 알아봐 주게—지금 당장. 트로이 목마 바이러스가 어떤 시스템과 프로그램을 목표로 삼고 있는지, 그리고 그것이 어떤 짓을 하는지 알아낼 필요가 있어."

"하지만…."

"지금 당장, 제이미."

라이언은 몸을 돌리고 걸어가버렸다. 제이미는 숨소리보다 작게 욕설을 내뱉었다. 이제 어떻게 해야 하는 거지? 도대체 어디에서 전문가를 데려와?

제이미는 소용없는 짓인 걸 알면서도 D.C.에 있는 사이버-수사대에 전화를 걸어 도움을 청하려고 했다. 바로 그때, 갑자기 어떤 사람의 이름을 떠올렸다. 촉박하게 이 일을 해낼 수 있을 만한 인물. 제이미는 수첩을 열어서 휙 넘겼다. 찾고자 하는 이름과 전화번호를 첫 장에서 발견했다.

수화기를 든 제이미는 외선 전화를 누른 다음 도리스 수민의 전화번호를 눌렀다.

1 2 3 4 5 6 **7** 8 9 10 11 12 13
14 15 16 17 18 19 20 21 22 23 24

다음 이야기는 오전 11시에서 오후 12시 사이에 일어난 것이다.

오전 11:03:17

로스앤젤레스, LAPD 중앙 시설

잭 바우어는 핸드폰을 열어서, 엄지손가락으로 단축번호를 눌렀다. 니나 마이어스가 첫 번째 벨 소리에 대답했다.

"잭? 라이언이 방금 내 사무실에 왔어요, 당신을 찾고 있는…."

"잘 들어, 니나. 시간이 별로 없어. 방금 자네한테 LAPD 중앙 시설 컴퓨터에서 데이터 복사본 하나를 보냈어. 캐시 32452."

잭은 니나가 키보드를 두드리는 소리를 들었다. "받았어요." 그녀가 말했다.

"그 파일에는 사우디 국적의 이븐 알 파라드라는 인물과, 그리고 그자가 지난밤에 저지른 다수의 살인 사건에 대해서 우리가 알고 있는 모든 것이 담겨 있어."

니나의 숨 고르는 소리가 들렸고, 잭은 그녀가 범죄 현장 폴더를 열었다는 것을 알았다.

"잘 들어, 니나. 이븐 알 파라드는 하산의 사도라고 주장하고 있어. 그자는 테러 조직의 지도자와 개인적인 연락을 취했을지도 몰라."

"만약 이게 사실이라면, 이 남자는 우리의 첫 번째 실질적인 단서예요."

"더 있어. 용의자는 체포 당시에 카르마에 취해 있는 상태였어. LAPD가 완전히 파손된 그자의 차에서 그 물질이 들어 있는 유리병을 발견했어."

“그러면 DEA의 말이 맞군요,” 니나가 말했다. “그 마약이 거리에 퍼진 거로군요.”

“아마도. 확실하진 않아. 내 생각엔 다른 어떤 일이 진행되고 있는 것 같아.” 잭은 관자놀이를 엄지와 검지로 어루만졌다. 머리가 다시 욱신거리기 시작하고 있었다. “내가 심문을 위해서 용의자를 데려가고 있는 중이야. 30분 내로 그곳에 도착할 거야.”

“제가 필요한 준비를 해놓을게요.”

“한 가지 더,” 잭은 잠시 말을 멈추고, 타이레놀 캡슐 두 개를 삼켰다. “프랭크 카스탈라노 형사가 말하기를, 파라드가 체포되었을 때 그자가 이상한 구절을 여러 번 되풀이했다더군. 산 위에 계신 지도자(the old man on the mountain), 아니 어쩌면 산 속에 계신 지도자(the old man in the mountain). 가능하면 그게 뭘 의미하는지 찾아봐 줘. 우리의 현재 데이터 뱅크를 확인해 봐. MI-5(영국 국내 정보국), 인터폴도 확인해 보고. 그리고 역사 관련 데이터 뱅크들도 확인해 봐.”

“제가 직접 알아볼게요,” 니나가 대답했다. “챗 블랙번의 전술 분대에게 당신이 본부로 돌아오는 것을 호송해 달라고 요청할까요?”

“그럴 시간 없어,” 잭이 말했다. “사우디 아라비아 대사관에서 어쩌면 경찰이 이븐 알 파라드를 데리고 있는 걸 알지도 몰라. 그자의 아버지는 영향력도 있고 재력도 있는 사람이거든. 나는 그의 변호사보다 한 발 앞선 상태에 있고 싶어. 우리는 여기에서 2분 후에 떠날 거야.”

“알았어요.”

오전 11:14:27

멕시코, 티후아나, 얼음 저장고

토니는 비릿한 맛을 느끼고, 고양이 오줌 냄새를 맡았다. 끊임없이 기계의 소음들이 고막을 두들기는 동시에 공기가 그를 덮쳐 왔다. 마치 어떤 풍동(wind tunnel, 빠르고 센 기류를 일으키는 장치) 안에 갇힌 것처럼.

그는 눈을 뜨고, 빛바랜 산업용 초록색 페인트가 벗겨지고 있는 더러운 천장을 보았다. 불빛이라고는 지붕에 있는 작고 창살로 막혀 있는 환풍구를 통해서 쏟아지는 한 줄기 햇빛이 전부였다. 머리를 움직이자 목 아래에서 창으로 쿡 찌르는 듯한 통증을 느꼈다. 그곳을 문지르려고 시도하다가 두 손이 등 뒤로 묶여져 있는 것을 알아차렸다. 자세를 바꾸는 바람에 피가 감각 없는 팔, 손목 그리고 손을 따라 천천히 다시 흘러가는 것 같은 저린 고통이 찾아왔다. 발은 다행히 묶여 있지 않았지만, 부츠는 없어졌다. 전투용 칼도 역시 사라져버렸고, 빈 칼집만 여전히 종아리에 매달려 있었다.

다리와 어깨를 이용해서 일어나 앉았는데, 그 움직임 때문에 눈 앞이 컴컴해질 정도의 극심한 고통이 뒷골에서 폭발했다. 그는 울퉁불퉁한 나무 바닥에 쓰러져 있었다가, 지금은 한 무더기의 포장용 나무 상자들에 몸을 기대어 받쳐 놓은 상태였다. 한쪽 구석에는 오래된 침대의 박스 스프링 같은 것이 본래의 금속 구조서 떼어내진 채 더러운 벽돌 벽에 기대어져 있었다. 녹슬은 그 금속의 어떤 곳들은 시커멓게 타 있었고, 또 다른 곳들은 허옇게 그슬려 있었다. 토니는 그 용도를 깨닫고 몸을 부르르 떨었다.

그는 깊게 숨을 들이쉬었고 일어나 앉았을 때 악취가 훨씬 심해진 것을 깨달았다. 어떤 화학약품의 지독한 악취가 그의 긴 머리칼을 일렁이게 만드는 한 줄기의 뜨거운 바람을 타고 실려왔다. 매니큐어 제거제 같은 톡 쏘는 듯한 냄새 때문에 콧구멍이 화끈거렸는데, 눈이 따끔거릴 정도의 강한 암모니아가 섞여 있었다. 토니는 자신의 입을 가리고 싶었지만, 그럴 수가 없었다. 묶여 있을 뿐만 아니라 손가락들도 마치 소시지처럼 부어올라 있었다. 잠시 후 마침내 손가락들을 움직일 수 있었을 때, 구식 철제 수갑에 묶여 있다는 것을 알아차렸는데 너무 작아서인지 꽉 조였다. 변태적인 성애자들을 위한 오락용 수갑으로 그가 붙잡혀 있는 그런 유곽에서나 쓸 법한 소품이었다.

토니는 스페인어로 말하는 목소리들을 듣고 머리를 그 방향으로 기울였다. 상자들 사이로 유심히 들여다보자, 세 명의 남자가 한 줄로 늘어선 똑같은 하얀색 취사용 난로들 주변에서 일하고 있는 것을 보았는데, 그곳에는 십여 개의 투명한 유리 비커들이 액체가 든 채로 보글보글 끓고 있었다. 증기가 피어오르면서 반투명한 플라스틱 관들에 짙은 갈색 침전물이 채워지고 있었다. 그 관들과 비커들은 강력 접착 테이프와 철사들로 서로 연결되어 있었다.

그는 자신이 불법 필로폰 제조실험실 내부에 있다는 것을 침착하게 알아차렸다—그가 본 것 가운데 가장 큰 규모 중 하나였다. 대부분의 불법 제조용 도구들은 커다란 여행용 가방 하나에 꼭 들어갈 정도였고, 부품들을 구하는 데에도 겨우 몇백 달러의 비용만 들어갔다. 하지만 이 제조실은 그 물질을 마치 하나의 조립 라인처럼 대량으로 만들어내고 있었다.

남자 세 명 중 두 명은 파란색 타이벡(Tyvek, 미국 듀폰 사가 개발한 합성 고밀도 폴리에틸렌 섬유) 실험복과 고무 장갑을 착용했고, 발에는 방화학용 환경 부츠 대신 커다란 덧신 정화를 신고 있었다. 코와 입 주변에 공기 정화장치를, 눈 위로는 목수용 보안경을 착용하고 있었다. 세 번째 남자는 초췌할 정도로 여위었는데, 머리부터 발끝까지 검은색 비닐 쓰레기 봉지를 뒤집어썼고, 양봉가가 쓰는 모자 같은 것을 머리에 쓰고 있었다. 그 면사포 같은 것 뒤로는 제2차 세계대전 때 쓴 것 같은 오래된 가스 마스크를 착용하고 있었다.

높은 철제 스탠드에 매달려 있는 산업용 강력 환풍기가 공기에 섞인 화학 약품을 가열하는 과정에서 발생한 유독성 냄새를 환기시키기 위해 최대로 가동되고 있었지만, 토니는 이 장소에서 쉬는 모든 호흡이 치명적이라는 것을 알았다. 필로폰 제조실은 대부분이 지구상에서 가장 유독한 환경 가운데 하나였다. 처방전 없이 살 수 있는 감기약인 슈도에페드린 정제를 가열해서 잘 알려진 강력한 중독성 마약인 크랭크(필로폰), 크리스털(각성제), 짚(zip, 마약의 속어), 힐빌리 헤로인(헤로인과 거의 동일한 효과를 낸다고 알려진, 처방 약인 진통제 옥시콘틴의 속칭) 등을 제조하는 과정에서 치명적인 부산물들을 배출하기 때문이었다. 1파운드(450g)의 제조된 마약마다, 6파운드의 유독성 폐기물이 만들어졌다. 토니는 바닥에 있는 배수관과, 그 주변 콘크리트가 하얗게 표백된 것을 보고 이 사람들이 벤젠, 염산, 염화나트륨과 같은 유독한 잔존물들을 하수도로 그냥 쏟아버리고 있다는 것을 알았다.

주변을 자세히 둘러보던 그는 유곽 뒤에 있는 벽돌로 된 얼음 저장고 내부에 있다는 것을 깨달았다. 그는 자신이 왜 이곳에 붙잡혀 있는지를 생각해 보았다. '옛 친구'인 도빈스에게 배신을 당한 걸까, 아니면 그 사기꾼 역시 희생자인 걸까? 멕시코 갱단이 저지른 단순한 미국인 납치와 강탈의 희생자일까? 아니면 CTU의 리처드 레저 추적과 관련된 억류일까?

무엇보다도 토니는 호텔에 남아 있는 페이 허블리가 안전한지가 궁금했다.

오전 11:32:11

로스앤젤레스, 사우스 브레드버리 대로와 클락 가

고속도로에서 사고가 있었다. 연결된 부위가 V자형으로 구부러진 트럭 한 대가 3개 차선을 가로지르며 제멋대로 멈춰서 있었다. LA 경찰청 죄수 호송 차량 및 그 호위 차량과 같은 방향으로 이동하는 모든 차들이 정지했다.

다행히 잭 바우어는 선도 차량에 타고 있어서 항공 감시 정보를 제공하는 경찰 헬리콥터의 조종사로부터 때맞춰 경고를 받았다. 그는 병목 지역에 뒤얽히기 전에 호송대를 다음번 출구에서 고속도로를 빠져 나가도록 이끌었다. CTU 본부까지는 겨우 몇 km정도밖에 남지 않았으므로 막힐 우려가 있는 대로들 대신 세 대의 차량 대열에게 비교적 차량 통행이 적은 산업 지역을 통과하도록 지시했다. 그 지역을 통행하는 것은 트럭들과 영업용 차량들이 대부분이었다.

고속도로 출구 주변에서 많이 정체되었기 때문에 호송대는 클락 가에 도달하자마자 지체된 시간을 만회하기 위해서 달리기 시작했다.

손목시계를 힐끗 쳐다본 잭은 시간이 지체된 것을 보고 욕설을 내뱉었다. 중앙 시설에서 카스탈라노 형사는 잭에게 제복을 입은 운전사와 완전 무장을 갖춘 LAPD 특수기동대 대원과 함께 선두 차량에 타도록 권유했다. 그의 논리는 타당한 것이었다. 잭이 그 행렬을 이끌고 CTU 정문 경비소를 통과할 것이고, 그가 호송대의 선두에 있으면 일이 더 간편해질 테니까. 하지만 잭은 소중한 시간을 낭비하는 것이라고 느꼈다. 만약 그가 죄수와 같은 차량에 타게 되면, 심문을 좀더 일찍 시작할 수도 있었으니까.

그러나 어쨌든 LAPD는 그날 저녁에 예정된 실버 스크린 시상식 때문에 인력이 부족한 상황에도 불구하고 그들이 CTU까지 안전하게 당도할 수 있도록 충분한 인력을 지원했다. 잭이 탑승한 무장 승합차 외에도, 두 번째 무장 승합차에는 두 명의 경찰 특수기동대 대원들이 동승해서 후위를 맡고 있었다—두 대원 모두 메트로 디비전의 D소대(SWAT) 소속이었다. 두 대의 승합차 사이에 끼어 있는 것이 바로 LAPD 죄수 호송 트럭으로 거기에는 카스탈라노 형사, 그의 파트너 제리 앨더, 그리고 두 명의 제복을 입은 경관들과 죄수인 이븐 알 파라드가 탑승해 있었다. 게다가 경찰 헬기가 그들의 움직임을 주시하면서 장애물들을 우회하도록 안내했다.

그러나 잭은 보안 대책들에 대해서는 아직도 충분히 만족하진 않은 상태였다. 중앙 시설을 떠나기 전에 그는 죄수에게 추가적인 예방책으로서 꼬리표를 달아야 한다고 주장했다. 카스탈라노와 앨더가 발찌 하나를 그 젊은이에게 부착하는 동안, 잭은 그의 손목시계에 붙은 용두축들 가운데 하나를 제거했다. 눈에 띄지 않게 그는 용의자에게 손을 얹고, 이븐 알 파라드의 하얀 죄수복의 깃에다 작은 송신기를 꽂았다. 효과적으로 그를 이중 감시할 수 있도록 말이다.

잭은 그 사우디 아라비아 젊은이를 이중 감시하는 것이 지나치게 조심스러운—심지어 편집증적인—것이 아닌가 생각했다. 그러나 고속도로에서의 갑작스런 교통 정체 이후 어떤 일이 벌어질 것 같은 불안감이 되살아났다. 지금까지는 별 이상이 없어 보였지만서도.

사우스 브레드버리 대로와 클락 가의 교차로를 지나치자마자, 호송대는 철책선과 트럭들이 주차되어 있는 지역을 벗어나서 단층, 또는 2~3층짜리 산업용 건물들이 양 측면으로 길게 늘어서 있는 2차선 협곡 같은 도로로 들어섰다. 그들의 현재 위치에 주목하면서, 잭은 니나에게 '산속의 노인'이라는 문구에 대한 조회 결과 새로운 것이 있는지 알아보기 위해서 핸드폰을 열었다. 그 순간 잭은 운전사가 브레이크를 급하게 밟는 바람에 안전벨트 앞으로 몸이 확 쏠렸다. 긴 트레일러 트럭이 한 창고에서 후진으로 나와서 호송대의 진로를 정면으로 막았다. 타이어가 끼익 소리를 냈지만 충돌하지는 않았다.

"멍청한 개자식 때문에 죽을 뻔 했네!" 운전석의 경찰관이 소리쳤다. 잭은 떨어진 핸드폰을 다시 주으려 할 때, 운전사가 트럭 운전사에게 호통을 치기 위해 창문을 내렸다.

"한번 교통 순경이면, 영원한 교통 순경이구만." 뒷좌석에 있는 무장 경찰관이 툴툴거렸다.

여전히 몸을 구부리고 핸드폰을 찾아 더듬거리던 잭은 헤드셋에서 헬기 조종사의 목소리를 들었다. "경계 경보. 경계 경보, 지붕 위에 남자들이 있다. 반복한다…."

그러나 잭은 듣고 있지 않았다. 그는 운전자 쪽 창문이 열리는 것을 보고 소리를 질렀다. "안 돼! 그건 방탄 유리야. 노출시키지 마…."

거의 동시에 잭은 폭음과 총알이 운전자의 목을 타격하는 퍽 하는 소리를 들었다. 뜨거운 피가 창문을 뒤덮듯 뿌려졌다. 두 발의 총알이 차량을 관통했다. 꿍 하는 소리와 함께 무장 경찰관이 좌석에서 앞으로 털썩 쓰러졌는데, 그의 왼쪽 눈구멍에서 액체가 뚝뚝 흘러내렸다. 수많은 총알들이 차량을 벌집으로 만들었고, 방탄 유리를—관통하진 못했고—쪼아대고 있었다. 잭은 떨어뜨린 핸드폰을 되찾는 것이 그가 살아남을 유일한 길이라는 것을 깨달은 듯 바닥에 바짝 엎드린 채로 가만히 있었다.

"경찰관이 쓰러졌다." 그가 헤드셋에 대고 외쳤다. "공격을 받고 있다. 경찰관이 쓰러졌다. 반복한다, 경찰관이 쓰러졌다."

어떤 목소리가 그의 귀에서 치직거렸다—헬기 조종사였지만, 잭은 그의 말을 알아들을 수가 없었다. 밖으로부터 자동화기의 드르륵 거리는 소리가 들었고, 헬리콥터가 공격을 받고 있다고 추정했다.

여전히 차량 바닥에 엎드려 있던 잭은 손을 뻗어서 조수석 쪽 창문을 닫았다. 수많은 총알들이 전면의 강화 유리를 맞고 튀었다. 잭은 핸드폰을 주머니에 집어넣고 숨을 깊게 들이쉬었다. 그런 다음 뒷좌석으로 몸을 날렸다. 수많은 총알들이 창문을 때렸고, 앞 유리의 중간쯤이 금이 가기 시작했다.

잭은 특수기동대 경찰관 옆에 안착했다. 운전자와 마찬가지로 이 남자도 숨을 거둔 상태였는데, 헤클러 앤 코흐 MP5 기관단총이 여전히 손에 들려 있었다. 잭은 흩어져 있는 무기를 살펴보더니, XM84 섬광 수류탄 두 개를 죽은 남자의 조끼에서 꺼내들었고, 피에 흠뻑 젖은 탄약이 들은 탄창들도 벨트에서 약탈하듯 빼내었다. 경찰 통신망에서 들려오는 목소리들은 공황 수준에 이르르며 잭의 귀에다 비명을 질러대고 있었다. 좌석 위로 고개를 들어올린 그는 뒤쪽에 있는 차량들을 유심히 살펴보았다.

후위를 맡았던 무장 승합차는 문이 열린 채 멈춰서 있었다. 비록 방탄 승합차 속에서 보호받고 있었지만, 전술 경찰관들은 공격에 대응하기 위한 시도를 했었다. 지금은 두 사람 모두 거리에 누워 있었고, 핏줄기가 그들 주위의 뜨거운 포장도로 위에 웅덩이를 만들고 있었다. 아직까지 죄수가 탄 호송 차량은 구멍이 뚫리지는 않은 것처럼 보였지만, 운전수는 운전대 너머로 움직임 없이 몸을 구부리고 있었다.

잭은 몸을 뒤집어 젖혔다. 뒷좌석에 가로질러 드러누운 그는 건물 옥상들을 살펴보았다. 무장을 하고, 마스크를 쓴 검은색 복장의 사람들이 건물의 가장자리에 있는 것을 볼 수 있었다. 그들은 거리의 양쪽 측면 모두에 있었고, 각 건물에 4명씩, 모두 8명이었다—곧바로 9번째 인물이 시야에 들어왔다. 그 남자는 회색 대롱 관 하나를 어깨에 멨고, 그 무기를 무장한 호송 차량을 향해 겨냥했다.

"프랭크!" 잭은 헤드셋에 대고 소리쳤다. "내 말이 들리면, 거기서 당장 밖으로 나와—."

불꽃과 뜨거운 연기를 길게 나부끼며, 견착 발사용 대전차 미사일이 죄수 호송 차량에 쾅 부딪쳤다. 잭이 끝이 뭉툭한 원추형 발사체가 트럭의 옆면에 커다란 구멍을 뚫었고, 그 차량이 맹렬히 내뿜어대는 타는 듯한 기체로 가득차는 것을 속수무책으로 지켜보았다. 차량의 내부가 사진기의 섬광 전구처럼 눈부시게 빛나자마자 창문과 문짝이 날아가버렸다. 죽은 운전사는 마치 봉제 인형처럼 운전대를 너머 거리로 휙 내던져졌다.

폭발의 여운이 미처 사라지기도 전에 호송대의 진로 속으로 방향을 바꾸었던 트레일러 트럭의 문 밖으로 대여섯 명의 남자들이 불쑥 튀어나왔다. 쿵쿵거리는 발자국 소리가 들리는 가운데, 그 사람들은 잭이 있는 승합차를 지나 부서진 호송 차량을 향해서 달려갔다. 잭은 그들이 죄수를 뒤쫓았다는 사실을 알았다—이븐 알 파라드를 구출하기 위해서, 아니면 그를 영원히 침묵시키기 위해서. 어느 쪽이든, 잭은 그들을 막아야만 했다.

그는 무기를 연속 사격 모드로 조정하고, 숨을 깊게 들이쉬고는 문의 손잡이를 돌렸다. 문이 열자마자 잭은 도로로 재빨리 뛰어내린 다음, 승합차 아래로 몸을 굴렸다. 그는 호송 차량의 문 주위에 모여 있는 세 명의 남자를 향해 MP5를 조준하고 방아쇠를 당겼다. 무기는 방아쇠가 눌러져 있는 동안 총알들을 뿜어댔다.

두 형체가 뜨거운 강철 탄환들이 그들을 찢어 놓는 동안 춤을 추듯 몸을 뒤틀었다. 잭은 그들의 무기가 포장도로에 덜커덕 하며 떨어지는 것을 보았다—M-16 A2 돌격용 자동소총과 레밍턴 M870 산탄총.

뜨겁고 미끄러운 포장도로를 가로지르며 잭은 승합차의 반대편으로 움직였다. 그는 승합차 아래에서 몸을 굴러 나오면서 치명적이지 않은 섬광 수류탄을 두 번째 무리의 남자들 쪽으로 던졌다. 폭발로 인해 남자들이 휘청거렸다. 한 인물이 몸을 돌리고 산탄총을 겨누었다. MP5가 잭의 손 안에서 덜커덕거렸고, 그 남자의 몸통에다 피투성이 구멍들 한 줄을 박아넣었다.

세 명의 남자가 연기를 뿜고 있는 박살난 호송 차량의 내부에서 나왔다—두 명의 공격자들이 기절해버린 이븐 알 파라드를 그들 사이에 끼고 질질 끌고 있었다.

잭이 조준을 했다. 하지만 그가 방아쇠를 미처 당기기도 전에 끝이 단단한 부츠가 그의 머리를 걷어차는 바람에 한쪽으로 쓰러졌다. 잭은 공허한 쿵 소리를 함께 승합차에 부딪쳤고, 무기는 손에서 날아가버렸다.

충격으로 멍한 상태에서 눈을 뜬 잭은 얼굴에서 불과 몇 인치 앞에 놓인 레밍턴 산탄총의 총구를 보았다. 그는 총을 지나 그 뒤로 보이는 마스크를 쓴 남자의 눈을 빤히 쳐다보았고 자신의 죽음을 예감했다.

바로 그때, 제리 앨더가 박살난 차량의 잔해 속에서 비틀거리며 나왔고, 그의 리볼버가 불을 뿜었다. 잭을 굽어보며 서 있던 남자가 갑자기 홱 비틀거렸다. 또 한 번. 그리고 나서 잭 위로 무너지듯 쓰러졌고, 산탄총은 포장도로 위로 덜커덕 떨어졌다. 잭은 죽은 남자의 무게에 눌려 몸부림을 치면서 암살자들이 이븐 알 파라드를 또 다른 차량 속으로 집어넣는 것을 속수무책으로 지켜보았다.

몇 번의 총성이 울렸고, 앨더는 피를 분수처럼 내뿜으며 뒤쪽으로 쓰러졌다. 엔진이 부르릉거리고 타이어가 뜨거운 아스팔트 위로 끼익 소리를 내는 동시에 암살자들은 질주해서 달아나버렸다. 몇 초만에 혼란스러운 전장은 침묵에 빠져버렸다. 잭은 시체를 옆으로 밀쳐내고 비틀거리며 일어났다. 불안정하게 휘청거리면서 호송 차량 쪽으로 걸어갔다.

카스탈라노 형사가 거기, 연기가 내뿜고 있는 차량 옆에 있었다. 피가 코와 입에서 흘러내렸다. 그는 파트너를 팔로 감싸 안았다. 앨더는 살아 있었고 의식도 있는 상태였다. 그의 재킷은 열려 있었고, 하얀 셔츠는 찢겨져 있었다. 흉부의 상처에서는 시커먼 동맥 피가 부글부글거렸다.

"프랭크! 자네 괜찮나?"

남자가 반응을 보이지 않아서 잭이 그의 팔을 만졌다. 프랭크가 그에게 몸을 빙글 돌리고 그의 얼굴을 향해 권총을 겨누었다.

"지원을 요청했네." 잭이 그에게 말했다. "지원팀이 오는 중이야."

프랭크는 무기를 내려놓았다. 그가 머리를 흔들었다. "자네 말이 들리지 않아, 잭…."

잭은 그의 친구가 차량을 터뜨렸던 폭발 때문에 귀가 멀어버렸다는 것을 깨달았다. 또한 다른 사실도 깨달았다. 추적장치가 내장된 발찌가 트럭 안에 놓여 있었다. 그 죄수를 데려간 자들이 잘라버린 것이었다.

멀리서 사이렌 소리가 들렸다. 잭은 몸을 휙 돌렸다. 주변을 둘러보던 그는 후위를 맡았던 승합차가 아직 움직일 수 있는 상태라는 걸 알아차렸다. 운전자와 탑승자는 포장도로 위에 숨을 거둔 채 쓰러져 있었지만, 엔진은 여전히 공회전하고 있었다. 잭은 프랭크의 팔을 잡았고, 그 남자가 다시 고개를 들 때까지 꽉 쥐었다.

"난 그들을 뒤쫓을 거야." 잭은 프랭크가 입술을 읽을 수 있도록 천천히 말했다. "이 일을 저지른 놈들을 붙잡을 거야. 내 말 이해하나, 프랭크?"

카스탈라노가 끄덕였다. 그 옆에 있는 파트너의 두 눈은 고통을 역력히 드러내고, 호흡은 숨이 막힌 듯한 기침 속에서 헐떡거렸다.

"그들을 반드시 잡겠네, 프랭크. 약속하지."

제리 앨더는 경련을 일으키듯이 몸을 떨었고, 프랭크는 파트너의 손을 잡았다. "괜찮을거야, 제리. 계속 버텨야 해." 그의 파트너는 뒤로 기댔고, 그의 얼굴은 유령처럼 창백해졌다.

카스탈라노가 다시 고개를 들었을 때, 잭 바우어는 사라지고 없었다.

오전 11:46:32

로스앤젤레스, CTU 본부

니나 마이어스는 국내의 정보국 데이터베이스를 통한 초기 검색에서는 거의 성과를 얻지 못했다. 몇 번의 잘못된 단서들과 막다른 길에 이른 끝에 그녀는 마침내 뉴햄프셔 주 주지사의 명령에 따라 진행된 은밀한 조사에 관련 있는 연방수사국 자료들을 찾아냈다.

FBI가 조사해 달라고 요청받은 내용은 국가적으로 유명한 역사적 장소인 '큰 바위 얼굴(Old Man of the Mountain, 너새니얼 호선의 단편소설로 잘 알려짐)'—얼굴 모양의 암석으로 주(州) 직인과, 조폐국에서 발행한 뉴햄프셔 주의 공식적인 25센트짜리 동전에도 새겨졌다—이 2003년에 파괴된 것이 공공 기물 파손자에 의해서인지 아니면 테러리스트에 의해서인지를 알아봐 달라는 것이었다. FBI는 지질학자들의 자문을 얻어서 바람과 물의 침식 작용과, 겨울/여름의 동결/해동 순환과정이 정확한 범인들이라고 결론을 지었고 그 사건은 종결되었다.

15분 안에 니나는 현재의 모든 정보국 데이터베이스의 검색을 마쳤으나 얻은 건 아무것도 없었다. 그때 잭이 CTU의 역사 관련 보관 파일들에 대한 검색을 요청한 것이 생각났다. 그런 특정한 데이타베이스에 대한 검색에서 건질 만한 정보라곤 거의 무시해도 될 수준이란 걸 고려한다면 약간 이상한 지시였다. 그럼에도 불구하고 지난 몇 년 동안 잭과 함께 일해온 니나는 바우어 특수요원의 직감이 자주 들어맞곤 했다는 것을 간파했다—또 다른 요소는 그런 것이 그 남자를 위험하면서도 예측하기 힘든 상대로 만들었다는 점이었다.

잭의 암시대로 니나는 역사 관련 보관 파일에 접속하고 "old man in/on the mountain"이라는 문구를 입력했다. 놀랍게도 즉시 중요한 정보를 수신했다. "old man on the mountain"이라는 문구는 1998년 로드 아일랜드 주 프로비덴스(Providence, 주도州都)에 있는 브라운 대학의 중동지역학 교수인 A.A. 다베게흐 박사가 발표한 학술 논문 속에서 나타났다. 논문의 제목이 니나의 눈에 금방 들어왔다. *하산 빈 사바 그리고 현대 테러의 증가.*

하산! 지난 수개월간 테러범들의 대화 속에서 정기적으로 등장하고 있는 이름이었다. 그림자 같은 인물로 CTU가 추적해 왔으나 성공하지 못했다.

니나는 PDF 파일을 불러들여서 대충 페이지를 넘겨 보았다. 마우스를 클릭할 때마다 지난 몇 개월 동안 느슨했던 실마리들이 서서히 하나로 합쳐지기 시작했다. 잭이 옳았다. 현재의 수수께끼에 대한 단서들은 과거 속에 존재하고 있었다.

몇 분 후, 전화벨 소리가 니나의 집중을 방해했다. 그녀는 수화기를 낚아챘다. "마이어스입니다."

"니나!" 목소리는 숨이 가쁘고, 흥분된 상태였다.

"잭, 무슨 일이예요?"

"호송대가 매복 습격을 받았어, 완전히 당했어. 공격한 자들이 이븐 알 파라드를 붙잡아갔어."

"테러범들인가요?"

"그런 것 같지는 않아." 잭이 대답했다. "그들은 NATO(북대서양조약기구)에서 쓰는 소형 무기와 장비 들을 사용하고 있었어. 그들이 사용한 전술도 특수부대의 훈련 교범 그대로였고."

"지금 어디에요?"

"용의자의 차량을 좇아서 위장용 LAPD 승합차를 운전하는 중이야. 중앙 시설을 떠나기 전에 내가 파라드에게 추적장치를 심어 놓았거든. 지금 내 시계에 있는 GPS 장치에서 나오는 신호를 따라가고 있어. 파라드가 탄 차량은 대략 세 구역 정도 앞에 있는데, 납치범들과 충분한 거리를 두고 있는 건 그들이 완전히 달아났다고 생각하도록 하기 위해서야."

잭은 니나에게 그의 위치, 속도, 그리고 방향을 알려주었다. "문제가 생길 경우을 대비해서 전술팀에게 경계 태세를 갖추고 있다가 통지하는 순간 출동할 수 있도록 준비하라고 해."

"그렇게 할게요." 니나는 대답하는 즉시 블랙번의 부대에게 컴퓨터를 통해서 경보를 발령했다.

"들어봐요, 잭. '산 위에 계신 지도자'에 대한 참고 문헌 하나를 발견했어요—당신이 말했던 대로 역사 관련 보관 파일에서요."

니나는 타이어가 끼익 하는 소리를 들었고, 잭이 욕설을 내뱉었다. "사실만 간략하게 알려줘. 지금 손을 쓸 여유가 없어서 그래."

"산 위에 계신 지도자는 11세기의 이슬람교의 성자였어요. 이름이 하산 빈 사바였고요."

"하산. 그건 절대로 우연이 아닐 거야."

"이 하산이라는 자는 이단자였던 것 같아요. 그는 이슬람 세계 전체를 상대로 전쟁을 벌였어요. 하지만 그는 적은 수의 핵심 종자들만을 데리고 있었기 때문에 페르시아, 시리아, 터키의 군대와 맞선 전투에서 결코 이길 수가 없었어요. 그는 군사력을 배가시킬 필요가 있었기 때문에 테러리즘에 의존할 수밖에 없었어요. 하산은, 사실상, 세계 최초의 테러리스트인 셈이에요."

잭은 끙 앓는 소리를 냈다. "만일 겨루고 있는 적이 수적으로 우세하다면, 그들의 심장부에다 테러를 가하라 그러면 그들은 후퇴할 것이다."

"손자(손자병법의 저자)에 대해서는 어두운데," 니나가 말했다. "아니면 마키아벨리(이탈리아의 사상가, 군주론의 저자)의 말인가요?"

"둘 다 아니야." 잭이 말했다 "빅터 드라젠(TV 시리즈 24 시즌 1에 나오는 인물로 세르비아의 군벌)이라는 사람의 말을 인용한 거지."

"더 있어요." 니나가 말을 계속했다. "역사적인 인물인 하산은 추종자들에게 해시시(hashish, 대마초)가 들어간 마약을 먹임으로써 그들을 세뇌시켰어요, 그런 다음 그들을 나무, 향료, 포도주, 그리고 그들의 욕구를 채워줄 아름다운 여자 들로 가득한 정원에서 기운을 북돋워 주었죠. 더 없이 행복한 시간을 보낸 후, 그들은 다시 마약을 투여받고 하산이 출현한 상태에서 깨어났어요. 그는 그들에게 천국을 짧게 경험한 것이며, 만일 대의를 의해 목숨을 바치면 그곳에서 영원한 삶을 보낼 수 있다고 말했다는 거예요. 해시시가 그들을 세뇌시키는 데 사용되었기 때문에 그들 추종자들을 지칭하는 말이 바로 아시신(Ashishin)이죠—암살자(assassin). 이들 자살 충동에 사로잡힌 광신도들을 이용해서 하산 빈 사바는 시리아에서부터 카이로, 바그다드에 이르기까지 한바탕 정치적 암살을 감행했어요."

"이제야 카르마에 대한 설명이 되는군." 잭이 말했다. "하산은 살인자들을 세뇌시키기 위해서 새로운 마약을 사용하고 있는 게 틀림없어. 이븐 알 파라드는 그 물질이 들어 있는 유리병을 소지한 채 체포되었어. 그 말은 하산이 지금 현재 이 도시 어딘가에 있다는 뜻이야, 바로 우리의 코 앞에서 개종자들을 설복시키면서 말이야."

"그건 마치 뭐랄까… 그러니까 전부 미친 이야기처럼 들리는데요." 니나가 미심쩍은 듯이 말했다.

"아니야." 잭이 대답했다. "완벽하게 앞뒤가 맞아."

오전 11:56:43

멕시코, 티후아나, 라 하시엔다

마일로는 아무도 없는 로비를 가로질러서 초록색 포마이카로 도장된 카운터 위에 있는 벨을 눌렀다. 그는 잠시 기다렸지만 아무도 나타나지 않아서 다시 한 번 벨을 울렸다. 여전히 호텔은 조용했고, 들리는 소리라곤 끊임없이 휙휙거리며 움직이는 천장에 매달려 있는 선풍기 소리뿐이었다.

"다들 점심 먹으러 나갔거나 낮잠을 자고 있나 보군." 마일로가 중얼거렸다. 그는 방을 예약하려면 더 기다려야 할지도 모르니 곧장 토니 알메이다와 페이 허블리를 만나서 일을 시작하는 편이 차라리 낫겠다고 결론을 내렸다.

마일로는 계단으로 향했고 한 번에 두 계단씩 올라갔다. 언제 어느 때고 호텔 지배인에게 제지를 당하리라고 충분히 예상했지만, 다른 사람은 보지도 못한 채 2층에 다다랐다. 6번 방은 허름한 복도 끝에 있었다. 그는 한 번 노크를 했는데 문이 스르르 열렸다.

거의 정오가 다 된 시간이라 바깥 거리에는 햇볕이 내리쬐고 있었지만, 방은 어두웠고 커튼이 드리워져 있었다. 마일로는 어둠속으로 천천히 머리를 살짝 들이밀고 둘러보았다. "저기… 토니? 페이? 아무도 없어요?"

그는 문턱을 한걸음을 넘어서서 전등 스위치를 찾아 더듬거렸다. 스위치를 찾아서 올렸다 내렸다 해보았지만 아무런 일도 일어나지 않았다. 조심스럽게 한 걸음을 더 내딛었고, 눈은 천천히 어둠에 익숙해져 가고 있었다. 유리가 신발 밑에서 뽀드득거렸고, 마일로는 박살난 전구 조각들을 밟았다는 걸 알아차렸다.

"아무도 없어요?"

마일로는 창문을 보고는 커튼을 잡아당겨서 열었다. 창문 바깥으로 몇 미터 앞에 있는 벽이 대부분의 햇빛을 가리고 있었지만, 페이의 컴퓨터 네트워크가 설치되어 있고 여전히 작동하고 있다는 것을 보기에는 충분한 빛이 흘러들었다. 비록 모니터는 절전을 위한 대기 상태였지만.

마침내 마일로는 욕실 문 주변에서 불빛이 비치고 있는 걸 알아차렸다. 에어컨의 미미하지만 지속적인 소음 너머로 물줄기가 흐르는 소리를 들었다. 문 쪽으로 다가가서 귀를 거기에 바싹 갖다댔다. "토니? 페이?" 그는 소리쳤다.

마일로는 놋쇠로 된 문의 손잡이를 잡고 돌렸다. 욕실 문이 활짝 열렸다. 욕실 안에는 창문이 없었지만, 그 작은 공간은 깨진 거울의 양 측면에 붙은 형광등 덕에 환했다. 욕조는 없었지만, 샤워 커튼이 드리워져 있었다.

욕실에서 막 나오려 했을 때, 마일로는 하얀색 타일 바닥에 묻은 갈색 얼룩들에 주목했다. 꽤 많은 얼룩들. 큰 얼룩들은 실제로는 갈색이 아니었다. 짙은 빨간색에 좀더 가까웠다. 그 자국은 샤워 공간으로 이어져 있었다. 두려움에 떨면서 마일로는 천천히 비닐 커튼을 한쪽으로 젖혔다.

페이 허블리가 샤워실 구석에 누워 있었다. 마일로는 그녀가 죽었다는 것을 알았다. 그녀가 살아 있을 가능성은 전혀 없어 보였다. 그녀가 무슨 짓을 당했건 얼마 되지 않아 보였다.

토할 것만 같았던 마일로는 몸을 돌리고 욕실을 휘청거리며 나오자마자, 티셔츠와 검은색 가죽 조끼 차림의 건장한 거구의 강력한 손아귀에 붙잡혔다. 그 남자는 긴 금모래빛 머리를 말총머리로 묶은 데다 북슬북슬한 턱수염이 있었고 마치 레저용 차량처럼 넓은 어깨를 가졌다. 마일로가 몸부림을 치자 그 남자는 손아귀를 더욱 꽉 조였다. 그러자 마일로가 욕설을 지껄였지만, 총신을 짧게 자른 산탄총의 총구가 그의 머리 옆면을 밀치는 순간 조용해지고 말았다. 그 침입자가 말을 꺼냈을 때 숨결에서 퀴퀴한 맥주의 악취가 풍겨나왔다.

"소리 내지 마라, 꼬마야, 그러면 네놈의 머리통을 날려버릴 테니."

1 2 3 4 5 6 7 **8** 9 10 11 12 13
14 15 16 17 18 19 20 21 22 23 24

다음 이야기는 오후 12시에서 오후 1시 사이에 일어난 것이다.

오후 12:00:01

베벌리 힐스, 애버게일 헤이어 사유지

유명할 정도로 부유한 소수의 이문화 집단 거주지인 베벌리 힐스는 동쪽에는 로버트슨 대로, 남쪽으로는 올림픽 대로, 그리고 서쪽으로는 웨스트우드와 센추리 시티의 지역 사회와 접해 있었다. 야자수가 늘어선 거리와 으리으리한 저택들이 지역 풍경을 위압하고 있었지만, 이 배타적인 이웃 주민들 속을 들여다 보면 모두가 현란하고 화려한 것만은 아니었다.

다수의 가정부들과 용역 인원들도 이 지역 사회의 한 구성원이었다—비록 실제로는 눈에 띄지 않는 곳에서 요리를 하고, 침대를 정리하고, 세탁을 하고, 수영장을 청소하고, 리무진을 운전하고, 잔디를 깎고, 그리고 오만방자한 연예계 명사들의 자녀들을 돌보고 있긴 하지만.

지금 론 노부나가는 이런 잘난 척하는 사람들의 영역 속에서 상대적으로 그 늘져 있는 서비스 산업 종사자들에게 고마워하고 있었다. 그런 사람, 그러니까 애버게일 헤이어의 경비원들 중 한 사람의 부주의한 경계 덕에 타블로이드 잡지의 사진기자가 전신주에 올라가서 그 여배우의 넓은 지역에 걸친 이슬람 스타일 맨션의 앞뜰과 진입로를 내려다보는 것이 가능했으니까. 자신의 차를 몇 구역 떨어진 곳에 세워놓은 론은 가짜 퍼시픽 전력 회사의 위아래가 붙은 작업복과 신분증을 착용한 채 사진 촬영 장비가 들어 있는 철제 가방 하나를 끌고 헤이어 양의 사유지 정문 앞까지 왔다.

"전선망을 확인하러 왔습니다." 그가 경비원에게 말했다. 론의 신분증을 확인하지 않고—이때 그는 가짜 신분증을 착용하고 있었다—그의 손에 들린 공구함도 검색하지도 않은 채, 경비원은 그저 고개를 끄덕였고 철문을 활짝 열었다. 너무나 쉽게 풀려서 론은 하마터면 낄낄 웃을 뻔 했다. 론은 2중 3중의 방어선이 이 3층짜리 저택과, 집 뒤에 있는 테라스와 수영장을 안전하게 지키고 있다는 것을 알고 있었다. 그러나 론은 그가 원하는 사진을 찍기 위해서 저택 주변으로까지 갈 필요가 없었다—이 전신주 꼭대기에서도, 현관 문으로 이어진 진입로를 똑똑하게 볼 수 있으니까. 게다가 그가 오랫동안 애용해 온 니콘 D2X와 14개의 다른 렌즈들을 준비해 놓은 상황이라면.

대분분의 전문적인 사진작가들처럼 론 역시 최근에 디지털 세계로 전향했다. 그는 초기 디지털 카메라들의 한계 때문에 애를 먹었고 이미 써봤던 신뢰할 수 있는 것을 고집했다. 그러나 기술이 서서히 향상되었고 결국 론은 흠잡을데 없는 새로운 모델을 찾을 수 있었다. 이제는 사진들을 촬영하고, 최고의 사진을 고르고, 그것들을 잘라내거나 편집하고, 그리고 나서 그것들을 이메일을 통해서 선셋 가에 있는 〈한밤의 고백〉 잡지사로 전송했다. 수표들이 그의 계좌로 입금되었고, 24시간 이내에 현금으로 바뀌었다. 빠르고 효율적이었고, 무엇보다 가장 좋은 점은 론이 그의 보스인 제이크 골롭을 한 달에 두세 번 이상을 만나지 않아도 된다는 것이었다.

지난 55분 동안 론은 전신주 꼭대기에서 두꺼비집(회로장치)을 수리하는 척 굴었다. 그동안 뉴스 전문 라디오 방송을 들었는데, 그 방송에서는 실버 스크린 시상식에 관한 최신 소식을 20분쯤마다 알려주었다. 그 방송에서 애버게일 헤이어가 탄 비행기가 LA 국제공항에 한 시간 전쯤에 도착했다는 것을 들었다. 뉴스 프로의 진행자는 갈등으로 갈라진 지역인 보스니아, 크로아티아, 체첸(러시아 남부 카프카스 산맥 북쪽의 자치 공화국), 다게스탄(러시아 남부 카스피해 연안 서쪽에 위치한 자치 공화국)의 궁지에 몰린 어린이들을 위한 그녀의 지칠 줄 모르는 봉사에 관해서 언급했다. 덧붙여서 UN과 함께하는 그녀의 봉사 덕분에 세계 도처에 있는 고아들의 곤경에 대해 전 세계가 관심을 집중하고 있다고 전했다. 그러나 그 여자의 임신에 관한 언급은 전혀 없었다. 그건 사진작가나 방송국 관계자 어느 누구도 공항에서 애버게일 헤이어의 주변 어디에도 얼씬거리지 않았다는 뜻이었다.

만일 그녀의 임박한 출산에 관한 소문이 사실이라면—그리고 그의 보스인 제이크 골롭은 거의 틀린 적이 없었으니까—갑작스럽게 임신한 은막의 여왕에 대한 론의 사진은 대특종이 될 게 틀림없다. 사진은 아마도 통신사들한테도 제공될 것이다. 그게 의미하는 건 론의 은행 계좌에 들어올 돈과, '한밤의 고백' 잡지사의 행복해하는 보스, 그것이었다.

론이 부귀에 대한 상상을 잠시 멈춘 건 정문 근처에서의 부산한 움직임을 감지했을 때였다. 경비원는 통화중이었고, 고개를 끄덕였다. 또 다른 경비원은 사유지의 출입구 쪽으로 급하게 움직였다. 창문이 착색된 롤스로이스 한 대가 출입구를 통과해서 들어왔고, 경호원들이 탄 검은색 세단의 뒤를 이었다.

론은 헤드셋을 벗고, 니콘 카메라를 찾아 더듬거렸다. 두꺼비집 뒤에서 몸을 웅크리고 있던 그는 롤스로이스를 향해 렌즈의 초점을 맞추는 동안 그 차는 3층짜리 저택의 현관 문 근처에서 멈추었다. 운전사가 내려서 뒷문을 열자마자 사진을 찍어대기 시작했다. 차량 내부가 어둑함에도 불구하고 디지털 카메라가 그늘을 꿰뚫고 제대로 된 사진을 찍기를 바랐지만, 그와 동시에 시야를 가려버린 건 한 경호원이었다—큰 키에, 백금색 머리카락을 바짝 짧게 자른 그 사람은 마치 1980년대 정치적인 스릴러물에 나오는 KGB 요원 같았다. 론이 사진 촬영을 멈춘 것은 찍고 있는 게 그 경호원의 널찍한 등뿐이라는 것을 알아차렸을 때였다.

마침내 긴 순간이 지난 후 애버게일 헤이어가 운전사와, 그녀가 내민 손을 잡은 경호원의 도움으로 뒷좌석에서 내렸다. 그녀는 정말로 임신을 했고, 거의 영화《뱅거, 메인》(Bangor, 미국 메인 주 페놉스콧 강에 면한 도시)에서의 모습만큼이나 배가 불러 있었다. 그 영화에서 그녀는 낮은 임금을 지급하는 직장에서 노동조합을 결성하기 위해 투쟁하는 노동자 계급의 미혼모 역할을 연기했었다. 론은 숨을 참고 있다는 사실도 모른 채 숨을 내쉬었다. 그런 다음 사진을 연속으로 찍어댔고 제 딴에는 스무 장 정도는 쓸 만한 사진을 건졌다고 어림잡았을 때,

그 여자는 현관 문 안으로 들어갔고 시야에서 사라져버렸다.

론은 재빨리 촬영을 마감하고, 카메라를 전기 도구들이 들은 것으로 위장한 상자 속에다 집어넣은 다음 전신주에서 내려왔다. 그는 부산함이 잠잠해질 때까지 기다린 후에 정문 쪽으로 다시 걸어갔다.

"다 고쳤습니다." 그가 분명하게 말했다.

정문 경비원 대답하지 않았다. 그는 론이 통과하도록 그냥 버저를 눌렀다. 직접 정문을 여는 건 귀찮다는 듯이.

서둘러서 차로 돌아가자마자, 론은 실제 임신한 애버게일 헤이어와, 그녀가 《뱅거, 메인》에서 연기했던 가짜 임신 배역이 어쩌면 그렇게 닮았는지를 놓고 다시 한 번 경탄해 마지않았다. 많은 비평가들은 어쨌든 간에 그 영화에서 그녀가 입었던 임신복이 그녀의 모습을 훨씬 아름답게 보이도록 만들었다고 언급했다.

어떻게 지금도 그처럼 아름답게 보이는지 놀라운데—아니, 훨씬 나은 모습인데, 론이 생각에 잠긴 채 혼잣말을 했다. *선천적으로 사진발이 잘 받는 사람들은 따로 있는 것 같아. 애버게일 헤이어가 왜 은막의 스타인를 설명해 주는군. 연기력은 형편없는데도 말이야.*

오후 12:06:33

멕시코, 티후아나, 라 하시엔다

마일로가 몸부림을 멈춘 것은 총신을 짧게 자른 산탄총의 총구가 그의 관자놀이를 압박하고 있다는 것을 느낀 순간이었다. 그는 폭주족 복장을 한 덩치 큰 사내의 무감정한 회색 눈을 올려다보았다.

"좋아, 당신이 이겼어." 마일로가 두 손을 들어올리면서 말했다. 굴복을 하면서도 CTU 분석가는 목소리에서 두려움을 감출 수 없었다. 이 남자가 페이 허블리를 살해한 사람과 동일한 인물이라고 확신했으므로.

"뒤로 물러나서 저 벽에 기대." 덩치 큰 사내가 산탄총으로 마일로를 쿡 찌르면 말했다. 마일로는 뒤로 조금씩 물러서다가 척추가 벽에 닿았다. "이제 뒤로 돌아."

마일로의 뺨이 벽에 바싹 닿자, 사내는 그를 돌아서 열려 있는 욕실 문을 통과했다. 여전히 산탄총을 마일로의 머리에 겨눈 채로 샤워실을 유심히 보았다.

"젠장."

그는 뒤로 물러나서 마일로를 응시했다. "자네가 저렇게 하진 않았겠지, 했나?"

"당신이 한 게 아닌가?" 마일로가 말했다. 그는 침입자를 마주보려고 시도해보았지만, 사내가 문신을 새긴 팔뚝의 강력한 힘으로 마일로를 벽에다 쿵 소리가 나도록 바싹 밀어붙였다.

"움직이지 말라고 말했을 텐데. 무슨 뜻인지 몰라?"

"알아. 알아들었다고." 마일로는 손을 더 높이 들어올렸다. "당신이 나한테 질문을 하니까 그랬던 것뿐이라고."

"그러니까 대답을 하기 위해선 움직여야만 한다?"

그 폭주족은 산탄총을 내리더니 마일로의 복부를 후려쳤다. 공기가 폐에서 뿜어져 나왔고 마일로는 고통으로 몸을 구부렸다. 남자는 방을 가로지르더니 앞문을 열었다. 고통으로 정신이 몽롱한 상태에서 마일로는 누군가가 문턱을 넘어 걸어오는 소리를 들었다. 문이 새로운 인물 뒤에서 닫혔다. 산탄총을 든 남자가 전등 스위치를 키려고 시도했다. 작동하지 않았다. 그는 침대 옆 램프 쪽으로 움직여서 그것을 켰다. 마일로는 다시 똑바로 섰는데 불빛 때문에 눈을 깜박거렸다.

"이런, 이런." 안으로 들어온 남자가 말했다. "이거 내 옛 친구 아닌가, 마일로 디-프레스맨(de-pressman, 원래 이름 pressman 앞에 de-를 붙여서 우울한 사람이라고 놀림)."

비록 덩치 큰 사내가 여전히 그를 향해 무기를 겨누고 있었지만, 마일로는 그가 질색했던 대학시절 별명을 듣자 발끈했다. "바보 같은 소리 집어 치워, 레저."

레저는 히죽거렸다. "그 귀걸이는 볼썽사납군. 그런데, 이런, 디-프레스맨, 그

소울 패치(soul patch, 아랫 입술 바로 밑에 조그맣게 기른 수염)는 또 뭐야?"

마일로보다 머리 하나가 더 큰 리처드 레저는 비쩍 마른 데다 갈색 곱슬머리가 정수리에서 넓은 이마까지 덥수룩했고, 안색은 누르께하고 눈은 칙칙해 보였다. 그리고 마일로의 눈에는 예전보다는 덜 오만방자한 듯이 보였다.

"이봐, 레저…." 마일로는 벽에서 떨어지려고 시도했지만, 덩치 큰 남자가 그를 다시 벽에다 밀어붙였다.

"괜찮나, 친구. 진정해, 콜." 레저가 말했다. 무장한 남자는 뒤로 물러나서 무기를 내렸다. "이쪽은 내 보디가드, 콜 키건. 콜, 내 옛 친구를 소개하지, 마일로 디-프레스맨."

레저는 두 사람에게서 등을 돌리고 페이의 네트워크 배치 상태를 살펴보았다. "너나 네 친구가 여기서 내 인터넷 활동을 감시하고 있었던 걸로 보이는데, 내 말이 맞지? 괜찮은 장비들이야, 그리고 소프트웨어는 내가 한 번도 접해본 적이 없는 물건이고. 하지만 이놈들이 정보를 보내는 대형 중앙 컴퓨터가 틀림없이 어딘가에 있을 거야."

레저는 방 한가운데에 있는, 컴퓨터들이 연결되어 있는 작은 서버를 향해 거만하게 손짓했다. "이 생쥐만 한 장비로는 어림도 없지. 어떤 기업을 위해 일하는 거야? 혹시 보스콤?"

레저는 무선 마우스를 툭 건드렸고 컴퓨터는 절전 상태에서 빠져 나왔다. 그는 화면에 떠 있는 자신의 인터넷 계정, 은행 기록을 보고 눈을 깜박였다. "이 검색 프로그램을 개발한 사람을 한 번 만나보고 싶은데. 꽤 영리하군."

"그녀는 욕실 안에 있어." 마일로가 경멸어린 투로 말했다. "안에 들어가서 네가 직접 소개하지 그래."

콜 키건은 덥수룩한 머리를 가로저었다. "그곳엔 안 들어가는 게 좋을 겁니다, 보스. 엉망진창이거든요."

"잘 들어, 리처드." 마일로는 침착한 어조로 말했다. "나는 너를 데려가기 위해서 여기로 파견되었어."

"파견되었다고? 누가? 나를 어디로 데려가려고? 교도소?"

"난 CIA 소속 대테러부대에서 일해."

레저는 크게 웃었다. “네가 CTU에서 일한다고? 그것 참 재미있군. ‘공무원이면 만족할 만한 일자리다’라는 말이 여전히 통용되고 있나 보네, 그들이 널 채용한 걸 보면 말이야.”

“나도 네가 예전 모습 그대로 여전히 오만하기 짝이없는 멍청한 놈이라는 것 보고 있어, 번데기.”

“조심해, 마일로. 나한테는 경호원이 있고 콜은 산탄총을 가지고 있으니까.”

콜 키건은 레저의 팔을 툭 건드렸다. “우리가 왜 여기 왔는지를 잊지 마세요.”

레저는 한숨을 쉬었다. “그래, 물론이지. 자네 말이 맞아.”

“왜 여기에 온 거지, 레저?” 마일로가 물었다. “페이를 살해해서 흐뭇한가?”

“나는 아무도 죽이지 않았어.” 레저가 말했다. “나는 거래를 하러 이곳에 온 거야. 왜냐면 하산이라는 어떤 사람이 나를 죽이려고 안달이 나 있거든.”

마일로가 빤히 쳐다보았다. “저런, 왜 그런지 짐작도 못하겠는데.”

오후 12:11:21

베벌리 힐스, 팜 드라이브

잭 바우어는 이븐 알 파라드와 그를 납치한 자들을 따라 베벌리 힐스까지 뒤쫓아왔다. 그가 바랐던 대로 납치범들은 그들이 완벽하게 도주했다고 여기는 것 같았다. 그들은 총격전을 벌였던 곳에서 멀어질수록 경계를 늦추고 안심했다. 납치범들이 서쪽 할리우드를 지나가고 있을 때, 잭은 한 구역도 채 떨어지지 않은 상태였다.

차량은 마지막으로 팜 드라이브에 위치하고 외부인 출입을 통제하고 있는 사유지 안으로 들어갔다. 진 할로우(Jean Harlow, 1930년대 유명 여배우)의 저택과, 조 디마지오와 마릴린 몬로가 불행한 결혼 생활을 보냈던 저택이 겨우 몇 집 걸러에 자리하고 있었다. 잭은 3층짜리 스페인 양식의 집을 천천히 지나치며 도로를 따라 내려갔다.

모퉁이를 돌아 보이지 않게 되자, 잭은 야자수 나무들 아래에 차를 정지시켰다. 여기는 바다로부터 8km 정도밖에 떨어지지 않았음에도 불구하고 서늘한 바람은 이곳 소수 엘리트 집단의 거주지에는 전혀 이르지 않았다. 잔디는 다른 곳보다 훨씬 푸르러 보였고 에어컨도 훨씬 고가품이었지만, 부유한 사람일지라도 가끔은 외출을 해야 했으므로 지금 LA 전지역을 태워버릴 듯한 살인적인 더위로부터 벗어날 도리는 전혀 없었다.

머리가 욱신거리고 있었지만 잭은 제이미 패럴에게 전화를 걸었다. 그는 자신의 위치를 알렸고 팜 드라이브에 있는 그 주택에 관한 부동산 기록을 요청했다. 제이미는 3분도 채 못되어 답변을 주었다.

"그 집은 나리사 알 부스타니의 소유예요. 그녀는 사우디의 억만장자인 모하메드 알 부스타니의 미망인이고요."

"그의 배경 정보는?"

"그는 최근에 있었던 정치적 반체제 인사들의 숙청 과정에서 실종되었어요."

잭은 순간적으로 그 말을 곱씹어보았다. 최근 몇 달 동안 사우디 왕실 정보국은 테러 행위에 자금을 제공하는 것으로 의심되는 시민들을 조사하기 시작했었다. 조사 과정에서 비밀 경찰은 수십 명의 사업가, 정부 각료, 이맘(Imam, 종교 지도자에 대한 경칭), 그리고 유력한 인사 들을 체포하였다. 그들 대분분은 다시는 볼 수 없게 되었다. 공개 재판도 없이 그들은 그냥 사라져버렸다—고문으로 죽거나 총살을 당하거나 사막에 버려져서 비명횡사하거나. 모하메드 알 부스타니는 그들 중 한 명이었다.

"알 부스타니가 왜 체포되었는지를 시사하는 정보 기록은?"

"전혀요."

"모하메드의 부인은 어때?"

"나리사는 사우디 아라비아에서 남편이 실종될 당시에는 베벌리 힐스의 자택에 살고 있었어요. 그 부부는 수십 년간 별거 중이에요, CIA 정보에 따르면요."

"그게 사실이라면, 왜 그 여자는 이름이 알려져 있는 테러리스트를 돕고 있는 걸까? 그러면 나리사 알 부스타니가 하산과 어떤 연관이 있는 걸까? 아니면 이븐 알 파라드와, 우리가 아직 모르고 있는 어떤 연관이 있는 걸까? 그가 어쩌면 그 여자의 가족 중 한 사람이 아닐까…."

제이미가 잭의 장황한 추측들을 도중에서 방해했다. "니나가 옆에 있어요. 당신이 다음에 무엇을 계획하고 있는지 알고 싶어 해요."

"쳇 블랙번의 팀을 올림피아 대로로 급파해 달라고 전해줘. 하지만 그보다 더 가까이 가면 안 돼. 몇 분 거리에 떨어져 있어야 해. 그들이 필요하면 내가 연락할게."

"잭? 무얼 하려는 거죠?" 니나의 목소리가 전화기에서 들려왔다.

"알 부스타니의 저택 정문에는 남자들이 있어, 무장한 채로 말이야. 그 점만 빼면 경비원들은 그다지 주눅들 정도는 아니게 보여. 안으로 침입해볼 생각이야."

"하지만 납치범들이 아직 그곳에 있잖아요." 니나가 계속 말했다. "그들은 훈련을 받았고 무장도 했어요."

"그들은 자기들이 이겼다고 생각하고 있어. 경계를 늦출 게 틀림없어."

"하지만…."

"더 이상 기다릴 수 없어, 니나. 시간이 얼마 남지 않았다는 게 느껴져."

오후 12:19:07

멕시코, 티후아나, 라 하시엔다

"처음엔 꽤 근사하게 들렸지. 아직 개봉되지 않은 텐트 폴(tent pole, 여름과 겨울 성수기를 겨냥한 할리우드 메이저 영화사의 블록버스터) 필름의 디지털 파일을 샌프란시스코에 있는 한 특수 효과 스튜디오의 보안용 서버에서 훔쳐 내는 거였어. 식은 죽 먹기였어, 돈은 나와 여기 있는 콜의 은행 계좌로 들어오고 말이야."

레저는 의자에 등을 기댔고, 회심의 미소를 갸름한 얼굴에 지어 보였다. "보안된 서버라고! 얼마나 웃기던지. 그 스튜디오의 컴퓨터 시스템은 대학원 시절에 네가 네 컴퓨터에 걸어놓은 암호를 푸는 것보다도 크랙하기가 훨씬 쉬었어."

두 남자는 토니와 페이가 쓰던 어두운 호텔 방에서 이야기를 했다. 마일로는 두 개의 좁은 침대 가운데 하나의 모서리에 앉아 있었고, 레저는 기우뚱한 책상 의자에 앉아 있었다. 콜 키건은 유일한 출구 옆에서 산탄총을 손에 들고 귀를 문에 갖다댄 채로 서 있었다.

마일로는 눈살을 찌푸렸다. "예전 학창시절 얘기는 들먹이지 말자고, 딕. 너는 아직도 네가 만든 바이러스에 대해서 나한테 말하지 않고 있어, 그리고 왜 그것을 영화 다운로드 파일 안에 끼어넣기로 선택했는지도."

"너무 조급하게 굴지 마. 넌 극적인 감각도 전혀 없냐?"

마일로는 팔짱을 끼고 기다렸다.

"그러니까, 내가 너한테 말하고 있잖아," 레저는 계속 말했다. "그 영화 복사본 하나를 가지고 있을 때 누군가가 갑작스럽게 내 방문을 두드렸어. 돌아보니 예전 동료였던 귀도였어."

"귀도?"

"귀도 나르디니." 레저가 답했다. "어떤 사람들은 그를 조직폭력배라고 불렀지. 하지만 나는 나르디니 씨를 이렇게 말하는 싶어. 〈로빈 후드〉 혹은 〈롬니 마쉬의 허수아비(Scarecrow of Romney Marsh, 디즈니사의 텔레비전용 영화의 주인공. 마을의 목사로 신분을 숨기기 위해 가면을 쓰고 왕의 강제징집 군대에 맞서 싸움)〉에 필적할 만한 영웅이자 불멸의…."

"바로 본론으로 넘어가시지." 마일로가 가로막았다.

"그러니까, 아무튼, 귀도가 어떤 단체들한테 내가 〈천국의 문〉 영화 파일을 가지고 있다고 언급했고 알마 후에 바로 여기 티후아나에 기반을 둔 어떤 소수 민족 조직의 대표가 날 찾아왔어."

"조직 폭력단 '세이세스 세이세스'?"

레저가 끄덕였다. "그 '66' 인가 하는 애들이 나한테 제안을 하나 했고, 게다가 연방 정부의 고발장이 체포 영장과 함께 발부된 상태라 나는 더 많은 헐리우드 블록버스터를 불법으로 복제하는 조건으로 국경 남쪽으로 망명하자는 그들의 친절한 제안을 수락했지."

"그런데 왜 그 멕시코 애들이 너에게 덤벼든 거지?"

"언제 걔들이 나에게 덤벼들었다고 말했어? 난 그 멕시코 노상강도들하고는 아무런 문제 없어. 그들에게 해적판 DVD로 변환할 수 있는 다운로드한 파일 몇 개를 제공해 준다고, 또 그들에게 몇 가지 컴퓨터 게임도 가르쳐줬더니 파엘라(paella, 쌀, 닭고기, 생선, 채소를 넣은 스페인 요리)에 들어있는 조개처럼 행복해하더군. 문제는 체첸인들이 도착했을 때 생긴 거지."

마일로가 눈을 깜박였다. "체첸인들? 체첸 공화국에서 온 사람들을 말하는 거야?"

"그래, 친구." 레저가 말했다. "이 사내들은 정말 자발적으로 행동하는 사람들이더군, 태평스러운 멕시칸들하곤 다르더라고. 얼마 지나지 않아서 멕시칸 애들은 체첸인들과, 그들의 지도자인 하산이라는 이름의 사내한테서 명령을 받더라고."

"그 하산이라는 사람 만나봤어?"

"아니. 하지만 그 사람 돈은 받았지. 그것도 아주 많이. 하산은 나한테 할리우드 영화사들이 사용하는 특정한 회계 감사 프로그램을 목표로 하는 트로이 목마 프로그램을 개발해 달라고 부탁했어."

"이유를 알아?"

레저는 어깨를 으쓱였다. "그들이 가짜 온라인 송금으로 영화사로부터 돈이나 뭔가를 훔쳐내려는 게 아닐까 추정했어. 하지만 하산이 내게 개발을 부탁한 실행 파일은 보안을 유린하는 프로그램 같은 거였어—거기에는 출입문을 봉쇄하거나 열고, 경보 장치나 그런 것들을 무력화할 수 있는 온갖 종류의 프로토콜이 들어 있으니까. 현금을 컴퓨터로 손쉽게 훔쳐내려는 것보다는 마치 은행 지하금고를 털려는 것처럼 보였어."

"그가 원하는 프로그램을 개발해주었는데, 왜 하산이 너를 공격하려고 했을까?"

그림자가 레저의 얼굴에 드리워졌다. "이틀 전, 하산의 대리인인 오르독이라는 이름의 체첸인이…."

"오르독?"

"그 사람이 자신을 그렇게 불렀으니까. 그건 악마 혹은 그 비슷한 것을 의미해. 어쨌든, 오르독이 4기가바이트짜리 썸드라이브 하나를 쥐고 내게 왔어. 그 안에 어떤 바이러스가 들어있는데 현지 시간으로 오늘 밤 자정에 퍼뜨리기를 원한다고 말하더군."

"그건 네 특기잖아, 레저. 아수라장이나 난장판 말이야."

"이봐, 프레스맨, 영화 파일을 훔쳐내는 것과는 다른 문제야, 그리고 일부 탐욕스러운 다국적 통신 거대기업한테서도 아무것도 빼내지 않았다고. 하지만 월드 와이드 웹을 파괴하는 것은 기차에서 뛰어내리는 짓이야. 그러니까, 웹은 네게 있어선 '버터를 바른 빵'(주 소득원)이나 마찬가지야, 내가 왜 내 토스트를 태워버리겠어?"

"무슨 말을 하는 거야?"

"그 '66' 인가 하는 애들이 컴퓨터 게임을 하느라 정신이 팔려 있는 동안 하산의 시답지 않은 바이러스를 날카롭게 관찰해 봤어. 이 바이러스는 완전히 극악무도하더군. 세상에서 가장 무책임한 해커라도 이런 바이러스를 퍼뜨리진 않을 거야—살아 생전에 다시는 해킹을 하지 않을 거라면 몰라도."

"그 바이러스가 무슨 짓을 벌이는데?"

"'흔들고 때리기 로봇'(Rock 'Em Sock 'Em Robots, 1990년대 완구회사 메텔Mattel이 만든 격투 게임) 기억나?"

"그 애들 장난감?"

"두 로봇이 서로 치고 박는 게임이지, 둘 가운데 하나가 상대편을 해치울 때까지 말이야. 하산의 바이러스가 하는 짓이 바로 그런 거야—감염된 모든 컴퓨터가 다른 모든 컴퓨터를 감염시키고, 감염된 모든 서버가 다른 모든 서버를 감염시키는 거지. 중앙 컴퓨터들이 네트워크로 연결된 전쟁터에서 말이야."

"얼마나 빨리 그 바이러스가 번식하지?" 마일로가 물었다.

"이 바이러스는 정부 보조의 콩처럼 번식해. 감염된 네트워크가 정상적인 네트워크를 공격한 다음, 그것들이 또 다른 것들을 공격하는 거야. 압도적인 서비스 요청, 혼란스러울 정도의 데이터 반복 순환, 온/오프 프로토콜, 자살 코드

등의 방법으로 말이야. 유일한 해결책은 전체 시스템을 폐쇄하고 그것을 제거하거나 아니면 처음부터 시스템을 다시 구축해야만 하지. 전세계의 데이터 중 80퍼센트 정도를 수습할 수 있을지도 의심스러워."

"젠장, 복구하려면 몇 년이 걸리겠구만."

"수십 년이야, 프레스맨. 그 사이에 모든 인터넷 상거래, 모든 전자 메일과 비즈니스 거래 들은 역사 속으로 사라지게 되겠지. 우리는 모든 일을 종이에다 하던 시대로 돌아가는 거지. 1960년대로."

"그러면 이 바이러스가 자정에 퍼뜨려질 예정이라는 거야?"

레저는 머리를 흔들고, 바싹 여윈 목 둘레에 걸쳐진 대마 재질의 목걸이를 당겼다. 반짝이는 검은색 타원형 플라스틱 하나가 그 끝에 매달려 있었다.

"그 썸드라이브가 바로 여기에 있어. 오르독의 말에 따르면, 여기에 그 바이러스의 유일한 복사본이 들어 있다는군. 그래서 하산과 그의 졸개들이 나를 해꼬지하려는 거고. 그들에겐 이 썸드라이브 그리고 나의 전문적인 기술이 필요하니까, 사이버 공격을 착수하려면 말이지."

"그러면 넌 왜 여기, 이 호텔, 이 방에 온 거지?"

"콜이 '세이세스 세이세스' 형제들끼리 나바로라는 이름의 어떤 흰둥이와 그의 계집에 관한 대화를 나누는 걸 우연히 들었어. 그들이 이 호텔에 투숙해 있고 수선을 떨면서 나를 찾고 있다는 걸 말이야."

"그들은 그 정보를 어디서 들었대?"

콜 키건이 여전히 문에다 귀를 바싹 댄 채로 크게 말했다. "도빈스라는 뚱뚱하고 거지 같은 녀석한테 들었대. 레이 도빈스가 그들을 팔아 넘겼고, 나바로라는 사내를 함정에 빠뜨린 거지. 멕시칸들이 그를 붙잡았고 체첸인들이 조사할 거야. 그들은 나바로를 '엘 페퀴노스 페스카도스'에 붙잡아 두고 있어, 그 유곽은 내가 지난 2주 동안 숨어 지냈던 곳이야."

"그만둘 계획이었다면, 좀 일찍 서두르지 그랬어. 그랬다면 페이가…." 마일로의 목소리가 차츰 잦아들었고, 마른침을 삼켰다. "토니가 포로로 잡히기 전에 말이야?"

"나도 거기에서 빠져나와 나바로라는 사내에게 경고해 주려고 나름 애를 썼어….”

“그 친구 이름은 알메이다야. 토니 알메이다.” 마일로가 규정을 어겨가며 말했다.

“그래, 나도 살짝 도망쳐서 알메이다라는 요원한테 경고를 해주려고 했어. 그들이 덮치러 올 거라고. 하지만 내가 너무 늦게 도착한 것 같군.”

마일로는 욕실 문을 다시 힐끗 바라보았다. “그래, 너무 늦었어, 레저.” 그는 비통하게 말했다. “페이한테는 너무 늦었어.” 그런 다음 그는 몸을 돌리고 레저의 눈을 마주보았다. “하지만 우린 아직 토니를 거기에서 구해낼 수 있어.”

레저는 단호하게 머리를 저었다. “너 정신 나갔어? 난 방금 그 미친 체첸놈들한테서 빠져나왔어. 다시 돌아가진 않을 거야….”

“내가 당신과 같이 가지, 프레스맨.” 콜 키건이 소리 높여 말했다. “내가 당신의 친구를 구하는 걸 도와주지.”

“이런, 자넨 절대 하면 안 돼, 키건.” 레저가 벌떡 일어서면서 반대하고 나섰다. “자넨 나를 위해 일한다는 것을 잊은 거야?”

콜 키건은 어깨를 으쓱했다. “물론 나는 당신을 위해 일해요. 그리고 당신의 가장 큰 관심사를 염두해 두고 있기 때문에 그 일을 당신에게 곧바로 해주려는 겁니다. 만약 당신이 티후아나에서 빠져나가고 저 국경을 살아서 건너가고 싶다면, 우리에겐 도움이 필요해요. 그리고 우리가 국경을 넘으려고 할 때, 우리에겐 몇 가지 협상 카드가 필요해요, 그렇지 않으면 우리는 결국 연방 교도소에 들어가게 될 겁니다. 그들의 요원을 CTU로 돌려보내는 것은 기꺼이 협조하겠다는 우리가 좋은 의도와 의향의 표시가 될 겁니다. 그렇게 생각하지 않아요?”

레저의 앙상한 몸은 기우뚱한 책상 의자 위로 축 늘어져 내렸다. 콜의 질문에 대답하는 대신, 그는 마일로 쪽으로 몸을 돌렸다. “내가 왜 이 친구한테 일 년에 백만 달러씩이나 주면서 내 뒤를 봐달라고 하는지 알겠지?”

오후 12:47:53

워싱턴 D.C., 해군 천문대, 제독 공관

"국회에서 입법 문제가 교착 상태이기 때문에 부통령은 참석하기가 어려울 겁니다…."

"유감스럽게도 참석하기 어려울 겁니다."

메건 글리슨은 모니터에서 고개를 들고 금빛이 어른거리는 초록색 눈을 굴렸다. 부통령과 고향이 같은 그녀는 정부 당국과 유대 관계가 깊은 굉장히 부유하고 아량 있는 정치적 후원자의 무척이나 어여쁜 딸이었다.

"전 항상 '유감스럽게도'라는 부분을 잊어버리네요." 메건이 창백하고 여린 얼굴을 붉히면서 말했다.

그녀를 옆에서 지켜보던 애덤 칼라일은 참을성 있게 미소를 지었다. "그래서 너는 수습직원이고, 나는 거의 정직원에 가까운 수습직원인 거지."

"선배가 '거의 정직원'이 된 것은 6월에 졸업하고 가을에 직장을 잡을 수 있었기 때문이잖아요. 저는 이 년을 더 다녀야 졸업을 하고요."

"하지만 그래도 특전을 즐길 수가 있잖아."

메간은 눈살을 찌푸리더니 곧은 갈색 머리를 귀 뒤로 넘겼다. "특전? 무슨 특전이요? 전 봉급도 없어요. 침실 두 개짜리 조지타운에 있는 아파트에서 세 명의 룸메이트와 함께 살고 있어요, 게다가 하루에 12시간씩 일한다고요."

"저런, 눈물 나는군." 애덤이 말했다. 그는 건장한 몸에 걸친 파란색 블레이저를 벗어서 메건 옆에 있는 의자 뒤에다 걸친 다음, 앉아서 화면에 떠 있는 문서를 가리켰다. "*교착 상태*라는 단어는 쓰지 말자고. 그건 부정적이 어감이 들어."

"하지만 대통령과 부통령은 그들이 제정한 법률을 통과시키는 데에 골치를 썩고 계시잖아요."

"맞아, 하지만 우리는 그런 것을 절대로 인정하면 안 돼." 애덤이 대답했다.

"왜 안 돼죠?"

애덤은 고개를 저었다. "너무 어리고, 너무 순진하군."

"전 선배보다 겨우 두 살 어릴 뿐이에요."

"세상을 살아가는 처세 차원에서 보면, 넌 아직 애송이에 불과해." 그는 컴퓨터 화면을 가리켰다. "'입법적인 난국 때문'이라고 말하자고. 그게 더 미묘하고 외교적으로 들리니까. 뭐든지 부드럽게 표현해도록 해—의회가 의견 차이로 정체 상태에 있더라고 말이야—'난국' 같은 단어를 써서 말이야."

메건은 그 줄을 다시 타이핑했다. "복잡한 논쟁이 간단한 언론 보도로 논해진다는 게 참 놀라울 따름이네요."

"워싱턴이 어떤 곳인지 이제야 감 잡았군." 애덤이 말했다. "워싱턴의 정가 내부에서 간단한 거라곤 아무것도 없어. '부통령께서는 이곳에서 옴쭉도 못해서 실버 스크린 시상식에 참석할 수 없으므로 부통령 부인께서 혼자 가게 될 예정입니다.'라고 솔직하게 말할 수 없는 것뿐이야. 설령 그것이 사실이라고 해도 말이야."

"왜 안 되죠? 진심으로요. 알고 싶어요."

"이유여 많지." 애덤은 그것들을 손가락을 꼽아가며 알려주었다. "첫째: 참석하지 않음으로써 부통령은 러시아 대통령의 영부인을 무시하는 것처럼 보이게 하는 거야, 설령 그녀와 그녀의 남편이 백악관 초청 만찬에 이틀 동안이나 참석할지라도 말이야—그게 바로 우리가 러시아 대통령의 부인과 우리 부통령 부인이 남편들 빼놓고 '여자들만의 시간'을 갖는 것에 대해 약간의 농담을 하는 이유지. 하지만 그냥 가벼운 농담일 뿐이야, 남녀평등주의자들의 기분을 상하게 하고 싶지는 않으니까."

"두 영부인에게 치펜데일 쇼(근육질의 남자들이 펼치는 섹시한 쇼)에 함께 가보도록 해보는 건 어때요?"

애덤은 눈썹을 치켜떴다. "네가 흥분해 있는 건 알아, 하지만 그 농담은 실제로 연례 기자단 만찬에서 효과가 있었어. 대통령 관련 언론 보도 치고는 너무 노골적이었지만. 그것보다 더 괜찮은 걸 제안할 경우엔 나한테 알려줘. 그걸 '투나잇 쇼' 작가한테 넘겨줄 수 있는 사람을 알거든."

"지금 농담하는 거죠?"

애덤이 빤히 쳐다보았다.

"알았어요, 알았다고요, 보도용 수사적 표현을 써야 하는 또 다른 이유를 알려주세요." 메간이 말했다.

"두 번째 이유: 우리는 할리우드 업계에다 말하고 싶지 않다는 거지—그들은 대통령 선거 기간 동안에는 꽤나 관대하거든—그 오도가도 못하는 농업 법안이, 부통령이 그들의 연례 시상식에 얼굴을 내비치는 것보다 훨씬 중요하다는 것을 말이야."

"하지만 그게 사실이잖아요!"

애덤은 고개를 다시 저었다. "부유한 사람들에게 당신네들은 중요한 사람들이 아닙니다, 라고 절대로, 절대로 말해선 안 돼. 특히 돈 많은 영화배우들한테는 말이야. 그건 결코 해서는 안 되는 짓이야."

메건은 피곤에 지친 눈을 비볐다. 애덤은 시계를 확인했다. "다시 일을 하자고. 이걸 한 시간 안에 끝내야만 하니까."

"왜 그렇게 서두르세요?" 메건은 물었다.

"우리는 90분 후에 '에어 포스 투(Air Firce Two, 부통령 전용기)'에 타야 하니까."

"하, 하. 정말 재밌네요."

"사실이야. 부통령 부인과 함께 날아갈 거고 오늘밤 시상식에 자리도 있다고. 우리는 러시아 대표단 바로 뒤에 앉게 될 거야."

메건은 놀라서 입이 딱 벌어지고, 말문이 막혔다.

"내가 이 일에는 특전이 따른다고 말했잖아." 애덤이 추파가 담긴 윙크를 던지며 말했다.

1 2 3 4 5 6 7 8 **9** 10 11 12 13
14 15 16 17 18 19 20 21 22 23 24

다음 이야기는 오후 1시에서 오후 2시 사이에 일어난 것이다.

오후 1:01:03

베벌리 힐스, 팜 드라이브

잭 바우어는 나리사 알 부스타니의 사유지 둘레의 무성하지만 깔끔하게 손질된 지형—정성스럽게 돌본 정원, 소유지를 완벽하게 감싸고 있는 키 큰 돌담—을 조심스럽게 정찰하고 나서 경계선 안쪽으로 걸음을 내딛었다. 그는 카메라나, 동작 탐지기 또는 음향 감지기는 발견하지 못했지만, 수많은 이러한 부유한 저택에는 보이지 않는 동작 또는 음향 감지 장치들이 땅속에 묻혀 있거나, 자두만 한 크기의 보안 카메라들이 나뭇가지들 사이에 둥지를 틀고 있다는 것을 알고 있었다. 그런 종류의 보안을 발각당하지 않고 뚫기 위해선 전문가와 고성능 장비가 필요했지만, 그런 도움을 청할 시간이 없었다.

인계철선 구역을 주의 깊게 살펴본 후 잭은 정원 중에서 잡초가 무성하게 자란 곳 부근의 담장을 넘었다. 그는 야자수들과 날카로운 풀들이 빽빽하게 얽혀 있는 곳 가운데로 내려섰다. 초목은 오랫동안 계속된 가뭄으로 인해 말라 있었고 그 사이를 지나칠 때마다 구겨진 신문지처럼 바스락거리는 소리가 났다. 풀들이 뜨겁고 메마른 산들바람에 의해 흔들리는 소리가 그의 발걸음 소리를 가려주기만을 바랄 뿐이었다.

잭은 수영장용 장비들이 들어가 있고 에어컨 장치가 웅웅거리는 구조물 뒤쪽의 숲에서 몸을 드러냈다. 툭 트인 석조 테라스를 건너가는 위험을 감수하고 싶지는 않았으므로, 대신 토담의 가장자리를 지나쳐서 주택 본관의 미닫이 유리문에 이르렀다.

벽 주위를 자세히 살펴보던 잭은 유리문 중 하나가 살짝 열려져 있는 것을 보았다. 판유리 뒤로 순백색 커튼이 뜨거운 바람에 일렁이고 있었다. 잭의 본능이 곤두섰다. 이 침입은 모든 것이 너무나 쉬웠고 너무나 간단했다—문이 열려 있다는 건 초대 아니면 함정이니까. 어쨌든 선택의 여지가 없었다. 이미 발각이 되었다면, 이내 제지를 당했을 것이다. 이제는 정면으로 맞서는 게 현명한 일이 될 것이다.

잭은 어깨 총집에서 USP(Universal Self-loading Pistol, 자동장전식) 전술형 권총을 슬며시 꺼내 들었다. 비록 그것은 대부분의 CTU 현장 요원들이 사용하는 9㎜ 버전보다는 무거웠지만, 잭은 45구경 모델의 저지 능력을 근래에 높이 평가하게 되었다. 곧바로 잭은 손에 든 차가운 무기에 작은 위안을 얻으면서 햇볕이 쨍쨍 내리쬐는 석조 테라스를 조용하게 건너가고 문을 통과했다.

내부는 검소한 편이었다—철제 안락의자들이 둥그런 유리 탁자 주위로 배열되어 있었고, 우묵하게 들어가 있는 바에 붙은 거울로 된 벽에는 증류주 대신 유리 조각품들이 쌓여 있었다. 고정된 조명장치 근처에서 잭은 저택 안쪽으로 더 깊이 들어갈 수 있는 다른 문을 발견했다. 문턱 너머로 막 내딛었을 때 누군가가 뒤에서 움직였고, 총구를 그의 신장 부근에다 밀어넣었다.

"무기를 총집에 넣어 주시오, 그렇지 않으면 내 수하들이 강제로 그것을 빼앗을 거요."

남자들이 M16 소총들을 어깨 높이로 들고 잭을 향해서 겨누면서 엄폐물에서 모습을 드러냈다. 검은색 전투복은 그을린 데다 손상이 된 상태였고, 한 남자의 팔뚝에는 피 묻은 붕대가 감겨 있었다. 복면을 쓰지 않아서 짧게 깎은 머리 아래로 매섭고 침착한 눈빛이 드러났다.

잭은 권총을 재킷 안으로 슬쩍 넣고 팔을 들어 올렸다. 그의 몸통을 압박하던 총이 뒤로 물러났고 그 무기를 쥐고 있던 남자가 움직여서 잭을 마주 보았다. 그는 잭만큼 키가 컸고, 눈은 나무 껍질 같은 갈색이었고, 머리카락은 이맘(Imam, 회교 성직자)의 예복처럼 검었다. 깊은 흉터가 그의 오른쪽 눈 주위의 피부를 머리 선에서부터 광대뼈까지 갈라놓고 있었다.

"팔은 내려도 좋습니다, 바우어 특수요원. 해치지는 않을 겁니다. 오늘은 더 이상 피고 보고 싶지 않으니까요."

"안 돼! 이 멍청아. 뭐 하는 있는 거야?"

분노에 찬 목소리가 또 다른 방에서 들렸다. 잭을 에워싸고 있는 남자들이 무기를 내리고 차렷 자세를 취한 건 키 작은 중년 남성이 주먹을 흔들면서 방으로 뛰어들어 왔을 때였다.

"그 침입자를 죽이라고 말했잖아, 살라 소령. 사로잡지 말고, 죽여! 죽이라고!"

새로운 인물은 주위의 다른 사람들보다 머리 하나 정도는 작았고, 피부는 가공되지 않은 가죽 같은 색깔에다 머리카락은 회색이 가미된 백발이었고, 짧게 깎은 앞머리 아래의 이마는 주름져 있었다. 눈은 검은색이었고 분노를 내치비고 있었다. 하지만 살라 소령이라고 불리운 사람은 중년 남자의 분노에 정면으로 맞서며 뒤로 물러서기를 거부했다.

"지금까지는 당신의 명령을 따랐습니다, 차관님. 하지만 로스앤젤레스 대테러부대를 담당하고 있는 바우어 특수요원을 살해하는 것은 당신이 아무리 정치적인 힘과 재산을 가진 사람이라 할지라도 무시할 수 없을 정도로 대단히 심각한 파급을 미칠 것입니다." 살라 소령은 잠시 말을 멈추고 잭의 눈을 마주 보았다. "그리고 저는 우리 국가와 동맹을 맺은 나라의 정보국 요원을 살해하지는 않을 겁니다. 그것은 불명예스러운 일이며, 오늘은 충분히 피를 봤습니다."

그제야 그가 상대하고 있는 것이 테러범들이 아니라 사우디 특전 여단의 한 부대라는 것을 알아차린 잭은 약간의 안도감을 느꼈다. 사우디 아라비아 군대의 특이한 체계로 인해 정부 부처의 각 각료들은 한 단위의 특수 부대를 지휘하면서 사우디 정부에 있는 어떠한 한 개인이나 부서가 다른 곳보다 더 강한 힘을 가질 수 없도록 안전을 보증하고 있었다. 그것은 배반 또는 반란으로부터 왕실 가족의 안전을 지켰던 비잔틴 시대의 체계였지만, 이는 또한 살라 소령 같은 직업 군인들에게 은행 업무나 경제 계획 쪽에 훨씬 더 어울리는 사람으로부터 명령을 따르도록 강요했다.

긴장이 커지는 것을 감지한 잭은 소령과 외교관 사이로 끼어들었다. "목숨을 살려주셔서 고맙습니다, 자파르 알 살라 소령. 당신이 장관의 명령에 복종해야만 한다고 알고 있습니다…."

"오마르 알 파라드는 차관입니다…."

"그리고 이븐 알 파라드의 부친이지요." 잭이 몸을 돌려 오마르를 바라보며 덧붙였다. "그러니 아버지로서 당연히 아드님의 행복을 염려하실 겁니다."

오마르 알 파라드의 시선이 잭에게서 출입구 쪽으로 옮겨갔다. 여왕 같은 자태의 한 중년 여인이 거기에 서 있었다. 희끗희끗한 검은 머리카락이 상아색 실크 블라우스의 깃을 스치고 있었고, 긴 다리에 잘 어울리는 실크 바지를 입고 있었다. 그녀는 크고 검은 눈동자와 눈물로 붉어진 얼굴 때문인지 굉장히 매력적으로 보였다. 잭이 보기에 그 가족의 닮은점은 뚜렷했다. 이 여자는 오마르 알 파라드와 어떤 식으로든 혈연 관계인 것 같았다.

"무슨 일이야, 나리사?" 오마르가 물었다.

나리사 알 부스타니, 잭은 이 사유지의 소유자라는 것을 알아차렸다. 그는 그녀가 정렬해 있던 무장한 사람들이 주위에서 옥신각신하는 것을 외견상으론 안중에도 두지 않은 채 방을 유유히 가로지르는 것을 지켜봤다. 가녀린 손으로 그녀는 오마르의 팔을 만졌다. "이븐이 지금 깨어났어요, 오빠, 어서요." 그녀는 나무랄 데 없는 영어로 속삭였다.

오마르가 여동생을 따라 문을 나서려 했을 때, 잭이 그의 팔을 잡았다—무장한 사람들의 경계하는 반응과 살라 소령의 성난 눈빛을 야기시켰다.

"제가 당신 아드님과 먼저 이야기하도록 해주십시오." 잭이 설득했다.

"안 돼." 오마르 알 파라드가 팔을 빼내면서 말했다. "당신네 나라와 악마 같은 문화가 내 아들을 충분히 망쳐 놓았어. 내 아들이 여행할 수 있을 만큼 충분히 회복하면, 그 아이는 고모 집을 떠나서 집으로 돌아갈 것이오."

"제 말을 들어보십시오. 제가 차관님께 말하고자 하는 것은 진심입니다." 잭이 말했다. "당신 아들은 절대로 사우디 아라비아에 살아서 돌아갈 수 없습니다. 실제로 그는 이 도시를 절대로 떠나지 않을 겁니다."

차관이 노려보았다. "지금 협박하는 건가?"

"아닙니다." 잭이 대답했다. "차관님의 수하들이 우리 호송대를 공격했을 당시, 우리는 아드님의 안전을 위해서 어떤 경찰 시설에서 CTU 본부로 이동하는 중이었습니다. 이븐은 보호 구치 상태에 있었는데, 이유는 그와 공모했던 자들이 그를 영원히 침묵시키려는 것을 우려했기 때문입니다."

오마르 알 파라드는 고개를 저었다. "내 아들은 어느 누구와도 공모하지 않았네. 걔는 테러범이 아니야."

"저는 테러범이라고 부르지 않았습니다, 하지만 아드님은 다수의 살인을 저질렀습니다. 그는 재판을 받아야만 합니다…."

"이봐! 자넨 범죄에 대한 재판을 말하고 있는데 그건 이븐의 잘못이 아니야."

"정확하게 보자면 맞습니다." 잭이 침착한 어조로 말했다. "아드님은 자신의 범죄에 대해 책임이 없습니다. 저는 그가 하산이라는 남자에 의해 마약을 복용하고 세뇌를 당했다고 믿습니다. 제가 찾는 것은 바로 하산입니다. 만약 아드님께서 저를 그자에게 안내해 줄 수 있다면, 그건 그의 무죄를 입증하는 데에 큰 구실이 될 겁니다."

그 남자의 분노가 나타났을 때와 마찬가지로 불현듯 사라졌고, 그 자리를 혼란과 불확실이 대신했다. 깔끔한 맞춤 정장의 품위와 성마른 분노와 어울리지 않게 오마르 알 파라드는 위기에 몰린 남자이자, 무너지기 직전의 모습이 되었다.

"말씀해 주십시오, 차관님." 잭은 계속했다. "아드님에게 무슨 일이 일어났는지 말씀해 주십시오. 어떻게 그가 하산이라는 남자와 연루되었는지를요."

오마르 알 파라드는 여동생을 힐끗 바라보았다. 그녀는 눈을 감았고 고개를 한 번 끄덕였다.

"좋소," 오마르가 말했다. "하지만 여기선 안 돼."

나리사는 두 남자를 영어와 아라비아어로 된 책들로 가득한 작은 서재로 안내했다. 그들은 커피용 탁자를 사이에 두고 서로 마주 앉았다. 하인이 들어와서 그들에게 차와 벌꿀 케이크를 차려주었다. 잭이 고개를 다시 들었을 땐, 그와 오마르만이 둘뿐이었다.

"내 첫 번째 실수는 미국 여자와 결혼한 것이었소." 오마르가 이야기를 시작했다. "그 여자는 그 아이를 너무 사랑해서 일곱 살이 될 때까지 응석받이로 키웠으니까."

"어떤 변화가 있었습니까?"

"그녀가 세상을 떠났다오, 바우어 선생, 리야드의 우리집에서 말이오. 뇌종양이었소. 처음엔 그녀도 어찌할 바를 몰랐고, 그 다음엔 미친 듯이 과격해졌고 결국엔 굴복하고 말았지. 어느 누구도 할 수 있는 게 없었으니까. 적절한 애도 기간이 끝난 후에 난 재혼했는데—이번에는 좀더 적당한 사람이었소, 사우디 왕족 가문 출신이었으니까."

"그랬군요."

"두 번째 부인은 내 첫 번째 결혼은 물론 그 결혼에서 생긴 자식도 인정하지 않았소. 그래서 이븐이 11살이 되었을 때 나는 그를 앤도버(매사추세츠 주 북동부에 있는 교육 도시)에 있는 내가 다녔던 기숙 학교로 보냈지. 나는 그 아이가 좋은 교육을 받아서 현명해지도록 노력했소. 하지만 그 아이가 대학에 갈 나이가 되었을 때, 이븐은 서던 캘리포니아 대학에 보내달라고 요구했소. 영화 제작자가 되고 싶어 했으니까."

그 남자는 깊게 한숨을 쉬었다. "그 아이는 쓰레기 같은 추잡스런 것에 노출되는 바람에 타락하고 만 거요."

"추잡스런 것이라뇨?"

"랩 음악과, 음란한 매춘부들과 돈만 밝히는 남자들, 죄악과 수모로 가득한 영화들 말이오. 당연히 나는 이븐의 선택을 반대했지만, 좀처럼 그 아이를 설득할 수 없었지. 애석하게도 동의하고 말았소."

오마르의 안색은 어두워졌고, 손가락으로 컵을 긁었다. "일 학년 때, 그 아이가 어떤 여자를 만났소. 미국 여자였지. 내 아들은 세상 물정에 그리 밝지 않은 데다 나약했어. 너무 어린 나이에 엄마의 사랑을 빼앗겨 버렸기 때문에 그 아이는 여자의 관심을 갈망한 거지. 그… 음탕한 계집… 그 여자가 이븐을 이용한 거요…."

"그녀가 이븐에게 상처를 줬나요?"

"그녀는 이븐을 이용했다오, 바우어 선생. 마치 악마처럼 유혹하는 잔인한 여자였지. 그리고 나서 돌아온 건 더 이상 내 아들이 아니었소. 그는 모스크(회교 사원)에 가는 것도 그만두었고, 학업도 중단했소. 마약을 복용하고 술까지 마셔댔으니. 그러더니 6개월 전에 그 아이가 갑자기 사라져 버렸어요. 내 변호사들은 그를 찾지 못했소. 그 아이는 우리가 지켜보던 그의 신탁 기금에도 손을 대지 않았소. 나는 내 아들이 죽었을까봐 두려웠소—오늘, 살라 소령이 이븐이 경찰에 의해 발견되었다고 내게 말했을 때까지는 말이오. 끔찍한 범죄들을 저지르고 기소될 직전이라고 하더군."

무엇보다도 잭이 살라 소령의 목을 졸라서 강하게 따져 묻고 싶은 건, 무엇 때문에 그 불한당 같은 장교가 미국 내에서 처벌을 받지 않고도 그런 은밀한 작전을 벌일 수 있다고 생각하는지였다. 그러나 주변 상황 때문에 함부로 혀를 놀릴 수 없었다. 잭은 아무 말 않고 그들 때문에 불구가 되고 목숨을 잃은 경찰관들을 위해서 살라 소령, 그의 부하들, 심지어 알 파라드 차관까지도 정의의 심판을 받게 하겠다고 맹세했다—그러나 그것은 그가 필요로 하는 것을 얻고 난 뒤의 일이었다. 지금 최우선 사항은 탈주자를 조사하는 것이었다. 심판은 뒤로 미뤄야 했다.

"당신 여동생이 이븐이 깨어났다고 말했습니다." 잭이 말했다. "그와 말할 수 있게 해 주십시오."

"왜? 무엇을 얻어 내려고 말이오?"

"이븐은 하산과 연락을 해왔습니다. 제가 하산을 찾으면 그가 범죄 사실을 자백하게 만들 겁니다. 그가 당신의 아들에게 어떻게 했는지도요. 제가 하산을 빨리 찾을수록, 당신 아들도 혐의에서 벗어날 수 있습니다."

오마르의 두 눈이 걱정으로 가득한 듯 보였다. 마침내 그가 고개를 끄덕였다. "좋소, 바우어 선생. 하지만 내 아들은 이 집을 떠나지 않을 것이오."

오후 1:13:37

베벌리 힐스, 로데오 거리, 발레리 다지 모델 에이전시

"나라면 그냥 죽어 버렸을 거예요! 난 '된장녀'가 아니니깐. 아니에요, 그 여자도 자연의 힘 앞에선 어쩔 수 없었을 거예요."

발레리 다지, 발레리 다지 모델 에이전시의 CEO이자 창업자는 체형에 맞게 제작된 사무실 가죽 의자에 느긋하게 앉아 있었다. 그녀는 은색 전화기를 귀에 대고, 흠집 하나 없는 책상 표면을 길고 핑크색으로 칠한 손톱으로 톡톡 두드렸다. 반짝반짝하게 닦인 유리에 비친 자신의 마흔 살 먹은 얼굴이 그녀를 바라보았다. 계란형의 얼굴이, 곧고 긴 탈색된 머리카락 사이로 보였다. 하얗고 완벽하게 치관을 씌운 이가 검게 태운 얼굴에 대비해서 더욱 빛났다. 웃을 때 생기는 주름들은 연푸른 색의 두 눈과 커다란 입가의 주위로 두드러졌다. 1980년대 후반 전 세계의 모든 패션 잡지의 표지를 장식했었던 모습은 더 이상 찾아보기 힘들었다.

하지만 뭐 그렇게 나쁘진 않아, 그녀가 중얼거렸다. *조금 더 나이가 들었고, 조금 더 태웠고, 그리고 조금 더 야해졌네—어쨌든 슈퍼모델로서의 명성을 지속적인 직업으로 전환하기에 충분할 만큼은 멋져 보여. 이 나라에서 가장 치열한 바닥을 정복해야 하니깐 말이야.*

"그래요, 자기. 오늘 밤은 정말 대단한 밤이 될 거예요. 우리 애들은 다 준비된 상태예요, 무대도 그렇고요. 카티아가 모든 일을 잘 처리하고 있어요. 정말 대단한 애죠—걔가 없으면 전 아무것도 할 수 없다니까요. 지난 몇 주 동안 걔가 모든 일을 다 처리했으니, 아마 급여 인상을 원하겠죠. 배은망덕한 것 같으니라고."

문을 두드리는 소리 때문에 그녀가 웃음을 멈췄다. "카티아가 지금 왔어요. 오늘 밤 뒤풀이 파티에서 만나요. 기억해요, 클럽 100에서, 자정에—그 빌어먹을 시상식이 질질 끌어지지만 않는다면요."

사무실 문이 열렸다. 안으로 들어온 여자는 30대 초반으로 보였다. 그녀는 간결한 검은색 드레스 차림이었고, 검은색 가죽 부츠는 무릎이 부위까지 닿아 있었다. 담황색 금발 머리는 단단히 쪽을 졌고, 장신구라고는 길고 우아한 옅은 갈색의 목에 꼭 끼어 둘러져 있는 검은색 목걸이뿐이었다. 팔에는 유명한 로데오 거리의 부티크의 이름이 새겨진 네모반듯한 모양의 상자가 들려 있었다.

"들어와, 자기." 발레리 다지가 말했다. "아침 내내 어디에 있었어?"

"체임벌린 대극장에 가서 모든 게 규칙에 맞게 진행되는지 확인했어요. 우리 모델들은 그럴 만한 사생활권을 갖고 있잖아요."

"잘했어. 작년에 무대 담당자들 절반이 우리 애들한테 추파를 던져댔잖아. 탈의실이라고 만들어놓은 게 고작 무명 천으로 된 칸막이와 일본식 가리개였으니까."

카티아가 방긋 웃었다. "제가 그 문제를 잘 해결했어요, 다지 선생님. 올해에는 진짜 탈의실다운 방이 무대 뒤에 마련될 거예요."

발레리가 미소 지었다. 그리고 나서 그녀의 시선이 옆 방에 있는 카타아의 책상으로 옮겨갔다. 그 위에는 계약서들이 들어 있는 두터운 빨간색 서류철 하나가 손도 대지 않은 상태로 놓여 있었다.

"세상에, 카티아. 모델들의 계약서! 저게 아직도 내가 놓아둔 그대로 자네 책상에 있잖아. TV 방송국 제작자들한테 저 계약서들을 제출하지 않으면 우리 애들이 오늘 밤에 나갈 수 없단 말이야."

"진정하세요, 다지 선생님." 카티아가 팔에 안고 있던 상자를 만지작거리면서 말했다. "제대로 된 서류가 담당자한테 전달됐어요. 제가 확인했어요."

발레리는 뒤로 기대었고 미소를 지었다. "다행이네. 잠깐 동안…," 그녀는 담배 한 개비와 순금 라이터를 만지작거렸다. "그래, 나는 자기가 모든 일을 정말 잘 처리한다는 걸 알아. 내 말 믿어, 카티아, 자기가 없으니까…."

검은 옷차림의 여자는 상자를 떨어뜨리고, 방아쇠를 당겼다. 그녀의 손에 들린 소음기가 달린 '발터 PPK(Walther, 독일제 자동 권총)'가 한 차례 튀어올랐다. 두 번, 세 번. 발레리 다지는 총알이 그녀의 몸에 박힐 때마다 출렁거렸다. 마지막 신음과 함께 그녀는 카펫 바닥으로 맥없이 주저앉았다.

카티아는 무기를 내렸다. 경련을 일으키는 시체는 못 본 척했다. "나도 알아요, 다지 선생님. 당신은 내가 없을 때 죽은 거예요."

그 여자는 무기를 유리 책상 위에 내려 놓았다. 그런 다음 죽은 여자의 발목을 그러잡고 그녀를 방의 구석으로 끌고 갔다. 길고 진한 빨간색 자취를 티끌 하나 없는 하얀색 양탄자 위에 남기면서.

카티아는 다리를 내려놓고 시체를 빙 돌아 걸어갔다. 의자에 앉아서 발레리 다지의 컴퓨터를 키고, USB 접속 단자에 펜 드라이브를 밀어 넣었다. 계획서, 설계도, 암호 등을 읽는 데 2분도 채 걸리지 않았다. 다음으로 카티아는 그녀의 호출 부호를 입력했다—체첸복수자066. 그리고는 미국 서부 지역 도처에서 대기하고 있는 요원들을 활동시키는 암호화된 이메일을 전송했다.

오후 1:19:16

로스앤젤레스, 테런스 알튼 체임벌린 대극장

하역장은 대극장의 정규 보안 직원들이 지키고 있었지만, 감독을 맡은 건 비밀경호국(Secret Service) 요원인 크레이그 오번이었다. 화폐 사기 부서(1865년 위조지폐 단속을 위해 창설된 SS는 1901년 윌리엄 매킨리 대통령이 암살된 뒤 대통령 경호기관으로 탈바꿈했다)의 20년차 고참인 오번은 샌디에이고에 부정으로 흘러들어온 한 파키스탄인의 수상한 돈에 대한 수사를 하던 도중 임시로—그리고 적절치 못하게—선발되었고, 부통령과 그 부인의 임박한 방문 때문에 로스앤젤레스로 급파되었다.

그가 이미 도착한 후에 '넘버 투(Number Two, 부통령)'가 여행을 하지 않을 것이라고 발표되었고, 그래서 수많은 직무들이 뒤죽박죽 되었다. 오번은 결국 출입을 감시하는 업무를 담당하게 되었는데, 그것은 문지기를 좋게 표현한 것이었지만 전혀 불평하지 않았다. 오번 특수요원은 자신의 일을 진지하게 받아들였다. 그는 또한 5년 안에 넉넉한 연금은 물론 흠집 하나 없는 모범적인 경력을 가지고 퇴직할 계획이었다.

한 중동인 남자가 도착하기 전까지는 모든 일이 순조로웠다. 그는 일련의 목수들과 대여섯 개의 자동 짐수레를 이끌고 왔는데, 짐수레에는 성형된 철제 조각들의 일부분 또는 전체가 투박한 나무 상자들로 감싸인 채 높이 실려 있었다.

"이게 뭡니까?" 오번이 대열의 앞쪽으로 걸음을 옮기면서 물었다.

"무대 소품입니다." 그 중동 남자가 화물 목록을 흔들면서 말했다. 오번은 그 클립보드를 받아들고 한쪽 눈으로는 그것을 건네준 남자를 살펴보았다.

"당신은 누구요?" 오번이 클립보드를 그 남자가 돌려주면서 물었다.

"하룬이라고 합니다. 제 트럭으로 이 조각품들을 제작자한테서 실어왔죠."

"당신 신분증 좀 봅시다."

미소 지으면서 하룬은 오번에게 그의 운전면허증, 조합원증, 그리고 보안 출입증을 건넸다. 모든 것이 적법한 것처럼 보였지만, 그 남자와 이 상자들에 대해서 뭔가 의심스럽다는 생각이 오번의 내부에서 경보를 울렸다. 그의 동료들은 그가 사기꾼을 보자마자 알아챌 수 있다고 말했는데, 하룬이 바로 그 같은 인물이란 느낌이 들었다.

오번은 하룬을 밀어내고 짐수레를 하나하나 살펴보았다. 상자들은 꽤 컸다—가장 작은 것이 보통 남자들 키보다 컸고, 가장 큰 것은 자동차 크기만 했다. 마침내 줄 뒤쪽에 있던 자동 짐수레들 중 하나가 경적을 울렸다.

"뭐 때문에 지체되는 거야?" 짐수레를 조작하는 남자가 고함쳤다.

"무슨 상관이야," 다른 사람이 말했다. "우리는 어차피 시간당 수당을 받잖아."

바로 그때, 대극장의 소품 담당 팀장이 도착했다. 그는 상자들을 살펴보더니 두 손을 들어올렸다. "젠장, 시간이 다 됐어요. 저 짐수레들을 빨리 안으로 들여보내요. 저 위의 무대가 텅 비어 있잖아요."

"지금 들어갈 겁니다." 하룬이 대답했다. "이 분이 들여보내 주시기만하면요."

그 소품 담당 팀장이 고개를 흔들더니 오번 특수요원에게 다가갔다. "설마하니 당신이 하룬이 괴롭히는 이유가 단지 그가 중동 사람이라서 그러는 건 아니겠지요? 그는 여기서 2년 동안이나 일해 왔어요. 맞지, 하룬?"

"맞습니다."

"그나저나 자네 부인은 잘 있나?" 소품 담당 팀장이 물었다. 하룬은 웃으며 말했다. "아내가 벌꿀을 넣은 케이크를 만들었어요. 죄송한데 하나도 남지 않았네요. 팀장님을 위해서 하나쯤 남겨뒀야 했는데."

"다음 번을 기대하지." 소품 담당 팀장은 오번에게로 몸을 돌렸다. "이봐요, 친구. 여기서 시간을 너무 지체하고 있어요. 007 짓거리는 나쁜 놈들한테나 써먹으시오. 이번 일이 정말로 인종 프로파일링(racial profiling, 피부색, 인종 등을 기반으로 용의자를 추적하는 수사 기법)이 아니라면 말입니다."

오번은 옆으로 물러섰다. "들어가시오." 그는 남자들이 통과하도록 손짓하며 말했다.

차례차례 짐수레들이 움직이기 시작했다. 오번 특수요원이 주의 깊게 지켜보는 가운데, 체첸인들은 조심스럽게 자동 짐수레들을 조작하며 엄격한 하역장을 통과하고 경사로를 올라 무대로 향했다. 그들은 상자들이 부딪히지 않도록, 또는 한쪽으로 기울어져서 덜커덩거리지 않도록 극도로 조심하였다. 그 상자들을 옮기는 남자들은 알고 있었다. 그 안에 숨겨진 것이 순교자들이라는 것을—무장하고, 고도의 훈련을 받고, 체첸의 독립이라는 대의를 위해, 그리고 지하드를 위해 기꺼이 목숨을 바칠 각오가 되어 있는 충실한 이슬람교도들이라는 것을.

이것이 가짜 조합 노동자들이 경외와 존경을 가지고 무대 소품들을 공격 위치로 옮기는 가장 중요한 이유였다. 그들은 그러한 영웅들이 지상에서 보내는 마지막 날을 필요 이상으로 방해하고 싶지 않았다.

오후 1:34:07

멕시코, 티후아나, 얼음 창고

화학 약품의 악취와 두 손이 부어오를 정도로 혈액 순환을 막고 있는 수갑에도 불구하고, 토니 알메이다는 자다깨다를 반복했다. 누군가가 그가 쓰러져 있는 구석 둘레에다 플라스틱 차단막을 세워 놓았고, 남자들은 계속해서 정제

약들을 가열하면서 그 약의 구성 성분들로부터 치명적이고 중독성이 강한 마약을 분리하고 있었다.

토니는 자신이 얼마나 오랫동안 잠들어 있었는지 짐작할 겨를도 없이 두 명의 남자가 다가오더니 그의 발을 질질 끌었다. 그들은 두피가 보일 정도로 옅은색 머리카락을 바싹 자른 거한들이었고, 두 사람 모두 수술용 마스크를 쓰고 있었다.

"이봐," 토니는 그들이 건드린 순간 소리쳤다. "도대체 나한테 원하는 게 뭐야?"

남자들은 냉랭한 침묵으로 대응했다. 그들은 그의 팔을 풀어주고, 그의 셔츠는 찢어버렸다. 그런 다음 토니를 벽에 기대어 수직으로 받쳐둔, 전선이 연결된 침대의 박스 스프링 쪽으로 거세게 밀어붙였다. 무슨 일이 벌어지는지를 깨달은 토니는 미친 듯이 몸부림을 쳐보았지만 손은 완전히 감각을 잃은 탓에 무용지물이었고, 팔꿈치는 주먹 대용으로 쓰기엔 빈약했다. 남자들은 손쉽게 그를 차가운 금속에다 묶었다.

그들이 뒤로 물러나자 또 다른 남자가 앞으로 나섰다. 그는 땀으로 얼룩진 위아래가 붙은 작업복 차림이었고, 조이는 듯한 깃 주위로 두툼한 살집의 지방이 불룩 삐져나와 있었다. 두 눈은 작고 가운데로 몰려 있었고, 그 아래로 납작한 코와 촉촉한 분홍빛 입술이 자리하고 있었다. 다른 두 남자가 마찰식 발전기를 방 안으로 밀고 들어와서 침대 스프링에다 전극을 연결시키는 동안, 뚱뚱한 남자는 그들이 일을 마칠 때까지 팔짱을 낀 채 지켜보았다. 그런 다음 얼굴을 토니의 안면 앞에 바싹 들이댔다.

"도빈스는 자네가 좀도둑 수준의 신용카드 사기꾼 행세를 하고 있다고 말하면서도, 그보다는 좀더 나은 인물일 거라고 믿고 있네. 내 생각도 그렇고."

"당신 누구야? 나한테서 원하는 게 뭐야?" 토니는 자신의 목소리에서 공포의 기색을 느끼고 오싹함이 들었지만, 그것은 물론 마음속에서 점점 커지고 있는 두려움을 통제할 수 없었다.

"내 이름은 오르독이야. 내가 자네한테 원하는 건 대답이네. 자네가 제대로 대답하면, 극도의 고통은 면하게 해줄 수 있어. 그러지 않는다면, 자네는 죽기 전까지 아주 끔직한 고통에 시달릴 거라고 장담하지."

"난 레저에 대해선 아무것도 몰라, 그가 뭘 하고 있는 지도. 단지 그한테 빌려준 돈이 좀 있는 것뿐이야, 그리고…."

오르독은 두툼한 손으로 구식 발전기의 L자형 손잡이를 움켜쥐고 돌렸다. 몇 차례 돌아가고 나자 불꽃들이 침대의 박스 스프링 전체에 걸쳐 터졌고, 전기 충격이 토니의 몸 전체를 태울 듯이 통과했다. 토니는 타는 소리를 내며 전류가 몸을 통과하자 속수무책으로 꿈틀거렸다. 그런 다음 뚱뚱한 남자는 크랭크 돌리기를 중지했다. 토니는 묶인 상태에서 축 늘어졌다.

"자네 자신을 속이지 말게나, 나바로 선생, 아니 이름이 뭐든 간에, 너는 어차피 이 방에서 죽을 거야. 결국 자네한테 달렸으니 결정하게, 계속해서 극심한 고통을 겪은 후에 끔찍하게 죽던가 아니면 자비롭게 빨리 끝낼 것인가를."

오후 1:39:54

멕시코, 티후아나, 라 하시엔다

마일로는 자신의 핸드폰을 이용해서 페이 허블리의 컴퓨터에 달린, 도청 방지를 위해 무선 신호를 암호화하도록 보안이 된 모니터에 연결한 후에 CTU 로스앤젤레스 지부의 니나 마이어스와 연락을 취했다. 그는 페이 허블리의 죽음과, 토니가 '시즈시즈'와 함께 일하는 체첸인들에게 억류된 사실을 보고했다. 또한 니나에게 자신이 리처드 레저의 정확한 위치를 찾아냈고—레저는 지금 바로 옆 침대에서 깊이 잠들어 있었다—오늘 자정으로 예정된 바이러스 공격에 대해서도—그 공격은 일어날 수도 있고 레저의 변절로 인해 좌절될 수도 있다고—보고했다.

"레저가 그 바이러스의 유일한 복사본을 가지고 있다고 확신해요?" 니나가 물었다.

"확신하지는 않아요." 마일로가 대답했다. "하지만 그가 그 바이러스가 들어 있는 썸 드라이브를 가지고 있어요. 그 바이러스의 샘플로 분석을 하면 치료

법이나 또는 그 영향으로부터 웹 서버들을 보호할 수 있는 방법을 찾을 수 있을 거예요."

"그자를 믿을 수 있을까요?"

"레저는 여러모로 봐서 저저분한 놈이긴 해요." 마일로가 말했다. "하지만 지금은 레저를 믿어요. 그는 체첸인들이 저지를 수도 있는 짓 때문에 그들을 두려워하고 있어요. 이런 사이버 공격이 일으키는 것보다는 차라리 미국에서 기소당하는 편이 낫다고 여길 정도니까요."

니나는 그의 말을 심사숙고했다. "그러면, 레저와 그 데이터가 들어있는 썸드라이브를 가지고 즉시 국경을 넘어오는 게 시급해요. 제가 구조팀을 국경으로 보내고, 헬기를 브라운 필드 시립 공항으로 보내서 LA로 타고 올 수 있도록 해놓을 게요."

마일로는 잠시 말을 멈추었다. 니나의 명령은 온당하고 이성적이었고, 그녀의 말을 간절히 따르고 싶었다. "아뇨," 마침내 그가 말했다. "토니를 먼저 구출해야만 합니다."

"당신은 현장 요원도 아니고, 무기도 없잖아요."

"그렇긴 하죠. 하지만 기꺼이 도와주겠다는 사람이 있어요. 콜 키건이라는 리처드 레저의 보디가드예요."

"안 돼요, 마일로. 우리한테는 레저를 데리고 돌아오는 것이 훨씬 중요해요. 토니는 자신이 곤란한 처지에 놓일 수 있다는 걸 알고 있었어요."

"토니는 알고 있겠지만, 페이는 그렇지 않았다고요. 페이는 어쩔 수 없었지만 토니를 포기하라는 건 거절하겠어요, 그가 생존해 있는 한…."

"잘 들어요, 마일로…."

"나와 콜 키건이 어떤 계책을 마련해 놓았는데, 잘 진행될 것 같아요." 마일로가 말했다. "꽤 확실한 계획이라서 일이 잘 풀리면 나는 총을 쓸 필요도 없어요. 하지만 두 시간 정도는 필요해요. 토니를 구출하고 나서 같이 레저를 데리고 돌아갈게요. 우리 모두 국경을 넘은 다음 4시까지는 공항으로 갈게요."

또 다시 침묵. 콜은 여전히 문을 지키면서 모든 대화를 듣고 있으면서도 못들은 척했다.

"좋아요." 니나가 마지못해 동의했다. "두 시간이에요. 더는 안 돼요."

마일로는 상관에게 고마움을 표시하며 통화를 끝냈다. 그리고 나서 콜 키건을 마주보았다. "그런데, 당신한테 어떤 계책이 있을까? 그러니까, 왜냐면, 나는 확실히 없거든."

마일로가 놀랍게도 콜은 고개를 끄덕였다. "그곳에 우리를 도와줄 사람이 있어. 리틀 피쉬에 있는 아가씨들 중 한 명이야. 그 여자는 그 유곽은 물론이고 그 뒤에 있는 낡은 건물에서 일어나는 모든 일을 알고 있으니까."

콜은 마일로에게 의외로 당황해하는 표정을 지어보였다. "그녀의 브랜디야—적어도 자기 자신을 그렇게 부르니까. 내가 그녀에게 일종의 약속 같은 걸 했어. 레저와 내가 탈출을 시도할 때 그녀도 빼내 주겠다고. 그런데 모든 일들이 너무 빨리 벌어져서 그녀를 뒤에 남겨둘 수밖에 없었어."

"그런데도 그녀가 당신을 도와줄 거라고 생각하는 거야?"

"브랜디는 실리적인 여자야. 사정을 이해할 거야. 만일 자네가 그녀가 원하는 것을 얻게 해주면, 그녀도 분명히 협조할 거야."

마일로는 회의적이었다. "그런데 내가 어떻게 그 브랜디라는 여자를 찾아내지?"

"매춘부를 만나는 게 티후아나에선 그리 어려운 일은 아니지. 그냥 그 유곽에 가서 그녀를 만나게 해달라고 해."

"하지만… 하지만 난 그렇게 할 수 없어!" 마일로가 더듬거리며 말했다. "당신이 가지 그래? 브랜디는 당신을 알잖아."

"그리고 거기 있는 모두가 나를 알지, 하지만 그들은 자네를 몰라." 콜이 대답했다. "만일 내가 그 유곽 안으로 걸어 들어가면, 체첸인들이 내가 대답할 수 없는 수많은 질문을 나한테 물어볼 걸."

"하지만 난 유곽에나 다니는 그런 부류의 사내처럼 보이지 않잖아, 그렇잖아?"

"어떤 부류의 사내가 그렇게 보이는데?" 콜이 물었다.

마일로는 그 말을 곰곰이 생각했다. "좋은 지적이야." 마일로가 말했다.

"이봐." 콜이 말했다. "그 리틀 피쉬라는 유곽은 점심시간 때엔 항상 붐빈다고—대부분은 국경을 오가며 화물을 부리고 재빨리 재미를 보고 가는 트럭 운전사들이야. 입은 꽉 다물고 귀만 열어 둬, 그러면 그들도 너를 그런 곳이나 들락거리는 놈으로 생각할 거야."

"이런…."

"브랜디를 찾으면, 그녀에게 날 알고 있고 멕시코에서 빠져나가는 걸 돕기 위해서 거기 왔다고 말해. 그러면 내가 장담하는데, 자네가 사라진 요원을 찾는 걸 도와줄 거야—만일 그가 아직 살아 있다면 말이야, 말하자면."

오후 1:47:14

베벌리 힐스, 팜 드라이브

살라 소령의 부하들이 발끈했다. 그들은 CTU 요원에게 이븐 알 파라드를 면담하도록 허락이 떨어진 것을 믿을 수가 없었다—그것도 그 청년의 아버지가 허락하다니! 남자들은 사우디 아라비아의 정예 특전여단 대원들로서 미국의 정보 당국이 사우디 국민을 체포하는 것을 막기 위해서 조금 전까지 싸웠었고, 그 과정에서 두 사람이 사망했다. 지금은 잭 바우어가 이븐 알 파라드를 심문하는 중이었고, 그 청년은 자기 고모네 집 안쪽 방에서 알 수 없는 고문에 시달리고 있을 터였다.

자신의 부하들의 불만을 감지한 살라 소령은 잠재적인 반란을 누그러뜨리기 위해서 그들을 분리시켰다. 몇 명은 저택 경비를 위해 뒤쪽에 남아 있도록 했고, 두 명은 미국 정보 당국의 낌새를 지켜보기 위해 정문 쪽으로 보냈다. 그 후에도 그는 부대원들을 또 다시 분리시켰는데, 부상을 입은 대원들은 그들의 숙소로 보냈고, 두 명의 무장한 대원을 잭 바우어와 나머지 사람들이 모여 있는 서재에 배치했다. 부대원들을 저택 도처에 분산시킨 후, 소령은 팜 드라이브가 내다보이는 담 안쪽 초소에 배치한 보초병들을 확인하기 위해서 밖으로 향했다. 놀랄 것도 없이, 살라 소령은 두 대원이 논쟁 중인 것을 보았다.

"미국 정보 당국을 믿으면 안 됩니다." 후라니 상병이 말하고 있었다. "그들이 불평등한 것은 잘 알려진 사실입니다."

"누가 그랬는데?" 라시드 병장이 대꾸했다.

"미국은 기만을 일삼는 나라라고 어릴 적에 마드라사(madrasa, 이슬람교 고등교육 시설)에서 배웠습니다. 그리고 할리우드 영화에서도 이 나라의 폐해인 인종차별주의를 사실적으로 묘사합니다. '미시시피 버닝(Mississippi Burning, 1964년 미시시피 주에서 흑인 인권 운동을 벌이던 청년 3명이 백인우월주의 단체인 '쿠클럭스클랜KKK' 단원 10명에게 구타당한 뒤 총에 맞아 숨진 사건을 1988년 앨런 파커 감독이 영화로 만들었다)'이란 영화를 보신 적 있습니까?"

라시드 병장이 고개를 흔들었다. "난 제임스 본드 영화들만 봐. 그리고 성룡 것도."

"자네들 두 사람에게 도로에서 눈을 떼지 말라고 했을 텐데." 살라 소령이 끼어들었다. "차량 한 대가 정문으로 접근하는 중이잖아." 살라 소령이 시야에 들어오자 대원들은 재빨리 차렷 자세를 취했다. "자네들은 보초 임무를 수행 중이야." 그가 훈계조로 말했다. "할리우드 영화나 논하고 있을 때가 아니라고."

"죄송합니다, 소령님." 라시드 병장이 전방을 주시하며 말했다.

"쉬어." 소령이 미소의 기색을 보이며 말했다. "난 그저 자네들에게 차량 한 대가 접근하고 있다는 걸 알려주려고 했을 뿐이네, 자네들이 알아차리지 못했을 경우를 대비해서."

라시드 병장은 자동 문이 활짝 열리는 순간 M-16을 들어올렸고, 하얀색 다지 승합차가 진입로 안으로 들어섰다.

"아마 일상적인 배달 차량인가 보군." 살라 소령이 말했다. "하지만 무엇 때문에 왔는지 알아보게."

라시드 병장과 후라니 상병은 승합차가 초소 쪽으로 다가오자 소령에게서 등을 돌렸다. 다가오는 차량을 주시하고 있던 병사들은 살라 소령이 6인치 길이의 검은색 단검 두 개를 숨겨진 칼집에서 슬며시 꺼내는 것을 보지 못했다. 그리고 두 대원은 차갑고 날카로운 칼날이 그들의 뇌 속을 깊숙이 찌르는 동시 공격을 전혀 느끼지 못할 정도로 그들의 죽음은 너무나 빨랐다.

잠시 후 승합차가 초소 정면에서 멈추어 섰다. 탑승객이 차문을 열었다. 살라 소령은 죽은 대원들을 타 넘고서 차 안으로 올라타 금발 머리에 푸른 눈을 가진 운전사의 옆에 앉았다. 그들 뒤로는 여섯 명의 무장한 복면 차림의 남자들이 승합차의 화물칸에 웅송그리고 있었다.

"미국인 정보 요원을 지켜본 결과 CTU에서는 아무것도 모른다는 것을 알았습니다. 이븐이 죽으면, 하산과의 유일한 연결 고리가 단절될 겁니다."

"그러면 공격할까?"

살라는 끄덕였다. "진입로는 열려 있습니다. 차관, 그의 아들, 그의 여동생을 죽여야 합니다. 그리고 잭 바우어를 제가 개인적으로 처리할 겁니다."

다음 이야기는 오후 2시에서 오후 3시 사이에 일어난 것이다.

오후 2:00:56

로스앤젤레스, 러시아동유럽무역연합, 자유무역 전시관

자유무역 전시관이 지난 달 개관한 이후 맨 처음으로 입장하는 혜택을 누린 리포터들 사이에 끼어서 그곳을 훑어보던 KHTV 시애틀 지부의 28세 나이의 연예부 리포터인 크리스티나 홍은 무척 깊은 인상을 받았다. 그 전시관은 사우디계 미국인 건축가인 나와프 산조르가 설계를 했고, 아치형의 유리 천장과 세 개의 아주 높이 자리한, 강철과 유리로 된 다양한 높이의 신전들이 특징을 이루었는데, 그것들 중 가장 높은 것은 로스앤젤레스 고층 건물의 18층 높이에 달했다.

크리스티나는 광범위한 조사를 통해서 이 전시관이, 윌셔 대로에 위치한 러시아동유럽무역연합(Russia East Europe Trade Alliance) 본부이자 그 국제 무역 기구가 입주해 있는 12층짜리 사무용 건물의 부속 건물일 뿐이라는 것을 알았다. REETA은 구 소비에트 연방의 구성 국가들이 상호간의 경제적 정치적 이익을 촉진하기 위해서 설립되었다. 새로운 공화국들의 정부들은 서로간에 종종 상충하는 경우가 있었고, 따라서 REETA는 구식 산업들을 회복시키고, 현대화시키고, 또는 수익성 있는 벤처 산업으로 탈바꿈시키는 무역 협정들을 구축하는 데에 있어서 중요한 역할을 해오고 있었다.

크리스티나 홍에게 가장 흥미를 끌었던 분야는—그녀는 연예 산업의 비지니스 측면을 다루는 것을 좋아했고 자신의 이름을 내건 케이블 뉴스 쇼를 진행하는 꿈을 품고 있었다—최근 5년 동안 동유럽 영화 산업의 경이로운 부활이었다. REETA로부터의 자본 투입 덕분에 영화 산업은 프라하, 부다페스트, 베오그라드같은 곳에서 활기 넘치게 번성하고 있었다.

이러한 영화 산업의 상전벽해와 같은 변화는 사실상 대부분의 미디어 매체들의 눈에 띄지 않은 채로 진행되었다. 크리스티나 홍 자신도 거의 눈치채지 못했다. 두 달 전 방송국 국장이 캘리포니아 또는 뉴욕에서 몬트리올로 좀더 나은 배역을 얻기 위해 이동하는 미국 배우들과 보조 출연자들에 관한 신속한 이야기를 보도하도록 파견하기 전까지는. 행복해 하고 성취감을 느끼는 연기자들을 찾아다니는 대신, 그녀는 일 때문에 갑자기 돈에 쪼들리게 된 사람들을 인터뷰했다. 이유는? 너무나 많은 소위 말하는 할리우드 제작자들이 동유럽에서 촬영을 하기 때문이었다.

'아웃소싱'이라는 용어가 갑자기 문득 떠올랐고 크리스티나는 연출가가 자신을 잘못된 보도를 다루는 데에 보냈다는 것을 깨달았다. 긴 밤들을 허비해 가면서 인터넷 또는 렉시스넥시스(LexisNexis, 온라인 법률/뉴스/비지니스 정보 제공 업체) 검색 엔진으로 조사를 진행한 결과, 크리스티나 홍은 '러시아동유럽자유무역연합'이 변화의 촉매제라는 것을 발견했다. 또한 그 조직 자체가 단 한 사람의 예지력 있는 인물의 아이디어라는 것도 알아냈다—자본가이자 국제주의자인 니콜라이 마노스라는 가끔씩 논란을 일으키는 인물로, 국제 통화 시장에서 상황 판단이 빠른 거래들을 통해서 엄청난 부와 힘을 얻었다.

갑자기 인파가 크리스티나 주위로 밀려들면서 그녀가 생각에서 빠져나오도록 흔들었다. 그녀는 사람들이 강당의 반대쪽 끝에 높이 올린 무대로 몰리는 것을 보고, 촬영기사인 벤에게 기자 회견이 시작되기 전에 점찍어 두었던 자리를 확보해 달라고 부탁했다.

"이 군중 가운데서 니콜라이 마노스를 발견하면 내게 알려줘." 그녀가 말했다. "기회를 된다면 그 사람에게 몇 가지 질문을 던져서 그를 궁지에 빠뜨릴 생각이야."

벤은 어수선하게 흘러 내린 갈색 앞머리를 얼굴에서 빗어 넘겼다. "무엇 때문에 이 친구한테 매혹된 거야? 오히려 체임벌린 대극장으로 넘어가서 인기 배우들이 레드 카펫을 걷는 장면을 찍는 게 양복을 차려입은 중역들이 모여서 서로 등을 두드려가며 칭찬하는 모습을 지켜보는 것보다는 나을 것 같은데."

"마노스는 억만장자야." 크리스티나가 낄낄거리며 웃었다. "모든 아가씨들은 억만장자한테 관심이 있거든."

"넌 아마 네 자신보다도 그 남자에 대해서 훨씬 더 많이 알고 있을 걸."

"어서 가. 훠이." 크리스티나가 재촉했다.

크리스티나는 솔직한 심정으로는 밴의 말이 옳다는 것을 알고 있었다. 그녀는 마노스에 대해서 굉장히 많이 알고 있었다—그는 프라하에서 러시아인 내과 의사와 그리스인 화물운송업계 거물의 아들로 태어났고, 어린 나이에 고아가 되었다. 부모님이 돌아가신 후, 마노스는 부친의 그리 대단하지는 않지만 재산 대부분을 상속받았고 그것을 여러 번에 걸쳐 증식시켰다. 그런 다음 5년 전인 50세 때, 니콜라스 마노스는 인생의 궤도를 바꾸었다, 독지가 같은 사람이 되기로. 그는 개인적인 재산 가운데 상당한 부분을 들여서 REETA를 설립했고, 동유럽 전체의 경제 이익을 위해서 외견상으론 사심 없는 노력을 했다. 니콜라이 마노스가 조직을 설립하면서 공언한 목표는 번영을 통한 평화였고, 그는 동유럽에서 가장 격렬한 정치적 분쟁—체첸 민족과 러시아 간의 불화, 또한 그들의 분개해 있는 종교 지도자들 간의 반목—을 양해시킬 수 있는 수단을 강구하는 데에 역할을 다하고 있었다.

크리스티나가 알고 있는 그 모든 것은 REETA의 보도 자료에도 나와 있었다. 깊이 파고들어 가면서 그녀는 니콜라이 마노스가 금융 시장에서 투기를 하던 시절에 많은 적을 만들었다는 것을 사실을 알아냈다.

〈월스트리트 저널〉의 디지털 보관 기록에서 니콜라이 마노스가 사업적인 경쟁자들 사이에서 무자비하다는 평판을 받고 있다는 사실을 알아냈다. 마노스의 단기금융자산투자신탁을 운용했던 예전 고위급 직원과의 인터뷰에서 그 자본가는 자신의 이윤 추구를 위해 고의적으로 법의 테두리를 넘어선 사실도 드러났다.

니콜라이 마노스의 활동 가운데 어떤 것은, 어떤 외국 정부의 관점에서 보자면, 거의 범죄에 가까웠다. 싱가포르에서 그는 지명 수배자가 되었는데, 이유는 그가 나라의 통화를 약화시키려고 획책한 음모 때문이었다. 비공개를 전제로 한 정부 고위 관리와의 말을 통해서 미스 홍은 마노스가 현재 진행 중인 미국 증권거래위원회 조사의 표적이라는 사실 또한 알아냈다.

그러나 오늘, 이 행사를 위해서 모습을 드러낸 매혹적인 영화배우들과 감독들, 언론계의 거물들과 재계의 인사들을 비롯한 행복한 표정의 사람들을 둘러보는 순간, 크리스티나의 눈에는 그 거물의 복잡한 과거와 현재의 고민들 따위는 이 동네의 상류층 인사들에겐 그다지 문제거리가 되지 않는 것처럼 보이는 게 명백했다. 그들이 모습을 드러낸 이유는 한 유명 인사를 보기 위함이었다. 바로 마리나 카테리나 노바르토프, 러시아 대통령 블라디미르 노바르토프의 매력적이고 인기 많은 부인 때문이었다. 러시아의 영부인이 미국에 온 것은 실버 스크린 시상식에 참석하고, 며칠 후에 워싱턴에서 미국 대통령과 영부인을 만나기 위해서였다.

바로 지금, 예전 볼쇼이 발레단의 수석 무용수였던 러시아 영부인이 조그만 무대의 한가운데에 섰다. 다이앤 본 퍼스텐버그(의류 브랜드명) 드레스를 걸친 채 카메라를 향해 미소를 지어보였다. 짧은 기자 회견이 시작되자, 영부인은 가끔씩 통역원의 도움을 받아가며 질문에 더듬거리듯 대답했다.

무대 위 그녀의 곁에 서 있는 남자는 크리스티나 홍이 지난 여러 달 이상을 집착해온 바로 그 사람이었다—니콜라이 마노스. 마리나보다 머리 하나 정도가 작은 마노스는 굶주린 기자들을 위한 주요리로서 인기 많은 영부인을 내놓으면서 한 발짝 물러나 있었다. 크리스티나는 그 남자를 지켜보면서 비록 촬영기사인 동료가 있는데도 불구하고 자신의 디지털 사진기로 몇 장의 사진을 찍기까지 했다.

마노스는 광택이 나는 하얀색 맞춤 양복에 새까만 실크 셔츠를 입고 있었다. 쉰다섯 살이지만 열 살 정도는 젊어 보였다—진회색 턱수염, 흰색보다는 검은색에 가까운 바싹 깎은 머리, 나이에 비해 주름이 거의 없는 네모진 슬라브족다운 얼굴. 온화한 미소 아래의 치아는 고르고 하얀색이었고, 미간이 좁은 회색의 두 눈은 생기 있고 강렬하게 군중을 바라보고 있었다. 이 억만장자인 독신남 곁에 버티고 서 있는 금발에 파란 눈을 가진 남자들은 경호원 역할에 충실했다. 그들 모두는 동유럽의 다양한 특수 부대의 전직 대원들로 알려져 있었다.

러시아 영부인은 천천히 그리고 불확실한 영어로 말했기 때문에 크리스티나는 주제를 주최자에게로 전환시킬 기회를 잡았고 질문을 외쳤다.

"마노스 씨! 마노스 씨! KHTV 시애틀 지부의 크리스티나 홍입니다. 루마니아에서 애버게일 헤이어의 지난번 영화 촬영장을 방문하셨다는 게 사실입니까?"

마노스는 부끄러워하고 주저하면서도 스탠딩 마이크로 걸어갔다. 크리스티나는 그의 대답을 열망하듯 기다렸다. 물론 이미 답을 알고 있었지만 그가 어떤 대응을 선택할지 궁금했다.

"저는 루마니아에 있었습니다, 미스 홍. 우리 무역 기구에서 건립을 돕고 있는 새로운 영화 촬영 단지를 방문 중이었습니다. 헤이어 양을 만난 건 사실입니다. 제가 열성 팬이라 무척 설레었죠."

그 자선사업가는 낮은 목소리로 말했는데, 마이크가 있음에도 불구하고 너무 소리가 낮아서 뒤쪽에 있는 몇몇 기자들은 그의 말을 알아듣기 위해 안간힘을 썼다. 그는 카메라 앞에 서는 것이 불편한 듯 보였고, 배경 안쪽으로 막 사라지려던 참에 또 다시 크리스티나가 후속 질문을 고함쳤다.

"마노스 씨. 애버게일 헤이어가 촬영 기간 도중 휴식 시간을 함께 보냈다는 그 미지의 남자가 당신인가요?"

니콜라이 마노스는 그 질문에 눈을 껌벅거리더니 크리스티나 홍에게 시선을 던졌다. 약간 짜증 난 것처럼 보였지만 그럼에도 불구하고 정중하게 처신했다. 멸시하는 미소를 보이긴 했지만.

"당신은 나를 추켜세우는군요, 미스 홍. 그 희망이 이루어졌으면 할 뿐입니다."

군중들은 크게 웃음을 터뜨렸고 니콜라이 마노스는 그 틈을 이용해서 무대에서 빠져나갔다. 높이 올린 무대 뒤에서, 크리스티나와 나머지 전국의 기자들이 지켜보는 가운데 마노스는 그의 수석 경호원에게 다가갔고 귓속말로 대화를 시작했다. 여러 주 동안 이 남자를 열심히 조사한 크리스티나 홍은 그의 말을 듣기 위해 열중했고, 입술을 읽어보려고 안간힘을 썼다.

"다른 소식은?" 니콜라이 마노스는 시선을 시애틀에서 온 끈질긴 리포터에게 계속 맞춘 채로 물었다.

경호원은 고개를 끄덕였다. "사라 소령이 보고한 바로는 CTU에서 마구 흔들고 있지만 아직은 아무것도 모른답니다. 아무튼 공격팀이 구내로 막 잠입했고, 그들이 곧 공격할 예정이랍니다."

"아무도 살아남지 않게 확실히 처리해. 그리고 그 CTU 요원도 없애버리고. 난 사라 소령의 의견 따위엔 관심 없어. CTU가 너무 빠르게, 가까이 다가오고 있단 말이야."

오후 2:02:11

베벌리 힐스, 팜 드라이브

40분 동안 심문에 열중했지만, 잭 바우어는 쓸 만한 정보를 전혀 얻어내지 못했다. 심문을 시작하면서 그는 이븐 알 파라드를 서재 한가운데 있는 등받이가 똑바른 의자에 유리창을 등지도록 앉혔는데, 햇빛이 커튼 사이로 새어들었기 때문에 배경이 하얗게 가려졌다. 잭이 부드럽게 질문을 시작했을 때, 오마르 알 파라드와 그의 여동생 나리사는 뒤쪽에서 서성거리고 있었다. 오마르는 초조한 기색이었고, 나리사는 눈물을 글썽였다.

얼마 지나지 않아 잭의 질문들에 답을 하지 않을 거라는 사실이 명백해졌다. 문제는 자백을 끌어낼 방법이 한정되어 있다는 것이었다. 자백용 약물을 투여하기엔 시간이 없었고, 수면 박탈 고문이나 최대한 불편한 자세로 장시간 서 있게 강요하는 자세 고문도 마찬가지였다. 그리고 이븐 알 파라드의 아버지와 고모가 지켜보는 관계로 좀더 과격한 신체적 협박을 하는 것도 불가능했고, 잭도 그 방법이 효과가 있을지는 확신하지 못했다. 그가 심문하고 있는 그 청년은 여전히 각성제인 카르마의 서서히 미치는 격통에 빠져 있어서 곤란한 질문에 대한 이성적인 대답은 거의 기대하기 힘들었다.

잭은 이 마약의 효과가 얼마나 오래 지속될지, 또한 이븐이 체포되기 전에 얼마나 많은 양을 복용했는지 알지 못했다. 여태까지 이븐은 이슬람교의 기도를 읊조리거나 아버지에게 음란하고 증오에 찬 독설을 내뿜기를 반복했다. 이성적인 말이라곤 발작을 일으키듯 흐느끼거나 환각을 보거나 하는 사이에, 또는 최면에 걸린 것 같은 무심한 상태에서 나온 말들뿐이었다.

잭은 충격 요법 같은 것이 효과를 거둘 수 있을지 궁금해하기 시작했다—전류를 이용한다든가 얼음을 가득 채운 욕조에 처박는다거나 하는 신체적 충격, 아니면 그 젊은이를 한순간에 현실의 모습으로 되돌려놓을 만한, 그게 어떤 종류든, 강력한 정신적인 타격에 대해서 말이다. 불행하게도 잭은 이븐이 가진 두려움이나 나약함을 파악할 수 있을 만큼 그를 잘 알지 못했고, 선택의 폭은 점점 줄어들고 있었다.

이븐이 또 다시 최면에 걸린 것 같은 상태로 빠져 있을 때, 문에서 노크 소리가 났다—조금 이상한 노크 소리. 잭은 주의를 기울였다. 세 번의 두드림, 이어서 두 번, 그런 다음 네 번 더. 차관은 별스러운 노크 소리에 반응을 보이지는 않으면서도 그 방해에 심기가 불편한 듯 보였다. 그러나 그의 아들 이븐은 그 띄엄띄엄한 노크 소리를 듣고는 고개를 들고 미소를 지었는데, 잭은 그 반응이 염려스러웠다.

"무슨 일이야?" 오마르 알 파라드가 잠겨 있는 문을 향해 서재를 가로지르며 다그쳐 물었다. "내가 방해하지 말라고 했잖아."

"사라 소령입니다, 차관님." 사라는 문 너머에서 말했다. "급한 전화가 왔습니다."

"하산이 왔어." 이븐이 중얼거렸고, 그의 멍한 표정은 노골적으로 신이 난 표정으로 바뀌어가고 있었다.

잭은 그 젊은이의 말을 듣고 소리쳤다. "문을 열지 마세요!"

그러나 오마르 알 파라드는 이미 자물쇠를 풀었다. 문은 활짝 열리는 바람에 그 작은 남자는 뒤쪽 벽에 부딪치고 말았다.

나리사 알 부스타니가 벌떡 일어섰다. "도대체 무슨…."

사라의 M-16 소총이 발사되며 그 우아한 여성의 입을 관통했고, 피와 뇌수가 벽과 가구 위로 뿌려졌다. 그 사우디 장교의 뒤로 시체가 된 경호원 두 사람을 보였다—소음기를 장착한 무기에 당한 것이 분명했다.

잭이 자신의 무기를 꺼냈지만 그 무기를 활용해 볼 겨를도 없이 사라 소령이 M-16의 총구를 잭의 가슴에다 겨누었다. 그러나 그가 방아쇠를 막 당기려는 순간, 오마르 알 파라드가 자신의 몸을 사우디 장교의 등을 향해서 던졌다. M-16에서 빗발 같은 탄환들이 발사되었다. 잭 뒤에 있는 유리창이 산산조각이 났고, 면도날처럼 날카로운 유리 조각들이 잭에게 쏟아져 내리면서 그의 맨살을 대여섯 군데나 베어버렸다. 차관이 소령과 몸부림을 치는 동안, 잭은 이븐 알 파라드를 풀어서 그 젊은이를 저택 바깥으로 끌고 나가려고 시도했다. 그러나 이븐은 심하게 피를 흘리고 있었다—한 발 이상의 M-16 유탄에 맞은 것이었다.

밴시(banshee, 아일랜드 민화에 나오는 구슬픈 울음소리로 가족 중 누군가가 곧 죽게 될 것임을 알려준다는 여자 유령)처럼 울부짖으며 사라 소령은 무력한 사우디 차관을 자신의 어깨 너머로 휙 젖혔다. 오마르는 자신의 아들 발 앞에 속수무책으로 쓰러졌다. 이븐은 때맞춰서 눈을 뜨고 사라 소령이 미친 듯이 격노해서 아버지의 얼굴을 자동 소총으로 난사하면서 유혈이 낭자할 정도로 엉망으로 만들어버리는 것을 보았다. 오마르가 죽자 소령은 무기를 다시 잭에게 겨누었다. 그가 방아쇠를 당겼지만, 빈 탄창 위에서 철컥 하는 소리만 낼 뿐이었다. 자동 사격 상태로 쓰러져 있는 차관을 향해 사격을 하는 바람에 탄창이 완전히 비어버린 것이었다.

잭은 자신의 권총을 들어올리고 두 발을 쐈다—두 발의 총알이 사우디 장교의 머리통을 그대로 관통했다. 건물의 다른 곳으로부터 연막 수류탄이 펑 하고 터지는 소리와 사격 소리가 들렸고, 잭는 첫 블랙번과 CTU 전술팀이 마치 기병대처럼 도착했다는 것을 알았다.

시체가 된 사라 소령의 손에서 M-16을 걷어찬 잭은 이븐 위로 몸을 숙여서 그의 상태를 확인했다. 젊은 남자의 입술은 하얗게 변했고, 얼굴은 멍함과 극도의 고통이 뒤섞인 표정이었다. 22구경 총알 한 발이 어깨 근육을 찢어 놓았고, 또 다른 총알은 왼쪽 폐로 들어가서 등을 뚫고 나왔다. 잭은 이 젊은이에게 시간이 얼마 남지 않았다는 것을 알았다. 고통과 충격 속에서 이븐은 아버지의 얼굴에서 흘러내린 피웅덩이를 빤히 쳐다보았다.

"하산이 너한테 한 짓을 봐." 잭은 죽어가는 남자의 귀에 대고 화난 어조로 말했다. "하산이 너의 가족을 죽였어. 널 배신한 거야. 그가 누구야? 어떻게 하산을 만난 거지? 말해."

창백하고 떨리는 입술로 이븐 알 파라드는 어떤 이름을 중얼거렸다. 잠시 후, 쳇 블랙번이 무기를 겨누고 팀의 선두에 서서 방으로 뛰어들었다. 그는 유리 파편과 사상자들로 가득한 방 안에서 피를 흘리고 있는 잭을 발견했다.

잭은 고개를 들었다. "지금 당장 CTU로 돌아가야만 해."

오후 2:11:34

멕시코, 티후아나, 엘 페퀴노스 페스카도스(리틀 피쉬)

"카를로스가 그러던데, 당신이 날 찾는다고요."

마일로는 미지근한 맥주를 바라보던 눈길을 힐끔 들어올렸다. 어떤 여자가 그에게 몸을 기울였는데, 분주한 카운터에 등을 돌린 채로 와인 색깔의 긴 손톱으로 이가 빠진 탁자를 톡톡 두드려댔다. 그녀는 미소를 짓고 있었지만, 손톱과 똑같은 새빨간 색을 바른 도톰하고 큰 입술은 눈가에까지 올라가지는 않았다. 피부색은 크림을 넣은 연한 커피색이었고, 길고 남빛이 도는 머리까락은 아무것도 걸치지 않은 어깨 근처에서 찰랑거렸다. 배를 드러낸 홀터 탑, 피어싱을 한 배꼽, 그리고 몸매가 적나라하게 드러나 보이는 초미니 모조 새틴(satin, 광택이 곱고 보드라운 견직물) 치마.

"아가씨가 브랜디?" 마일로가 소심하게 물었다.

여자는 긴 손톱을 탁자에서 그의 목 뒤로 옮겼다. 그녀는 그의 피부를 부드럽게 쓰다듬었다. "미국인 친구들에게 나에 대해서 들었나 보군요. 화끈한 소식은 정말 빨리 퍼진다니깐, 안 그래요, 카우보이?"

"사실은 콜 키건이 나를 보냈어요."

여자의 태도가 갑자기 돌변했다. 그녀는 주위를 조심스럽게 살핀 다음, 탁자 건너편에 있는 의자에 슬며시 앉았다.

"그 개자식 지금 어디 있어요?" 여자가 속삭였다.

"내가 여기 온 건 당신을 여기서 빼내고, 국경을 넘어 가게 해주겠다는 그의 약속을 이행하기 위해서예요." 마일로가 대답했다. "하지만 그 전에 당신의 도움이 필요해요."

브랜디는 마일로를 곁눈질로 쏘아보았다. "제조실에서 체첸인들이 고문하고 있는 그 미국인 녀석에 관한 거군요, 그렇죠?"

마일로는 눈을 크게 떴다. "그들이 그를 고문하고 있다고요?"

"그들은 약 한 시간 전에 제조실에서 나갔어요. 나는 그들이 그 전에 누군가를 데려온 걸 알았고요. 그리고 나서 내가 오르독을 봤기 때문에…."

"나는 그 사람을 빼내야만 해요."

"당신은 나를 빼내야지요." 브랜디가 되쏘았다. "난 마약도 끊었고, 떠날 준비도 되어 있어요. 난 여기 포주한테 많은 빚을 지고 있기 때문에 그가 나를 절대로 내보내줄 리 없어요. 그래서 콜과 거래를 한 거고요. 그가 나를 빼내서 국경 너머 내가 안전해질 수 있는 곳으로 데려다 주겠다고 약속했다고요."

"나는 당신과 내 미국인 친구도 빼내야 해요, 그렇지 않으면 아무도 갈 수 없어요."

브랜디는 그를 노려보았다. 마치 그를 평가하는 것처럼. 그도 흔들림 없이 그녀의 도전적인 눈빛을 마주보았다. 오랜 순간이 지나도록 아무도 수그러들지 않았다. 마침내 그 아가씨는 손바닥으로 탁자를 탁 내리쳤다.

"이 술집 뒤에 있는 벽돌 건물의 지붕으로 가세요. 콜이 그곳에 어떻게 올라가는지 알아요. 지붕에서 알비노 거리 방향으로 빗장을 지른 창문 하나가 보일 거예요. 정확히 3시 정각에 그 창문을 통해서 들어올 준비를 하세요."

"당신은 어떻게 할 작정이죠?" 마일로가 물었다.

"큰 소동을 피워서 이곳을 싹 치워버릴 거예요."

"어떻게요?"

브랜디는 일어서서 마일로의 팔을 툭 쳤다. 그녀의 이번 미소는 진짜였다. "이 엿 같고 거지 같은 소굴을 완전히 불질러버리는 거죠. 그게 바로 내가 하려는 거예요."

오후 2:42:52

로스앤젤레스, CTU 본부

니나 마이어스는 지금이 라이언 슈펠에게 몇 가지 새롭게 전개된 국면에 대해 알려야 할 때라고 느꼈지만, 격분할게 분명한 지부장의 얼굴을 홀로 대면할 생각은 없었다. 그녀의 명령으로 제이미 패럴은 하던 일을 중단하고 회의실에서 열리는 회의에 참석했다. 심지어 도리스 수민까지도—젊은 프로그래밍 천재로 인상적인 실력 덕분에 CTU 로스앤젤레스 지부에서 이전 작전에 선임한 적이 있었다—레저의 트로이 목마 바이러스에 대한 작업을 중단하고 참석했다.

시작부터 회의실 안의 분위기는 긴장이 감돌았다. "잭은 어디 있지?" 라이언이 성큼성큼 걸어 들어와서는 책임 특수요원이 불참한 것을 본 순간 당장에라도 폭발할 것 같은 목소리로 물었다.

"제가 방금 그와 통화했습니다. 오고 있는 중이랍니다." 니나가 말했다.

"어디서 오는 건가?" 라이언은 앉아서 꽉 조이는 넥타이를 매만졌다.

니나는 숨을 들이쉬고 눈을 아래로 내렸다. "베벌리 힐스랍니다."

"그가 영화배우의 집을 방문하려고 그곳에 가진 않았다고 생각하는데."

"잭 바우어는 오늘 아침 하산에 대한 조사에서 드러난 유력한 단서를 추적했습니다. 로스앤젤레스 경찰청에 있는 옛 동료로부터 받은 제보였습니다. 잭은 테러범들의 리더와 실제 신체적 접촉을 가졌을지도 모르는 누군가를 신문하기 위해서 간 겁니다."

라이언은 인상을 찌푸렸다. "어째서 내가 그 사실을 이제야 접하는 건가, 3시간 전이 아니고 말이야?"

"잭은 그 단서가 미심쩍었기 때문에 헛수고가 아닐까 하고 생각했습니다.

지부장님을 신경 쓰이게 하고 싶지 않았던 겁니다. 그 후에 일을 해결하는 과정에서 사건들이 너무나 빠르게 전개되는 바람에 지부장님께 알리지 못했던 겁니다. 잭은 오마르 알 파라드를 만나자마자 중요한 돌파구를 찾아냈는데…."

"사우디의 재무부 차관을 말하는 건가?"

"그 차관의 아들인 이븐 알 파라드가 하산을 만났고, 그의 신봉자가 되었습니다. 어쩌면 그 테러 조직의 일원이 되었을 수도 있습니다. 잭은 이븐이 하산의 인상착의를 묘사해 줄지도 모른다고 기대했습니다. 이븐 알 파라드는 잭에게 유력한 단서 하나를 살해당하기 직전에 말해주었습니다."

"살해당했다고? 그 차관의 아들이 죽었단 말인가?"

"차관과 그분의 여동생 나리사 알 부스타니와 함께요."

라이언은 두 손을 탁자 위에 올렸다. 두 손은 떨리고 있었다. "설마 잭이 그들의 죽음과 관련이 있는 건 아니겠지? 아마 어딘가 다른 곳에 있었을 거야."

"잭은 한 팀을 이룬 전문 암살단원들이 알 부스타니의 자택을 공격했을 때, 그곳에 있었습니다." 니나는 차분하게 대답했다. "CTU의 전술 부대가 너무 늦게 도착하는 바람에 그들을 구할 수는 없었습니다. 암살자들은 불행하게도 그 기습 과정에서 모두 죽었습니다. 따라서 우리는 그들이 누구인지, 왜 그들이 그 사우디인들의 죽음을 원했는지 직접적인 상황에 대해선 전혀 알 수 없습니다."

"누구의 권한으로 전술 부대가 동원된 건가?"

"잭 입니다." 니나가 말했다. "그는 문제가 발생할 경우를 대비해 지원이 필요하다고 생각했습니다. 그가 옳았습니다. CTU에서는 그 여자의 집을 저택 소유의 보안 카메라를 통해서 감시하고 있었습니다. 쳇 블랙번의 부대는 승합차 한 대가 저택으로 진입하는 것을 관찰하고 총격 소리를 감지하자마자, 곧바로 움직였습니다. 그들은 3분 만에 집 내부로 진입했음에도 불구하고 차관과 그분의 여동생을 구하기에는 너무 늦었습니다."

라이언은 잠시 동안 눈을 감고 화를 가라앉혔다. 마음의 평정을 되찾자 관심을 제이미 패럴에게 돌렸다. "나는 자네가 도리스 수민에게 도움을 청하기 위해 통화한 것을 알고 있네. 도리스는 아직도 헬게이트 작전에서 받은 3급 비밀

취급 인가를 가지고 있나?"

제이미는 그가 먼저 자신에게 말을 걸자 움찔했다. 그녀는 소심하게 고개를 끄덕였고, 슈펠은 시선을 젊은 여성에게로 옮겼다. "돌아와서 반갑네, 도리스…."

"어… 감사합니다. 슈펠 지부장님."

"나는 자네가 레저의 바이러스를 분석하는 데 있어서 어느 정도 진전이 있었으리라 생각하는데."

제이미와 도리스는 초조한 눈빛을 교환했다. "그게…." 제이미가 말했다.

"사실은…." 도리스가 말했다.

"빨리 정확한 사실을 알려줘야 내가 그것들을 처리할 수 있지 않겠나." 라이언이 다시 자제력을 잃어버린 듯이 말했다.

"저, 사실 이 트로이 목마 바이러스는 꽤나 골치 아픈 상태입니다." 도리스가 말했다. "그 바이러스가 내장되어 있는 프로그램에서 그것을 분리하는 것은 거의 불가능에 가깝습니다—아시잖아요, 다운로드받은 영화 파일이니깐요. 어쨌든, 프랭키가…."

"프랭키가 누구지?"

"프랑켄슈타인이요. 제가 개발한 역설계 프로그램이죠." 도리스가 설명했다. "프랭키가 그 작업을 하고 있죠, 그리고 언젠가는 그 바이러스를 완전히 분류해 낼 겁니다. 하지만 몇 시간, 어쩌면 며칠이 걸릴 수도 있습니다."

"우리는 며칠씩이나 기다릴 순 없어요." 니나가 말했다. "시간이 없어요."

"이번엔 또 뭔가?"

"마일로 프레스만이 리처드 레저와 접촉을 했는데, 그자가 마일로에게 전 세계의 컴퓨터 기반시설에 대한 공격이 자정에 개시될 것이라고 말했답니다. 잭이 부재중이기 때문에 저한테는 위협 경고 시각을 작동시키기 위한 지부장님의 허가가 필요합니다."

"나한테는 설명이 좀더 필요하네." 슈펠이 말했다.

"리처드 레저가 하산으로부터 보호를 조건으로 CTU에 협조하는 것에 동의했습니다. 그자는 그 공격을 배후에서 지휘하고 있습니다. 레저는 또한 공격에 사용될 바이러스의 복사본을 제공하기로 했습니다."

"처음으로 좋은 소식을 들었군. 레저는 지금 어디 있나?"

"마일로는 적어도 토니 알메이다를 구하려는 시도조차도 하지 않고서는 티후아나를 떠나지 않겠답니다. 토니는 지금 멕시코 갱단인 '세이세스 세이세스'에게 붙잡혀 있는 상황입니다."

"하지만 마일로는 현장 요원이 아니잖는가." 슈펠이 그 일이 실패했다는 듯이 소리질렀다. "게다가 무장도 하지 않았잖아!"

"마일로는 콜 키건이라는 미국 국적의 주민의 도움을 받고 있습니다." 니나는 탁자 위에 있는 파일 더미에서 파일 하나를 들어올리면서 말했다. "키건의 이름을 국방부 컴퓨터를 통해서 조회해 봤습니다. 콜 랜달 키건은 첫 번째 걸프전 기간 동안 육군 특전대에서 병장으로 복무했습니다. 1992년에 군에서 명예 제대를 한 이후로는 어떤 직업도 갖지 않았고 세금도 내지 않았습니다. 키건이 마지막으로 어울린 것으로 알려진 인물들은 캘리포니아 오클랜드 출신의 오토바이 갱단인 '지옥의 제왕들'이었습니다."

"그래서 마일로와 국외에 거주하는 어떤 폭주족이 경험이 풍부한 현장 요원을 구출하겠다는 건가, 그것도 약아빠진 데다 토니를 붙잡은 바로 그 사람들한테서 말인가?" 라이언은 잠시 멈췄다. "이보게들, 나는 별로 기대하지 않아. 당장 마일로에게 연락해. 만일 영웅 역할을 하고 싶으면 근무 시간 외에 그짓을 하라고 해. 하지만 레저와 그 바이러스의 복사본은 페이 허블리와 함께 보내라고 해."

니나가 헛기침을 했다. "마일로는 두 시간만 달라고 요청했고 저는 그에게 그 시간을 허락했습니다. 마일로는 토니의 생명이 위험하다고 느끼고 있습니다. 그리고, 페이 허블리는 토니를 붙잡은 자들에게 살해당했습니다. 마일로가 그녀의 죽음을 확인했습니다."

페이의 죽음은 제이미에겐 새로운 소식이었다. 페이의 소식을 들었을 때 비록 겉으로는 마음의 평정을 유지했지만, 입술은 떨렸고 두 눈엔 눈물이 맺혔다.

"영화 다운로드 파일에 내장된 바이러스와 자정에 공격이 개시될 바이러스와 어떤 연관이 있는건가?" 슈펠이 물었다.

"저희도 모릅니다." 니나가 말했다. "어느 쪽이든, 임박한 공격에 대비하기 위해서 리처드 레저의 전문 지식이 필요합니다."

"그리고 그는 여전히 멕시코에 있단 말이지…."

"그는 두 시간 안에 이곳에 올 겁니다, 라이언. 마일로가 반드시 해내겠다고 약속했고 전 그를 믿습니다." 니나가 말했다.

라이언은 끄덕였다. "좋아, 위협 시각을 설정하게. 공격 예정 시각은 자정." 다음으로 그는 도리스에게 관심을 기울였다. "자네가 반드시 그 바이러스를 분리해 내야만 하네. 좀더 속도를 더 올릴 수 있겠나?"

"그건 쉬어요." 도리스가 대답했다. " 다운로드 파일에서 독립되어 있는 그 바이러스의 복사본. 바로 실행 파일만 있으면…."

"나도 아네." 라이언이 앓는 소리를 냈다. "그게 아직도 마일로 프레스맨과 함께 멕시코에 있다는 걸."

오후 2:54:34

멕시코, 티후아나, 엘 페퀴노스 페스카도스(리틀 피쉬)

방은 사람이 서서 드나들 수 있는 벽장 크기만 했다. 침대 하나, 전등 하나, 의자 하나 그리고 파리 똥만 한 거울이 위쪽에 달려 있는 옷장 하나. 구석에 있는 깨지고 녹이 얼룩지고 도료를 입힌 개수대에서는 차가운 물이 가늘게 흐르고 있었고, 수도꼭지는 부서진 지 오래된 듯 했다. 답답한 방 안에 창문마저도 없어서 문 위에 있는 환풍기가 유일하게 좁은 복도로부터 갑갑한 방 안으로 뜨거운 공기를 빨아들였다. 한 개의 등만이 구석에서 변함없이 흐릿한 불빛을 밤낮으로 밝히고 있었다.

큰 키에, 문신을 하고, 자신을 포틀랜드에서 온 기혼의 트럭 운전사라고 말한 남자가 침대의 모서리에 앉아서 작은 노트북 안에 뭔가를 휘갈려 쓰고 있었다.

"내 생각엔 CTU 요원들이 두 시간 이내에 국경을 넘으려고 시도할 것 같아." 브랜디가 말했다. "자기네 요원을 구출하자마자."

"그들이 당신을 의심하지 않는 게 정말로 확실해?"

브랜디가 끄덕였다. "분명해요. 콜 키건은 내 변명을 믿었고 그 이야기를 다른 사람들에게 납득시켰어요. 행운이 따른다면 그들은 나를 국경 너머로 재빨리 데려갈 거고, 모든 수단을 동원해서 CTU 본부로 돌아갈 겁니다."

남자는 일어서서 노트북을 너덜너덜해진 데님 재킷 안으로 밀어넣고 문으로 느긋하게 걸어갔다. "내가 당신의 보고서를 전달할게. 몸조심해."

브랜디가 미소지었다. "알았어요."

남자가 사라지자, 브랜디는 거친 나무로 된 마룻바닥을 가로질러 찬장으로 갔다. 그녀는 다섯번 째 소버라노(Soberano, 스페인 브랜디)의 코르크 마개를 퐁 소리가 나게 뽑고 그 술을 립스틱이 얼룩진 유리잔에 약간 따르더니 그것을 한 모금 들이켰다. 그 술은 그날만큼이나 따뜻했고 그녀의 목구멍을 뜨겁게 했다.

그녀는 손목시계를 힐끗 쳐다보았다. 시간이 다 되었다. 여자는 방을 가로질렀고, 따뜻한 브랜디 병을 움켜쥐었다. 그리고는 침대 시트를 찢었고, 그것들을 매트리스 위에다 쌓아 올렸다. 그 시트 더미 위에다 티슈 상자를 찢어서 올렸다. 그런 다음 그녀는 그 어질러 놓은 것 전체에 골고루 브랜디를 뿌렸다. 뜨거운 방 안에서 그 술의 독한 향은 강렬해지고 있었다—그만큼 불길은 더욱 확실해질 것이다.

마침내 브랜디는 베게 밑으로 손을 뻗어서 그녀가 숨겨두었던 마지막 손님이 놓고 간 일회용 플라스틱 라이터를 꺼내 들었다. 그녀는 라이터를 켜기 전에 미소를 지었다. 결혼 반지를 숨기려 애쓰던, 맥주를 폭음한 것 같은 고약한 냄새를 풍긴 카우보이가 정말로 마지막 손님이었다는 것을 깨달은 것이었다—영원히.

그녀는 라이터를 켜고 불꽃을 휴지에다 갖다 댔다. 어질러 놓은 것에는 곧바로 불이 붙었고, 불꽃들은 그녀가 예상한 것보다 훨씬 빨리 천장까지 치솟았다. 브랜디는 샌들을 후딱 신고 방을 가로질렀다. 그녀는 복도로 달려나갈 때 그녀의 뒤로 문을 활짝 열어 두었다. 놀라울 정도로 빠르게 연기가 그 윤락업소의 이 층을 가득 메워 나갔다. 브랜디는 다른 방에서 놀란 목소리들을 들었다. 비명을 지르기 시작할 때였다. 그래서 그녀는 숨을 깊게 들이쉬고는 입을 열었다.

"어머나! 큰일 났어요! 건물에 불이 났어요!"

1 2 3 4 5 6 7 8 9 10 **11** 12 13
14 15 16 17 18 19 20 21 22 23 24

다음 이야기는 오후 3시에서 오후 4시 사이에 일어난 것이다.

오후 3:01:07

멕시코, 티후아나, 얼음 창고

콜은 그 오래된 벽돌 건물의 지붕으로 기어올라가는 수단으로 알비노 거리에서 벗어난 한 골목에 있고, 눈에 거의 띄지 않는 화재용 수직 대피로를 이용하기로 결정했고, 그 동안 리처드 레저는 몇 구역 떨어져 있는 마일로의 차 안에서 기다리기로 했다. 처음에 마일로는 그들이 토니를 구출하는 동안 레저가 주변에서 꼼짝 않고 기다리기로 한 것을 믿지 못한다는 이유로 그 계획에 반대했다. 콜이 결국 마일로 옆으로 다가가서 일을 수습했다.

"레저는 겁을 먹은거야." 키건은 그 컴퓨터 천재가 들을 수 없을 정도로 속삭였다. "나는 레저와 일 년 정도를 함께 있어 봤는데, 지금처럼 불안해하는 것은 처음이야. 그는 그 하산이라는 사내로부터 보호를 필요로 하고 나로서는 충분치 않다는 것을 알고 있어. CTU에서 그를 멕시코 갱단, 체첸인들, 하산 등으로부터 보호하는 한, 자네는 레저가 도의적으로 올바른 일을 하는 걸 믿어도 될 거야."

콜은 마침내 마일로가 레저를 신뢰할 수 있도록 설득했지만, 구출 계획 자체는 또 다른 문제였다. 마일로는 콜이 골목 안쪽으로 안내하는 동안 주변을 초조하게 살폈다. 마일로는 좁은 샛길을 따라가는 자신들을 좇는 듯한 호기심 강한 눈길을 느끼면서 마음이 몹시 불안했다. 실제로 그 미국인 폭주족은 마치 수녀원 내에 있는 네온 맥주 로고 처럼 눈이 띄었다—지저분한 금발 턱수염과 말총머리, 가죽 조끼, 문신들, 게다가 적어도 주위에 있는 다른 사람들보다 머리 하나는 더 컸으니까. 더욱 안 좋은 것은 콜이 그의 넓은 등에다 강력 접착 테이프로 붙여 놓은, 총신을 짧게 자른 산탄총을 숨기기 위해 회갈색의 긴 외투를 입었다는 사실이다—무기를 감추기 위한 책략이 너무나 빤히 보였다, 특히 38도 가까운 날씨엔 말이다. 백주대낮에 멕시코 갱단과 체첸인 무리의 본부로 침투하려고 시도한다는 것 자체가 마일로에게는 완전히 미친 짓으로 보였다.

하지만 뻔뻔스럽게도 뒤도 돌아보지 않고 키건은 연철 사다리 쪽으로 당당하게 걸어가서는 기어오르기 시작했다. 알비노 거리에서는 한 무리의 아이들이 학교에서 집으로 가는 길에 모여들어서 그들을 가리키며 지켜보고 있었다.

"콜. 지금은 백주대낮이야. 사람들이 우리를 볼 수도 있다고."

이미 사다리를 네 칸이나 올라간 키건은 넓은 어깨 너머로 내려다보며 대답했다. "나도 아네, 멍청한 친구. 그러니까 여기 사람들처럼 보이는 게 좋을 거라고 했잖아, 이해했나? 이제 서둘러서 올라오라고."

마일로는 녹슨 사다리를 붙잡고 첫 번째 가로대에 발을 올려 놓았다. 그들 두 사람의 무게 때문에 삐거덕거리는 철제 사다리는 그들이 한 발씩 내디딜 때마다 덜거덕거렸다.

"이 물건이 잘 버텨줘야 하는데." 마일로가 투덜거렸다.

"걱정 마. 우리는 꼭대기에 도착하기만 하면 돼. 이쪽으로 다시 내려갈 일은 없을 테니까."

콜은 거리에서 삼층 높이인 건물의 지붕에 도착했다. 그는 자신의 몸을 낮은 담 너머로 끌어올렸고, 돌아서서 마일로를 꼭대기로 끌어올려 주었다. 먼지투성이의 넓은 지붕은 평평했고 검은 타르로 덮여 있었는데, 군데군데가 벗겨지고 있었다. 굴뚝 하나가 있었고 마일로는 브랜드가 찾아보라고 말한 우묵하게 들어간 채광창을 볼 수 있었다. 건물의 가장자리 너머로 알비노 거리에 있는 벽돌 건물에 접해 있는 목조 건물인 윤락업소의 무너질 듯이 기울어진 지붕을 감시했다.

굴뚝 주변에서는 고약한 화학약품 냄새가 심하게 풍겨나고 있었다—매니큐어 제거제와 암모니아 오물이 섞인 것 같은 지독한 악취였다.

"젠장." 마일로는 메스꺼워하면서 입을 막았다.

"우리 밑에 있는 마약 제조실에서 나는 증기지." 콜이 말했다. "누군가가 정제 약을 끓이는 모양이군."

"그들이 일으키는 환경 오염 문제 하나만으로도 이놈들은 감옥으로 보내야 해."

"우린 지금 구출 작전 중이야, 유해물 근절을 위한 활동을 하는 게 아니라고." 콜은 긴 외투를 벗고, 등에 테이프로 붙여 놓았던 산탄총을 뜯어서 들었다. 그는 벨트에서 한 쌍의 콜트 권총들을 꺼내어 그중 하나를 마일로에게 건넸다.

"쏠 줄 아나?"

"훈련을 받은 적은 있지만, 한동안은 쏴 보지 않았는데."

"이걸 제임스 본드의 총으로 착각하지 말게. 반동이 엿같이 심하거든." 콜이 경고했다.

마일로는 손으로 철회색 무기의 무게를 재보았고 그것을 벨트 안쪽, 그가 가져온 두 물병 사이에다 끼워 넣었다. 마일로는 손목시계를 힐끗 쳐다보았다. "시작하지." 그는 창살이 쳐져 있는 창문 쪽으로 걸음을 옮겼다. 콜은 마일로의 목덜미를 잡고 뒤로 다시 끌어당겼다.

"자네가 어디를 걷고 있는지 잘 봐. 태양에서 떨어져야 한단 말이야. 자네가 드리우는 그림자가 저 철망 안쪽으로 곧장 비치잖아."

마일로가 발끈했다. "그래서?"

"어두운 방에서 누군가가 유일한 빛줄기 앞을 지나가는 것을 본 적도 없단 말이야?"

마일로의 어깨가 축 처졌다. 그는 이런 현장 요원들이 필요로 하는 일들을 거의 알지 못했다. "좋아. 당신이 하는 게 낫겠군."

마일로가 사다리 옆에서 기다리는 동안, 콜 키건은 창살이 쳐진 창문을 크게 돌아갔다. 그런 다음 배를 바닥에 대고 창문의 가장자리로 기어가서 내부를 들여다보았다. 그는 잠시 후 뒤로 물러나서 마일로의 곁으로 돌아왔다. "내가 본 거라곤 어떤 사내가 침대의 박스 스프링과 발전기 같은 것에 묶여 있는 것이 전부야. 히스패닉, 검은색 긴 머리카락, 염소수염…."

"토니가 틀림없어. 현장 근무를 위해서 염소수염과 머리를 길렀으니까."

"그는 살아 있어, 하지만 상태가 별로 좋지 않아 보이고 저 아래에 혼자 있는 게 아니야. 여러 사람의 목소리를 들었다고."

마일로는 콜의 팔을 잡았다. "저기 봐!"

윤락업소 내부 어디선가에서 몇 줄기의 연기가 피어오르기 시작했다. 몇 가닥의 느릿느릿한 하얀 연기에 이어서 검은 연기가 자욱하게 피어올랐다. 목소리들이 들렸다—처음에는 어떤 여자의 발작적인 비명 소리, 이어서 많은 사람들이 걱정과 두려움 속에서 외쳐대는 흥분한 목소리들. 연기는 타르가 칠해진 넓게 트인 그곳 지붕까지 밀려드는 바람에 마일로는 목이 메었고 눈도 화끈거렸다.

콜은 주저하지 않았다. 그는 마일로를 창문 쪽으로 끌어당겼고, 쇠창살을 발로 걷어찼다. 한 번, 두 번. 철망은 꿈쩍도 하지 않았다. "자네가 도와줄 텐가?" 콜이 부탁했다.

입을 막은 채로 마일로는 앞으로 걸어가서 부츠를 신은 발로 그 철망 위에서 그가 할 수 있는 온 힘을 다해 세차게 밟았다. 기절할 만큼 놀랍게도, 그 철망은 그의 몸무게로 인해 길을 터주었고 마일로는 속수무책으로 구멍 속으로, 어둠 속으로, 불타는 건물의 연기가 자욱한 내부 속으로 추락했다.

오후 3:07:23

로스앤젤레스, CTU 본부

즉흥적으로 한 회의는 이미 끝났지만, 잭 바우어는 니나 마이어스와 라이언 슈펠이 회의실에서 여전히 조치에 대한 최선책을 논의하고 있는 모습을 보았다. 위협 경고 시각은 이미 작동하기 시작했고, 제이미 패럴은 이 작전을 인계받은 라이언에게서 멕시코에 있는 마일로 프레스만과 다시 연락을 취하라는 명령을 받은 상태였다.

"늦어서 죄송합니다." 잭이 말했다. "CTU 부검팀이 도착하기를 기다렸습니다. 그들이 시신들을 이곳으로 가져오는 중입니다."

"앉게나, 잭. 몰골이 말이 아니군." 라이언이 말했다. 그는 탁자 위에 붙박혀 있는 인터콤을 눌렀다. "회의실로 의사를 보내주게."

"전 괜찮습니다, 라이언." 잭이 말했다.

"꼴이 엉망이네." 슈펠이 대답했다. "그러니 의사가 한 번 살펴보도록 하게."

잭은 의자에 털썩 앉아서 생각을 가다듬으려고 애썼다. 그는 그들에게 나리사 알 부스타니의 베벌리 힐스 자택에서 무슨 일이 일어났는지와, 사라 소령의 배반과 사우디 차관인 오마르 알 파라드의 죽음에 대해서, 그리고 제작자 휴 베트리와 그의 가족의 살해에 대해서 설명했다. 잭이 유일하게 배제한 것은 자신의 CTU 신상 자료가 저장된 디스크가 휴 베트리의 컴퓨터 안에서 발견된 사실뿐이었다. 제이미가 여전히 그 디스크를 분석하는 작업 중이었고, 잭은 그 자료의 유출이 어디에서 비롯된 것인지를 알기 전까지는 그것을 언급하고 싶지 않았다.

대럴 브랜다이스 박사는 젊은 아프리카계 미국인 구급 간호사와 함께 도착했다. 그 여자는 잭을 보자마자 염려와 함께 얼굴을 찡그렸다.

전 특수부대 대원이었던 브랜다이스는 마흔다섯 살에 완전히 대머리였고, 꾸준히 면도를 할 필요가 있었다. 그는 잭 바우어의 상태를 한 번 쳐다보더니 머리를 저었다. 브랜다이스는 구급 간호사가 잭의 팔에 난 유리에 베인 상처들을 치료하는 동안 잭의 동공들을 확인했다.

잭이 니나에게 말했다. "라이언에게 하산의 기원에 대해서 알아낸 것을 말씀드려."

니나는 앞에 놓인 파일을 열었다. "하산 빈 사바는 11세기 이슬람 문명의 성인聖人이었습니다. 당시에 종교의 종파 분립를 기회로 삼아 하산은 '니자리(Nizari)'라고 불리는 새로운 종파를 창설했습니다. 그는 이내 어떤 왕자의 성城에 있는 하인들을 자신이 창설한 이슬람교의 폭력적인 종파로 개종시켰습니다. 어느 날 아침, 그 왕자가 깨어보니 자신은 모든 재산을 빼앗기고, 그의 하인들은 새로운 주인을 섬기는 것을 알게 되었습니다. 하산은 그 요새를 '독수리 둥지'라고 개명했습니다."

"독수리 둥지," 슈펠이 끼어들었다. "히틀러의 산정 별장처럼 말인가?"

니나가 끄덕였다. "그 이후 하산은 그 지방을 폭군처럼 통치했습니다. 1075년, 정치적 힘을 키워보려는 노력으로 하산은 기발하고 새로운 전술을 불현듯 생각해 내서 그의 적들의 간담을 서늘하게 했습니다. 대마초의 한 종류인 해시시(hashish)를 이용해서 하산은 신봉자들을 세뇌시켰습니다. 그들이 천국을 방문했었다고 설득시키면서 말입니다."

"그가 그런 일을 어떻게 했지?"

"그는 자신의 성 내부에 어떤 비밀 정원을 건설했고, 그곳에다 피실험자의 모든 욕망을 자발적으로 채워줄 하렘 소녀들을 갖추어 놓았습니다. 약효가 사라졌을 때, 하산은 이들 사기를 당한 사람들에게 만일 자기에게 봉사를 하다가 죽는다면 천국으로 돌아갈 수 있다고 말했죠. 영원히."

"그게 통했나?"

"상당히 효과적이었죠. 하산의 자살 암살단원들은 세계 최초의 테러범들이었습니다. 그 다음 이 세기 동안 그들은 이슬람 문명 세계의 통치자들을 공포에 떨게 만들었습니다. 어떤 왕이나 왕자도 안전하지 않았죠. 왜냐하면 자신들이 살든지 죽든지 따위는 전혀 개의치 않는 살인자나, 자신의 생명을 다른 사람들의 죽음 그리고 천국이라는 약속의 땅과 기꺼이 맞바꾸려고 하는 암살자들로부터의 보호란 전혀 소용이 없으니까요."

"알았네, 그러면 하산이 죽은 후에는 어떻게 되었나? 테러는 끝이 났나?"

"아니요, 폭력적인 니자리 종파는 계속해서 번창했습니다. 그들의 가장 대중적인 성공은 1192년 십자군 전쟁 당시 '몬페라토의 콘라드(Conrad of Montferrat, 이탈리아 북부 몬페라토 지방의 후작으로 예루살렘 왕국의 왕위 계승자)'의 살해였습니다. 학자들은 그 종파가 계속해서 그들의 신봉자들을 세뇌시켰다고 믿고 있습니다. 수 세기 후 종파의 최종적인 단절 때까지는요."

니나는 서류철을 닫았다. 라이언은 팔짱을 꼈다. "그러니까 자네는 이 새로운 하산이란 인물이 원래의 방법과 전략을 모방하고 있다고 확실하게 믿고 있는 건가?"

"그게 사실들과 들어맞습니다." 잭은 대답을 하면서 의사가 그의 팔뚝에서 유리 파편 하나를 제거하자 움찔 놀랐다. 그는 브랜다이스가 피부에서의 출혈을 막기 위해 곧바로 스프레이를 뿌리자 다시 한 번 움찔했다. "이븐 알 파라드는 로스앤젤레스 국유림에서 체포될 당시, 그가 '산 위에 계신 아버지'라고 부르는 누군가를 찾고 있었습니다. 저는 그 젊은이가 각성제인 카르마를 사용해서 세뇌되었다고 믿습니다. 체포될 당시에 그것을 가지고 있었으니까요. 그리고 잊지 마십시오. 저는 사우디 왕실 특전 여단의 한 충실한 군인이 자기 부하들을 공격하는 것을 목격했습니다. 그리고 이어서 그가 충실히 보필하기로 맹세한 차관을 살해하는 것도요."

라이언은 머리를 저었다. "하지만 세뇌? 정신의 통제라니? 불가능하게 들리는데."

"그렇진 않습니다." 말을 한 사람은 브랜다이스 박사였다.

"우리를 이해시켜 주시죠, 의사 선생." 라이언이 말했다.

브랜다이스는 자신의 환자를 계속 처치하면서 말했다.

"다른 사람의 마음을 지배해서 통제력을 행사할 수 있는 방법에는 여러 가지가 있습니다만, 약물이 가장 효과적일 겁니다. 1950년대, CIA의 한 비밀작전으로 'MKULTRA'라고 명명한 것이 있었는데, LSD, 실로시빈, 스코폴라민, 소듐 펜토탈, 그리고 바르비투르와 암페타민의 혼합물질로 실험 대상자들의 정신을 통제하려는 실험이었지요."

"얼마나 성공적이었나요?" 니나가 물었다.

브랜다이스는 어깨를 으쓱했다. "결과에 대한 의견들이 엇갈렸어요. 약물 자체만으로는 효과가 없다는 것으로 밝혀졌지요. 통제력은 어떤 심리적인 기법들이 추가로 적용되었다면 좀더 나은 결과를 얻었을 겁니다."

잭은 다친 팔을 시험해 보았다. "예를 들면요?"

"마인드 컨트롤에 대한 효과적인 방법은 1960년대에 윤곽이 잡혔고, '강압에 관한 비더맨의 차트'(Biderman's Chart of Coercion, 전쟁 포로에 대한 의지를 약화시키거나 또는 세뇌시키기 위해 사용되는 방법을 설명하기 위해 개발된 기법)라고 불리는 것에 체계적으로 분류되어 있죠. 방법들에는 격리, 위협, 비하 등이 포함되어 있습니다.

또한 그 차트에는 지각의 독점, 신체적 쇠약의 유도, 그리고 주 관리자에 의한 무소불능의 실증 등이 언급되어 있습니다."

"이해가 잘 안 가는군요." 라이언이 말했다.

"음. 격리 상태에 있는 대상자는 다른 한 사람만 봅니다—관리자나, 신문자, 뭐든지간에. 그 대상자는 그 관리자에 의존하게 되고, 장시간에 걸친 격리 후에는 접촉을 갈망하게 됩니다. 어떤 관계가 형성됩니다—첫 번째 단계죠. 위협과 비하가 이어집니다. 만일 분별력 있게 사용된다면—그리고 독단적으로—그 대상자는 천천히 자신의 무력함을 받아들입니다."

"피학대여성 증후군 같은 거군요." 니나가 말했다.

"폭력적인 배우자는 본능적으로 이런 것들을 똑같은 방법으로 자행합니다." 브랜다이스가 대답했다.

"하지만 하산의 주요한 미끼는 종교적인 것이군요. 만일 책의 말이 옳다면요. "

의사가 끄덕였다. "맞습니다. 슈펠 씨. 거기에다 다른 방법들을 도입할 수도 있겠죠. 만일 당신이 어떤 사람의 지각을 통제할 수 있다면, 당신은 어떤 사실이라도 그들을 설득시킬 수 있습니다—못된 친구들은 미디어를 통제하기 위해 애쓰고, 결국 과장된 선전을 사용하지만요. 하지만 약물 역시 한 사람의 지각에 강력한 통제력을 행사할 수 있습니다. 그리고 약물은 또한 신체적 쇠약과 탈진을 유발하기 위해서, 대상자의 고립적인 감각을 악화시키기 위해서 사용될 수도 있습니다. 통제자는 심지어 환각을 일으키는 약물을 사용하여 대상자의 감정의 조종을 통해서 자신의 무한한 힘을 실증할 수도 있는 것이죠."

라이언은 자신의 턱을 긁으며 말했다. "그러면 대상자의 의지가 무너지는 경우에는요?"

"통제자가 그것을 다시 세웁니다." 브랜다이스가 말했다. "종교적 광신와 같은 경우에는 특권층만이 누릴 수 있는 고급스러운 감각이 조성됩니다—대상자는 구원이 되고, 나머지 다른 이들은 지옥에 떨어진다는 그런 식으로 말이죠."

"이븐 알 파라드는 천국을 찾고 있었습니다. 자신을 선택받은 자라고 믿었죠."

브란대이스가 고개를 끄덕였다. "이것들은 모두 비더맨에 의해 개요가 서술된 기법들이지요."

"좋아요, 하산이 피대상자들의 정신을 통제할 수 방법을 발견했다고 치세나. 이게 자정으로 예정된 월드 와이드 웹의 공공 기반 시설에 대한 사이버 공격 혹은 리처드 레저의 트로이 목마 바이러스와 어떻게 연결이 되는 건가?"

"제가 모든 해답을 가졌다고는 아직 말하지 않았습니다." 잭이 대답했다. "우리는 트로이 목마 바이러스가 어떻게 작동을 하는지 알아낼 필요가 있습니다. 그리고 그것의 목적과 의도된 목표를 알아내기 전에 그것이 무슨 일을 저지르는지도요. 어쨌든, 저는 하산의 유일한 최종 단계가 서방의 컴퓨터 기반 시설에 대한 공격이라고 확신하진 않습니다. 그런 종류의 공격은 이전에도 무산되었으니까요."

슈펠은 한숨을 쉬었다. 그는 손에 든 펜을 흔들더니, 회의실 탁자 위에다 톡톡 두드렸다. "불행하게도 막다른 길에 다다른 것 같군. 이븐 알 파라드는 살해당했고, 사라 소령과 그의 체첸인 암살단원들도 죽었고, 어디로 방향을 틀어야 할지 막막하구만."

잭은 구급 간호사를 팔꿈치로 살짝 옆으로 밀치고, 의자에서 몸을 앞으로 기울였다. "이븐 알 파라드가 죽기 직전에 어떤 이름을 제게 속삭였습니다. 그는 하산의 진짜 신분을 밝히려고 했을 수도 있고, 아니면 다른 신봉자의 이름을 말하려 했는지도 모릅니다. 어느 쪽이든, 이 새로운 단서를 지금 당장 확인해 봐야만 합니다."

브랜다이스 박사가 다시 끼어들었다. "미안합니다, 바우어 특수요원. 추가적인 검사를 받기 전에는 어디에도 갈 수 없어요."

"검사를 받을 시간이 없습니다."

브랜다이스는 팔짱을 꼈다. "뇌진탕일지도 모릅니다, 잭. 그런 징후가 보여요."

"전 괜찮습니다."

"끊임없이 머리가 욱신거리지 않나요, 그렇죠? 사물이 흐릿하거나 두 개로 보이지…."

"전혀요." 잭은 거짓말을 했다.

니나가 잭에게 몸을 돌렸다. "이름을 말해봐요, 잭." 그녀는 플라스틱 펜을 PDA 화면에 갖다대면서 설득했다. "의사 선생님과 함께 의무실로 가세요. 내가 CTU 데이터베이스를 통해 그 이름을 조회해 볼게요. 일치하는 것을 찾아낼 수 있을지 보자고요. 주소나 전화번호 같은 것 말이에요."

잭은 머리를 저었다. "그럴 필요 없어, 니나. 이 남자는 쉽게 찾을 수 있어. 건축가 나와프 산조르는 세계적으로 널리 알려진 인물이니까. 그 사람의 회사의 사무실이 브렌트우드에 있어, 그리고 그 남자는 센추리 시티 근처에 자신이 설계하고 건축한 호화로운 고층 건물에 살고 있어."

오후 3:11:57

멕시코, 티후아나, 얼음 창고

마일로는 그의 팔을 강하고 쥐는 손길을 느꼈고, 이어서 친숙한 목소리를 들었다. "일어나, 애송이, 잘 해냈어." 그는 눈을 뜨고, 콜 키건이 옆에서 지켜보는 것을 보았다. 그 폭주족 뒤로, 그 철망이 땀으로 얼룩진 가죽 앞치마와 고무 장갑을 착용한 체격 좋고 대머리인 사내의 머리 위로 놓여 있었다.

"세상에, 토니는 어때요?" 마일로가 소리쳤다. 그는 일어서려고 애쓰다가 거의 넘어질 뻔 했다. 다리가 극심한 고통으로 화끈거렸다.

"편안히 앉아 봐, 아마도 추락하면서 어딘가 삔 것 같은데." 콜이 그의 다리를 살폈다. "부러진 데는 없어. 한 번 걸어봐."

마일로가 기침을 하고 나서 다리를 절뚝거리며 녹슬은 침대 박스 스프링에 매달려 있는 남자 쪽으로 걸어갔다. 축 늘어지고, 셔츠가 벗겨진 토니 알메이다의 손목은 전선으로 묶여 있었고, 둥글게 감아놓은 전선 주위로 살갗이 그슬려 있었다. 마일로는 L자형 손잡이가 달린 구식 발전기를 보고 토니가 전기고문을 당했다는 것을 알았다.

"여기." 콜은 전선 절단기를 마일로의 손에 쥐어주었다. "서둘러…. 불이 꺼지고 있어. 여기서 빠져나가야만 해."

토니는 차가운 금속이 화상을 입은 상처에 닿자마자 끙 하는 신음 소리를 냈다. 그의 두 눈이 가볍게 떨린 다음, 크게 떠졌다. 마일로는 전선들을 잘랐고 토니를 바닥에 조심스럽게 내려놓았다.

"마일로?"

"그렇게 못 믿겠다는 듯이 쳐다보지 마. 내 자존심이 상처받으니까. 이거 마셔." 마일로는 토니가 앉을 수 있도록 도와주고 감각을 잃고 떨리는 그의 손에다 물병을 쥐어주었다. 알메이다는 한두 번 숨 막혀 하면서 물을 꿀꺽꿀꺽 마셨다. 토니는 뚱뚱한 남자가 철망 아래에 눌려 있는 것을 알아차렸다. "자네가 저렇게 만들었어?"

마일로는 고개를 끄덕였다. "이 몸이 직접 구출에 나섰지."

"저 친구 이름은 오르독(Ordog)이야." 토니가 말했다.

"이제는 죽은 개(dead dog)가 됐군." 키건이 활짝 웃었다.

"자네 친구야?" 토니가 마일로에게 물었다.

"콜 키건을 소개하지. 리처드 레저의 보디가드라네."

"레저를 찾았어?" 토니가 팔을 조심스럽게 움직이며 물었다.

마일로가 끄덕였다. "레저는 자수해서 고향으로 돌아가기로 결심했어." 마일로가 대답했다. "그가 자네를 찾고 있었는데…."

"체첸인들이 나를 먼저 찾아냈지." 토니는 말을 하면서 손목의 화상 자국에다 물을 조금 떨어뜨렸다. 찌르는 듯한 아픔 때문에 정신이 번쩍 들었다. "페이는 어때?"

마일로는 대답하지 않았다. 대신에 그는 찢어진 토니의 셔츠 자락들을 이용해서 화상 상처를 감쌌다. 콜 키건은 그 제조실 반대편 끝에 있는 문에 시선을 고정하고 있었다. 토니는 마일로가 하는 일을 지켜보았고, 자신의 질문에 대한 대답을 기다렸다. 결국 토니가 마일로의 눈길을 붙잡았다.

"마일로? 페이 허블리는?"

"체첸인들이 그녀를 찾아냈어, 토니…. 그녀는 죽었어."

토니는 눈을 감았다. 마치 한 대 맞은 것처럼 끙 앓는 소리를 냈다. 토니는 플라스틱 물병을 떨어뜨렸고, 마일로의 부축을 받고 비틀거리며 일어섰다. "여기서 나가야 해. 그들을 찾아내야지."

"이제야 말이 통하는군." 콜이 토니의 곁으로 움직이면서 말했다. "최소한 '자 여기서 나가자'는 부분 말이야." 그는 토니에게 자신의 긴 외투를 건넸다. "이걸 걸치게."

토니는 그 긴 외투를 근육질 어깨 너머로 걸쳤다.

"서둘러야 해." 마일로가 토니에게 말했다. "리처드 레저가 여기에서 몇 블록 떨어진 곳에 세워둔 차에서 우리를 기다리고 있어. 그리고 구출팀이 국경 너머 브라운 필드에서 우리와 만나기로 되어 있어."

"출구가 이쪽이야." 콜이 말했다. 그는 산탄총을 곧바로 쏠 수 있도록 꽉 움켜쥐었다.

그들이 문을 발로 차서 열자, 알비노 거리에서 떨어져 있는 그 골목은 한 사람을 제외하곤 황량했다. 브랜디가 벽에 기대서서 부츠를 신은 발을 조바심을 내며 톡톡 두드리고 있었다. 그녀는 검은색 긴 면바지와, 일요일에 교회에나 입고 나갈 만한 핑크색 주름 장식이 달린 블라우스를 입고 있었고, 작은 선홍색 옷가방을 한 손에 들고 있었다.

그녀를 본 순간 키건은 그 자리에서 얼어붙었다. "어쩐지 일이 너무 쉽더라니만." 그가 투덜거렸다.

브랜디는 머리를 샛길의 반대편 끝 쪽을 향해서 까딱거렸는데, 그곳에는 한 무리의 사람들이 아직도 연기를 내뿜고 있는 윤락업소 주위에 모여 있었다. 요란하게 울리는 사이렌이 지역 소방대의 정확하지는 않지만 때맞춘 도착을 알려주었다.

"걱정하지 마," 그녀가 그들에게 말했다. "그 갱단 녀석들은 무슨 일 때문인지 북쪽으로 갔어. 그리고 체첸인들은 굼벵이 같은 레이 도빈스와 함께 시내 반대쪽에 숨었어. 뭔가 큰일이 벌어지고 있나 봐."

토니가 그녀의 눈을 마주보았다. "도빈스라고. 확실합니까?"

"확실해요." 브랜디가 대답했다. "나는 도빈스가 당신을 어떻게 체첸인들한테 팔아넘겼는지에 대해서 카를로스한테 다 들었어요."

"그랬군." 토니의 목소리는 간신히 화를 억누르느라 긴장한 듯 했다. "카를로스는 누구죠?"

답을 한 사람은 콜 키건이었다. "그녀의 포주. 카운터 뒤에 있던 친구지."

브랜디는 키건을 무시하고 토니에게 다가섰다. "이봐요, 만일 당신이 도빈스의 머리를 원한다면 그 돼지가 어디 있는지 내가 말해줄 수 있어요. 하지만 당신은 그 자식을 나중에 만나야 해요. 나는 카를로스가 내가 없어진 걸 알아채기 전에 국경을 넘어가서 클리블랜드에 있는 언니네 집으로 가고 싶다고요. 안 그러면 난 산송장이나 마찬가지라고요."

토니가 끄덕였다. "걱정하지 마요. 내가 약속하죠. 우리가 당신을 반드시 국경 너머로 데려다주겠다고요. 하지만 먼저 들러야 할 곳이 있어요."

오후 3:16:21

리틀 도쿄, 사우스 산 페드로 거리

"사무라이? 사무라이, 자네 어디 있나? 나 제이크일세. 기억하잖아. 제이크 골롭, 자네 상관이라고? 전화기 들고 나와 얘기 좀 하세나. 도대체 어디 있는 거야? 난 여기 있네, 한 손에는 녹음기를 들고 다른 손으로는 머리를 쥐어뜯고 있네. 왠줄 아나? 그건 사진기자가 여기 없기 때문이네, 그것 때문이라고. 한 시간 내에 기자 회견장 문이 닫힐 예정이야, 그러면 자네는 입장할 수 없어. 만일 자네가 아파트에 있다면 전화를 받게. 내가 자네에게 애원하고 있다고…."

자동 응답기는 30초 후에 통화를 자동으로 중단시켰다. 로니는 곧바로 다시 작업으로 되돌아가서는 커서를 움직이고 사진의 다른 부분을 따로 떼어내서 그것을 한계치까지 확대했다. 그는 컴퓨터 모니터에서 실망스러운 결과물을 살피면서, 다른 포토샵 프로그램으로 화소의 조정 없이 화상을 확대시키는 좀 더 나은 작업을 할 수 있는지 궁금해했다. 모하비 프로그램으로 작업한 사진들은 전부 흐릿하고 엉망이었다—리무진 뒷좌석에 앉아 있는 애버게일 헤이어의 윤곽은 분명해 보였다—하지만 그가 찾고 있는 세부적인 모습은 침침하고 흐릿해서 알아보기 힘들었다.

로니는 욕설을 내뱉고 그 화상을 저장했다. 그것은 그냥 습관일 뿐이었고, 사진은 쓸모가 없었다. 그는 그날 일찍 애버게일 헤이어의 저택에서 찍은 일련의 연속적인 디지털 사진들 중에서 다음 사진으로 넘어갔다. 이 사진은 이전 사진과 함께 단순히 초당 몇 장을 연속해서 찍은 것이었다. 그는 사진을 화면에 꽉 찰 때까지 확대했고, 그런 다음 운전사의 어깨와 머리 부분은 잘라내서 그 여배우를 중심에 자리잡게 했다.

사진에 더 손을 대기 전에, 로니는 그 사진을 오랜 시간 동안 살펴보며 모든 세부 정보들을 흡수했다. 충분히 오랫동안 응시하다가 전화 소리에 깜짝 놀라며 컴퓨터 삼매경에서 빠져나왔다. 그는 전화를 무시했고 세 번째 벨이 울렸을 때 응답기가 대답했다.

"노부나가, 이 개자식아! 자넨 해고야. 이 못되처먹은 자식아. 넌 해고라고!"

론은 줄줄이 이어지는 상관의 협박과 뒤이은 외설스런 욕설을 무시하려 애썼다.

미안해요, 제이크, 론이 생각했다. *오늘밤 체임벌린 대극장에 가겠지만, 내가 알아서 갈 겁니다. 어쨌든, 난 지금 올해의 최고 유명인 사진을 건질지도 몰라요. 그리고 만일 당신이 그걸 원한다면 앞으로는 나를 훨씬 더 낫게 대접해줘야 할 겁니다.*

자동응답기가 찰칵 하면서 끝났다. 뒤이은 침묵 속에서 론은 모하비 포토샵 프로그램을 닫고 경쟁 소트트웨어 회사에서 만든 유사한 프로그램을 실행시켰다. 해상도를 시험해 보기 위해서 그는 일련의 사진들 가운데 한참 뒤에 있는 이미지를 선택했다. 사진들 가운데 제일 괜찮은 것으로 애버게일 헤이어가 석조 테라스를 가로질러 현관으로 가는 사진이었는데, 그녀의 아주 헐렁한 바지와 분홍색 캐시미어 임산부용 블라우스 차림은 정말 임신한 것처럼 보였다.

훌륭한 사진이야, 론은 결정했다. 산뜻하고, 깨끗하고, 완벽한 구도. 제이크 골룹은 이 사진을 그의 쓰레기 같은 잡지의 표지에 실으면 분명 자랑스러워 할 것이다. 거기에다 임신을 알리고 아버지의 신분을 추측하는 표지 제목을 달면 말이다. '한밤의 고백(Midnight Confession)' 폭로. 이번 주 판매부수는 30퍼센트는 뛰어오를 것이다.

그런데 그 사진은 거짓인 것 같았다.

론은 일련의 사진들을 지나쳐 그가 맨 처음에 찍은 사진으로 되돌아갔다. 운전기사가 차문을 열었을 때 리무진 내부를 찍은 사진이었다. 그는 그 화상의 한 부분, 애버게일 헤이어가 차에서 나오기 위해 앞쪽으로 몸을 기울이고 있는 모습에서 그녀의 상체 부분을 분리했다. 이번에는 사진을 확대하기 전의 화상을 반전시켜서 어두운 선은 밝게, 밝은 부분은 어둡게 만들고자 했다. 음화(네가티브) 사진처럼.

컴퓨터는 작업을 끝내고 화면에 결과를 나타냈다. 론은 눈도 깜박이지 않은 채 사진을 관찰했다.

그래 이거야. 분명해.

그는 확대한 이미지를 저장하고, 여러 장을 출력했다. 그리고 헤어어의 저택에서 찍은 디지털 사진 전부를 열쇠 꾸러미에 매달린 펜 드라이브에 복사했다.

론은 일어나서 방금 출력한 애버게일 헤이어의 사진 가운데 한 장을 쥐고 재빨리 침실로 뛰어갔다. 선반을 빽빽히 채운 DVD 소장품을 유심히 살피더니 애버게일이 출연한 영화 〈뱅거, 메인〉을 찾아냈고, 그것을 재생장치에 집어넣었다. 그는 DVD 부록편으로의 곧바로 통과했다. 인터뷰와 삭제된 장면들을 휙휙 넘긴 끝에, 마침내 감독의 해설 부분에서 그것을 찾아냈다.

"정확한 각도를 잡기가 아주 힘들었어요. 특히 롱샷(long shot, 카메라를 피사체로부터 멀리 하여 전경을 모두 찍을 수 있도록 하는 촬영 방법)에서요." 영화의 영국인 감독인 가이 호킨스가 말했다. "몇몇 장면에서 완벽한 샷을 잡는 데 실패했는데, 그건 애버게일의 옷 안에 입은 임산부용 복대가 뚜렷이 눈에 보였기 때문이었어요. 그런 일이 일어나는 바람에 많은 시간을 디지털 보정 작업에 쓰면서 그걸 지웠어요, 하지만 이 실수를 놓치고 말았죠…."

론은 그 화면을 정지시켰다. 꽤 오랜 순간 그녀가 입었던 그 복대가 플란넬 셔츠 아래로 뚜렷이 눈에 보였다. 정말로 감독이 말한 그대로였다. 그는 텔레비전 화면에 있는 화상과 손에 든 사진을 비교했다.

"애버게일 헤이어는 절대로 임신한 게 아니야." 그가 중얼거렸다. "빌어먹을 임산부용 옷을 입고 있는 거라고!"

론은 입을 벌리고 멍하니 화면을 바라았다. 애버게일 헤이어의 비밀을 발견한 것이 절대적으로 확실했다. 세계적인 스타가 정말로 임신한 척하고 있는 것이었다. 유일한 질문은….

"왜지?"

오후 3:27:01

멕시코, 티후아나, 라 하시엔다

토니는 담요로 감싼 시체를 두 팔로 고이 안은 채, 호텔의 텅 빈 로비를 가로질렀다. 그는 라 하시엔다 건물의 뒤쪽에 있는 작은 부엌을 통과해서 이동했는데, 그곳에서 호텔 주인, 그의 부인 그리고 청소부 한 명이 한데 몰린 다음, 체첸인들에 의해 살해당한 처참한 광경을 발견했다.

호텔 뒤로 나 있는 좁은 골목에서는 마일로가 차 옆에서 기다리며 서 있었다. 키건, 레저 그리고 브랜디는 안에 앉아 있었다.

마일로는 토니가 오는 것을 보고 트렁크를 열었다. 토니는 시체를 그 안에다 내려놓으면서 팔에 안은 페이가 가볍게 느껴지는 보고 놀랐다. 마치 그녀의 실체 상당 부분이 그녀의 삶에서 사라져버린 것처럼.

마일로는 조심스럽게 트렁크를 닫고, 토니를 바라보았다. "준비됐어?"

"레저, 키건, 그리고 브랜디를 데리고 미국으로 돌아가서 구출팀과 접선해. 그리고 과학수사대가 페이의 시신을 잘 처리하도록 확실히 하고…."

"자네는 어떡하려고?"

토니는 골목을 따라 부산한 거리 너머를 유심히 보았다. 그가 몰고 국경을 건너온 하얀색 승합차는 그가 세우둔 그대로 그 거리에 아직도 주차되어 있었다. "자네를 뒤따라 갈 거야. 나는 저 위 방에 있는 장비들을 확보하고, CTU와 관련된 모든 증거를 지워야 해."

마일로는 토니를 노려보았다. "도빈스라는 사내를 뒤쫓을 거지, 그렇지?"

토니가 끄덕였다. 짧고 단호하게. "체첸인들이 우리에게 필요한 정보를 가지고 있을지도 모르잖아."

"하지만 토니, 자네는 혼자잖아. 다시 생각해 보는 게…."

토니의 차갑고 치명적인 눈길이 마일로의 걱정 가득한 눈을 마주보았다. "그들에게 몇 가지 질문을 반드시 물어봐야 해, 그들을 없애버리기 전에 말이야."

마일로는 한숨을 쉬며 포기했다. "슈펠한테는 뭐라고 둘러대지?"

"내가 곧 뒤따라 올 거라고 말해. 또 다른 구출팀도 보내라고 하고. 그가 알아야 하는 건 그것뿐이야, 일을 마칠 때까지는."

경적이 울리는 바람에 마일로가 펄쩍 뛰었다. "젠장."

"서둘러요." 브랜디가 조수석에서 소리쳤다. "온종일 이러고 있을 거예요?"

마일로는 얼굴을 찌푸렸고, 마지막으로 한 번 더 설득했다. "토니. 다시 생각해 봐. 우리와 같이 돌아가자고. 후속 공격팀이 이 상황을 잘 처리할 거야."

"자네도 알잖아, 그런 일은 일어나지 않아." 토니는 시선을 돌렸다. "슈펠은 풍파를 일으키는 것을 좋아하지 않는다고…, 그는 국제적인 문제를 고려할 테고, 아마 꺼려할 거야. 이건 내가 직접 해야만 하는 일이야."

"하지만…."

"가, 마일로." 토니가 날카롭게 말했다. "이건 명령이야." 그런 다음 그의 목소리는 부드러워졌다. "두 시간 후에 본부에서 다시 보자고."

1 2 3 4 5 6 7 8 9 10 11 **12** 13
14 15 16 17 18 19 20 21 22 23 24

다음 이야기는 오후 4시에서 오후 5시 사이에 일어난 것이다.

오후 4:00:51

로스앤젤레스, CTU 본부

허리까지 옷을 벗을 채 병원 침대에 등을 대고 누워 있는 잭 바우어는 폭탄에도 견딜 수 있는 콘크리트로 된 천장을 바라보았다. CTU LA 본부는 연방 사무실이라기보다는 군대의 벙커와 비슷했고, 의무실도 그와 똑같은 실용적인 방식을 반영하고 있었다—창문 하나 없는 콘크리트 벽들, 천장을 따라, 또는 겹겹히 쌓인 의료 장비들 사이로 구불구불 뻗어 있는 드러난 배관들.

철과 유리로 된 상설 칸막이들이 잭이 머무르고 있는 열두 개의 병동을, 복도 저편의 치료 우선순위를 정하기 위한 부상자 분류 부서와 집중 치료 시설로부터 구분하고 있을 뿐이었다. 폭발에도 견디어내는 콘크리트로 된 복도를 따라 더 멀리 안쪽에는 유리로 둘러싸인 외과 수술실, 생물학적 위험 물질 처치실, 그리고 최신식 생물학적 격리 및 규정 시설이 자리하고 있었다.

브랜다이스 박사는 잭을 이곳으로 데려왔고, CT 촬영 그리고 나서 MRI 촬영을 하도록 내몰았다. 지금 홀로 남은 잭은 검사 결과와, 쑤시고 아픈 두통을 무디게 하거나 감당할 수 있을 정도로 가라앉히기 위해서 성급하게 삼켜버렸던 진통제를 기다렸다.

잭은 손목시계를 힐끗 보고 얼굴을 찡그리더니 침대 옆 반짝거리는 알루미늄 침실용 탁자 위에 놓인 보안 전화를 향해 손을 뻗었다. 그는 외부로 전화를 하기 위해 개인 코드를 입력한 다음, 집 전화번호를 눌렀다. 테리가 두 번째 벨 소리에 대답했다.

"테리? 나야."

"웬일이에요, 잭?" 그녀의 목소리에서 냉랭함을 느낄 수 있었다. *그래, 하긴 화낼 만도 하지.*

"저기, 좀 더 일찍 전화하지 못해서 미안해. 상황이…."

"또 위기 상황이 발생한 거겠죠. 내 그럴 줄 알았어. 알았으니 신경쓰지 말아요."

긴 침묵이 흘렀다. "킴은 아직 학교에서 돌아오지 않았어?"

테리는 한숨을 내쉬었다. "당신한테 연락이 없어서, 내가 애를 내 사촌네 집으로 보냈어요. 샌디랑 멜리사와 함께 실버 스크린 시상식을 볼 거예요."

잭은 잠시 멍해졌다. "실버 스크린 시상식?"

"그래요, 잭. 그 애의 엄마가 오늘밤 그 시상식에 간대요, 기억나요?"

이른 아침에 나누었던 대화가 물밀듯이 갑자기 되살아났다. 테리가 옛 상관한테서 전화를 받았고, 통화 막판에 초대를 받아서 그 시상식에 참석하게 되었고, 옛 친구들 가운데 몇몇을 볼 수 있다는 사실에 흥분했던 것 등등.

"당연하지, 그래서 내가 전화한 거야." 거짓말을 했다. "즐거운 시간을 보내라고 말해주고 싶었거든. 뭘 입을지는 정했어?"

잭은 테리의 기분이 조금 누그러졌다는 걸 느낄 수 있었다. "검은색 베르사체 드레스요." 그녀가 말했다. "당신도 알죠, 그 드레스…."

"기억하지." 잭이 속삭였다. "그리고 당신이 마지막으로 그 옷을 입었을 때도 기억해."

그들은 산타 바바라에서 긴 주말을 보냈었다. 첫째 날 저녁에 그녀는 저녁 식사 자리에 그 옷을 입고 있었다. 둘째 그리고 셋째 저녁엔 옷을 입고 있었던 기억이 없었다. 하지만 그건 거의 6개월 전 이야기였다. 그 이후로 낭만적인 시간을 거의 보내지 못했다.

"당신은 틀림없이 멋져 보일 거야." 잭이 말했다.

"당신 눈으로 직접 보세요." 이제 테리의 목소리는 잭만큼이나 부드러워졌다. "오늘 밤, 제가 집에 돌아올 때 말이에요. 아마도 자정쯤 될 거예요."

"기대하고 있을게." 잭은 대답은 했지만, 순간 긴장이 되었다. 일이 자정까지는 끝나기를 바랐지만, 솔직히 확신할 수는 없었다. "저기, 오늘 밤 말이야, 정말 미안해…."

"잭, 사과하지 말아요. 우리 둘 다 당신이 하는 일이 중요하다는 걸… 아마도 내가 이해하는 것보다 더 중요하다는 걸 알고 있잖아요… 그냥 가끔…."

"테리, 들어봐…."

"어머, 리무진이 왔나봐요. 나가봐야겠어요."

잭은 자신의 시계를 확인했다. "이렇게 빨리?"

"네, 실제로는 한 시간 내로 시작할 거예요. 데니스가 그러는데, 빨리 개최해야 동부 해안 쪽 황금 시간대에 방송할 수 있다네요. 저기, 운전사가 빵빵 거리고 있어요. 가야겠어요. 나중에 봐요."

"즐거운 시간 보내." 잭이 말했다. "사랑해…."

하지만 테리는 이미 전화를 끊었다. 잭은 잠시 동안 전화기의 웅웅거리는 소리를 듣다가 수화기를 내려놓았다. 침대에 누워서 눈을 감고 관자놀이를 문질렀다. 그가 눈을 다시 떴을 때, 브랜다이스 박사와 라이언 슈펠이 다가오고 있었다. 잭은 일어나 앉았고 셔츠를 머리 위로 재빨리 입었다—단정하게 보이려는 것보다는 반창고, 붕대, 그리고 멍을 가리기 위한 것이었다.

"기분은 좀 어떤가요, 바우어 특수요원?" 브랜다이스 박사가 두 눈으로 훑어보고 가늠하면서 물었다.

"두통은 거의 사라졌습니다." 잭이 말했다. "시야도 꽤 많이 밝아졌고요. 좀 쉬었더니 한결 좋아졌습니다."

박사의 거북한 표정으로 보아 잭은 박사가 그 말을 믿지 않는다는 것을 알았다. 라이언이 다음으로 말했다.

"브랜다이스 박사는 자네가 뇌진탕일 수도 있다고 말했네. 자네는 그런 상태로 하루 종일 돌아다닌 거라고."

"MRI 검사 결과 뇌에 잠재적으로 위험해 보이는 혹이 발견되었습니다." 의사가 슈펠에게 자신의 의견을 말했다. "저는 바우어 요원에게 통증과 혹을 치료하기 위한 처방을 이미 내렸습니다. 제가 할 수 있는 것은 더 이상 없습니다. 그에겐 치료를 위한 휴식과 시간이 필요합니다. 제가 권유하고 싶은 것은 그에게 5일에서 7일 정도의 현장 근무를 덜어주어야 한다는 겁니다…."

잭이 그의 말을 가로막았다. "그렇게 할 수 없습니다. 우리는 중대한 위기 상황에 처해 있습니다. 테러범들의 공격이 금방이라도 닥칠 수 있습니다."

브랜다이스는 잭의 눈길을 피했다. 오직 슈펠에게만 말을 하면서 그를 설득했다. "틀림없이 이 상황을 처리할 수 있는 다른 요원들이 있을 겁니다…."

또 다시 잭이 그의 말을 잘랐다. "제가 이 일을 끝까지 마무리지을 것입니다. 박사님이 무슨 말을 하셔도요."

라이언 슈펠은 잭을 마주보고 팔짱을 꼈다. "그게 정말로 자네의 심정인가? 대답하기 전에 신중하게 생각하게."

잭은 말을 하려고 입을 벌리는가 싶더니 이내 멈칫하고 지부장의 제안을 고려해 보았다. 그것은 엄밀하게 말하면 슈펠이 잭에게 빠져나갈 구실을, 이번 작전을 다른 사람에게 떠넘길 수 있는 기회를 준 것이었다. 잭은 의무실에서 퇴실하고, 테리의 사촌네 집으로 가서 킴을 데려올 수 있다. 그들은 시상식을 시청하고 테리가 집에 돌아올 때 반겨 맞이할 수도 있을 것이다.

잭은 그 순간을 마음속으로 그려보았고 결국엔 그 생각을 떨쳐버렸다. 그는 킴의 행복한 얼굴을 볼 수 있었다. 그의 아내가 입고 있는 그 죽여주는 드레스도. 그러나 동시에 또 다른 이미지가 끼어들었다. 휴 베트리와 그의 가족이 잔인하게 살해된 장면.

잭은 죽은 남자가 가지고 있던 디스크를 떠올렸다. 그 디스크 안에는 그의 CTU 신상 자료, 집 주소, 직계 가족의 이름들이 포함되어 있었다.

"저는 갈 수 없습니다, 브랜다이스 박사님." 잭이 말했다. "전 이 작전을 끝까지 마무리해야만 합니다. 많은 사람들이 위험한 상황에 처할지도 모릅니다."

노골적으로 실망스런 표정을 하며 브랜다이스 박사는 자신의 환자에게서 등을 돌리고 지부장을 마주보았다. "지부장님께서 결정하십시요. 이 요원이 계속해서 현장 근무를 하도록 놔두면 그는 죽을 수도 있습니다. 그게 아니라면 바우어에게 잠시 물러나서, 의료 병가를 신청하고 의료 관리를 받도록 명령을 내리세요."

라이언 슈펠은 머리를 저었다. "저도 그 위험성은 이해합니다, 브랜다이스 박사님, 그리고 그 문제를 일깨워 주셔서 감사합니다. 하지만 심각한 위험이 불안하게 다가오고 있는데, 우리는 그 문제를 이해조차 하지 못하고 있습니다. 엄청난 결과를 초래할 수도 있는 위험한 상황입니다." 그는 몸을 돌려서 잭의 눈을 똑바로 바라보았다. "불행하게도, 나에겐 바우어 특수요원이 필요합니다. 그만한 실력을 갖춘 또 다른 요원을 구할 시간이 없습니다. 이 친구를 즉시 현장에 복귀시키는 것 외에는 다른 선택의 여지가 없군요."

오후 4:07:21

멕시코, 티후아나, 라 하시엔다의 외부

토니 알메이다는 마일로를 리처드 레저와 나머지 사람들과 함께 북쪽으로 보내기 전에 콜 키건이 가지고 있던 총신이 짧은 산탄총과 서른 발짜리 탄창을 건네받았다. 그들이 차를 몰고 떠난 후, 그는 부서진 하얀색 승합차에 올라타서 화물칸에 있는 비밀 보관함의 자물쇠를 따고 덮개를 열었다.

토니가 잠시 멈칫한 것은 두 정의 글락 권총 중 하나가 들어 있어야 할 받침대가 비어 있는 보았기 때문이었다. 그는 페이에게 그녀 자신을 보호할 수 있도록 그 권총을 건넨 것을 떠올렸다. 범죄 현장의 모습으로 보아, 그녀는 그 총을 사용하지 않았다.

얼굴을 찌푸리고 있던 토니는 남아 있는 글락 권총을 키건에게서 빌린 외투 안에 밀어넣었고, 그 보관함 안 더 깊숙한 곳에서 17발들이 탄창 여덟 개를 꺼내 주머니 안에다 쑤셔 넣었다. 그런 다음 산탄총과 탄피들을 보관함에 넣고 다시 잠갔다.

토니는 익숙하지 않은 무기를 손에 들고 무게를 대중해 보았다. 그 글락 권총은 18C 모델로서, 완전 자동 사격 모드에서는 일 분에 천백 발을 뱉어낼 수 있도록 개량된 최신형 무기였다. 소지가 제한적이고 일반 시민들에게는 허용되지 않는 그 모델은 왼편에 슬라이드 방식으로 고정된 발사 조정간 장치를 가지고 있고, 총열은 슬라이드의 전면을 지나 좀더 뻗어 있고, 총열 상단에 가로질러 나 있는 세 줄의 수평과 대각으로 이루어진 홈들이 반동 보정 기능을 하고 있다.

무기와 승합차에 있던 구급 상자도 외투 안에 쑤셔 넣은 토니는 호텔의 이층으로 다시 올라갔다. 그는 6호실로 들어가서 전기 고문으로 입은 화상 상처를 소독하고 붕대를 감았고, 새로운 옷으로 갈아입었다. 그 다음 삼십 분은 그와 페이가 머물렀던 그 방의 모든 흔적을 치우는 데에 소비했다.

컴퓨터들을 분해해서 그와 페이의 짐, 훔친 신용카드들과 카드 판독기들과 함께 승합차 뒤에다 아무렇게나 던졌다. 두 번째 CTU 권총은 어디에도 보이지 않았지만, 그 외에 그들이 마셨던 생수 병들과 빈 플라스틱 잔들까지도 모두 주워 모았다. 그것들 역시 승합차 속으로 던져 넣었다. 객실을 싹 비우고 나서 그는 옷을 이용해서 어떤 쓸모 있는 지문이라도 완전히 지워지거나 손상되기를 바라면서 모든 물건들의 표면을 닦았다.

다음으로, 토니는 호텔 침대의 모서리에 걸터앉아 티후아나의 도로 지도를 살펴보면서 시내를 가로지르는 최적의 경로를 머릿속으로 선택했다. 브랜디의 말에 따르면, 레이 도빈스와 체첸인들은 도시의 남쪽 끝, 단테 대로의 한 가옥에 숨어 있는 중이었다.

준비를 끝내자마자, 토니는 일어나서 그 지도를 접어 주머니 안에 집어넣었다. 그는 글락 권총을 장전하고 외투 안에다 슬며시 넣었다. 그리고 뒤도 돌아보지 않고 페이가 죽음을 당한 그 객실을 떠났다.

다시 거리에 선 토니는 타는 듯한 오후 속으로 발걸음을 내딛었다. 주변 거리는 사실상 텅 비어 있었다. 한 줄기의 뜨거운 바람이 먼지를 일으켰다. 후끈거리는 태양의 눈부심 때문에 눈을 가늘게 뜬 그는 테가 굵은 선글라스를 가만히 썼다.

하루 중 가장 뜨거운 시간이었고 전통을 따르는 많은 멕시코인들에겐 낮잠을 자는 시간이었다. 기온이 가장 높은 지금은 휴식을 취하고, 5시나 6시에 일터로 돌아가서 저녁까지 힘들게 일을 했다.

토니는 한숨을 내쉬고 승합차의 문을 열었다. 그의 앞에는 긴 오후가 기다리고 있었다. 그리고 또한 긴 밤도. 그러나 이 일을 끝내기 전에 휴식은 한순간도 없을 것이다.

오후 4:17:21

로스앤젤레스, CTU 본부

"트로이 목마 바이러스의 분석 작업은 마쳐 가나요?" 니나가 물었다. 그녀는 상황실 안에 서서 컴퓨터 모니터를 가로지르며 흘러가는 순차적인 데이터를 지켜보고 있었다.

화면 바로 앞에 있는 의자에 앉아 있던 도리스는 고개를 들고 끄덕였다. "반 이상은 되었어요. 단서는 마일로가 당신과 나누었던 대화의 필기록 속에 있었어요. 마일로는 리처드 레저가 자신에게 이 프로그램의 목표는 회계용 소프트웨어 프로그램이라고 말했지만, 딱히 어떤 것인지는 말하지 않았다고 했어요."

"하나 이상이란 말이에요?" 니나가 물었다.

"수십 개, 어쩌면 수백 개의 회계 프로그램이 있어요." 제이미가 설명했다. 그녀는 도리스 옆에 앉아 있었는데 말은 하면서도 화면을 주시하고 있었다. "많은 유통 업계에서는 SAP라는 하는 독일 소프트웨어 프로그램을 사용하고 있어요, 물론 고객들의 특정한 요구대로 주문 제작되었지만요."

"하지만 레저의 트로이 목마 바이러스는 SAP에는 영향을 끼치지 못했어요," 도리스가 말했다. "출판사들과 잡지 배급사들이 사용하는 프로그램들에도요. 영화사들은 조금 다른 것을 사용하고 있어요."

"CINEFI라는 프로그램이죠." 제이미가 말했다. "시네마 파이낸스의 줄임말이에요. 그것은 영화 제작사의 급여 지불과 재정 관리 프로그램인데, 사실상 모든 영화사의 회계 부서에서 쓰고 있어요."

"레저의 트로이 목마 바이러스는 무척 독특해요." 도리스가 덧붙였다. "오직 CINEFI를 사용하는 시스템만 감염시키죠."

"좋아요." 니나는 빈 의자 하나를 워크스테이션 쪽에 끌어다 놓고 앉았다. "왜 그런지 설명해봐요."

도리스는 니나를 마주볼 수 있도록 의자를 돌렸다. "구체적으로 말하면 그 프로그램을 고의로 방해함으로써, 테러범들은 연예 산업계의 다국적 기업들에게 피해를 입히는 거죠. 자금을 이체시키거나 보안 코드를 작동하지 않도록 만들거나요."

"그러면 이 프로그램이 무슨 행위를 저지르는 거죠? 방금 말한 그 모든 것들인가요, 아니면 단순히 성가신 바이러스인가요?"

"그건 우리도 아직 몰라요, 아직까진요." 제이미가 대답했다.

도리스는 의자를 다시 돌려서 니나의 주의를 컴퓨터 모니터 쪽으로 유도했다. "제가 CINEFI 프로그램을 이 독립 서버에다 설치한 다음, 그 프로그램에 트로이 목마 바이러스를 감염시켰어요. 보시다시피, 무언가가 진행되고 있어요. 바이러스가 어떤 종류의 프로토콜을 찾고 있는 것 같아요. 아니면 CINEFI 프로그램을 발판으로 이용해서 다른 곳을 공격하려고 시도하는 것일 수도 있고요."

니나의 표정은 감정을 드러내지 않은 채 그대로였지만 그녀의 목소리는 날카로워졌다. "그걸로는 충분히 구체적이지 않아요."

"트로이 목마 바이러스에 내장되어 있는 코드를 드디어 발견했어요." 도리스가 재빨리 언급했다. "그 코드가 특정한 날짜와 시간에 그 바이러스를 활동하게 만들어요."

"그게 언제죠?"

도리스는 걱정스러운 표정을 제이미와 교환했고, 그리고 나서 말했다. "세 시간 전이에요."

니나의 자세가 굳어버렸다. "그렇다면 그것을 막기엔 너무 늦어버렸군요."

"아직까지는 우리가 감지할 수 있는 주목할 만한 영향은 없어요." 제이미가 지적했다. "제가 영장을 얻어내서 큰 영화사 컴퓨터를 CTU 감시 소프트웨어로 관찰하고 있어요. 아직은 보고된 문제도 없고, 지연 사태나 데이터 폐기, 또는 이 바이러스가 파괴적이라는 것을 가리키는 어떠한 정황도 나타나지 않았어요."

도리스가 고개를 끄덕였다. "목표의 특정성 때문에 이 바이러스가 활동을 개시한 지 몇 시간이 지나도록 중대한 피해를 입히지 않고 있는 것으로 보여요. 너무나 제한적으로 초점이 맞춰져 있기 때문에 컴퓨터 사용자들 가운데 99.9%는 염려하지 않아도 될 것 같아요. 만일 누군가가 '천국의 문' 영화를 다운로드 받았더라도, 그 시스템은 감염된다 하더라도 영향을 끼치지는 않을 거예요."

"단지 주요한 영화사들과 그들의 컴퓨터들만 위험에 처해 있는 거죠." 제이미가 안도의 목소리로 말했다. "하지만 이 시점까지 아무런 일도 일어나지 않았어요, 심지어 영화사의 중앙 컴퓨터들조차도요. 리처드 레저는 그 바이러스가 보안 시스템들을 크랙하게 되는 경우엔 사악한 천재가 될지도 모르지만, 그의 트로이 목마 바이러스는 실패작처럼 보이네요."

오후 4:38:54

센추리 시티, 로섬 타워

건축가 나와프 산조르는 그가 직접 설계한, 센추리 시티의 끝자락에 위치한 35층짜리 아파트 건물의 맨 위 5개 층을 사용하고 있었다.

예전에 20세기 폭스 영화사의 야외 스튜디오가 자리했던 센추리 시티는 1980년대에 완전히 탈바꿈하여 은행들, 보험 회사들, 금융 기관들, 우량 기업들, 상점들과 영화관들의 고층 건물들이 촘촘하고 복잡할 정도로 들어섰고, 모두 베벌리 힐스와 웨스트 할리우드 사이에 자리하고 있었다. 산조르가 디자인하고, 매끈하고 단조로운 외관과 유리로 에워싼 엘리베이터들로 치장된 로섬 타워는 로스앤젤레스 사회의 초현대적인 미학적 특질에 완벽히 조화를 이루고 있었다.

잭 바우어는 검은색 CTU 업무용 SUV를 큰 길을 따라 그 건물 지하 주차장 입구를 향해서 몰았다. 옆 조수석에서 니나 마이어스가 PDA를 꺼냈고, 저장해 놓은 이 유명한 건축가에 관한 정보를 검토하기 시작했다.

"파키스탄 출생의 나와프 산조르는 1981년 영국으로 이민을 갔어요. 그는 런던 디자인 스쿨을 다녔고, 이후 MIT 대학원을 졸업했어요. 1988년에 이토 마쓰모토에서 근무했고, 1992년 그곳을 떠나서 본인의 건축 회사를 차렸어요."

"그 사람 이슬람교도야? 독실한가?" 잭이 물었다.

"그는 이슬람교도 집안에서 태어났고, 사우디 아라비아에서는 이슬람 사원을 설계했어요. 하지만 그는 세속적인 생활 방식을 추구한 것처럼 보여요. FBI 기록에 따르면 각양각색의 미국과 영국 여성들과 길게 또는 짧게 여러 번 교제를 했네요."

"정치에 관심이 많은 사람이야?"

"딱히 그렇진 않아요. 그는 여러 자선단체들과 비영리단체들과 연관을 맺고 있어요. '적신월사(Red Crescent, 이슬람권의 적십자사)', '러시아 동유럽 무역 연합', 그리고 애버게일 헤이어가 조직한 '고아 구제 단체'를 포함해서요. 그는 현 시장과 주지사의 선거 운동에도 기부를 했어요."

잭은 인상을 찌푸렸다. "이븐 알 파라드도 하산을 만나기 전까지는 세속적인 청년이었어. 산조르가 진행하고 있는 다른 프로젝트는?"

니나는 PDA에서 새로운 페이지를 불러들였다. "나와프 산조르는 개인적으로 16동의 고층 건물을 설계했어요—5동은 여기 미국에, 나머지는 세계 곳곳에 흩어져 있어요. 두바이, 싱가포르, 쿠알라룸푸르, 홍콩, 시드니 등에요. 그 중 3동의 건물이 여기 로스앤젤레스에 있어요. 로섬 타워, 산타 모니카에 있는 러시아 동유럽 무역 전시관…."

"그 건물은 본 적이 있어." 잭이 말했다.

"이것 좀 봐요." 니나가 말했다. "그 무역 전시관이 오늘자 CIA/CTU 경계 경보 사항에 언급되어 있어요. 부통령의 부인이 러시아 대통령 부인과 함께 그곳에 들렀대요. 행사는 별 문제 없이 진행되었고요. 비밀경호국에서는 CTU의 지원을 요청조차도 하지 않았어요."

"영부인들은 지금 어디에 있지?"

니나는 공식 일정을 검색했다. "부인들은 스파고 레스토랑에서 이른 저녁을 드시는 중이에요. 그런 다음 실버 스크린 시상식에 참석하실 예정이에요."

니나가 이상할 정도로 조용하자 잭이 그녀 쪽을 힐끔 바라보았다. 그녀의 가녀린 몸은 긴장한 듯 보였다. 한 손에 PDA를 들고, 다른 손으로는 생각에 잠긴 듯 이마를 만지작거렸다.

"니나? 뭐 찾아낸 거라도 있어?"

"확실하진 않아요. 어쩌면 그냥 우연의 일치일 수도 있어요."

"말해 봐."

"그 무역 전시관 행사가 레저의 트로이 목마에 내장된 타임 코드가 바이러스를 활성화시킨 시간과 똑같아서요."

잭은 그 사실을 곱씹어 보았다. "하지만 우린 아직도 그 바이러스가 어떤 행위를 하는지 모르고 있잖아, 맞지?"

"맞아요." 니나는 눈을 가늘게 뜨고 PDA 화면에 떠 있는 작은 글자를 다시 들여다보았다. "산조르가 진행했던 가장 큰 프로젝트는 서미트 영화사 단지였어요. 상업지구에 속해 있는 광대한 구획 하나를 재활성화시키기 위해 건축되었어요."

그녀는 고개를 들었다. "그런데, 서미트는 영화 〈천국의 문〉을 개봉하려는 영화사예요. 휴 베트리는 타워 원 빌딩 9층에 사무실을 가지고 있었어요."

"흥미롭군, 아직 입증된 사실은 아무것도 없지만."

잭은 주차장으로 들어갔고 무인 발급기에서 빼져 나온 종이 딱지를 잡아챘다. 차단기가 올라가자 잭은 로섬 타워의 내부 깊숙히 차를 몰았다.

"여러 정황 증거가 이곳에 있어요." 니나가 말했다. "하지만 그 모든 것이 단순한 우연의 일치로 치부될 수도 있어요."

"이븐 알 파라드가 죽기 바로 직전에 나와프 산조르의 이름을 내게 속삭였어. 그건 분명 뭔가를 뜻하는 거야."

"산조르가 하산일 수도 있다고 생각하는 거예요?" 니나의 목소리는 회의적이었다.

잭은 SUV를 빈 자리에 주차하고 엔진을 껐다. "곧 알게 되겠지."

검은색 조르지오 아르마니 양복을 입고 브르노 말리 구두를 신은 나와프 산조르는 자신의 35층 사무실로 조용히 들어갔다. 창 밖으로는 센추리 시티의 고층 건물들이 주변으로 우뚝 솟아 있었는데, 유리 벽으로 펜트하우스 아파트는 그 건축가에게 굉장히 멋진 전망을 제공하고 있었다.

그러나 나와프 산조르는 그 멋진 전망은 무시한 채 컴퓨터에서 컴퓨터로 이동하면서 엄청난 용량의 데이터를 초소형 하드디스크들와 휴대용 디스크들에 다 저장했다. 각 저장 장치들이 꽉 차면, 산조르는 그것을 각 드라이브와 USB 포트에서 빼내서 옆은 황갈색 서류가방에 재빨리 넣었다. 총명하고 기민해 보이는 두 눈은 모니터들을 유심히 훑어보면서 각 데이터 파일을 보존하는 작업을 하기 전에 그 내용을 확인했다. 그는 침착하고 신중하고 정확하게, 하얀 치아로 아랫입술을 깨물 정도로 집중해 가면서 움직였다.

그 건축가의 뒤로 두 명의 조수들이 서류, 도면 그리고 메모 들을 중앙에 있는 벽난로—원형으로 돋우어 올린 회색 점판암 위로 뿔 모양의 철제 배기 가스 환기구가 씌워져 있었다—속에서 타닥거리고 있는 불길 속에 태우고 있었다.

커다란 워크스테이션의 HDTV 모니터 위로 산조르는 그가 방금 초소형 하드디스크로 저장한 중대한 설계도를 불러들였다—체임벌린 대극장의 설계도면들. 그는 이 시설물이 건축되고 있을 당시 하산에게 이 도면들을 제공했었다. 하산의 명령에 따라 그는 원래의 설계도면들에 은밀한 구조 변경을 실행했다. 테러범들이 그 대극장을 장악했을 때 오직 그들만이 접속할 수 있는 비밀 지상 통신선을 추가한 것이었다. 이제 결전에 날이 왔다. 3년간의 계획과 준비는 결실을 맺을 때가 되었지만, 나와프 산조르는 여전히 남몰래 의심을 품고 있었다.

이런 대담한 계획이 과연 성공할 수 있을까?

건축가는 고개를 숙이고, 자신의 믿음에 대한 부족을 부끄러워했다. 하산이 자신보다 현명하다는 것을 산조르는 알고 있었고, 자신에게 깨우침을 가져다 준 사람에 대한 믿음을 저버리는 것은 배신보다도 한층 더 나쁘다고 생각했다—그것은 어리석은 짓이니까. 하산을 만나기 전까지 나와프 산조르는 천국이 실재한다는 것을 믿지 않았다. 하산은 그에게 빛과 진로를 보여주었고 이제 그는 열렬한 신봉자가 되었다. 하산이 보답으로 요구한 것은 절대적인 복종과 아무런 의심 없는 믿음뿐이었다. *영원한 행복을 위한 작은 대가에 불과하네.*

"인쇄물들과 서류 파일들이 파기되면, 중앙 컴퓨터의 기억 장치도 삭제했으면 하네—전부 다." 나와프가 명령했다. "정부 당국이 어느 것 하나도 복구하지 못하도록 말이야."

"알겠습니다."

종 소리가 울리는 바람에 그들은 작업을 중단했다. 건축가가 모니터 쪽으로 몸을 돌리고 전원을 껐다. "산조르입니다…."

음성 인식 프로그램이 내장된 아파트의 정교한 인터폰 시스템이 방문객의 위치를 확인하고 용건을 전달했다.

"로비에 있는 경비원입니다, 선생님. CTU 요원 두 사람이 이곳에 와 있습니다. 그 사람들이 선생님과 이야기를 하고 싶답니다. 국가 안보와 관련된 긴급한 일이라고 합니다."

시커먼 턱수염을 덥수룩하게 기른 덩치 큰 남자가 거실에서 나왔는데 불안해하는 표정이었다. "그 사람들이 뭘 원하는 걸까요?" 그가 속삭였다.

산조르는 그 남자에게 잠자코 있으라는 표정을 지어보였다. "그 요원들을 만나보지요." 그가 인터폰에 대고 말했다. "그들을 35층으로 올려 보내세요. 그들을 맞을 사람을 내보낼게요."

"알겠습니다. 산조르 씨."

인터폰이 꺼졌다. 사아이드가 말했다. "그 미국인들하고 이야기를 하는 건 미친 짓입니다. 그들은 뭔가를 알아차린 게 틀림없어요. 모든 계획을 들통 난 걸지도 모르고요. 그들은 우리 모두를 체포하기 위해서 이곳에 왔을 수도 있어요…."

"겨우 두 사람이서? 그건 아닐 걸세." 산조르는 그 남자의 어깨를 손으로 가볍게 툭 쳤다. "믿음을 가지게, 사아이드! 전혀 희망이 없는 건 아니잖아. 그리고 만일 그렇다 하더라도 우리는 천국에서 다시 만나게 될 거야."

나와프의 말이 동료들을 진정시켰다. 여전히 사아이드는 걱정스러운 목소리로 말했다. "그들은 뭔가를 의심하는 겁니다. 왜 그들이 이곳에 왔겠어요?"

"그 젊은이 때문이야, 이븐 알 파라드." 건축가가 말했다. "그 아이는 나약하고 어리석었어. 필시 그 사우디 젊은이가 우리를 누설했을 거야. 하산이 철수 계획을 앞당긴 게 오히려 잘 되었군. 그분은 틀림없이 위험을 느꼈던 거야."

사아이드는 자신의 손바닥을 비볐다. "미국 정보 요원들이 지금 이곳으로 오고 있는 중입니다. 그들을 어떻게 하실 작정입니까?"

"여기의 일은 거의 끝냈어. 이 사람들이…,"—나와프는 그의 조스들을 향해 손짓했다—"컴퓨터들을 삭제할 거야. 내 방으로 가서 서류가방과 내 PDA를 가지고 지붕으로 올라가게. 조종사에게 엔진 시동을 걸어놓으라고 전하게. 나도 금방 합류하겠네."

"서두르셔야 합니다! 미국인들이 오고 있습니다…."

산조르는 깔끔하게 손질된 손을 들어올렸다. "두려워하지 말게, 친구. 우리는 이곳을 함께 떠날 수 있을 거야. 야스미나가 그 미국인들을 처리할 테니까."

유리로 된 엘리베이터를 통해서 보는 전망은 장관이었지만, 잭은 전혀 신경 쓰지 않았다. 그는 문의 위에 있는, 빠르게 올라가는 디지털 숫자들을 주시하고 있었다. 엘리베이터가 31층에 이르자 천천히 움직이기 시작했다. 35층에 도착하자 매끄러운 금속 문이 열렸다.

잭과 니나를 맞이한 여자는 너무나 몸집이 작아서 잭은 한순간 그녀가 어린 아이라고 생각했다. 다시 힐끗 쳐다보았을 땐 적어도 스물다섯은 되어 보였다. 가냘프고 거무스름한 얼굴, 크고 까만 눈, 그리고 자그맣지만 완벽할 정도로 균형이 잡힌 몸매에는 꽉 끼는 듯한 하늘색 사리(sari, 힌두교도 성인 여성들이 허리와 어깨를 감고 남은 부분으로 머리를 싸는 천)로 감싸여 있었다. 작은 발에는 보석으로 장식한 실내화를 신고 있었다. 까만 머리카락을 머리 위로 말아 올리고 장식용 은색 단검들로 고정해 놓았는데, 그 때문인지 키가 더 커 보였지만 그래도 120센티미터를 간신히 넘는 것처럼 보였다. 잭은 그 젊은 여성이 40킬로그램이 넘을지도 의아하게 생각했다.

우아하게 그녀가 머리를 숙였다. "성함을 알려주시겠습니까? 저는 야스미나라고 합니다." 그녀의 미소는 부드러웠고, 목소리는 풍경 소리처럼 밝고 듣기 좋았다.

"저는 대테러부대의 잭 바우어 특수요원입니다. 이쪽은 니나 마이어스, 제 동료입니다."

"산조르 씨는 할 수 있는 한 기꺼이 도와드리고 싶어 하십니다. 저를 따라 오십시오."

여자는 몸을 돌리고 짧고 침착한 걸음으로 카펫이 깔린 복도로 걸어갔다.

헬리콥터 조종사와 이야기를 마친 후, 사이아이드는 산조르가 명령한 대로 그의 침실에서 물건들을 회수하지 않았다는 사실을 깨달았다. 그는 나선형 계단을 서둘러 내려갔고, 옆 모퉁이 근처에서 무장한 미국인 요원들을 맞딱뜨리지 않을까 두려워했다—아니면 그의 실수는 알아차린 나와프를 만나게 되거나.

그는 산조르의 침실에 도착해서 침대 위에 있는 루이 비통 여행용 가방과, 서랍장 위에 있는 PDA를 발견했다. 일이 생각보다 간단하다고 안도한 그는 물건들을 단단히 움켜잡고 서둘러 문 밖을 나섰다. 복도에서 목소리가 들렸고, 그 자리에 얼어붙었다.

그 미국인들.

사이아이드는 복도를 빤히 쳐다보았다. 누군가가 다가오고 있었고, 그들의 그림자가 벽에서 춤을 추고 있었다. 그는 그곳에서 빠져나가야만 했다! 심장이 빠르게 요동치는 가운데 그는 복도를 서둘러 가로질러 나선형 계단 쪽으로 움직였다. 도중에 그는 여행용 가방으로 돌 받침대를 넘어뜨렸는데, 콜럼버스가 미 대륙을 발견하기 이전에 만들어진 조각품이 콘크리트 바닥으로 굴러떨어지며 와장창 소리를 냈다. 귀청이 떨어질 것 같은 마치 뭔가 폭발하는 소리 같았다.

잭과 니나는 복도를 따라 걸어가던 중에 그 소음을 들었다. 잭은 소리가 난 쪽으로 머리를 돌렸지만 니나 마이어스는 야스미나를 정면으로 보고 있었다—그 때문에 그들은 목숨을 구했다.

야스미나는 몸을 빙글 돌린 후 앙증맞은 손으로 두툼한 머리에서 장식용 단도들을 뽑았다. 그중 하나를 잭의 노출된 목을 향해서 홱 던졌다.

"잭!" 니나가 소리치는 동시에 잭을 벽 쪽으로 밀었다. 니나의 그 행동 때문에 자신은 단도의 진로에 놓이고 말았다. 은색 칼날이 그녀의 어깨에 깊숙이 박히는 바람에 니나는 울부짖었다.

날렵하고 우아한 몸놀림으로 야스미나는 공중으로 몸을 빙글 날리더니 잭 바로 앞에 다리로 버티면서 착지했고, 잭은 아직도 몸의 균형을 바로잡는 중이었다. 두 번째 단검이 그의 팔뚝을 베었다. 하지만 칼날은 셔츠 안쪽으로 이미 붕대로 감아 놓은 곳에 걸리고 말았고, 잭의 대응 타격으로 무기가 여자의 손에서 떨어져나갔다.

체격 좋은 남자 한 명이 갑자기 튀어나와서는 그들을 지나쳐복도를 따라 마치 통제할 수 없는 기차처럼 나선형 계단 쪽으로 질주했다. 그 사람은 한 손에는 여행용 가방을, 다른 손에는 은색 권총처럼 보이는 것을 쥐고 있었다. 순간적으로 잭은 그 남자가 나와프 산조르라고 생각했다.

야스미나는 그 순간적인 방심을 틈타서 잭의 무릎을 겨냥해서 날카롭게 발차기를 하고 손바닥으로 그의 턱을 가격한 다음, 옷 속에 숨겨 두었던 한 쌍의 단검을 향해 손을 넣었다. 그녀는 두 개의 단검을 뽑아들고 잭을 찌를 자세를 취했다. 바로 그때, 은색 단도 하나가 그녀의 목 한쪽을 깊숙이 찌른 다음 반대 방향으로 찢고 나왔다. 니나가 그 무기를 억지로 잡아당겨 빼냈다. 정맥들, 동맥들, 그리고 연골을 뚫고 지나가면서 분수 같은 피가 솟구쳤다.

야스미나는 앞으로 휘청거렸고, 눈빛은 게슴츠레해졌고, 빨란 입술은 뒤로 말렸다. 단검들이 그녀의 손에서 툭 떨어졌다. 그녀의 머리가 뒤쪽으로 축 늘어졌고 그녀는 앞으로 꼬꾸라졌다.

복도 끝에서 체격 좋은 남자가 나선형 계단을 요란한 소리를 내며 올라갔다. 잭은 머리를 홱 돌렸다. "니나, 괜찮아?"

부상을 입은 어깨를 움켜잡으면서 니나는 야스미나의 사체를 넘었다. "난 괜찮아요, 그러니 저 남자를 막아요."

잭은 그녀의 말이 끝나기도 전에 일어나서 계단을 향해 뛰어갔다. 한 손으로는 난간을 잡고 다른 손으로는 무기를 꺼내들었다. 계단 꼭대기에 이르기 바로 직전에 엄지손가락으로 안전장치를 풀었다. 계단은 좁은 보행자용 통로 그리고 철문으로 이어졌다. 그는 어깨로 철문을 향해 세게 부딪친 다음, 그 문을 밀어서 열었다. 먼지와 뜨거운 바람이 휘몰아치는 가운데 헬리콥터 한 대가 평평한 지붕에서 떠올랐고 공중에서 기체를 비틀더니 솟구치며 사라졌다.

잭은 지붕을 가로질러 달렸고, 달아나는 헬기를 향해 권총을 조준했다. 막 방아쇠를 당기려는 순간 그 체격 좋은 남자를 발견했다. 그 남자는 지붕 모서리에 아슬아슬하게 서 있었고, 루이 비통 여행용 가방이 그 옆에 놓여 있었다. 그는 헬리콥터가 환한 수평선 속으로 사라지는 것을 지켜보았다.

"움직이지 마!" 잭이 명령했다. "건물 모서리에서 떨어진 다음 뒤로 돌아."

남자는 두 손을 위로 들어올려 항복을 표시했지만, 잭을 쳐다보지는 않았다.

"뒤로 물러나고 돌아서!" 잭이 반복했다. 그 덩치 큰 남자의 손에서 잭은 은색 권총이라고 생각했던 물건을 보았다. 그것은 실제론 PDA였는데, 그 물건은 나와프 산조르의 것일 수도 있었다. 잭은 그 물건을 반드시 손에 넣어야 한다는 것을 알았다.

"나를 쳐다봐!" 잭이 앞으로 나서면서 명령했다.

잭이 접근하는 발걸음 소리를 듣고, 남자는 팔을 내리고 나서 고층 건물 모서리에서 뛰어내렸다.

"알라 아크바!(Allah Akbar, 알라는 위대하다!)"

약해지고 있는 자멸의 절규가 잭의 귀에 들리는 가운데 덩치 큰 남자는 시야에서 사라졌다.

다음 이야기는 오후 5시에서 오후 6시 사이에 일어난 것이다.

오후 5:01:55

센추리 시티, 로섬 타워

잭은 목숨을 잃을 뻔했던 대결이 벌어졌던 복도로 되돌아왔다. 야스미나의 사체는 발견했지만 니나는 보이지 않았다. 그는 지붕에서 발견한 루이 비통 여행 가방을 내려놓고, 무기를 꺼내 두 손으로 사격 자세를 취했다.

"니나! 니나, 내 말 들려?"

그녀의 대답이 숨겨진 스피커를 통해서 들려왔다. "잭! 복도 끝에 계단이 있어요. 나는 두 층 아래에 있어요, 산조르의 사무실에요. 뭔가 발견한 것 같아요."

잭은 계단을 따라 아래층으로 내려갔고, 니나가 컴퓨터 키보드 앞에서 몸을 구부리고 모습을 발견했다. 그녀는 어깨의 상처를 백년이 넘은 코냑으로 소독하고 하얀색 이집트 면 수건으로 감쌌다. 상처로 생긴 구멍은 꽤 깊었다. 붕대는 이미 스며나온 피로 얼룩져 있었다.

"과학수사 팀을 불렀어." 그가 휴대폰을 탁 닫으면서 그녀에게 알려주었다. "몇 분 내에 도착할 거야. 나와프 산조르는 헬리콥터를 타고 도주했어. CTU에서 그 헬기를 레이더 상에서 발견했지만 로스엔젤레스 전역의 지면 반향 때문에 놓쳐버리고 말았대. 그는 이제 어디로든 날아갈 수 있어. 우리는 그를 놓친 거야."

잭은 무기를 안전하게 고정시켰다. "산조르의 수하들 중 한 명을 어떻게 해서든 붙잡으려고 했는데, 그 남자는 포로가 되기보다는 건물에서 스스로 투신하는 쪽을 택했어. 손에 PDA 하나를 들고 있었는데, 그게 추락의 충격을 견뎌냈을지 모르겠군…."

"컴퓨터들 역시 깨끗하게 지워졌어요." 니나가 찔린 상처에도 불구하고 바위처럼 흔들림 없는 목소리로 말했다. "그런데 이걸 좀 봐요! 이 모니터를 켜니까 이런 게 나타났어요."

그것은 그들이 있는 방 안에서 가장 큰 스크린이었다. 잭이 본 것은 컬러로 된 배선도였다—어떤 건물을 위한 설계도 같았다. 하지만 어떤 건축물인지를 알려주는 표시는 전혀 없었다.

"누군가가 메모리를 삭제할 때 프로그램을 종료하는 것을 잊어버린 것 같아요. 파일은 사라졌지만, 이 화면에 있는 자료는 프린터에 있는 메모리에 남아있을 수도 있어요." 니나가 말했다. "그랬으면 좋으련만."

그녀는 몇 개의 자판을 두드렸다. 구석에 있는 큰 프린터가 작동되면서 설계도가 인쇄된 커다란 종이 한 장을 뱉어냈다. 니나와 잭 모두 그들이 들고 있는 것이 무언지 알지 못한다는 기색을 내비쳤다.

"그래도 중요한 걸 거예요." 니나가 말했다.

"정말 잘했어." 잭이 대답했다. 그는 그녀의 팔을 토닥였다. "그리고 구해줘서 고마워."

"잭! 피가 나고 있잖아요."

잭은 소매를 걷어 올리면서 눈살을 찌푸렸다. "자네도 마찬가지야."

니나는 상처를 감싸기 위해 사용했던 수건 자락이 피로 얼룩진 것을 힐끗 내려다보았다. "그래도 상처는 이미 소독했어요." 그녀가 그에게 말했다.

그녀는 책상 위에 있는 잘게 조각 난 타월을 가리켰다. 잭은 그것을 향해 손을 뻗었다. "야스미나는 내가 이전에, 알 부스타니의 저택에서 다친 곳을 공격했어." 그는 이집트 면화 타월 한 조각으로 피가 스며나오고 있는 팔을 감싸면서 말했다. "칼날이 붕대에 걸려버린 것 같아. 덕분에 살아났지." 그는 니나에게 미소를 지어 보였다. "멋진 솜씨였어, 니나. 그녀를 죽이는 데 그녀의 칼을 쓰다니 말이야."

니나가 히죽 웃었다. "그 여자가 그 망할 물건으로 제 어깨를 찔렀잖아요. 최소한 나도 보답은 해야지요."

잭은 빙그레 웃었지만, 아주 짧은 순간 그녀의 눈에서 전에 한 번도 본 적이 없는 잔인한 번득임을 보았다. 그것은 눈 깜짝 할 사이에 사라졌다—너무나 빨라서 자신이 상상한 것이 아닌가 하고 생각할 정도였다.

오후 5:07:45

로스앤젤레스, 테런스 알튼 체임벌린 대극장

비밀경호국 요원 크레이그 오번은 전자 장비를 이용한 대극장 전체에 대한 마지막 점검을 위해 두 명의 사설 보안 자문가들을 수행했다. 두 남자는 특별 행사에 대한 보안에 있어서 전문가들이었고, 자신들만의 장비를 가지고 왔다. 한 사람은 마흔 살 정도에 머리카락은 희끗희끗 했고, 어깨에 고감도 가스 크로마토그래피 장비를 어깨에 걸치고 있었다. 다른 젊은 남자는 서른 살이 안 되어 보였는데, 은회색 초미분 이온 유동성 분광계를 등에 매고 있었다. 세 사람은 무대의 양 옆에서 시작해서 무대 위 보행자용 좁은 통로까지 높이 기어 올라갔다.

오번은 55세의 위조 지폐 부서 사무직 고참으로 거대한 중앙 무대에 다다를 때까지 숨을 헐떡이고 있었다. 잠시나마 은퇴를 해야 하는게 아닌가, 아니면 점점 악화 중인 심장이 연금을 타기도 전에 멈추는 게 아닌가 하고 생각했다.

걱정을 하던 나이 많은 탐지 자문가가 장비의 전원을 내렸다. "이봐요, 친구. 괜찮아요? 좀 쉬어야 하는 거 아니요?"

오번은 거친 소리로 대답했다. "아뇨, 아니에오. 그냥 시차 때문이에요."

남자들은 멀리서 봤을 땐 반짝거리고 매끄러운 것처럼 보이던 무대를 가로질렀다. 가까이서 보니 틈을 메운 자국들, 출입구들, 금속 덮개에 가려진 전기 플러그들이 넓게 트인 빈 공간 여기저기에 흩어져 있었다.

무대 중앙에서 가장 두드러진 것은 커다란 실버 스크린 시상식의 실물 크기 모형이었는데, 삼각대 위에 고정된 옛날 상자형 사진기를 본뜬 것이었다. 이 무대 소도구는 공중으로 10미터 가량 치솟아 있을 정도로 거대했다. 상자형 사진기만 하더라도 웬만한 소형 버스만 한 크기였는데, 합성 건축 자재로 절연 처리된 금속판들로 제작되었다. 그 구조물은 각광을 받을 수 있도록 광택이 나는 알루미늄으로 감싼, 동력 설비를 갖춘 짐수레 위에 고정되어 있었다. 그것은 무대 위로 거대한 모습을 드러내고 있었고, 그 그림자는 객석 맨 앞 좌석들을 향하고 있는 오케스트라의 좌석 너머까지 뻗어 있었다.

남자들이 그 소도구에 접근했을 때, 이온 분광계가 갑자기 치직거렸다. 기사는 그 자리에서 얼어붙었고 탐지기의 눈금을 재확인하기 위해서 조작판을 두드렸지만, 치직거리는 소리는 여전했다.

"뭐가 잡혔어?" 나이 많은 남자가 물었다.

"미량의 질산염과 테트릴(tetryl, 뇌관에 쓰는 강력한 폭약)입니다."

나이 많은 남자가 머리를 저었다. "나한텐 아무것도 나타나지 않는데. 자네 이온 탐지기의 판독이 뭔가 잘못된 거 아니야?"

오번은 무대 장식을 살펴보고 그 커다란 실버 스크린 시상식 소도구가 조합원들이 몇 시간 전에 가지고 들여온 부품들로 최종 조립한 형태라는 것을 알아차렸다—그 팀은 중동인 남자가 이끌고 있었다.

"오측이라는 것이 확실합니까?" 크레이그 오번은 만일 두 사람이 논리적인 이유를 제시하면 그 무대 소품을 해체할 생각으로 강조해서 물었다.

나이 많은 전문가가 삼각대 다리의 맨 아래 부분을 만졌다. 그의 손이 페인트로 얼룩졌다. "이 물건은 이제 막 조립되었어요. 마르지 않은 페인트, 미량의 아세틸렌, 누군가의 도시락 통에 있는 과일의 흔적이 있어요. 이런 것들로는 이 장비를 터뜨릴 수 없어요."

"이것들의 신호도 아주 약합니다." 젊은 남성도 동의했다.

"당연히 약하지." 나이 많은 남자가 말했다. "이 근처 어딘가에 폭발물이 있다면, 이 분광계가 아주 크게 울리고 있을 겁니다. 장담하지요. 범인은 젖은 페인트입니다."

전문가들은 무대의 다른 부분을 살펴보기 위해 그 자리를 벗어났다. 오번은 마지막으로 무대 소품을 쳐다보았다. 그 소품과 관련해서 뭔가 석연치 않은 구석이 그를 괴롭혔지만, 그는 그런 예감은 명백한 과학 수사의 증거 앞에서는 경력이 많은 혹은 그 경력을 유지하는 데에 관심이 있는 사람의 허풍으로 여겨진다는 사실을 너무나 잘 알고 있었다.

"당신들 뜻대로 합시다. 당신들이 전문가니까."

오후 5:13:45

로스앤젤레스, 테런스 알튼 체임벌린 대극장

"당신들 뜻대로 합시다. 당신들이 전문가니까."

미국인의 그 말이 희미하게 들렸다. 가볍고 조용한 발걸음 소리들이 멀어지고 있었다. 바스티안 그로스트는 큰 안도감을 느끼기에 충분할 만큼 들었다. 그는 청진기를 컨테이너의 벽에서 떼내더니, 전우들에게 눈을 맞추고 고개를 끄덕였다.

하산이 맞았어.

그들이 차지하고 있는 무대 소품의 그 부분은 밀폐된 상태였다. 그들의 머리 위쪽에 있는 공기 세정기가 그 방 내부의 공기를 조용히 정화시키고 있었다. 하산이 물론 그 장치를 설치했다. 모두들 커다란 조각품의 외형과 널찍한 내부를 보고 만족해 했다. 그러나 부하들 사이에서는 내벽에 관해 일부 회의론도 일었다. 납은 폭발 탐지기로부터 가장 효과적인 차단 물질이었다. 그러나 납으로 안을 댄 무대 소품에다가 사람들의 체중이 더해지면 지나치게 무겁게 된다.

특별히 처리된 고분자 내벽이 역할을 제대로 해낼지 여부도 아무도 알 수 없었다. 하지만 완벽하게 해냈다. 일곱 명의 사내들이 커다란 상자 안에 25정의 총과 27킬로그램의 플라스틱 폭탄을 가지고 그의 주변에 앉아 있었다—그리고 그 멍청한 미국인들은 어느 것 하나도 탐지해 내지 못했다.

그로스트는 그들이 자신과 부하들이 지금 점유하고 있는 실버 스크린 무대 소품보다 더 작은 축소판 소품의 내부에 있는 추가적인 무기들도 탐지하지 못하리는 것도 확신했다. 그 축소판 소품은 대극장의 뒤쪽에 장식물처럼 위치해 있었다. 시간이 되면, 그들의 동지들이 청중들 가운데에서 변장한 모습을 벗어던지고 그 숨겨진 무기들을 움켜잡고 대극장의 출입구를 봉쇄할 것이다.

그로스트는 손목시계의 빛나는 눈금을 확인했다. 가장 사소한 세부 사항까지 모든 것이 계획되어 있었다. 2시간 후에는 모든 일이 동시에 일어날 것이다. 2시간 후면, 그와 동지들은 낙원을 향한 여행을 시작할 것이다.

오후 5:16:12

멕시코, 티후아나, 단테 대로

레이 도빈스는 뜻밖의 장소에 숨어 있었다—평범한 구조의 벽돌과 목재로 된 단층 주택으로 상위 중산층이 살고 있는 조용한 교외 지역이었다. 토니의 눈에는 도로들, 주택들이 70년대 초 미국 시트콤에 나오는 이웃들과 전혀 다를게 없어 보였다. 그 주택은 주변 풍경보다는 약간 움푹한 곳에 아늑하게 자리잡았고, 그 구역에 있는 다른 주택들과는 넓은 마당을 경계로 외떨어져 있었다. 건물 자체는 관목들로 둘러싸여 있었는데, 지금은 가늘게 메말라서 엄폐물으로서의 가치는 없었다. 주택의 전면으로는 커다란 퇴창과 차고가 있고, 무성한 잔디가 그 주변으로 펼쳐져 있었지만 오래 지속된 가뭄으로 캘리포니아와 멕시코 국경의 양쪽 모두를 누렇게 태우는 바람에 초록빛 풀은 거의 없었다.

토니는 지붕에 있는 커다란 위성 방송 수신 안테나, 뒤쪽에 있는 초단파 송신기 그리고 집에서 멀리 떨어져 있는 키가 큰 나무에 설치된 또 다른 접시 모양 안테나를 주목했다. 최첨단 통신 기기로 보아, 토니는 이 특별한 집 내부에서 단순히 초콜릿 칩 쿠키를 굽고 있는 건 아닐 것이라고 짐작했다.

토니가 처음에 도착해서 그 주택을 보았을 땐, 아차 싶었다. 매춘부인 브랜디가 자신을 속였다고 생각했으니까. 그러나 차를 몰아 근처를 몇 차례 둘러보고 그 주택을 한두 차례 지나친 후에야 토니는 마침내 도빈스가 따분해 하는 뚱뚱한 고양이처럼 뒤뜰 속을 어슬렁거리는 모습을 발견했다. 그 남자는 짧은 반바지를 입고 있었고, 거대한 몸을 뒤뜰에 딸린 조그만 수영장 바로 옆에 있는 안락의자에 편안하게 누인 채로 테킬라를 홀짝거리고 두꺼운 시가를 뻐끔뻐끔 피워댔다. 이제 정확한 장소를 찾아냈으므로 토니는 승합차를 도로 건너편에 주차시키고 그 주택을 지켜보았다.

20분 후 토니는 체첸인들은 아마도 다른 어딘가에 있고, 도빈스가 혼자라고 판단했다. 토니의 주먹이 운전대를 내리쳤다. *그저놈만 갖고는 안 돼,* 그가 중얼거렸다. *내가 원하는 건 모든 사람이 내가 준비한 파티에 참석하는 거니까.*

오후 5:20:47

센추리 시티, 로섬 타워

자료 분석 팀이 도착하자 나와프 산조르의 사무실은 시장터를 방불케했다. 소음이 너무 심해서 잭은 자신의 휴대폰이 울렸을 때 그 소리를 듣지 못하고 겨우 진동을 감지했다.

"바우어입니다."

"잭? 잭… 자네 맞나?" 목소리의 주인공은 프랭크 카스탈라노였다. "좀 크게 말해야 할 거야. 내 귀가 아직도 좋지 않거든."

잭은 RPG(Rocket-propelled Grenade, 로켓추진식 수류탄, 대전차 무기)가 카스탈라노가 탄 차량을 강타한 것을 떠올렸고, 그 남자가 청력만 부상을 당한 채 걸어서 빠져나온 게 행운이라고 생각했다. "날세, 프랭크." 잭이 주목을 끌 만큼 큰소리로 대답했다. "자네 파트너는 어때?"

"뭐라고?"

"제리 앨더는 어떠냐고?"

"아직도 수술 중이야. 그 친구 부인이 지금 병원에 있어… 완전히 엉망이야."

"자네는 좀 어떤가?"

"긁히고 멍이 좀 들었지. 의사가 그러는대 청력은 며칠 있으면 나아질 거라고 하더군. 그 동안 내 머리 속은 노트르담 성당의 종 소리가 울리는 것 같았다고." 잠깐의 침묵. "잭, 약 한 시간 전에 휴 베트리가 책상 위에 있는 종이 더미 아래에 숨겨놓았던 휴대폰을 찾아냈네. 밝혀진 사실은 그가 팔 일 전에 가짜 신분증으로 그것을 구입했다는 거지."

"베트리는 자신이 감시당하고 있다고 생각했던 게 틀림없어. 전화 도청일 수도 있고. 불법적인 감시의 흔적이라도 있나?"

"아직은 없어. 하지만 우리는 베트리가 그 전화기로 세 통의 전화를 했다는 사실을 밝혀냈네. 그것들 모두가 그가 살해된 밤이었고, 모두 같은 번호였어—발레리 다지라는 사람의 사무실, 다지 모델 에이전시의 CEO라네."

오후 5:22:42

앤젤레스 국유림, 39번 고속도로

헬리콥터가 샌 가브리엘 산 위로 낮게 급강하해서 울창한 숲 바로 위를 스치듯 지나친 후에야 비로소 한때 39번 고속도로의 일부분이었던 버려진 도로의 특정한 구간을 찾아냈다. 헬기는 먼지, 낙엽들, 그리고 바싹 말라버린 솔잎들이 자욱히 날리는 가운데 도로의 갈라진 포장 위로 내려앉았다. 바퀴들이 바닥에 닿자마자 문이 열렸고 나와프 산조르가 뛰어내렸다. 빙빙 돌아가고 있는 헬기의 날개를 피하기 위해 몸을 웅크린 건축가는 콘크리트 도로를 서둘러 건너서 도로의 좁은 갓길 쪽으로 갔다.

헬기의 뜨거운 바람을 막기 위해 얼굴을 보호하던 나와프는 헬리콥터가 이륙하고 솟구치며 사라지는 것을 지켜보았다. 두들겨 대는 듯한 화전날개 소리는 빠르게 희미해져 갔다. 두려움으로 가득 찬 나와프 산조르는 텅 빈 도로와 길 양편에 있는 울창한 나무숲을 살펴보았다. 바람이 불면서 나무들이 바스락거렸다. 어떤 맹금이 멀리서 울부짖고 있었다. 야생에 둘러싸여 있어서인지 그는 정말로 공격을 받을 수 있다고 느꼈다. 돌덩이가 바위를 스치며 긁히는 소리를 들었을 땐 거의 비명을 질렀다. 그는 그 소리가 난 쪽으로 몸을 돌렸고 지면 한 부분이 열리는 것 같은 장면을 보았다. 틈 사이로 드러난 것은 지하로 향하는 좁다란 콘크리트 계단이었다.

나와프는 발자국 소리를 들었다. 턱수염을 기르고 이슬람 성직자의 검은색 예복을 입은 남자가 계단을 걸어 올라와서 그를 맞이했다.

"저를 따라오십시오."

터널 내부의 공기는 서늘했고 향내가 났다. 예복을 입은 남자는 나와프를 기다란 복도로 따라 자연 동굴의 지하 미로 속으로 안내했고 마침내 산 내부 깊숙한 곳에 있는 한 커다란 방에 이르렀다. 땅 속 한가운데에 있는 빈 공간은 낙원 같은 모습으로 변형되어 있었다. 우묵하게 설치된 전기 조명은 산들바람이 부는 그 공간을 무릉도원처럼 빛나게 만들었다. 숨겨진 스피커들은 그 공간을 부드러운 풍경 소리가 가득 채웠다. 나와프 산조르는 동굴의 천장이 자신의 머리 위로 20~25미터는 되리라 추정했다. 거기에는 연약해 보이는 고드름처럼 생긴 돌들이 넘칠 듯이 매달려 있었다—종유석들이 물결치는 무지개 빛 속에 잠겨 있었다.

거대한 동굴의 한쪽 끝에는 산속의 차가운 물줄기가 절벽의 바위 너머에서 흘러내리면서 푸른 형광빛을 발하는 수중 조명이 설치된 물웅덩이 속으로 떨어지며 물결을 일으키고 있었다. 동굴의 반대쪽, 대략 300미터 떨어진 곳에는 삼단으로 배열된 유리와 돌로 만들어진 구조물이 동굴 벽 쪽에 만들어져 있었다. 불빛들이 유리벽 뒤쪽에서 어슴푸레 빛나고 있었는데, 나와프 산조르는 그곳이 현대적 가구들로 가득한 호화로운 방이라는 것을 알았다. 발밑의 울퉁불퉁한 돌 바닥은 돌 속에 함유된 석영 조각들, 반짝거리는 화강암, 수정 조각들로 인해 번들거렸다.

몸을 돌릴 때마다 서로 다른 향기가 그의 감각들을 자극했다—재스민, 장미, 인동덩쿨. 이 신비로운 장소의 평온한 고요함은 이슬람 성직자의 예복들이 스치는 소리 때문에 깨지고 말았다. 그들은 마치 기이한 선인장들처럼 동굴 바닥에서 자라나고 있는 키 큰 톱니 모양의 석순을 지나쳐 오고 있었다. 작은 개울 위의 수정 다리를 건넌 그들은 좁은 진입로를 지나서 매설된 전등이 뒤쪽에서 조명을 비추고 있는, 무늬를 새긴 검은색 석영으로 만들어진 곳으로 향했다.

비현실적인 아름다움과 지하 은신처의 미학적인 완벽함에 건축가는 온통 경외심을 가졌다. 그들이 구조물로 들어가는 입구에 접근하자 문이 조용히 쉬익 소리를 내며 열렸다.

예복을 걸친 남자가 멈춰 섰다. "안으로 들어가십시오. 하인들이 필요하신 것을 도와줄 겁니다. 하산은 아직 도착하지 않았습니다만, 곧 오실 겁니다."

오후 5:30:02

로스앤젤레스, 테런스 알톤 체임벌린 대극장

30분 후면 실버 스크린 시상식을 위한 커튼이 올라가는데도 테리는 자기 자리에 갈 수조차 없었다. 수십 명의 사람들이 로비에 무리 지어서 아치 모양의 대극장 입구 주위를 가득 메우고 있었다. 소수의 좌석 안내원들만이 군중들을 상대하기 위해 애쓰고 있었다.

테리는 꿈틀거리며 줄 맨 앞으로 막 나아가려던 순간 친근한 목소리를 들었다. "테리—! 테리 바우어!"

"낸시!"

여자들은 서로 끌어안았다. "멋져 보이는데! 정말 좋아 보여." 테리가 외쳤다.

낸시 콜번은 1920년대 신여성 스타일의 빨간 드레스를 입었는데, 드레스 끝자락에는 여러 겹의 술 장식이 달려 있었다. 검은 머리를 눌러 붙여서 1930년대 대공황 시절의 스타일로 손을 봤고, 조그만 모자도 쓰고 있었다. 몇 킬로그램 정도 살이 붙었지만, 테리가 보았던 모습보다는 더 행복해 보였다.

"넌 너무 우아한 거 아니야," 낸시가 정답게 소곤거렸다. "이거 '베르사체'지?"

테리는 고개를 끄덕였다. "다른 사람들은 어디 있어? 왜 우리를 안 들여보내는 거지?"

한 남자의 목소리가 높아졌다. "부통령 부인과 러시아의 영부인이 이곳으로 오고 계십니다, 부인. 몇 분 안에 도착할 예정이고요."

테리는 그 경찰관을 바라보았다. 잘 생기고 볕에 그을린 히스패닉계 남자로 넓은 어깨를 가지고 있었다. 배지 아래에 있는 이름을 보았다. "알려줘서 고마워요. 베사리오 경관님."

그가 미소 지었다. "별말씀을요, 부인."

"이쪽이야, 테리. 어서!" 낸시가 외쳤다. 그녀는 챈드라와 칼라와 함께 서 있었다.

"안녕!" 테리가 소리쳤다.

그녀는 옛 직장 동료들을 부둥켜 안았다. 그들이 처음 같이 일했을 때, 챈드라는 20대에 갓 접어든, 곱슬곱슬한 지진 머리를 한 수줍은 아프리카계 미국인 애니메이터로 지나치게 큰 셔츠와 투박한 안경 차림으로 살았었다. 이제 그녀는 자신감 넘치는 성공한 영화 제작자가 되었다. 안경은 사라졌고 아줌마 스타일의 겉모습은 실크 드레스를 걸친 날씬한 몸매로 변해 있었다. 그러나 가장 크게 놀래킨 사람은 다름 아닌 칼라였다.

"네가 약혼했다고 데니스가 말해줬어." 테리가 말했다.

"왜 그런지는 이제 알겠지." 칼라가 튀어나온 배를 어루만지며 말했다. "8개월이 지나서는 날짜를 세고 있어. 웃기는 얘기 하나 할까. 개리가 자기와 결혼해 달라고 나한테 청하고 나서 세 시간 후에 임신 테스트 줄이 분홍색으로 변한 거 있지! 데니스는 그게 바로 진정한 사랑이라고 말했다니까."

테리가 웃었다.

"정말이라니까." 칼라가 말했다. "일주일 안에 이 작은 매력 덩어리가 나올 예정이야. 개리가 나한테 가라고 하지 않았다면 나는 여기 있지도 않았을 거야. 내가 그 영화에 공을 들였지만, 데니스가 실버 스크린 상을 수상했는데 내가 여기에 참석하지 않아서 그 영광을 함께 나누지 못한다면 그건 순전히 내 탓이라고 말하는 거 있지."

"호랑이도 제 말하면 온다는데, 종잡을 수 없는 데니스 윈스롭은 어디에 있는 거야?" 테리가 속마음을 애써 숨기면서 물었다.

"그 사람은 제작자니까 레드 카펫을 밟으며 오겠지." 낸시가 말했다.

"설마 그럴라구?" 칼라가 웃었다. "나는 그 사람이 그 운동복 바지 말고 다른 걸 입고 왔으면 좋겠어. 그렇지 않으면 조앤 리버스(유명 토크쇼 진행자)가 처음 겪는 일이라고 그를 찢어발길걸."

"저기 VIP들이 오는군." 챈드라가 말했다.

챈드라는 러시아의 영부인과 미국 부통령 부인이 대극장으로 들어오는 모습을 지켜보았다. 검은 양복과 헤드셋을 끼고 진지한 표정을 짓고 있는 남자들의 호위를 받으며 부인들이 군중들을 휩쓸고 지나갔는데, 마치 세실 B. 드밀(Cecil Blount DeMille, 〈십계〉와 〈삼손과 데릴라〉로 유명한 미국 영화감독, 1881~1959)의 장편 서사 영화 속 바다처럼 갈라졌다.

테리는 실물로 보니 부통령의 부인이 얼마나 나이 들어 보이는지, 그리고 러시아 영부인이 키가 얼마나 커 보이는지에 주목했다—볼쇼이 발레단에서 받아들인 사람 중 가장 키가 큰 여성이라고, 어디선가 읽은 적이 있었다. 화려한 차림의 부인들과 그들의 수행단은 재빨리 아치형 입구를 통과했고 눈 깜짝할 사이에 사라졌다.

잠시 후, 한 쌍의 제복을 입은 좌석 안내원들이 출입구에 나타났고, 혼자 온 사람들과 단체로 온 사람들을 대극장 내부의 지정된 좌석으로 안내하기 시작했다.

"제발!" 칼라가 투덜거리듯 말했다. "저들이 나를 화장실 근처로 앉혀주었으면 좋겠는데. 중요한 날이 가까워지니까 내내 들락거려야 하거든."

"알잖아, 시상식이란 게 어떤지." 낸시가 말했다. "만일 이런 사태가 한 번 더 발생하면, 바로 여기서 아기를 낳아야 될지도 몰라."

오후 5:46:58

로스앤젤레스, CTU 본부

그들이 도착했다는 경보를 받고, 라이언 슈펠은 보안 데스크 앞에서 마일로

프레스만을 가로막았다. 공항에서 그들을 맞은 네 명의 CTU 요원들의 호위를 받으며 그 탈주자들은 대기실 안으로 거칠게 떠밀렸다. 그 와중에 바퀴가 달린 환자 이송용 들것이 천으로 덮인 페이 허블리 시신을 싣고 CTU의 시체 공시소로 굴러갔다.

"토니는 어디 있지?" 슈펠이 캐물었다.

마일로는 헛기침을 했다. "그는 아직 티후아나에서 있습니다. 하산에 대한 일부 단서들을 추적하고 있습니다."

"허튼 소리는 집어치워. 토니는 존 웨인 흉내를 내려고 거기에 있는 거라고." 라이언은 들것이 복도를 따라 우르릉거리며 지나가는 것을 바라보았다. "그가 하려는 게 뭐든 난 괜찮네. 단 아침 신문에 날 일만 벌이지 않는다면 말이야—또는 국무부에서 걸려온 전화를 받을 필요가 없거나."

"그가 신중하게 처리하리라 확신합니다." 마일로가 말했다.

라이언의 눈길이 새로 온 사람들에게로 옮겨갔다. "자네 친구들을 내게 소개시켜 주게나."

"이쪽은 리처드 레저…."

"당신이 슈펠이군요, 맞죠? 마일로한테서 이야기 많이 들었습니다." 레저가 손을 내밀었지만 라이언은 무시했다.

"이쪽은 콜 키건, 리처드의 보디가드입니다. 그리고 이 젊은 여성은 브랜디…."

여자는 앞으로 걸어나와서 라이언에게 손을 내밀었다. "만나서 반갑습니다, 슈펠 지부장님. 제 이름은 레나타 에르난데스, 연방수사국 특수요원입니다. 저는 멕시코 정부와 합동으로 위장 첩보 임무를 수행 중에 있었습니다. 텍사스와 캘리포니아 일대에서 벌어지고 있는 여러 건의 어린 소녀들 납치 사건을 수사중이었죠. 그러다가 당신네 요원들을 만나게 되었습니다."

마일로는 충격으로 눈을 껌벅거렸다. 콜 키건은 입이 떡 벌어졌다. 늘 자신감 넘치는 태도의 리처드 레저마저도 뜻밖의 발언에 멍한 듯이 보였다.

"멕시코에 내려와 있는 제 연락책에게 제가 오늘 오후에 국경을 넘을 것이라고 말했습니다. 샌디에이고 지부에 있는 제 상관에게 연락을 하고 싶습니다만." 여자가 말했다.

"물론이죠." 슈펠이 그녀의 신분을 확인하면서 말했다.

"정말 좋은 요원들을 두셨더군요." 에르난데스 요원이 계속 말했다. "비록 현장 요원은 확실히 아니었지만, 프레스맨 씨는 자신의 동료를 구하기 위해서 반드시 해야 하는 일을 해냈습니다. 저는 혼자서는 움직일 수 없는 상황이었고, 솔직히 여기 있는 콜 키건이 그 일을 하리라고는 믿지 않았습니다."

"이봐! 그거 너무 무정한데." 콜이 우는 소리를 했다.

"고마워요, 에르난데스 특수요원. 내 사무실에서 FBI와 연락을 하세요." 라이언은 경비원들을 쳐다보았다. "사건 보고를 들어야 하니까 키건 씨를 취조실로 데려가게. 그 사람은 별도의 지시를 내리기 전까지는 익명으로 여기에 남아 있을 거야."

"젠장! 정말 너무들 하는군." 키건은 소리쳤다.

"아니요, 키건 씨, 이게 절차입니다." 라이언은 다음으로 마일로를 바라보았다. "위협 경고 시각이 다가오고 있네. 나는 자네가 레저를 제이미 패럴의 자리로 데려가 주었으면 하네. 그녀와 도리스 수민이 이 남자에게 트로이 목마에 대해서 몇 가지 질문을 간절히 물어보고 싶어 하네."

레저가 능글맞게 웃었다. "공무원들 말인가요?" 그는 업신여기는 투로 중얼거렸다. "그 사람들이 도저히 이해할 수 없는 것도 그다지 놀랄 일은 아니죠."

"또한 당신이 가지고 있다는 또 하나의 바이러스도 직접 보기를 간절히 원하고 있소. 우리는 당신이 우리를 도와서 그것에 대한 해결책을 찾는 걸 도와주었으면 고맙겠소, 그것이 퍼지기 전에 말이요."

레저는 고개를 끄덕였지만, 능글맞은 미소는 그대로였다. "문제는 없습니다…, 내 면책 합의의 일환이라면 말이죠, 당연하겠지만."

라이언은 리처드 레저의 비꼬는 듯한 표현에 그 역시 지지 않고 맞받았다. "조건을 조금 후에 얘기하도록 합시다, 레저 씨…. 아니죠, 당신이 원한다면 나는 당신을 CTU 범죄행동분석 팀으로 인계해서 좀 더 심도 있는 조사를 할 의향도 있습니다. 그들의 방식이 꽤 효과적이라는 건 당신도 아실 겁니다—공무원들이니까."

1 2 3 4 5 6 7 8 9 10 11 12 13
14 15 16 17 18 19 20 21 22 23 24

다음 이야기는 오후 6시에서 오후 7시 사이에 일어난 것이다.

오후 6:01:01

멕시코, 티후아나, 단테 대로

체첸인들이 드디어 도착했다. 세 명의 덩치 큰 남자들이 검정색 포드 익스플로러에 타고 있었다. 그들은 진입로 쪽으로 방향을 휙 돌렸지만, 차고로 향하지는 않았다. 도빈스는 수영장 바로 옆에 있는 안락의자에 앉아서 졸고 있다가 그들이 오는 소리를 들었다. 그는 일어나서 시야에서 사라졌는데, 짐작컨대 그들을 정문 안으로 들어오도록 하기 위해서 집으로 들어간 것 같았다.

승합차 속에서 유리한 위치를 확보한 덕에 토니는 도빈스는 뒤뜰에, 체첸인들은 정문 쪽에 있는 것을 볼 수 있었다. 쌍안경을 통해서 남자들을 지켜보던 그는 그들 가운데 누가 페이 허블리를 성폭행했는지, 누가 그녀의 목을 그었는지 궁금해했다. 하얀 피부, 금발 또는 갈색 머리카락, 파랑 또는 초록색 눈을 가진 남자들은 돌아가면서 웃고 그들의 모국어로 험담을 주고받고 있었다. 그들 중 두 명이 맥주 상자들을 옮기고 있었다. 세번 째 인물은 뚜껑을 딴 밀러 맥주병을 손에 쥐고 들이키고 있었다.

토니의 두 눈이 찌푸려진 것은 한 남자의 벨트 속에 끼워져 있는 권총을 보았을 때였다. 그것은 그가 페이에게 호신용으로 건네준 글록 권총이었다. 토니는 그 남자를 지켜보는 동안 현관문이 열렸고 그들은 안으로 들어갔다. 그들은 성가셨는지 주변을 둘러보지도 않은 채 들어갔다. 만약 그들이 그렇게 했더라면, CTU 승합차를 알아챘을 수도 있었다. 체첸인들은 이미 질펀한 상태였지만, 토니는 파티를 시작하기 전에 그들이 술을 더 마실 수 있도록 몇 분 더 시간을 주기로 했다—그 편이 일을 좀 더 수월하게 진행할 수 있을 테니까.

기다리는 동안, 태양이 수평선 아래로 지자 열기도 약간 수그러드는 듯했다. 그림자들이 잔디밭을 가로지르며 늘어졌고, 구역을 따라 늘어서 있는 작은 주택들에서는 전등이 켜졌고 커튼이 쳐졌다. 구미를 동하게 하는, 어린 시절부터 토니에게 익숙한 냄새가 동네 이웃들의 부엌에서 흘러나와 공기를 흠뻑 적시기 시작했다.

20분 후, 토니는 어깨 너머로 긴 외투를 재빨리 걸치고 그 코드 안쪽에 산탄총을 숨겼다. 글록은 벨트에 밀어넣고 만능 열쇠를 오른손 손가락 사이에 키운 채, 승합차에서 내리고는 텅 빈 거리를 건넜다. 집으로 다가서자 혀가 꼬부라진 목소리들, 큰 웃음소리, 텔레비전에서 중계하고 있는 어떤 스포츠 프로그램 소리 들이 들렸다. 그는 문 쪽으로 당당히 다가가서 톱니 모양의 금속 막대를 자물쇠 안으로 슬쩍 밀어넣고 조용히 그것을 몇 번 흔들었다. 자물쇠의 회전판이 딸깍 하는 소리가 들렸다.

토니는 열쇠를 문에 그대로 놔두고 손잡이를 돌리고는 안으로 들어갔다. 현관의 벽은 오래된 듯한 분홍색이었고 커다란 투우 포스터가 붙어 있었다. 단단한 목재 계단이 이층으로 연결되어 있었고, 오른쪽으로는 개방된 아치형 출입구가 거실로 나 있었다. 바로 그곳에서 체첸인들이 웃고 떠들고 있었는데, 초대하지 않은 손님이 도착한지도 의식하지 못하고 있었다.

토니는 전혀 두려움 없이, 냉정하고 침착하게 판단했다. 조심스럽게 출입구로 다가갔고, 남자들이 커다란 텔레비전 주위에 둘러앉아 유럽 축구 경기를 시청하는 것을 보았다. 도빈스는 그 자리에 보이지 않았지만 토니는 그가 그 무리들 가운데서 가장 위험하지 않은 존재라는 것을 알고 있었다.

그는 조용히 겨드랑이에 끼고 있던 산탄총을 슬며시 꺼내들고 오른손으로 쥐었다. 왼손으로는 벨트에서 글록을 뽑아들었다. 그런 다음 그는 방 안으로 걸어 들어갔다.

남자들이 동시에 쳐다보았지만 그들 가운데 단 한 명만이 움직였다. 그 남자의 손가락이 페이의 글록 손잡이를 쥐자 곧바로 산탄총이 불을 뿜었다. 커트 코베인(Kurt Cobain, 엽총으로 자살한 뮤지션)이 자기 머리에다 한 것처럼. *근거리에서는 샷건(산탄총)이 제일 쓸 만하지*, 하고 토니는 생각했다. *두 번 쏠 필요가 없으니까.*

핏덩이가 다른 남자들에게까지 튀면서 그들을 겁에 질리게 만들었다. 토니는 왼손에 든 글록으로 조준한 다음 6발을 쏘았다—술에 취해 앉아 있는 남자들을 규칙적으로 가슴에 한 발, 머리를 두 발, 그렇게 암살했다.

뒤이은 고요가 으으스했지만 토니는 그것이 실제가 아니라는 것을 알았다. 정적은 발포의 소음으로 인한 일시적인 귀먹음 때문에 유발된 착각이었다. 실제로 폭력의 여파 뒤에는 항상 소리가 나게 마련이니까. 충격 또는 놀람의 외침, 고통의 신음, 바닥에 튀기는 핏덩이.

토니는 빈 산탄총을 떨어뜨리고, 반 정도가 남아 있는 글록을 오른손으로 바꿔 쥐었다. 이제는 레이 도빈스를 찾을 시간이었다. 일층의 나머지 부분을 재빨리 둘러본 결과 아무도 없었다. 부엌은 냉장고 안에 있는 맥주를 제외하고는 비어 있었고, 차고는 훔친 물건들로 가득했다—대부분은 포장도 뜯지 않은 전자 제품이었고, 모피나 가죽 코트 같은 일부 사치품들은 구석에 있는 선반 위에 늘어져 있었다.

토니는 이층에서 도빈스를 찾아냈다. 그 남자는 그 목장형 주택의 다락에 몸을 웅크리고 있었는데, 그곳은 커다란 방으로 개조되어 있었고 컴퓨터로 가득했다. 거기에는 꽤 많은 장비들이 놓여 있었는데, 마치 CTU 지휘 본부의 축소판 같았다. 도빈스는 휴대폰으로 누군가에게 전화를 걸려고 애를 썼지만, 손을 떨고 있어서 그 일을 하기에는 너무 힘들어 보였다. 그때 전화기가 그의 손아귀에서 미끄러지면서 카펫이 깔린 바닥으로 튀었다.

"여기서는 911 통화를 할 수 없어." 토니가 침착하게 알려주었다.

"죽이지 마, 나바로! 제발, 제발 그러지 마." 도빈스가 징징거렸다. 그의 두툼한 핑크색 무릎이 떨리고 있었다.

"이게 다 뭐지?" 토니가 자유로운 손으로 네트워크로 연결된 컴퓨터들을 가리키면서 물었다.

"나도 몰라." 도빈스는 흐느껴 울었다. "자네 친구 레저가 하산을 위해서 구축해 놓은 거야. 나랑 체첸인들은 이것들을 지키기로 되어 있었고. 2시간 내로 다른 전문가들이 인수할 예정이야. 정말이야. 나는 그들이 무얼 하려는지 진짜 몰라!"

토니는 글록으로 가리켰다. "함정에 대해서 말해봐, 도대체 왜 나를 체첸인에게 팔아넘긴 거지?"

"난… 난 자네가 말한 레저에 관한 이야기가 거짓말이라는 것을 알고 있었어." 도빈스가 말했다. "난 자네가 일종의 연방 요원이라는 것도 알고 있었어. 자네가 마지막으로 사라지고 며칠 지나지 않아서 경찰들이 자네와 일을 했던 모든 사람을 덮쳤으니까…."

"자네도 리처드 레저가 변심한 걸 알거야. 그는 면책을 원하고 있어."

도빈스가 머리를 저었다. "그건 연기야. 그는 여전히 하산을 위해서 일하고 있어."

"자네가 어떻게 알지?"

"어느 누구도 하산을 거스르고는 살아남을 수 없어. 하산으로부터 보호할 수 있는 건 아무것도 없어. 만일 하산이 레저가 죽기를 원한다면, 그는 반드시 죽을 거야. 자네는 그것에 관해 어떤 일도 할 수 없어. 그리고 레저도 그 사실을 잘 알고 있고."

토니는 도빈스의 주장을 심사숙고해 보았다. 그 남자는 아무리 봐도 믿을 수 없는 놈이고 자신의 목숨을 구하기 위해서라면 어떠한 말도 마냥 지껄일 수 있는 놈이었다. 주위를 힐끗 둘러보던 토니는 수많은 질문에 대한 답들이 아마도 바로 여기 이 방 안에 있을 거라고 생각했다—도빈스의 진실에 대한 증거를 포함해서 이곳은 레저가 걱정하던 장소니까.

"제발 나를 죽이지 마, 토니. 내가 자네를 도와줄 수 있을 거야. 나는 자네는 여기서 빠져나가 국경을 넘도록 해줄 수 있어. 자네가 미치지 않았다면 자네를 도와줄 수 있는 유일한 사람을 없애지는 않겠지. 자네도 나를 진짜 죽이고 싶지는 않을 거야…."

도빈스는 계속 지껄여댔지만 토니는 더 이상 듣고 있지 않았다. 그 남자를 쏴야 할 수많은 이유가 있으니까. 그의 배신. 페이의 잔인한 살해. 토니를 체첸인들의 손에 넘겨서 고문을 받게 만든 것. 테러 계획에서 그의 역할이 무엇이든 중단시키는 것.

그렇다. 토니는 레이 도빈스를 죽여야 하는 수많은 이유를 가지고 있었다. 하지만 그가 마침내 방아쇠를 당긴 이유는 그 망할 놈의 입을 다물게 하려는 것이었다.

오후 6:29:53

베벌리 힐스, 로데오 거리, 발레리 다지 모델 에이전시

퇴근 시간대의 교통 체증은 틴설 타운(Tinsel Town, 할리우드의 별칭)의 터무니없이 비싼 쇼핑을 부추기기 위해 미화시킨 상점가에 이르자 더욱 심해졌다. 만일 당신이 천오백 달러짜리 구두 한 켤레 또는 천만 달러짜리 목걸이를 원한다면, 로데오 거리가 제격이다. 프랭크 카스탈라노가 그에게 알려준 단서에 대한 주소 또한 바로 이곳에 있었다.

발레리 다지 모델 에이전시에서 여섯 구역 떨어져 있는 잭은 어떤 번호로 전화를 걸었다. 첫 번째 신호음에 바로 전화를 받았다.

"여보세요." 잭이 말했다. "발레리 다지 씨와 통화를 하고 싶습니다. 아주 중요한 일이에요. 제 이름은…."

"다지 씨는 지금 안 계십니다. 업무 시간 중에 다시 전화주세요."

전화가 끊어졌다. 잭이 다음으로 전화를 건 사람은 제이미 패럴이었다. "발레리 다지 모델 에이전시의 CEO인 발레리 다지에 관해서 국세청 기록을 확인해봐 주었으면 하는데."

"무얼 찾으려고 하는 거죠?"

"모든 공급자의 이름을 알아야 할 필요가 있어. 발레리 다지 에이전시가 자주 같이 일하는 사람이 누군지 말이야. 어쩌면 주요한 공제 대상으로 사용하는 회사 이름일 수도 있고."

제이미는 멈칫했다. "시간을 얼마나 줄 수 있는 거죠? 라이언이 제 등 뒤에 있어요. 지금 막 레저의 바이러스 프로그램을 분석하려는 참이거든요."

"그 정보가 꼭 필요해, 제이미. 게다가 지금 바로."

"기다려요!" 그녀가 외쳤다. "페이 허블리의 블러드하운드 프로그램을 이용해 볼게요. 여기 와 있는 레저 때문에 모든 컴퓨터 메모리들이 헛되어 낭비되고 있거든요. 검색 변수들을 바꿔보도록 하죠."

잠시 후, 제이미는 잭이 필요한 파일들을 얻었다. "이 프로그램은 정말 대단하네요…. 찾아냈어요, A. J. 밀른 패션이에요, 세풀베다 대로에 있는."

"그 회사의 야간 우편 배달 내역을 확인해 볼 수 있겠어, 택배 서비스 같은 거 말이야?"

"페이의 프로그램을 가지고 할 수 있을 거예요…." 잠시 침묵이 흐른 뒤, 그녀가 말했다. "됐어요, 그 내역을 찾아냈어요. 페더럴 택배 서비스에서 발레리 다지의 이름으로 9개의 상자를 빠른 우편으로 발송했는데, 그것들 모두 오늘 체임벌린 대극장으로 배송되었어요."

"오늘?"

"그래요, 잭."

"그거면 됐어. 다시 전화할게."

잭은 발레리 다지 모델 회사 앞에 차를 세우고 주차했다. 그 여자의 사무실은 모조 벽돌로 꾸민 건물의 1층에 자리하고 있었다. 그 건물의 전면에는 창문도 없고 출입구도 잠겨 있었다. 잭은 인터컴을 보고 벨을 눌렀다. 버저를 세 번 누른 후에야 어떤 목소리가 스피커에서 치직거렸다. 잭은 그 여자의 목소리를 알아차렸다. 그가 조금 전 전화로 통화한 바로 그 사람이었다.

"영업 시간 끝났습니다." 그녀가 말했다.

"택배입니다. 체임벌린 대극장으로 가는 우편물이 반송되었어요. 그래서 발송인한테 물건을 돌려보내려고요."

"바로 나갈게요."

잭은 문에 바짝 다가섰고 무기를 꺼내 들었다. 한 여자가 푸들을 데리고 산책하다가 권총을 보고 현장에서 서둘러 사라졌다. 자물쇠가 찰칵거리는 소리가 들렸다. 손잡이가 돌아갔고 문이 조금 열렸다. 사슬 고리가 자리에 걸려 있지 않을 걸 보고 잭은 문을 발로 걷어찼다. 문이 쿵 소리를 내며 금발 여인에게 들이받는 바람에 그녀는 뒤쪽으로 떠밀리며 벽에다 머리를 부딪쳤다. 잭은 출입구를 지나치고, 위협에 대비해 무기를 조준하면서 사무실을 살펴보았다.

두 사람이 그곳에 있었다. 그가 문을 차면서 쓰러뜨린 금발 여인은 의식을 잃은 상태였고, 또 한 여성의 시체가 한쪽 구석에 아무렇게나 널부러져 있었다. 금발 여성은 여전히 누워 있었다. 잭은 무기를 그 여자에게 겨누면서 그녀의 손에 있는 총을 발로 찼다.

그는 사무실을 둘러보았고, 의자 위에 놓인 핸드백을 발견했다. 그것을 샅샅이 뒤져서 지갑과 신분증을 발견했다. 사진 속의 발레리 다지와 시체의 얼굴은 일치했다.

그는 책상 위에 있는 컴퓨터와 그 옆에 놓여 있는 출력물에 주목했다. 모니터 위에는 건축가 나와프 산조르의 집에서 출력한 것과 유사한 설계도가 있었다. 그는 곁눈질로 움직임을 포착했다. 그 여자가 바닥을 기어가는 것을 보았고, 그녀의 신음 소리를 들었다.

"화면에 있는 이 설계도는 뭐지?" 잭이 그녀에게 물었다. "무슨 짓을 벌이려는 거지?"

여자는 뺨에 흘러내리고 있는 피를 닦아냈고, 자신의 총이 사라진 것을 알아챘다. 그녀는 속수무책으로 궁지에 몰렸다는 것을 이제 깨달은 것처럼 보였다.

"왜 발레리 다지를 살해했지? 이 설계도들은 다 뭐야?" 잭이 다시 물었다.

여자는 몸을 움직이며 일어나 앉았고, 옷매무새를 고쳤다.

"대답해." 잭이 고함쳤다. 잭은 그녀 쪽으로 다가가서 무기를 겨누었다.

여자는 그저 히죽거리만 했다. "날 죽일 수는 있겠지만, 우리를 멈추게 하기엔 너무 늦었어."

그녀의 미소가 환하게 변했고, 눈빛이 반짝거렸다. 갑자기 그녀가 고개를 돌리더니 무언가를 깨물었다. 잭은 그녀의 턱이 움직이는 것을 보았고, 입 안에서 캡슐이 으깨지는 소리를 들었다. 헉 하는 소리와 함께 금발 여성은 갑자기 경련을 일으키기 시작했다. 다리를 거칠게 휘저었고 입에서는 거품이 얼룩덜룩 묻어났다.

"안 돼!" 잭이 외쳤다. 잭은 그녀에게 재빨리 뛰어들며 입에서 독극물을 꺼내기 위해 손을 뻗었다. 피투성이 혓바닥 위에서 유리 파편들을 발견했다. 여자의 두 눈은 휘둥그레졌고, 그녀는 까르륵거리는 소리를 냈다. 마지막 경련과 함께 그녀는 숨을 거두었다. 잭은 맥박을 확인해 보았지만 더 이상 뛰지 않았다.

그는 그녀의 젊고 아름다운 얼굴, 그리고 모든 삶이 달아난 후에도 남아 있는 순수한 황홀경의 미소를 바라보았다.

곧바로 잭은 일어서서 방을 가로질렀다. 사무실 의자에 털썩 앉아서 컴퓨터 화면을 살펴보았다. 몇 초 만에 그는 자신이 찾고자 했던 설계도들을 확인해 주는 글자를 발견했다. 심장이 요동치는 가운데 그는 라이언 슈펠에게 전화했다.

"라이언. 발레리 다지는 죽었습니다—살해당했어요. 누군가가 그녀의 사무실에서 그녀의 컴퓨터를 사용했습니다. 모니터 위에 설계도들이 있는데, 니나가 발견한 것과 부분적으로 똑같은 설계도입니다…."

"여기 있는 우리도 이미 심각한 상황에 처해 있네, 잭. 기다려 줄 수 있겠나?"

"라이언. 제 말을 들으셔야만 합니다. 이 도면들. 그러니까 이것들은 테렌스 알톤 체임벌린 대극장의 설계도입니다. 그곳에서 일어나고 있는 일이 무엇이든간에 벌써 진행 중에 있어요. 이미 늦었을 지도 모릅니다."

오후 6:42:07

로스앤젤레스, CTU 본부

리처드 레저는 사무실 의자에 기대어 앉아 있었다. 그는 제이미, 마일로, 그리고 도리스 수민의 뒤쪽에 있는 비어 있는 컴퓨터 스테이션 앞에 앉아서 그들의 작업을 무심한 태도로 관찰하고 있었다.

세 명의 CTU 분석가들은 컴퓨터를 격리시키는 작업을 하느라 몹시 바빠 보였다. 그것을 물리적으로 중앙컴퓨터와 다른 모든 네트워크들로부터 접속을 차단시켜서 레저의 바이러스가 탈출하지 못하도록 하는 작업이었다. 라이언 슈펠은 그들의 뒤에 서서 작업을 지켜보고 있었다. 팀원들은 독립 서버가 안전하다는 것을 확신했고, 그때서야 도리스가 레저의 썸 드라이브를 USB 단자에 끼워 넣었다.

"로딩되었어요." 그녀는 몇 분 후에 말했다.

그들이 그 바이러스를 최초로 접해보려고 할 찰나 라이언의 휴대폰이 울렸다. 지부장은 발신자의 신원을 확인한 다음, 전화를 받았다. 그는 개인적으로 통화를 하기 위해서 그들로부터 멀리 떨어졌다.

도리스는 라이언을 기다리지 않기로 결정하고 프랭키에 심어두었던 진단 분석 프로그램을 불러냈다.

"여기에 있는 건 생각보다 간단한 시작과 정지 프로토콜처럼 보이는데." 그녀가 모니터 위로 데이터를 팝업 창으로 띄우면서 말했다. "이런 류의 일은 성가시긴 하지만, 대부분의 서버들이 그 바이러스에 대처할 수 있도록 해야 하니까."

"그렇긴 하지만 이 바이러스는 복잡해. 진짜 모체 말이야." 마일로는 관찰하는 동안 더 많은 데이터가 나타났다.

"그래도 복사본이 있어서 다행이야." 도리스가 말했다. "5시간 안에는 방화벽 같은 걸 분명히 만들 수 있을 거야. 그렇게 하면 최소한 주요 ISP(Internet Service Provider, 인터넷 서비스 제공자)들은 보호받을 수 있을 거야…."

다른 사람들이 화면을 지켜보느라 분주한 동안, 레저는 비어 있는 컴퓨터를 향해 몸을 돌렸다—그 컴퓨터는 여전히 CTU의 중앙컴퓨터에 연결된 상태였다. 그는 조용히 워싱턴 D.C.에 있는 CIA 시스템에 바로가기를 설정한 다음, 스스로 미소를 지었다.

혼란은 가중될수록 더 좋을 거야.

그는 주위를 마지막으로 둘러보았다. 슈펠은 여전히 전화기를 붙잡고 통화에 여념이 없었다. 다른 사람들은 모티터 위로 흐르고 있는 데이터에 혼이 나간 상태였다.

자신의 부츠로 손을 뻗은 그는 숨겨 놓았던 펜 드라이브를 찾아냈다. 그것을 꺼내 컴퓨터의 USB 단자에 꽂았다. 그는 드라이브 내부에 저장해 놓았던 실행 파일을 불러들이고 그것을 실행시켰다.

만족스러운 미소를 지으며 드라이브를 빼내어 그것을 부츠 안으로 다시 밀어 넣었다. 그리고 나서 레저는 다른 사람들을 다시 쳐다보았다. 눈이 먼 바보들은 아무것도 눈치 채지 못했다.

오후 6:55:01

로스앤젤레스, 테런 알톤 체임벌린 대극장

코미디언 윌리 다이아몬드가 아주 우스운 독백을 끝냈는데, 그날 저녁 중에서는 가장 흥미로운 부분이었다. 특수요원 론 버치우드는 웃지도 않았을 뿐 아니라 미소조차도 짓지 않았다. 사실 그는 실버 스크린 시상식이 시작한 이후로 채 열 마디도 입 밖으로 내지 않았다.

부통령 부인 바로 뒤에 있는 대통령 특별석에 앉아 있던 그는 부통령 부인이 마리나 카테리나 노바르트포프와 담소를 나누고 있는 모습을 지켜볼 수 있었는데, 러시아 영부인의 영어는 공개적인 포럼에서보다는 개인적인 대화를 나눌 때 훨씬 나아 보였다. 러시아 영부인은 미국의 부통령 부인과 많은 주제들을 시상식 중간의 길고 지루한 휴식 시간 동안 논의했다.

버치우드 요원의 옆에는 상대측인 러시아의 경호실장인 블라드미르 보로딘이 앉아 있었다. 버치우드와 마찬가지로, 그도 시상식이 시작된 이후로는 어떠한 농담에도 웃지 않았다—게다가 그는 거의 입을 열지도 않았다. 언어는 문제가 아니었다. 보로딘은 훌륭한 영어를 구사했다. 두 남자 모두 그들의 임무에 집중했다. 청중들을 지켜보고, 어어폰 속의 재잘거림을 듣고, 모든 채널을 열어 두었다.

무대 위에서 윌리 다이아몬드가 우레와 같은 박수에 고개를 숙였다. 곧바로 오케스트라가 그날 밤 어디에서나 흔히 들을 수 있는 실버 스크린 시상식의 주제 음악의 반복 부분을 연주했고, 주관 방송에서는 광고를 내보냈다.

청중들이 가십거리로 웅성거리는 동안, 무대 담당자들은 커다란 카메라 모형물을 동력 설비의 기반이 갖춰진 중앙 무대 쪽으로 옮겼다—광고가 끝난 후에 또 다른 시상이 예정되어 있다는 신호였다.

버치우드는 유명한 영화배우가 무대 위로 걸어나와 잠시 동안 프롬프터(진행자가 카메라를 보면서 원고 내용을 읽을 수 있게 해주는 장치)의 위치를 확인한 후 무대의 끝으로 되돌아가는 것에 관심을 기울였다. 그 배우의 이름을 기억할 수 없었다—채드, 아니 칩? 그래 맞아, 생각이 났다, 칩 매닝. 그의 사춘기 직전의 딸이 저 잘생긴 배우의 포스터를 침실 벽, 인기 많은 젊은 남성 댄스 그룹과 대여섯 장의 무지개 사진들 옆에다 붙여 놓았다.

딸아이는 아빠가 유명한 시상식에서 부통령의 부인의 안전을 돌보게 되었다는 소식을 듣고 무척이나 흥분했었다. 그는 딸아이가 바로 지금 매릴랜드의 집에서 아이 엄마와 아기인 남동생과 함께 지켜보고 있다는 것을 알고 있었다. 지금 가족들이 눈 깜짝할 사이에 지나가는 시상식 청중 가운데서 자신을 찾으려고 애쓰고 있는 모습을 상상할 수 있었다. 오늘 저녁 처음으로 론 버치우드는 입가에 미소를 지었다.

오케스트라가 다시 연주했다. 방송이 광고를 끝내고 다시 시작되자, 버치우드의 특무대원 중 한 명이 대통령 특별석에서 그의 뒤쪽에 서 있다가 그의 어깨를 툭 쳤다. "1번 채널입니다."

이건 외선 전화인데? 버치우드는 엄지손가락으로 송신장치를 눌렀고, 헤드셋의 볼륨을 높였다.

"버치우드 특수요원? 저는 대테러부대 로스앤젤레스 지부장인 라이언 슈펠입니다."

자신의 신분을 증명하기 위해서 슈펠은 비밀경호국 요원에게 자신의 인증 암호를 알려주었고, 버치우드는 자신의 PDA로 그것을 확인했다.

"무슨 일이십니까, 지부장님?"

"우리가 신뢰할 만한 정보를 입수했는데, 부통령 또는 러시아 영부인의 목숨에 대한 살해 시도가 진행중이라고 합니다. 어쩌면 두 분 모두일 수도 있고요."

"얼마나 믿을 만한 겁니까?"

"한 시간 전에 CTU의 요원 한 명이 어떤 테러범을 죽였는데, 그가 당신이 있는 대극장의 정교한 설계도를 가지고 있었습니다. 우리는 공격이 임박했다고 믿을 만한 증거를 갖고 있습니다."

버치우드는 블라드미르 보로딘에게 몸을 돌렸다. "실장님, 제가…."

"네, 저도 들었습니다." 러시아인이 얼굴을 찌푸리면서 말했다. "지금 바로 움직이는 것이 좋겠습니다."

버치우드는 일어서서 뒤에 있던 요원을 불렀다. 보로딘도 똑같이 했다.

"부인들을 모시고 이곳을 빠져나가게, 당장." 버치우드가 명령했다. "질서 있게 대피하게. 허둥대지 말고. 가능한 한 빨리."

오후 6:57:20

멕시코, 티후아나, 단테 대로

거의 한 시간 동안, 토니는 레이 도빈스를 침묵하도록 만든 방에서 증거물을 조사하고 있었다.

그는 마침내 시스템을 보호하고 있던 보안 프로토콜을 간신히 타개했다. 하지만 파일들 안으로 아주 깊숙이 들어갈 수는 없었다—너무나 많은 파일들이 이차적 보안 조치가 되어 있었으니까—그러나 일부 파일들은 보안 조치가 되어 있지 않았기 때문에 토니는 그것들을 정독했다.

그는 리처드 레저가 하산이 그에게 주었다고 주장했던 그 바이러스를 개발했다는 사실을 알아냈다. 그는 바로 이곳에서 그것을 만들어냈다. 뿐만 아니라 윤락업소에서의 혼란스러운 설정도 하나의 계략이었다. 일부 보안 조치가 되어 있지 않은 노트북 파일들에서 토니는 레저의 기록들을 발견했다. 그것들 대부분은 무슨 말인지 알 수 없었지만, 한 파일의 제목만은 토니의 주목을 끌었다. 'ACTIVE CTU'.

놀랍게도 그 파일은 잠겨져 있지 않았다. 누군가가 최근에 그것을 사용했고, 이 자료를 디스크에 저장했다—시스템이 사용자에게 두 번째 디스크를 구울 것인지를 묻고 있었다. 토니는 파일을 열었고, 잭 바우어에 대한 포괄적인 서류 일체를 발견했다. 그건 바로 CIA 데이터베이스에서 나온 것이었다.

"개자식."

또 다른 파일은 '트로이 목마 파트 2'라는 이름이었는데, 역시나 보안 조치가 되어 있지 않았다. 토니는 그 파일을 훑어보고는 오싹해졌다.

이게 바로 그거야, 도빈스의 주장을 진실이라는 것을 뒷받침하는 증거였다. 그는 도빈스가 카펫에 떨어뜨린 휴대폰을 낚아채서 라이언 슈펠의 번호를 눌렀는데, 니나 마이어스가 전화를 받았다.

"니나, 라이언은 어디 있지?"

"그는 지금 위기대응팀과 함께 있어요. 나도 그리로 가는 중인데, 당신 전화가 나한테로 전달된 거예요."

"리처드 레저는 반역자예요. 여기서 확실한 증거를 찾아냈어요. 그는 단지 전향한 척하고 있는 것뿐이라고요. 그가 CTU의 컴퓨터들, 전화들, 그리고 통신장비들을 무력화시킬 겁니다. 모든 것들요. 당신이 반드시…."

전화가 끊어졌다. 토니가 재다이얼 버튼을 눌렀으나 통화중 신호만 들렸다. 그는 CTU의 긴급 번호를 눌렀다. 그 역시 통화 중이었다—이건 절대로 일어나서는 안 되는 일이었다.

토니는 욕설을 내뱉으며, 자신의 경고가 너무 늦었다는 것을 깨달았다. CTU의 컴퓨터 시스템이 다운된 것이다. 레저가 그의 바이러스를 풀어놓은 것이었다.

1 2 3 4 5 6 7 8 9 10 11 12 13
14 **15** 16 17 18 19 20 21 22 23 24

다음 이야기는 오후 7시에서 오후 8시 사이에 일어난 것이다.

오후 7:03:00

체임벌린 대극장, 텔레비전 통제실

“3번 카메라 큐, 1번 카메라 후퇴. 5번 카메라 클로스-업 준비. 셋, 둘, 하나….”

방석이 깔린 의자에서 할 그린 감독은 주 모니터가 보여주는 방송 프로그램을 지켜보았다. 동시에 그 화면은 방송망을 타고 수백만의 시청자들에게 나가고 있을 것이다. 그는 불과 일 미터 앞에 있는 커다란 전망창을 통해서 중앙 무대와 대극장 전체의 전망을 볼 수 있음에도 불구하고, 쳐다보지도 않았다. 그가 원하는 것은 다른 모든 사람들이 TV 화면을 통해 보고 있는 것을 똑같이 보는 것이었다.

그때, 카메라가 칩 매닝에게 초점을 맞추었는데 그는 화면 속으로 걸어 들어와서 무대 왼쪽에서 주 연단 쪽으로 움직이고 있었다. 매닝은 인기가 많은 배우로, 큰 키와 근육질의 몸매에다 시저 컷(Caesar cut, 앞머리를 눈썹 위까지 짧고 곧게 내려오도록 자른 헤어 스타일) 스타일로 머리를 손질한 흔해 빠진 남자 잡지 모델 같은 모습이었다. 고급스럽게 맞춘 헬무트 랭(패션 브랜드) 양복에다 짝을 맞춘 것은 깃을 열어 제친 하얀색 셔츠, 타조 가죽 카우보이 부츠, 그리고 미용실에서 다듬은 듯한 거뭇거뭇한 수염이었다. 전체적인 모습은 그의 스타일리스트에 의해서 매닝 특유의 “캐주얼하고 냉담해 보이지만 그럼에도 불구하고 우아한 터프가이" 이미지를 부각시키기 위해서 조심스럽게 계산된 것이었다.

"5번 카메라 큐. 둘, 하나…."

카메라는 애바 스탠튼, 팔다리가 날씬하고 대담한 자홍색 가운을 입은 미인에게 초점을 맞추었다. 통제실에 남아 있는 모든 기술자의 두 눈은 애바의 끈이 없고 어깨를 드러낸 이브닝 드레스에 모아졌다가, 앞이 파인 드레스 밖으로 보이는 풍만한 가슴골로 옮겨가고 있었다. 육감적으로 치장한 여배우는 하이힐을 신은 불안정한 모습으로 무대 오른쪽에서 중앙 무대로 휘청거리듯 걸어갔고, 통제실 사람들은 "의상으로 인한 불상사"에 대비하면서 연방방송통신위원회의 우려와 희망적인 기대를 거듭하고 있었다.

"1번 카메라, 시상대 위로."

할 그린은 한 손을 내려서 제어반 위에다 얹었다. 다른 손으로 보온용 컵을 잡고 커피를 홀짝였다. 숱 많은 반백의 눈썹 아래의 초롱총롱한 담살색 눈은 주 화면을 거의 떠나지 않았다. 두 눈이 그곳을 떠날 경우는 다른 여섯 대의 보조 모니터들 중 한 곳에 있는 또 다른 카메라의 시각을 확인할 때뿐이었다.

벤 솔로몬은 바로 옆 계기반 앞에 앉아서 앓는 소리를 냈다. "여기서 좀 불안해할 거야. 애바는 절대로 이해가 빠른 편이 아닌 데다가 지난 두 번의 예행연습에서 자기 대사를 실수했잖아. 그리고 누가 파트너가 되었는지를 좀 보라고. 칩 매닝이라고…."

할은 예순 살의 조감독 의견에 미소를 지었다. 지난 90분 동안 그 같은 소리를 몇 차례나 들었다. 하지만 그게 바로 벤이었다. 지난 아홉 번의 쇼들을 진행하는 동안 지속적으로 그를 고용해서 이 직무를 맡겨왔기 때문에, 할은 무슨 말이 나올지 알고 있었다.

"이쪽 업계가 흘러가는 꼴을 보면 정말 망신스러워." 벤이 중얼거렸다. "칩 매닝이 선셋 가에 있는 한 도조(dojo, 사교모임 장소)에서 정부 수습직원 한 쌍에게 가라데에서 손으로 내리치는 동작 몇 가지를 가리치고 있더군, 게다가 그 사람 홍보 대리인은 그를 '미국 정보기관의 요원들에게 자문을 해주는 전문적인 무술인'이라고 부르고 있고. 그리고 애바 스탠튼은 겉모습만 그럴싸한 수퍼모델에 불과해. 그녀는 엘리자베스 테일러가 아니라고, 그건 확실하잖아."

"엘리자베스 버클리(영화 〈쇼걸〉로 골든라즈베리 시상식에서 최악의 여우주연상 수상)도 아니죠." 그린이 웃음을 참으면서 대답했다. "하지만 지금은 어쩔 수 없어요, 벤. 애바 스탠튼은 황금시간대의 연속극에서 자신의 강점인 몸을 흔들고 있고, 이제 그녀는 스타라고요."

"제발." 벤은 진심으로 경악해하면서 투덜거렸다. "그 단어, 나한테는 쓰지 마. 나는 진짜 스타들을 기억하니까. 보가트, 지미 스튜어트, 베티 데이비스, 버그만…."

"도대체 저게 뭐야?" 할이 갑자기 소리쳤다.

벌떡 일어선 그는 시선을 모티터에서 위로 들어올려서 대극장이 내려다보이는 커다란 창문 너머를 빤히 쳐다보았다. 벤도 일어나려고 했지만 헤드셋에 엉켜버렸다. 그는 청중들의 혼란스러워하는 울음소리, 외침소리, 심지어 겁 먹은 웃음소리들까지 들었다.

칩 매닝과 애바 스탠튼이 대본에 있는 "즉흥적으로 들리는 듯한 재치 있는 농담"을 막 시작하려 할 때, 그들은 무대 소품 때문에 관심을 가로치기 당했다. 그들의 뒤쪽에 있는 거대한 실버 스크린 시상식 조각품의 꼭대기 부분이 열렸고 여덟 명의 검은 마스크를 쓴 무장한 남자들이 짧은 밧줄을 타고 무대로 미끄러져 내려왔다.

이런 우스꽝스럽고, 터무니없고, 거의 비현실적인 장면에 대한 반응은 신경질적으로 킥킥거리는 웃음소리와, 놀람과 불안의 외침이 뒤섞인 것이었다. *이것도 모두 쇼의 한 부분인가?* 청중은 단체로 의아해했다. *칩 매닝의 새 영화를 위한 홍보용 묘기인가?*

"무대를 치워!" 할 그린이 헤드셋에 대고 고함쳤다. "경비원, 저들을 당장 끌어내…."

감독이 시키는 대로 여러 명의 안전 요원들이 무대 위로 뛰어올라서 복면을 한 침입자들을 가로막으려고 했다. 겨우 야경봉과 전기 충격기들로 무장한 그들에겐 단 한 번의 기회도 없었다. 훈련을 받은 암살범들은 한쪽 무릎을 꿇고, 그들의 무기를 들어올리고, 제복을 입은 안전 요원들에게 사격을 가했다.

무기들이 격발, 이어서 빨간색 레이저 포인터들이 재잘거리듯 무대를 가로지르며 살, 근육, 그리고 뼈를 밀치며 지나가자 이것이 일종의 미리 준비된 묘기일 거라는 생각은 완전히 사라졌다. 청중들은 발버둥을 치며 통로로 나아갔고, 서로를 짓밟아가면서 대극장을 벗어나려고 안간힘을 썼다. 그러나 문 앞에서 다지 모델 에이전시에서 파견된 잘생긴 안내인들과 좌석 안내원들에 의해 몸을 돌려야만 했다. 이 젊은 남자들은 검은색 두건과 초록색 완장을 미리 착용하고 있었는데, 자동 소총들을 흔들어대고 허공에다 총을 쏘아가면서 공포에 떠는 군중을 자리로 되돌아가게 하려고 노력했다.

한편, 무대 위에선 터프 가이처럼 거뭇거뭇한 수염을 기른 칩 매닝이 그의 무술 실력을 세상에 선보이고 있었다. 번개처럼 재빠른 속임수 행동으로 공격중인 무장한 사내들을 요리조리 피하면서 그의 아름다운 공동 진행자보다 더 빠르게 도망쳤고, 그 여자는 하이힐 때문에 절뚝거리다가 한 암살자의 총 개머리판에 맞아 쓰러지고 말았다.

위쪽의 통제실에 있는 감독은 뭔가 부서지는 요란한 소리를 듣고 몸을 돌렸는데, 세 명의 무장한 남자들이 침입하고 있었다. 검은색 두건으로 눈을 제외한 모든 부분을 가린 그들은 각자 바나나 모양의 탄창과 총구 아래 큰 고리를 장착한 자동 소총을 소지하고 있었다.

통제실 안에 있던 유일한 보안 요원이 허리에 찬 권총을 빼들고 겨누었다. 자동 소총의 요란한 총성은 그를 멈추게 만들고, 작은 공간 속 모든 이들로부터 공포의 울부짖음을 이끌어냈다.

"손 들어!" 복면을 쓴 사내들 중 한 명은 짧고 뭉툭한 자동 소총으로 통제실 직원들을 겨냥하고 있었다. 그 침입자는 장갑을 낀 손으로 할의 어깨를 철썩 때렸고 그를 의자에서 바닥으로 거칠게 홱 잡아당겼다.

"개자식." 벤 솔로몬이 내뱉었다. 그가 반격을 하려고 했지만, 그 테러범은 나이 많은 남자를 따돌리면서 총의 개머리판으로 그를 내려쳤다.

"벤!" 할이 울부짖었다.

두 남자는 겁에 질린 채 바닥에 주저앉았다. 복면을 쓴 남자가 그들을 한쪽 구석으로 몰아댔다. 총을 든 두 번째 남자가 음향 기술자와 나머지 직원들을 맞은편 구석 쪽으로 밀어댔다.

세 번째 복면을 쓴 남자가 자동 소총을 팔꿈치 위에다 내려놓은 채 통제실 가운데로 성큼성큼 걸어 들어왔다. 그는 방을 훑어본 다음, 입을 열었다.

"이 대극장과 이 행사는 이제 '자유 체첸을 위한 해방 전선 연합'이 통제한다. 협조하면 살 수도 있다. 반항하면 확실하게 죽을 것이다."

오후 7:05:09

체임벌린 대극장, 보안실

"LAPD 응답하라! 응답하라!" 제복을 입은 운행 관리원이 무선 장치를 통해서 외쳐댔다. "여기는 비상 사태다. 체임벌린 대극장이 공격을 받고 있다. 총격전이 일어났고, 경찰관들이 쓰러졌다. 반복한다. 우리는 공격을 받고 있다."

잡음만이 돌아올 뿐이었다.

보안 책임자 토마스 모랄레스는 운행 관리원의 어깨를 꽉 잡았다. "시스템이 멈춘 거야. 아니면 신호가 전파 방해를 받거나. 외부에다 전달하기는 힘들 것 같군. 무슨 일이 벌어지고 있는지를 경찰들이 알아내기를 바라는 수밖에. 그때까지는 무기고를 열어 놓자고."

고개를 끄덕인 젊은 운행 관리원은 일어나서 옆 방으로 서둘러 움직였다.

"빌어먹을 전화도 역시 안 돼요." 말한 사람은 옆 책상에 있는 여자였는데, 그녀 앞에는 보안용 모니터들이 한 줄로 늘어서 있었다. 체격이 좋고, 짧은 빨간 머리의 신시아 리첼은 수화기를 쾅 하고 내려놓았다. 오늘은 그녀의 45번째 생일이었다.

신시아는 보안 책임자에게 몸을 돌렸다. "난 이런 사태를 예견할 수도 있었어요, 토마스. 난 정말로 이런 사태를 예견했어요. 그래서 그들에게 일반 전화를 부탁했고요. 일반 전화 말이에요. 하지만 건축가는 내 말을 무시했고 무선으로 진행했어요. 그 사람은 모든 것을 망할 놈의 컴퓨터를 통해서 제어하도록 만들어 놓았어요. '산조르의 미래에 대한 선견지명', 웃기고 있네." 신시사는 코웃음을 쳤다. "뭘 내다 본다는 거야? 이런 엿 같은 일이 터졌는데도 아무

짝에도 쓸모없으니!"

모랄레스는 시선을 신시아 앞에 놓여 있는 수십 대의 모니터들로 옮겼는데, 모든 것들이 테러와 혼돈의 장면들을 보여주고 있었다. 하나만 제외하고.

"방송에서는 광고를 내보내고 있어." 모랄레스가 언급했다.

"생각할 줄 아는 사람도 있군."

운행 관리원이 돌아와서 무기를 나눠주었다. 신시아는 엄지와 검지로 권총의 총구를 잡고 달랑거렸다. "내가 이걸로 뭘 할 수 있다고 생각하는 거야. 난 컴퓨터 프로그래머라고."

그 말이 전적으로 진실만은 아니라는 것을 토마스 모랄레스는 알고 있었다. 체임벌린 대극장의 한 부분을 담당하고 있는 서미트 스튜디오에 합류하기 전, 그녀는 미국 공군에서 정보 장교로 근무했던 적이 있었다.

모랄레스는 무기를 확인하고 안전 장치를 풀었다. "그럼, 컴퓨터에 무슨 문제가 있는 건지 말해 봐."

신시아 리첼은 총을 책상 위에다 내려놓았다. "5분 전에 뭔지 모를 강력한 프로그램이 우리의 보안 프로토콜을 장악해버렸어요."

일련의 수상쩍은 소음들이 그녀를 방해했다. 총격, 비명, 그리고 천둥처럼 쿵쾅거리는 발걸음 소리들 너머로, 대극장 전체가 주기적으로 쾅 하는 괴상한 소리에 흔들렸다. 마치 수십 개의 징이 번갈아가며 큰 소리를 내는 것 같았다.

신시아의 얼굴 전체가 창백하게 변했다.

"무슨 일이죠?" 운행 관리인이 물었다.

모랄레스는 알고 있었다. "저건 대극장 전체에 걸쳐서 철문이 닫히는 소리야. 그 문들은 화재가 발생한 경우에 작동하도록 되어 있어—건물이 소개된 후에 말이지—손상을 건물의 한 부분으로 격리시키기 위한 조치야."

"이제 저것들이 교도소 문처럼 확실히 사용되고 있는 거네." 신시아가 말했다. "내부에 있는 우리 모두를 가둬두려고 말이지."

모랄레스는 신시아의 컴퓨터 화면을 훑어보았다. "당신이 어떻게 할 수 있는 방법이 있을까?"

"물론이죠." 신시아 리첼은 다시 무기를 집어들었는데, 이번엔 손잡이를 잡았다. 그녀는 마치 전문가처럼 탄창을 확인하고 안전장치를 툭 쳐서 풀었다. "말해봐요, 어디를 조준하면 되는지."

특수요원 크레이그 오번은 대피 통로를 구식 방법으로 기억하고 있었다. 즉, 열 번 정도 걸어가 보는 방식으로.

대피 명령이 그의 이어폰으로 전달되었을 때, 그 비밀경호국 요원은 로비에 있는 그가 맡은 위치에 있었다. 그는 표준 작전 규정에 따라서 즉시 다용도로 쓰이는 계단 쪽으로 이동했는데, 그 계단은 대피 통로로 곧바로 이어져 있었다. 이번 경우를 대비해서 아보카도와 비슷한 녹색의 긴 복도가 대극장 밑으로 뻗어 있었는데, 그 복도는 한 쌍의 유리문으로 이어졌고 문 바깥은 바로 하역장이었다.

오늘 아침에 오번은 그 통로를 폭발물 탐지팀과 함께 걸어가 보았었다. 직원용 엘리베이터 한 대가 하역장 출구 주변에 위치해 있었고, 그는 개인적인 생각으로 통로의 보안을 유지하기 위해서 엘리베이터를 사용하지 못하도록 고정시켜 놓았다.

복도 끝에 도착한 오번은 그가 현장에 제일 먼저 왔다는 것을 알고 깜짝 놀랐다—대피 명령이 떨어진 지 거의 6분이 지난 시점이었다. 그는 유리문을 통과하며 무기를 빼들고 출구가 위협으로부터 안전한지 확인해 보았다.

뭔가가 잘못되었어, 그는 즉시 판단했다. 바깥쪽에는 단 한 명의 요원도 없었고, 어떠한 차량도 없었다.

두 부인들을 다른 경로로 대피시켰을 가능성도 있었지만, 아무도 대피에 성공했다고 연락하지 않았다—그렇다면 그 외에 또 다른 문제가 있다는 건가. 오번의 이어폰은 여전히 조용한 상태였다. 그는 특무 부대가 무신 침묵을 유지하는 있는 상태라고 추정했지만, 지금 뭔가 다른 일이 벌어지고 있고 자신은 그것을 들을 수 없는 게 아닌지 의심스러웠다.

그는 다시 복도 쪽으로 걸어가서 자신의 상관인 론 버치우드에게 신호를 보내려고 애썼지만, 응답이 없었다. 그때, 뒤에서 퉁 하고 울리는 큰 소리를 들었고, 어떤 충격으로 인해 한 쌍의 철제 방화문이 복도의 이쪽 끝에 있는 유일한 출구를 막 폐쇄해버렸다는 것을 깨달았다. 그는 그 문을 열거나 잠금장치를 해제시킬 수 있는 방도를 찾아보았으나, 어떠한 조작판이나 제어반도 볼 수 없었다. 전혀.

점점 다가오는 총격 소리가 바로 옆까지 이르렀다. 오번은 무기를 빼들고 시끄러운 소리가 나는 쪽을 향해 뛰어갔다. 네 사람이 개방된 계단통의 문을 지나쳐 통로의 맨끝 쪽으로 들어오고 있었다. 그는 한눈에 부통령의 부인과 러시아의 영부인을 알아차렸다. 마리나 노바르토프는 종아리의 상처에서 피를 흘리면서 절뚝거리고 있었다. 그녀를 부축하고 있는 사람은 파란색 블레이저를 입은 젊은 남자와, 곧은 갈색 머리의 매력적인 젊은 여자였다. 오번은 그들이 부통령의 참모들 가운데 직급이 낮은 직원들임을 알았지만, 이름까지는 기억해낼 수 없었다.

네 사람 뒤로는 특수요원 론 버치우드와, 러시아 보안팀의 수장인 보로딘이 보였다. 그들은 무기를 들고 총탄을 퍼부으면서 후퇴를 하고 있었다. 빨간색 레이저 포인터가 복도를 따라 투사되었고, 러시아인의 가슴을 관통했다. 선홍색 피가 분출했고, 보로딘의 팔이 날아가는 동시에 그는 뒤로 주저앉았다.

마스크를 쓴 남자가 계단통 출입구에 나타났다. 버치우드가 한 발을 쏜 다음 두 발을 더 쏘았다. 남자가 다시 사라지자, 버치우드는 어깨 너머를 힐끗 돌아보았다.

"오번! 내 뒤에 여러 명의 저격수들이 있어. 대통령 특별석 밖에서부터 곧바로 우리를 뒤쫓아왔어. 다른 대원들은 쓰러졌어… 모두 죽었네. 통신들은 두절된 상태야. 내가 저들을 막으면서 시간을 벌어볼 테니까 자네가 부인들을 대피시키게."

네 사람이 오번을 지나쳐 나아갔다. "출구가 막혔어요!" 오번이 외치면서 그들을 보호하기 위해 뒤쪽으로 걸음을 옮겼다. "엘리베이터 안으로 타세요."

그들이 모두 안에 타자, 오번은 열쇠를 엘리베이터 패널에다 꽂고 그의 상관을 불렀다. "어서요, 론! 됐어요."

그가 미처 몸을 돌리기도 전에 빗발치는 탄환이 특수요원 론 버치우드를 찢어놓았다. 오번은 열쇠를 돌렸다. 문이 닫히고 엘리베이터는 수직으로 내려갔다.

오후 7:38:12

로스앤젤레스 시내

잭 바우어는 사이렌도 울리지 않은 채로 교통 신호등을 무시하면서 도로를 질주했다. 스무 번 넘게 그는 테리의 휴대전화로 전화를 걸었다. 또 다시 그의 전화는 음성사서함으로 넘어갔다.

그녀는 실버 스크린 시상식이 텔레비전으로 방송되는 내내 전화기를 꺼 놓은 것이 분명했다. 주최측에서 아마도 청중들에게 그것을 요청했을 터라 그렇게 놀라지는 않았지만, 미치도록 화가 났다. 체임벌린 대극장이 위태로운 상황이 놓였기 때문에 그는 그녀가 거기서 빠져나오기를 바랬다.

이제는 잭도 CTU가 운영 불능 상태가 되었다는 것을 깨달았다. 그는 발레리 다지의 사무실에서 과학 수사팀과 사이버 수사팀을 그 현장에 호출하려고 애쓰고 있을 당시에 그런 결론에 이르게 되었다.

다지의 컴퓨터 화면에서 설계도를 보았기기 때문에 그는 더 많은 정보가 하드 드라이브 내부 안전한 곳에 들어 있을 거라고 의심했다. 그는 노다지 같은 정보를 깔고 앉아 있는 것일 수도 있지만, 사이버 수사팀의 도움 없이는 그것에 안전하게 접근할 수가 없었다. 그리고 CTU가 운영상 혼돈에 빠진 상황이기 때문에 그는 곧바로 그 도움을 받을 수 없다는 것도 알았다. 그래서 그는 PC의 전원을 끄고, 연결 코드를 뽑아서, 그것을 자신의 차량 뒤에다 실었다.

CTU와의 연락 통로들이 마비된 것을 안 그는 차량의 라디오를 로스앤젤레스 경찰의 무선 주파수 대역으로 돌렸다. 바로 그때 체임벌린 대극장에서의 공격이 이미 시작되었다는 것을 알았다.

서행 차량들의 주위를 지그재그를 달리던 그는 한 손으로 핸들을 붙잡고 도로를 날아가듯이 질주하면서, 다른 한 손으로는 휴대전화기로 단축 번호를 누르면서 아내에게 연락을 하려고 애를 썼다. 그는 대극장에서 다섯 구역 떨어져 있는 곳에서 첫 번째 경찰 장벽에 직면했다.

"나는 대테러부대, 잭 바우어 특수요원입니다." 그는 자신의 신분증을 요청한 제복 경관에게 말했다. "지금 당장, 당신의 상관과 이야기를 해야 합니다."

그 남자는 어깨에 달린 무선 송신기에다 조용히 말을 했다. 헤드셋으로 응답을 듣더니 고개를 끄덕였다.

"좋습니다, 바우어 특수요원. 스톤 경감이 당신과 이야기를 하고 싶답니다. 차를 주차하시고 저를 따라오십시오."

제복 경관의 호위를 받으며 잭은 이상할 정도로 텅 빈 로스앤젤레스 중심가 한복판에 있는 도로를 따라 두 블록을 걸어갔다. 사막에서 불어오는 뜨거운 바람은 대극장 위를 선회하고 있는 헬리콥터의 호된 날개짓의 의해서 겨우 흩어지고 있었다. 헬기의 동체 아랫부분에 고정된 탐조등에서 내려 비추는 하얗게 빛나는 불빛 기둥이 포장도로를 따라서, 건물 옥상들을 건너서, 건물 벽을 훑으며 기어다녔다.

다음 번 모퉁이를 돌았지만 잭은 화려한 불빛으로 반짝이는 대극장 정면으로부터 아직도 세 블록 떨어진 곳에 있었다. 건물의 외벽에 바짝 붙어서 한 줄의 검은색 무장 차량들이 대극장 쪽에서는 보이지 않도록 자리를 잡고 있었다. 잭은 그들이 그가 예전에 함께 작전을 펼쳤던 팀이라는 것을 알았다. 로스앤젤레스 경찰특수기동대.

개빈 가렛 스톤 경감인 무장한 기갑 장비를 갖추고 전투 준비가 되어 있는 이동 지휘본부 안에 있었다. 키는 잭만큼 크고 몸무게는 적어도 20킬로그램은 더 나가 보이는 그의 풍채는 그의 성격에 비하면 아무것도 아니었다. 그는 무척 완고한 경찰관으로 근무 중 수차례에 걸쳐서 유명을 떨친 바 있다. 어쩔 수 없이 나이를 먹어감에 따라 그는 오급인 경감이 되었다.

경감의 주위로는 SWAT팀의 다른 대원들이 복합 건물에 대한 물리적인 공격을 대비하고 있었다. 잭은 스톤에게 다가가서 손을 내밀었다. 남자는 잭에게 차갑고, 자신의 대원들을 열받게 하지 말라는 눈초리로 쳐다보았다.

"우리는 CTU 측에 연락을 취하려고 무척이나 애를 썼습니다, 바우어 요원. 결국엔 경찰차 한 대를 CTU 본부로 보냈지요. 컴퓨터 공격 같은 것이 있었다고 말하더군요. 당신네 전술팀 지휘자인 쳇 블랙번이 LAPD 무선을 통해서 우리에게 확인해 주었어요."

"다행입니다." 잭이 말했다.

스톤은 자신의 손목시계를 확인하는 시늉을 했다. “블랙번이 이곳으로 오겠다고 하더군요. 그런데 그와 그의 팀원들은 정문을 빠져나오는 데 어려움을 겪고 있나 봅니다—아니면 교통 체증 때문이든지요—어쩌면 둘 다거나.”

“국토안보국 쪽은요?” 잭이 물었다.

“청장님이 이미 주지사와 이야기를 끝냈어요. 캘리포니아 주 방위군이 우리를 도와 주변 경계를 확보하기 위해서 행동을 막 개시했습니다. CTU 측과의 연락 두절 때문에—뭐, 모두가 알다시피, 내부에서 일어난 방해 공작이 있었으니까—국토안보국에서는 LAPD가 앞장설 것을 권고하고 있는 실정이죠.”

잭이 이를 악물었다. “당신 계획은 무엇입니까, 경감님?”

“무슨 일이 일어난 것 같소?”

“테러범들이 자신들의 신분을 밝히거나 어떤 요구를 했습니까? 그들이 인질들 가운데 누군가를 처형했습니까? 풀어준 사람은 없습니까? 그들과 연락을 취해보기는 했습니까, 통신 채널을 열어두었습니까?”

스톤은 잭을 스쳐 지나가며 텔레비전 모니터 하나를 가리켰다. 카메라 한 대가 무대 위를 멀리서 보여주고 있었다. 검은색 복면을 쓴 남자들이 손짓을 하면서 흔들고 있는 것은 ‘아그람 2000’이라는 소형 크로아티아제 자동소총이었는데, 총열 앞부분 아래에 있는 독특한 링 모양의 손잡이 때문에 쉽게 알아볼 수 있었다.

“세 놈이 무대 위에 있어요.” 스톤이 말했다. “아마 십여 명이 청중들 틈에 더 있을 거라 파악하고 있습니다. 그들이 방화문들을 봉쇄해 놓았어요. 그들은 우리가 당황했다고 생각하고 있을 거예요. 하지만 우리는 출입문들 두 곳을 뚫고 들어갈 준비가 되었어요.” 스톤은 잭에게 설계도 한 장을 보여주었다. 그것은 이상하리만치 익숙해 보였다. “그 문들은 여기… 그리고 여기죠.”

공격 지점들은 대극장의 양쪽 끝 부분에 위치해 있었다. 설계도 상으로는 괜찮아 보였지만, 잭은 머리를 가로저었다. “너무 간단하고, 너무 깨끗해요. 어떤 함정일 수도 있습니다.”

스톤은 비웃었다. “난 이 포위 상태를 계속 두지는 않을 요량이오. 이놈들이 상황을 통제하는 시간이 길어질수록, 상황은 점점 더 악화될 것이오.”

"들어보세요." 잭이 말하며 경감의 시선을 붙잡았다. "당신이 여기서 겪고 있는 상황은 아마도 모스크바 오페라 하우스 시나리오의 재현이 될 수 있습니다. 그 말은 즉, 수십 명의 테러범들이 몸에 폭탄을 두른 채 저 안에 있을 수도 있다는 겁니다. 만일 당신들이 대극장으로 뛰어들면, 그들이 그 폭발물들을 터뜨릴 것이고 그러면 수백 명이 죽을 겁니다. 기다리면서 좀 더 나은 계획을 찾아봐야 합니다…."

또 다른 목소리가 방해했다. "시간이 없습니다, 바우어 특수요원. 부통령의 부인과 러시아 대통령의 부인, 두 분 모두 저 건물 안에 계시니까요."

잭은 돌아보았다. "그런데 누구시죠?"

남자가 가까이 다가왔다. 모니터의 어둑한 불빛이 그의 얼굴을 비추었다. 피부는 메마른 양피지 같았고, 매서운 눈초리에는 주름들이 깊었다. "에반스, 비밀경호국 소속이요. 우리 요원들 가운데 오번이라는 친구가 두 부인을 가까스로 모시고 직원용 엘리베이터를 타고 지하 2층으로 내려갔어요. 지금 그곳에 몸을 숨기고 있답니다. 한 쌍의 백악관 수습직원과 함께요. 테러범들은 아직까지 그들을 찾아내지 못했습니다. 오번이 엘리베이터를 고정시켜 놓았지요. 하지만 그것도 시간 문제일 뿐입니다. FBI도 이 문제에 대해서 우리에게 동의했어요. 더 이상 기다릴 수 없습니다."

"어떻게 오번과 통신을 하고 있습니까?" 잭이 물었다.

"구형 기계식 전화로요, 임시로 일반 전화선에 연결한 거죠. 에어컨 장치를 개선 작업하던 기사들이 쓰던 도구와 장비들이 그곳에 남아 있었나 봅니다. 정말 다행한 일이지요. 휴대전화기와 무선 송신기는 다 먹통이 된 상태죠."

잭은 지휘 본부에 있는 모니터들 가운데 하나에 주목했는데, 그 화면은 실버 스크린 시상식을 중계하고 있는 텔레비전 방송국에 맞춰져 있었다. 어떤 광고가 나가고 있는 중이었다. 잭은 그 화면을 가리켰다. "지금 일반 시청자들은 어떻게 알고 있습니까?"

"아직은 모릅니다." 에반스가 말했다. "방송국에서는 20초가 지연된 방송 프로그램을 내보냅니다. 방송국에 있는 누군가가 악당들이 무대 위에 나타나자마자 비상 단추를 누른거지요. 모든 남여 미국인들이 본 것은 20초간 화면이 검게 지속되는 상황이었고, 그런 다음 광고로 넘어갔습니다. 지금은 평상시의 똑같은 시간대에 내보내는 어떤 쇼의 재방송을 방영하고 있지만, 방송국의 뉴스 담당자들은 무슨 일이 일어나고 있는지를 알고 싶어 합니다."

"그들에게 뭐라고 말씀하실 겁니까?"

비밀경호국 요원이 잠시 멈칫했다. "괜찮은 의견을 가지고 있습니까?"

잭은 끄덕였다. "중심가 지역의 전력망을 끊는 겁니다. 정전은 가시적인 사건이고 텔레비전 뉴스에서 그 사실을 세상에 보여줄 수 있습니다. 시청자들은 기술상 결함을 납득하게 될 겁니다. 그리고 만약 대극장 내부에 있는 사람들이 어떤 메시지를 방송 성명을 통해서 세상에다 전달하겠다고 주장하면 우리는 그들에게, 애석하게도, 전력이 나갔다고 말할 수도 있고요."

스톤 경감과 비밀경호국 요원은 눈빛을 교환했다. 에반스는 끄덕였고, 스톤은 또 다른 특수기동대 경관에게 언급했다.

"전력 회사에다 상의해 봐." 스톤이 말했다. "가능하면 체임벌린 대극장 주위 반경 10구역 내에 있는 모든 전력 공급을 차단해 달라고 해."

약간의 자신감을 얻고 안심한 잭은 한 걸음 더 나아가고자 했다. "경감님, 이번 공격 작전은 재고해야만 합니다. 많은 목숨들이 불필요하게 희생될 수도…."

스톤이 그의 말을 잘랐다. "시장님 그리고 주지사님과 이야기한 사항이오. 실행 여부는 내가 결정할 일이고, 나는 그것을 실행하기로 결정을 내렸소…."

"하지만…."

"그만하면 됐습니다." 스톤은 말했다. "당신네 CTU에서 이런 류의 공격을 방지했어야만 했어요. 당신네들은 그렇게 하지 못했고. 우리 공격팀이 준비되는 대로, 더 이상 상황이 나빠지기 전에 이 사태를 끝내버릴 계획이요."

1 2 3 4 5 6 7 8 9 10 11 12 13
14 15 **16** 17 18 19 20 21 22 23 24

다음 이야기는 오후 8시에서 오후 9시 사이에 일어난 것이다.

오후 8:01:01

로스앤젤레스, CTU 본부

컴퓨터들이 작동을 거의 멈추자마자, 니나 마이어스는 보안팀을 이끌고 사이버 수사대에 도착해서 레저를 구금시켰다. 그는 저항하지 않았다. 그들이 그를 수감실로 데리고 가는 동안 뒤틀린 미소가 그의 얼굴에 퍼졌다.

그 후 한 시간 동안, 마일로, 도리스, 그리고 제이미는 CTU의 컴퓨터들을 복원시키느라 미친 듯이 노력했다. 아무리 애를 써봐도 서버들은 어떤 순환 작업에 빠져 있는 것처럼 보였다. 재부팅과 재시작을 비롯해서 온갖 방법을 써보았음에도 불구하고 시스템을 정화하는 데에는 실패했다. 날자 역행 프로그램이—시스템을 사이버 공격을 받기 전의 시점으로 복구시킬 가능성도 있었지만—전혀 기능을 발휘하지 못했다. 외부로부터도 아무런 도움을 받을 수 없었다. CIA의 컴퓨터들 역시 오류에 빠져서 작동 불능 상태가 되었다.

삼십 분 후, 제이미는 공황 상태에 빠지기 시작했다. 로스앤젤레스 경찰이 나타나서 체임벌린에서 벌어진 인질극 상황에 대한 소식을 전달했다. 게다가 CTU에서는 지금 펼쳐지고 있는 그 사건을 보기 위해서 그들의 위성 텔레비전들에 접속조차도 할 수 없었다. 장님이나 마찬가지인 상태였다. 이 상황, 그리고 페이 허블리의 살해 소식으로 억눌려져 있던 감정이 제이미를 벼랑 끝으로 몰았다.

"나는 프로그래머지, 보안 전문가가 아니라고!" 그녀는 목소리를 높이면서 울부짖었다. "그건 자네 일이잖아, 마일로. 자네가 어떻게 좀 해보라고!"

제이미는 단념한 듯 양손을 들어올리면서 셀 수도 없는 자료들이 사이버 공간 속으로 사라지는 것을 지켜보았다.

바로 그때, 마일로에게 문득 어떤 생각이 떠올랐다. 그는 컴퓨터 한 대를 재부팅했는데, 그건 그들이 네트워크에서 분리한 다음 레저의 바이러스를 고의로 감염시켰던 바로 그 컴퓨터였다. 마일로는 역행 프로그램을 사용해서 실행되지 않은 바이러스 문자열을 제거하고, 그런 다음 메모리를 청소했다. 이제 그에게 깨끗한 컴퓨터 한 대가 생긴 것이다. 도리스의 도움으로 그는 그 컴퓨터를 사용해서 감염된 중앙컴퓨터 안으로 해킹해 들어갔고 깨진 달걀을 다시 맞추려고 안간힘을 썼다.

오후 8:12:54

CTU 본부, 취조 구역

라이언 슈펠은 수감실로 들어가서 작은 탁자의 리처드 레저 맞은편에 앉았다. 이 컴퓨터 전문가는 몸수색을 받았고, 숨겨두었던 썸 드라이브를 압수당했다. 이제 두 남자는 말없이 서로를 날카롭게 쳐다보았다. 무언의 결투? 누가 먼저 말을 할 것인가.

슈펠, 관료적인 침묵의 대가. 결국엔 그가 이겼다.

"왜 나를 괴롭히는 거지, 새대가리 양반?"

라이언은 대응하지 않았다.

"뭐야?" 레저가 계속 말했다. "침묵의 고문 같은 건가? 당신 건너편에 앉아서 당신의 안쓰럽고 세속에 얽매인 얼굴을 보는 거 말이야."

"세속에 얽매였다고." 라이언이 말했다. "그것 참 재미있는 표현이군."

"그래, 세속적이지. 당신은 절대로 알지 못할 거야, 내가 신에게 감화를 받았을 때 느낀 흥분 말이야."

“설마 ‘알라’를 말하는 건가? 자네처럼 훌륭한 유태인 청년이 새로운 무슬림 친구를 만날 때는 뭐라고 말하나. 샬롬(shalom, 평화를 뜻하는 히브리어로 유태인들의 인사말)?”

“당신은 이해할 수 없어. 신. 알라. 그건 모두 같은 거야. 난 천국에 갔다 왔다고. 그래서 나는 알고 있지.”

“천국? 산 속에 있는 그 장소를 말하는 건가?”

레저의 두 눈이 가늘어졌다. 그는 손가락으로 가리켰다. “지금 나를 속이려고 애쓰고 있군. 하지만 당신을 할 수 없어.” 그는 앞쪽으로 몸을 기울였고 목소리를 낮췄다. “당신은 내가 얼마나 변하게 되었는지 이해하지 못해. 완전히 탈바꿈했지. 오직 한 분만이 이해하지.”

“하산?”

레저는 의자에 등을 기대었고, 셔츠에 달린 단추를 손으로 만지작거렸다. “당신조차도 그분에 대해서 알고 있군. 당신네 정부 부처, 당신네 냉혹한 조직, 체제를 전복시키려는 당신네 다국적 기업의 요새들에서 일하는 모두가 알겠군—이런, 하산이 벌써 당신네 군산복합체(military-industrial complex)를 두려움에 벌벌 떨게 만들어 버렸구만. 그분은 실제하는 인물이고, 선지자이고, 구세주야, 그분은….”

“‘메시아’라고? 자네가 그를 위해 일하는 이유가 그건가?”

레저는 히죽거리며 웃었다. “난 하산을 위해서 일을 하는 게 아니야. 그분을 섬기는 거지. 곧 당신 같은 사람 모두 그분을 섬겨야 할 거야. 모든 사람들이 그를 섬겨야 하는 것처럼 말이야. 당신이 지금 섬기고 있는 모든 것, 그것은 아무것도 아니야, 공허하고 무의미한 거지. 인간 삶의 모든 것, 그 모든 것이 우주의 시간으로 보면 찰나의 순간에 불과해. 당신, 나, 모든 사람들, 우리는 과거 속에 살고 있어, 지속적이고 되풀이되는 과거. 하산은 미래야….”

“그러나 자네한테는 미래가 없어, 레저 선생.” 슈펠이 뒤로 기대면서 무심코 팔짱을 끼었다. “자네는 일흔 살이 되었을 때나 연방 교도소에서 걸어 나올 수 있을 거야. 우리가 자네를 마약 조직원들, 조직 폭력 암살자들, 또는 그 비슷한 무리 속으로 던져넣지 않는다면 말일세. 한 일주일은 버티겠지, 하지만 그렇게 즐거운 일주일은 아닐 걸세."

레저의 능글맞은 미소가 사라졌다. 그의 표정은 어두워졌고, 생각에 잠겨 이마에는 주름이 졌다. 슈펠은 기다렸다. 레저가 협조에 대한 대가로 짧은 형량을 살 수 있도록 홍정하리라 기대하면서. 마침내 레저가 입을 열었다.

"선택의 여지가 없는 것 같군."

슈펠은 고개를 끄덕였고, 자신이 난국을 타개해 냈다는 것에 기뻐했다.

"잘 계시오, 슈펠 선생." 레저가 말했다. 한 순간의 부드러운 동작으로 그는 셔츠의 맨 위에 달린 단추를 떼어냈고, 그것을 입 안에 재빨리 넣은 다음 깨물었다.

오후 8:16:03

로스앤젤레스, 테런스 알톤 체임벌린 대극장

테리 바우어는 움찔하며 놀랐다. 칼라 어데어가 그녀의 손을 너무 꽉 쥐는 바람에 손가락이 벌게졌다. 칼라는 신음 소리들 사이마다 라마즈 수업에서 배운 대로 깊고 격한 숨을 입을 통해서 내쉬었다. 마침내 그녀는 테리의 손을 놓았다.

칼라의 산기는 대극장이 장악당한 직후 시작되었다. 술이 달린 1920년대 신여성풍 드레스를 입고 있던 낸시 콜번은 꼭 2년 전에 출산한 경험이 있어서 테리가 안락해 보이는 파란색 좌석의 팔걸이를 들어올려서 칼라가 좌석에 가로누울 수 있도록 도와주었다. 예전에 그들의 상관이었던 영국인 제작자 데니스 윈스롭은 자신의 야회복 턱시도 정장을 벗어서 임산부의 드레스 위를 덮었다.

"아드레날린 때문이에요." 낸시가 속삭였다. "칼라가 느끼고 있는 공포심이 분만을 유도하고 있는 거라고요."

"맙소사!" 데니스가 속삭이듯 말했다.

지금 칼라는 팔꿈치 위로 몸을 떠받치고 있었는데, 얼굴은 달아올랐고 이

마는 땀투성이었다. 챈드라 워싱턴이 자신의 보라색 랩 드레스(Wrap dress, 휘감는 식의 심플한 드레스)의 한 부분을 막 찢으려 할 때, 누군가가 자리에 놓고 간 하얀색 실크 스카프가 눈에 들어왔다. 그녀는 그것을 집어들고 칼라의 이마를 닦아주었다.

예복들에 어울리는 우아한 복식품들이 대극장 도처에 흩어져 있었다. 군중들이 출구를 향해서 헛된 경주를 벌이는 동안, 뾰족한 슬리퍼들과 끈 달린 샌들들은 차듯이 벗었고, 공단 재질의 숄과 구슬로 장식된 핸드백들을 떨어뜨렸고, 보석 장신구들도 뜯어져 버렸다. 백금이 세팅된 다이아몬드 귀걸이 한 짝, 장밋빛 금 목걸이 하나가 테리의 눈에 띄었다.

저 물건의 소유자들은 아직 살아 있을까? 테리가 궁금해 할 수밖에 없었다. 최소한 스무 명이 넘는 사람들이 출입구를 향해서 미친 듯이 돌진하는 동안에 총을 맞았다. 그런 다음 테러범들은 모두에게 서 있는 그 자리에서 바닥에 앉도록 명령했다. 지금 사람들은 복도와 대극장 뒷문 옆에 무리지어 앉아 있었다.

테리는 눈을 감고 사촌네 집에 있는 킴을 마음속에 그리면서 진정하려고 애를 썼다. 바로 그때 불가피한 질문들이 떠올랐다. 딸아이가 시상식을 얼마나 보았을까? 테러범들이 내부의 모습을 방송하고 있을까? 지금 킴이 보고 있을까? 딸아이가 겁을 먹었을까?

칼라가 다시 신음 소리를 냈다.

테리는 눈을 뜨고, 보석으로 장식된 가느다란 시계를 힐끗 바라보았다. "진통 간격이 점점 짧아지고 있어." 그녀가 챈드라에게 말했다.

"의사가 필요해." 챈드라가 속삭였다.

칼라는 그 대화를 들었고, 얼굴이 통증으로 일그러졌다. "내 아기를 잃고 싶지 않아." 그녀가 거칠게 말했다.

"절대로 그럴 일 없어." 테리가 그녀를 안심시켰다. "그런 일이 일어나도록 놔두진 않을 거야."

칼라가 긴장을 풀면서 어깨까지 내려오는 적갈색 머리카락을 푸른색 벨벳으로 된 대극장 좌석에다 다시 펼쳤다.

"개리와 나는 지난달에 방 하나를 말끔히 청소했어." 그녀가 테리의 눈을 마주보면서 중얼거렸다. "우린 모든 준비를 다 해놓았어… 네가 그 벽지를 봐야 하는건데. 해돋이처럼 정말 아름다운 노란색이거든… 그리고 애기 가구도… 가구는 배송이 너무 늦어져서 어쩌면 가구가 도착하기 전에 아기가 나올 수도 있겠다고 생각했어… 다행히 이틀 전에 도착했지 뭐야." 땀과 눈물을 흘리면서 그녀는 작은 목소리로 흐느꼈다. "나 집에 가고 싶어."

나도 그래, 테리가 군중들을 훑어보면서 생각했다. 대부분의 관객들은 이제 조용해졌다. 그녀와 마찬가지로, 그들 모두 휴대전화를 사용하려고 시도하는 것은 완전히 포기해버렸다. 테리는 신호를 잡을 수 없었고 다른 사람들도 마찬가지였다. 테러범들이 전파방해 장비를 작동시켰을 거라고 짐작할 뿐이었다.

그녀는 검은색 머리 수건으로 얼굴 주변을 감싼 열 명의 무장한 테러범들이 통로들을 천천히 순회하면서 대극장 주위를 돌아다니는 모습을 조용히 지켜보았다. 나머지 테러범들은—테리는 공격 초기에 스무 명이 넘는 테러범들의 숫자를 일일이 세어보았다—어디에도 보이지 않았다.

테러범들이 대극장을 처음에 장악했을 때, 그들은 극장의 2층 앞부분 좌석에 있는 사람들을 강제로 1층으로 내려보내서 그들을 한눈에 감시할 수 있도록 조치했다. 얼마 후, 복면을 한 남자들이 네 명의 여자를 안으로 데리고 들어왔다. 테리는 그중 한 사람을 알아보았는데, 그들 일행을 자리로 안내해준 아름답고 젊은 좌석안내원이었다.

그 여성들 모두 야회복을 갈아입었고 머리부터 발끝까지 검은색 예복으로 감쌌다. 관객들은 그 여자들이 지금 차고 있는 것을 보고 숨 막힌 소리를 냈다—플라스틱 폭발물 덩어리들이 그들의 허리에 두른 벨트에 매달려 있었다. 더없이 행복한 미소를 얼굴에 짓고 누름단추식 기폭장치를 손에는 쥔 그 여자들은 각자의 위치로 움직였다. 실내의 각 모퉁이에 한 사람씩.

관객들이 자살 폭탄 테러범들이 자신들 사이에 배치되었다는 것을 깨닫자마자 또 다시 극심한 공포의 비명 소리들이 터뜨렸지만, 공중으로 발포된 총성과 권총을 휘둘러대는 통에 잠잠해지고 말았다.

그 후, 테리는 잔인한 행위들과 이상한 촌극 상황들을 여러 번 목격했다. 겁쟁이들은 자신들의 목숨을 위해서 거래를 흥정하려고 무진 애를 쓴 반면, 용감한 사람들은 자신들의 안전은 아랑곳 않고 주변에 있는 사람들을 보호하려고 애를 썼다. 그러나 가장 기억에 남는 용감한 행동은 아직 일어나지 않았다.

"너무 목이 말라." 칼라가 눈을 감은 채 중얼거렸다. 테리는 그녀의 입술이 바싹 말라 있어서 그녀가 침을 삼키는 것조차 힘들어 하는 모습을 볼 수 있었다.

데니스 윈스럽이 일어섰다. "여기 임신한 여성이 있습니다!" 그가 외쳤다. "곧 출산할 것 같습니다. 의사가 필요합니다!"

복면을 쓴 남자 두 명이 즉시 그에게 다가섰다. 한 사내가 그의 얼굴을 후려쳤으나, 영국인다운 그의 용기는 여전했다. 그는 물러서기를 거부하고 그들 앞에 똑바로 서서 답변을 기다렸다. 결국 그가 그들에게 말했다. "이 여성을 도와줄 수 없다면, 적어도 물이라도 좀 주십시오."

사내들 가운데 한 사람이 그의 요구에 완벽한 영어로 대답했다. "물을 원한다면, 나를 따라와. 나머지는 여기서 남아 있고 말썽을 일으키지 않도록 해."

그때 낸시가 벌떡 일어섰다. "나도 같이 가겠어요." 그녀가 건방진 사회 운동가처럼 선언했다. "모든 사람들을 위해서 물을 가지고 오겠어요."

복면을 한 사내들은 아무런 말도 하지 않고, 그저 그 남녀 한 쌍을 자동소총 총구로 앞쪽으로 밀었다. 테리와 챈드라는 그들이 걸어가는 모습을 군중 속에서 잃어버릴 때까지 걱정스러운 눈으로 지켜보았다.

십여 분이 지나고 이십 분이 되었지만, 데니스와 낸시는 돌아오지 않았다. 처음은 아니지만, 테리는 잭이 어디에 있을지 스스로에게 물어보기 시작했다. 그녀는 다시 시계를 확인하고, 잭이 대극장 안에서 무슨 일이 벌어지고 있는지, 그리고 그와 CTU에서 그 사실을 알아챌 경우 어떻게 대응할 것인지 궁금해했다.

"낸시는 어디 있어? 그리고 데니스는?" 챈드라가 조바심을 냈다. "언제 그들이 물을 가지고 올까?"

무대 뒤쪽 어딘가에서 나직하지만 분명하게 들을 수 있는 총격 소리를 들었을 때, 테리의 심장이 거의 멈출 뻔했다. 자동화기가 내뿜는 두 번의 짧은 총격 소리, 그리고 더 이상 아무런 소리도 들리지 않았다.

"테리?" 챈드라가 초조한 듯한 소리를 말했고, 그녀의 눈은 공포감으로 휘둥그레졌다.

손이 떨리는 것을 멈추려고 애쓰면서 테리는 시계를 다시 확인했다. "곧 돌아올 거야." 그녀는 챈드라를 안심시켰다. "곧."

오후 8:36:50

로스앤젤레스, 테런스 알톤 체임벌린 대극장

고리 모양의 그림자가 화려하게 불을 밝히고 있는 대극장 주위를 에워쌓다. 반경 스물두 블록 내에는 전기가 끊어졌지만, 체임벌린 대극장은 한밤중 횃불처럼 지속적으로 불을 밝혀줄 전기 공급 배전망이 필요하지 않았다. 그곳은 자체의 발전기들이 전등들, 양수기들, 그리고 공기 정화와 냉각 장치에 필요한 전력을 공급하고 있었다.

좌석 배치도에 의하면, 천이백 명이 넘는 사람들이 봉쇄된 건물 내부에 갇혀 있었다. 체임벌린 대극장의 직원들, 무대 담당자들, 그리고 방송 기술자들만 해도 백 명이 넘는다. 체임벌린의 발전기를 정지시키려는 시도는 결코 없을 것이다. 에어컨, 등화, 물이 없으면, 상황은 인질들에게 더욱 악화될 것이 뻔했다.

잭 바우어는 부인인 테리가 그들 가운데 있다는 것을 잘 알고 있었다.

공격을 위한 준비들이 마무리되어 가는 동안, 잭은 계속해서 공격에 대한 반대 입장을 표명했다. "합리적인 대응책을 찾을 수 있도록 시간을 더 주십시오." 그는 스톤에게 계속해서 요구했다. "결의만 불태운다면 그 안에서 어리석은 실수를 범할 수도 있습니다."

"자유진영에서 가장 중요한 여성 두 분이 저 건물 안에 갇혀 있습니다." 스톤은 자신의 인내심이 바닥났다는 듯이 대답했다. "그분들을 보호하고 있는 유일한 요원과 임시 지상선을 통해서 아주 제한된 통신을 하고 있어요. 그마저도 어느 순간에 끊어질지 모릅니다. 협상을 위한 시간이 없다고요."

스톤의 대원 중 한 사람이 끼어들었다. “소방본부에서 베터스 차장과 사람들이 이곳에 나오셨습니다.”

세 명의 소방관이 무거운 장비와 헬멧으로 몸을 감싼 채로 앞으로 나섰다. 스톤 경감은 그들 중 가장 나이가 많아 보이고, 불그레한 얼굴에 회색 콧수염을 기른 남자를 마주보았다.

“저는 당신들이 체임벌린의 관리진들과 함께 소방훈련을 실시한 적이 있고, 이 철제 방화문들을 열 수 있다고 알고 있습니다.” 그는 화면에 떠 있는 설계도를 가리켰다.

베터스 차장이 고개를 끄덕였다. “저 문들을 열 수 있는 코드는 알고 있습니다. 저 문들은 모두 소방부대의 진입 지점들로 설계되었습니다. 하지만 스물네 개의 다른 철재 방화문들은 우리가 열 수 없습니다.”

“상관없습니다.” 스톤이 대답했다. “우린 단지 두 개의 문만 필요하니까요. 당신네 소방대원들이 우리와 함께 접근해서 잠금장치를 해제해 주셔야 합니다. 그 다음엔 우리 SWAT 팀들이 안으로 진입할 겁니다.”

베터스는 그 계획이 마음에 드는 것 같지 않았지만, 아무런 말도 하지 않았다. 소방본부 책임자는 대원들을 불러 모아 협의한 다음, 세 명의 소방대원 모두 바깥에 있는 한 쌍의 무장 공격 차량 쪽으로 이동하였다. 잭은 베터스를 따라 차량들 쪽으로 갔고, 그 사람 옆에 멈춰섰다.

“차장님, 이 일에 대해서 미심쩍어 하는군요, 저도 마찬가지입니다.” 잭이 자신을 소개하는 대신 말했다.

서장은 잭을 훑어보았다. 마치 그에 대해 평가를 내리는 듯이. “나는, 대체로, 실제 경험이 없으면서 아는 체 떠드는 사람들을 좋아하지 않습니다. 그리고 시장님께서 제게 스톤의 명령을 따르라고 하셨습니다.”

“하지만…,” 잭은 그곳에 단 둘만이 남아 있다는 사실을 알아차렸다. “1차 걸프전에서 수색대원으로 근무했었는데, 이건 마치 함정 같다는 냄새가 납니다.”

북적거리는 지휘 본부로 돌아가는 대신, 잭은 베터스와 나란히 서서 작전이 시작되기를 기다리고 있었다. 검은색 무장 공격 차량들이 어둡고 텅 빈 사차선

대로를 따라서 어둠 속에서 빛을 발하는 대극장 쪽으로 진행하고 있을 때, 잭은 작전을 좀더 잘 지켜보기 위해서 작은 망원경을 꺼냈다.

차량 한 대가 체임벌린의 주변를 돌더니 시야에서 사라졌다. 두 번째 차량은 앞면이 유리로 된 건물 외관을 향해 곧장 돌진했고, 그것을 돌파했다. 잠시 후엔 대극장 출입구 바로 앞에 있는 방화문에 도달했다.

"저기 그들이 갑니다." 잭이 소방대장에게 알렸다. "당신 대원이 SWAT 팀의 호위를 받으면서 나옵니다. 그가 방화문에 이르렀어요… 문이 열리고 있습니다."

자동화기의 요란한 소리가 들리자마자 잭은 무슨 일이 벌어지고 있는지를 깨달았다. "이런 젠장!" 잭이 소리쳤다. "SWAT 팀이 당하고 있어요. 당신 대원도 쓰러졌습니다. 부상을 입었어요. 죽지는 않았습니다. 한 경찰관이 그를 움켜잡고 안전한 곳으로 끌어당기고 있어요. 이런, 그 경찰관도 쓰러졌어요."

"맙소사." 베터스가 중얼거렸다.

잭이 막 쌍안경을 내리려고 할 때, 두 명의 민간인이 총알들을 피하면서 혼란한 상황을 뚫고 나오는 것을 보았다. 남자 한 명과 여자 한 명. 남자는 짙은 색의 양복을 입었고, 여자는 상아색 야회복 차림이었다. 그들은 손을 잡은 채로 무장 차량을 엄폐물 삼아 대극장 밖으로 내달렸다. 하지만 그들이 공격용 차량의 뒷부분에 이르자마자, 그 남녀는 대극장으로부터 쏟아져 나오는 사격 세례 때문에 꼼짝도 하지 못했다.

"두 사람이 방금 탈출했어요. 그들이 저곳에 갇혔어요." 잭이 소방대장에게 말했다. 거리를 재빨리 훑어보던 잭은 세 번째 무장 공격용 차량이 지휘 본부 뒤쪽에 주차되어 있는 것을 알아차렸다.

"어서요, 갑시다." 베터스 대장은 바로 뒤에서 소리쳤다. 그들이 차량 속으로 기어 들어가자마자, 베터스가 운전석에 자리를 잡았다.

"'사막의 폭풍' 때 브래들리(미국의 주력 보병 전투차량) 전투 차량을 몰았죠. 망할 놈의 바로 이 차종이죠." 베터스가 설명 대신 말했다.

엔진이 으르렁거리며 활기를 띠었고, 그들은 바로 출발했다. 차량은 커다란 펑크-방지용 타이어들을 달고 굴러갔는데, 그들 두 사람에게 익숙한 궤도용 전투 차량보다는 훨씬 부드러운 승차감을 주었다. 그리고 빨랐다. 그들이 대극장에 도착하는 데에 일 분도 걸리지 않았다.

베터스가 공격용 차량을 멈춘 곳은 방화문 근처의 큰 타격을 입은 곳 바로 뒤였다. 잭은 옆면의 해치를 열고, 정장을 차려입은 남자와 여자가 빈약한 엄폐물 뒤에 웅크리고 있는 것을 보았다. 산발적인 사격이 여전히 터져나오고 있었지만, 잭은 전투가 끝났다는 사실을 알 수 있었다—공격팀 대원 모두가 이미 대학살을 당했으니까.

"어서요!" 잭이 소리쳤다. 두 사람은 망설이지 않았다. 해치까지 1.5미터를 번개처럼 뛰어올랐다. 여자는 하이힐을 신고도 빨리 움직였고, 남자도 재빨리 여자를 뒤따랐다. 그들이 뛰어올라 문을 통과하자마자 잭은 텅 소리가 나도록 해치를 닫았다.

베터스가 차량을 빙글 돌리는 동안 총알들이 텅텅 하는 소리를 내며 때려댔다. 잭은 새로운 인물들을 바라보았다—젊고, 매력적인 중국계 미국인 여성, 그리고 디지털 카메라 한 대를 목에 매달고 있는 일본계 미국인 젊은이.

"당신들은 누굽니까?" 잭이 물었다.

"크리스티나 홍이에요, 시애틀 KHTV의 연예부 기자죠. 이쪽은…."

"론 노부나가입니다. 전 사진작가죠."

"두 분 다 대극장 안에 있었습니까?" 잭이 말을 유도했다.

남녀는 고개를 끄덕였다. "저는 그곳에 늦게 도착했어요." 남자가 대답했다. "측면 출입구를 통해서 몰래 들어가는 중이였는데, 만사가 안 좋은 쪽으로 흘러가기 시작했죠. 빠져나오려고 애쓰다가 방화문들이 내려졌을 때 로비에 갇혀버린 겁니다, 크리스티나도 마찬가지였고요."

"우리는 어떤 창고 안에 함께 숨어 있었어요. 테러범들이 방화문들 앞에 정렬해 있는 것을 지켜봤는데, 경찰들을 향해서 사격을 기다리고 있었어요. 그들은 경찰이 오는 것을 알고 있었어요. 그건 매복 공격이었어요!"

남자는 고개를 끄덕였고, 이마에 흐르는 땀을 그의 정장 소매로 닦았다. "총격전이 한창일 때, 난리통을 빠져나갈 만한 틈을 보고 크리스티나를 움켜잡았어요. 우린 행동에 들어갔고, 밖으로 빠져나온 거죠." 노부나가는 멈칫하더니 고개를 가로저었다. “우린 정말 행운아예요. 저 테러범들, 아니 그들이 누구인지 간에, 그들은 미쳤어요. 어떤 것이든 아니 누구든 상관하지 않더군요. 나는 그들이 사람들에게 총을 쏘고, 총으로 여자의 머리를 내리치는 것을 봤어요. 만일 그들을 막지 못한다면, 그들은 저곳 안에 있는 모든 사람들을 죽일 거예요.”

1 2 3 4 5 6 7 8 9 10 11 12 13
14 15 16 **17** 18 19 20 21 22 23 24

다음 이야기는 오후 9시에서 오후 10시 사이에 일어난 것이다.

오후 9:02:06

로스앤젤레스, 테런스 알톤 체임벌린 대극장

무대에서 가장 가까운 좌석들은 유명 인사들로 구성된 시상자들이 앉도록 지정되어 있었다. 할리우드에서도 이름난 홍보 담당자인 솔 군터가 자기 좌석에서 초조하게 자세를 뒤척였다. 그는 휴대전화기를 꺼내 열어 보았고, 여전히 통화 불능 상태라는 것을 확인했다. 그는 전화기를 다시 집어넣고 자신의 스타 고객에게 속삭였다.

“저들이 어떻게 나올 거라고 생각하세요?”

“이 바닥에 있는 모든 사람들처럼, 거래를 하려 들겠죠.” 칩 매닝이 대답했다. “설마 저들이 자신들의 목숨을 버릴 만큼 멍청한 놈들이라고 생각하는 건 아니죠?”

솔은 어깨를 으쓱했다. “그럴 수도 있고, 아닐 수도 있죠. 하지만 아닐 경우라면, 만일 방송국에서 당신이 저 무대에서 허겁지겁 달아나면서 당신의 공동 진행자가 머리에 총을 한 발 맞도록 내버려둔 모습을 자르지 않았다면 당신은 이미지에 큰 타격을 입을 겁니다. 여자를 뒤에 내버려두는 건 솔직히 말해서 영웅적인 행동은 아니니까요.”

“이봐요, 솔.” 칩은 타조 가죽 부츠를 앞에 있는 좌석의에 등받이 위로 기대 놓으면서 속삭였다. “난 죽고 싶은 생각 없었어요. 어차피 그 가슴만 큰 멍청한 여자는 하이힐을 신어서 뛰지 못했을 테니까."

솔은 턱을 문지르며 한숨을 내쉬었다. "빌어먹을 휴대전화는 왜 작동이 안 되는 거야?" 그는 다시 신호를 확인해 보았다. "마누라한테 전화를 걸어서 꼭 통화를 하고 싶은데…."

칩 매닝은 홍보 담당자의 말에 대꾸하지 않았다. 그 남자는 인질극 상황이 시작된 이후로 똑같은 주문만 주절거리고 있었으니까. 지겨워진 칩의 눈길이 가까운 곳의 좌석들 주변을 이리저리 둘러보다가 애버게일 헤이어의 굉장히 아름다운 옆 얼굴에 머물렀다—다큐멘터리 영화 제작자 케빈 크록이 그의 에이전트 팔에 안기어 이성을 잃고 징징거리는 모습을 보는 것보다 훨씬 더 흥미로운 모습이니까. 그 여배우는 겨우 몇 좌석 떨어져서 조용히 앉아 있었는데, 무표정한 얼굴로 깔끔하게 손질한 두 손을 불룩한 배 위에 올려놓고 있었다.

"정말 멋진 여자죠, 안 그래요?" 매닝이 솔에게 속삭였다. "그러니까 내 말은, 그녀를 보라구요. 전혀 당황해하지 않잖아요. 누가 저 여자를 임신시켰는지 궁금하네. 억세게 운 좋은 녀석이야."

"그렇게 투덜거릴 기운이라도 남아 있으면, 당신이 가진 그 무술 실력을 발휘해서 저 자식들 한두 명쯤 때려 눕히지 그래요?"

매닝은 코웃음을 쳤다. "당신이 만든 과장 광고를 망가뜨리지 말자고요. 도장에서 판자 몇 장 부수는 것과 무장한 괴한들 제압하는 것은 하늘과 땅 차이라고요."

"그래도 당신은 뭔가 해볼 수 있잖아요." 솔이 지적했다. "당신은 우리들보다는 좀더 나은 실력을 가지고 있잖아요. 남자답게 나서 봐요."

"제발요, 솔. 우리의 극우파 경찰들이 저 악당들을 해결하도록 놔두자고요. LA 경찰들이 사우스 센트럴 같은 억압당하는 동네보다는 무기를 들고 여기로 출동하면 좋을 텐데."

오후 9:09:16

로스앤젤레스, CTU 본부

마일로 프레스만은 유일하게 감염되지 않은 컴퓨터를 사용해서 CTU의 감염된 중앙컴퓨터과 계속해서 씨름하고 있었다. 그가 다양한 바이러스 퇴치 프로토콜들을 작동시킴으로써 약간의 기능은 복구했다. 작업은 느리고 비효율적이었고 효과는 극히 미비했다. 설상가상으로 그의 초점이 흐려졌다. 리처드 레저에 대한 생각들이 계속해서 그의 정신 집중을 방해했다.

한 시간쯤 전에 슈펠이 마일로에게 무슨 일이 일어났는지를 말해주었다. "레저가 자신은 천국을 경험했었다고 말했네. 그는 우리가 그에게 어떠한 일을 하든 상관하지 않는다고 했고. 드디어 종교를 찾았고 죽을 준비가 되었다고 말하고는 자살했네."

슈펠의 말에 마일로의 입이 떡 벌어졌다. "레저가… 죽었다고요?"

슈펠은 고개를 끄덕였다. "셔츠에 달린 단추 하나가 사실은 청산가리 캡슐이었네."

"하지만 레저는 세속적이고 불가지론(인간은 신을 인식할 수 없다는 종교적 인식론을 믿는 사람)을 믿는 인습 타파주의자였어요, 종교적인 광신에 빠질 녀석은 아니었는데."

"하산이 용케도 그를 열렬한 신봉자로 바꿔 놓은 게지. 약물을 이용해서 레저의 정신을 흐릿하게 만들고, 의지를 허물어트린 거야. 그것을 마인드 컨트롤이라고 부르지. 한마디로 세뇌시키는 거지. 강압적인 종교적 망상이라고도 하지." 라이언이 어깨를 으쓱했다. "나 또한 그게 가능하리라고는 믿지 않았네, 내 눈으로 그것을 직접 보기 전까진 말일세."

그 대화가 이후로, 레저에 대한 추억들이 물결처럼 마일로를 덮쳤다—언쟁들, 모욕들, 예쁘장한 어느 여자 동급생의 이목을 끌어보려고 다투다가 결국엔 어느 누구도 차지하지 못한 일들. 대학원 시절에도 레저는 증오에 찬 반사회적 경향을 드러냈었다. 그는 두 번씩이나 스탠포드 대학 컴퓨터 연구실에서도 고의적인 파괴 행위를 벌였는데, 그가 다른 사람들에게 초래한 혼란 속에서 무척이나 즐거워했었다. 학생들이 그들의 프로젝트들을 복구할 수 없을 정도로 엉망이 되었다고 확신하고 있는 바로 그때, 레저가 휙 들어와서 몇 개의 키를 두

드리고 모든 것을 복구시켜 놓았던 적도 있었다.

바로 그때 마일로의 손가락들이 키보드 위에서 멈칫했다. “잠깐 기다려봐.”

“무슨 일인데요?” 도리스가 물었다.

“중앙 컴퓨터가 아직 켜져 있어?”

“켜져 있어요, 하지만 모든 명령들을 먹히지 않고 있어요.”

마일로는 의자에 앉은 채로 빙글 돌려서 바닥을 가로질러 구른 다음 도리스를 그녀의 자리에서 몸으로 밀어냈다.

“뭐 하는 짓이에요?” 도리스가 소리쳤다. “이걸 정지시키면, 다시 작동시키는데 20분이나 걸린다고요!”

“어떤 예감이 와서 그래.” 마일로가 말했다.

“예감이라고요! 지금은 그럴 시간이 없어요!”

마일로는 그녀의 말을 무시하고 일련의 명령어들을 입력했다.

“무슨 명령들을 내리는 거예요?” 도리스가 두려운 눈길로 바라보며 보았다.

“레저가 대학원 시절에 사용했던 거야.”

도리스는 경악했다. “그러면 정말로 그게 먹힐 거라고 생각하는 거예요?”

마일로는 그의 예감을 따랐고 숨을 죽였다.

잠시 동안 아무 일도 일어나지 않았다. 그리고는 모든 시스템, 모든 모니터가 다시 작동하기 시작했다—완전히 정상적으로—마치 처음부터 언제 작동이 중단되었냐는 듯이 말이다. 놀라움, 기쁨, 안도의 함성과 산발적인 박수 소리가 상황실 도처에서 터져나왔다.

마일로는 요란하게 쿵쾅거리는 발 소리를 들었다. 라이언 슈펠이 모퉁이를 돌아서 달려들었다. 그의 신화용 가죽 구두가 미끄러질 정도로 그는 빨리 멈추었다.

“어떻게 한 거지?” 그가 물었다.

도리스가 마일로를 가리켰다. “이 사람한테 물어보세요.”

“프레스만, 그거 아나? 어떻게 한 건지는 중요하지 않네. 자네는 천재야!”

마일로는 한숨을 쉬었다. “정부의 엄격한 절차를 통과했으니까요.”

오후 9:41:22

멕시코, 티후아나, 단테 거리

토니 알메이다가 CTU와 취할 수 있는 모든 연락이 완전히 끊겨버린 몇 분 후에 두 명의 체첸 기술자들이 그 집 바로 앞에 최신형 포드 자동차를 세웠다. 남자들은 차에서 내려 자신들의 모국어로 수다를 떨면서 현관 쪽으로 걸어갔다.

토니는 그들이 집으로 들어오기를 기다린 다음, 그가 페이에게 호신용으로 주었던 글록 권총으로 그들을 끝장냈다—가혹한 처벌이었지만, 토니의 입장에서는 당연한 일이었다.

암살 작업의 뒷처리를 마무리짓고, 토니는 다음 2시간 동안 컴퓨터 데이터베이스의 내용을 살펴보는 데 시간을 보냈다. 토니에게는 다행스럽게도 체첸인들은 부주의했다—그들은 시스템을 운영 중인 채로 놔두었고 보안 프로토콜을 건너뛰었기 때문에, 토니는 중앙 컴퓨터와 그 안의 모든 내용물에 아무런 제한 없이 접근하는 것이 가능했다.

컴퓨터의 로그 기록을 이용해서 토니는 활성화된 파일들을 거꾸로, 한 번에 하나씩 열어보았다. 간혹 정보의 함축적인 의미를 발견하기 위해서 이름 또는 주소를 상호 참조해 보기도 했다. 한 시간 동안 연결성이 없어 보이는 데이터를 서로 맞춰본 후에 토니는 더 큰 그림을 거머쥐기 시작했다.

그는 리처드 레저가 트로이 목마 바이러스를 바로 이 집에서 만들어냈다는 것을 알게 되었다. 바이러스를 영화 파일 내부에 숨겨놓은 후, 그는 그 파일을 한쪽 구석에서 작동하고 있는 서버를 이용해서 사이버 공간 속으로 내보냈다. 그 〈천국의 문〉 파일 내부에다, 레저는 CINEFI라 불리는 프로그램을 통제할 수 있는 바이러스를 숨겨두었다. 서미트 스튜디오 단지 안에 사무실 하나를 가지고 있던 휴 베트리는 아직 개봉하지 않은 그의 영화 해적판을 웹 상에서 발견하고 그것을 다운로드했다—트로이 목마 바이러스가 스튜디오의 컴퓨터들 사이로 퍼졌고, 그곳에서 몇 시간 전까지는 활동을 멈춘 채 머물러 있었다. 바이러스가 활기를 띠던 바로 그 순간, 체임벌린 대극장을 장악해 버렸다. 방화문들을 닫았고, 전화 시스템을 정지시켰고, 인질들을 내부에 가두어버렸다.

그러나 그것은 첫 장에 불과했다. 리처드 레저는 자정에 퍼뜨릴 예정이었던 바이러스뿐 아니라 월드 와이드 웹 기반 시설을 완전히 파괴하려는 계획에 대해서도 거짓말을 한 것이 아니었다. 그 바이러스는 이곳에서 지금은 생기 없는 두 눈으로 천장을 응시하고 있는 두 명의 체첸 기술자들이 퍼뜨리기로 되어 있었다.

토니는 안도의 한숨을 내쉬었다. *적어도 그는 하산의 계획 중 그 부분은 좌절시켰다으니까.*

분명한 것은, 레저는 그가 주장한 것처럼 그 바이러스를 CTU에 넘겨줄 의향이 전혀 없었다—그는 살아있는 트로이 목마 바이러스 자체가 되어서 CTU의 컴퓨터 시스템을 파괴하기 위해서 보내졌던 것이다. CTU의 침묵 상황으로 추정해볼 때, 토니는 레저가 자신의 임무를 완수했다고 짐작했다.

계속해서 데이터를 파헤치던 토니는 하산의 공범 또는 먹잇감이었던 사람들의 이름을 찾아냈다—나와프 산조르, 발레리 다지, 휴 베트리.

건축가 산조르 혹은 그 회사에 있는 누군가가 하산에게 대극장의 설계도들을 제공한 것이었다. 전직 슈퍼모델인 발레리 다지 혹은 그녀의 모델 에이전시에 있는 누군가는 하산의 암살자들을 실버 스크린 시상식에 좌석 안내원으로 가장시켜서 대체한 것이었다.

토니는 컴퓨터에 있는 파일들로부터 휴 베트리에 관해서 알게 되었다. 그 영화 제작자는 뜻하지 않게 하산의 음모에 휘말리게 되었다—많이는 아니지만, 어떤 위험성을 인지하기엔 충분했다. 그래서 베트리와 그의 가족은 휴가 당국에 신고하기 전에 침묵하게 된 것이었다.

머리 아픈 두 시간을 보낸 후에도 거기엔 여전히 수십 개의 열어보지 못한 파일들이 있었지만, 토니는 시간이 없었다. 떠나기 전에 그는 찾을 수 있는 모든 공 디스크와, 펜 드라이브, 그리고 떼어낼 수 있는 메모리 칩에다 시스템에서 골라 모은 데이타들을 저장하기로 결정했다.

그 과정의 중간 무렵 그의 휴대폰이 울렸다. 제이미 패럴이었다. "토니? 괜찮아요?"

"그래. 무슨 일이야?"

"레저가 중앙 컴퓨터에 바이러스를 침투시켰어요." 제이미가 대답했다. "하지만 그 문제는 방금 해결됐어요."

"레저는 어때?"

"그 문제 역시 해결됐어요. 그가 죽었거든요."

토니는 어떻게 된 일인지 묻지 않았다. 그는 상관하지 않았다. "잘 들어, 내 생각엔 체임벌린 대극장이 테러의 목표…."

"너무 늦었어요, 토니." 제이미가 말을 끊었다. "그 장소는 이미 점령당했어요. 그곳에 수백 명의 인질들이 붙잡혀 있어요."

토니는 욕설을 내뱉었다. "이봐, 레저의 컴퓨터에 있는 자료들을 당신에게 보냈으면 해. 파일들이 수십 개야."

"좋아요, 안전한 라인을 열어 놓을 테니, 데이터를 전송하세요. 파일들 모두를 캐시 224QD에 넣어두세요." 토니와 제이미는 함께 작업을 했고 토니는 빨리 파일들을 전송했다.

"자료들을 받았어요." 제이미가 잠시 후에 말했다. "라이언이 언제 돌아올 건지 알고 싶어 하세요."

"하나 더 해야 할 일이 있어." 토니가 대답했다.

그는 대화를 끝내고 일 층으로 내려가 부엌으로 향했고, 난로를 벽으로부터 거칠게 밀쳐내서 천연 가스 파이프를 드러내고는 그것을 부츠를 신은 발로 수차례 걷어차 부서뜨려서 열었다.

새어 나오는 가스의 쉬익 하는 소리를 듣자마자, 토니는 컴퓨터 디스크들, 문서 자료들로 가득한 천으로 된 자루를 움켜잡았고—어떠한 정보 조각이라도 쓸모가 있을 것이라고 생각했다—그리고는 현관으로 향했다. 그는 거실에서 멈칫 하더니 텔레비전 앞에다 불을 붙인 종이를 두고 재빨리 나섰다.

토니 알메이다는 승합차의 운전석에 앉았고 블록을 반 정도 지나갔을 때 그 집이 폭발하면서 조용하던 저녁을 산산조각 내버렸다. 운전용 거울에 혓바닥 같은 시뻘건 불꽃들이 하늘을 태우려고 헛되이 애쓰는 듯한 모습이 비쳤다.

1 2 3 4 5 6 7 8 9 10 11 12 13
14 15 16 17 **18** 19 20 21 22 23 24

다음 이야기는 오후 10시에서 오후 11시 사이에 일어난 것이다.

오후 10:00:04

LAPD 이동 지휘 본부

지휘권은 이제 잭에게로 넘어왔다. 스톤 경감의 처참한 공격과 그 결과가 시장, 주지사에게 보고되었고, 그리고 국토안보부 장관에게 CTU의 컴퓨터 기능들이 완전히 복구되었다는 것이 전달된 이후, 경감은 조용하게 안도했다.

잭이 작전 지휘권자로서 첫 번째로 취한 행동은 스톤과 함께 일을 바로잡는 것이었다. 그는 새로운 계획이 마무리되자마자 스톤 경감의 대원들을 활용하기로 약속했다. 그때서야 비로소 그는 서장과 나머지 SWAT 팀원들을 전방 위치에 배치시켰고, 그곳에서 그들은 주변을 경계하는 주 방위군을 지원했다.

잭은 CTU와 연락하기 전에 테리의 사촌에게 전화를 걸었다. 그는 킴이 실버스크린 시상식이 재개하기를 기다리다가 잠이 들었다는 이야기를 듣고 안도했다. 나머지 국민들과 마찬가지로, 테리의 사촌 역시 시내의 정전 사태로 인해서 시상식의 나머지가 취소되었다고 믿고 있었다. 잭은 그녀에게 사실을 알려주지 않았다. 그는 테리가 늦을 수도 있다는 사실을 간단하게 설명하고, 킴이 하룻밤을 보낼 수 있는지를 물었다. 잭은 그녀에게 감사의 말을 전하고 통화를 끝낸 다음, 다시 업무로 돌아갔다.

그는 라이언 슈펠에게 전화했다. 첫 블랙번의 전술팀이 집결 지역에 도착했지만, 잭은 CTU의 기동타격대들 중 한 부대를 현장으로 급파해 달라고 요청했다.

슈펠이 동의했다. "즉시 보내주겠네. 마일로가 팀에 합류에서 자네에게 갈 걸세. 나는 여기에서 제이미와 상황을 조율하도록 하겠네."

"마일로에게 제 자동차에서 컴퓨터를 찾아오라고 해주십시오. 차는 여기서 몇 블록 떨어져 있습니다. 제가 GPS 칩을 작동시켜 놓았으니 차를 찾는 것은 어렵지 않을 겁니다."

"무슨 컴퓨터지?" 슈펠이 물었다. "어디에서 가져온 건가?"

"발레리 다지 모델링 에이전시에서입니다. 다지 씨는 대극장의 좌석 안내원들, 방청객들, 유명 인사 에스코트 직원들을 제공하는 일을 담당했습니다. 저는 그녀가 어떤 직원에게 속아서 대극장으로 테러리스트들을 대신 보냈다고 믿을 만한 이유를 갖고 있습니다. 체임벌린 대극장의 설계도들과 배선도들이 컴퓨터 하드 드라이브에 들어 있습니다. 마일로가 그 모든 자료를 가능한 빨리 검토해 보았으면 합니다."

통신 계기반 앞에 있던 젊은 기술 경찰관이 헤드셋을 움켜잡더니 고개를 들었다.

"바우어 특수요원!" 그가 불렀다. "누군가가 외부 회선으로 전화를 걸었습니다. 그자는 인질을 잡고 있는 측의 대표라고 주장하고 있습니다. 그자가 책임자와 통화를 요구하고 있습니다."

"스피커폰으로 연결하세요. 디지털 분석을 해야 하니까 통화 내용도 녹음하고요." 잭이 명령했다. 기술자는 녹음기를 작동시키고, 회선을 전환시킨 다음 고개를 끄덕였다.

"나는 대테러부대 로스앤젤레스 지부 책임자인 잭 바우어 특수요원입니다. 당신이 나와 통화를 원한다고 들었습니다."

"우리의 실력을 똑똑히 보았을 거요. 당신네 대원들의 시체로 거리를 어지럽힐 수 있다는 걸 말이요. 또 다시 공격을 시도하면 이곳에 있는 백 명이 넘는 인질들의 죽음을 보게 될 것이오." 목소리는 단호했고 감정을 드러내지 않았다.

"당신은 누구를 대표하는 겁니까? 요구 사항은 무엇이요?"

"현재 시점에서 우리 요구 사항은 간단하오. 방송 시설들을 15분 내로 복구하시오….”

“그건 어려울 수도 있습니다.” 잭이 말을 끊었다. “정전 사태가 진행 중입니다. 시내 지역에는 전력이 없습니다.”

“방법을 찾아보시오. 만일 30분 내로 전 세계에 성명을 발표하는 것이 허용되지 않으면, 우리는 인질들을 살해하기 시작할 것이오. 한 사람의 목숨이 오분마다 사라지게 될 것이오, 당신이 요구에 응할 때까지 말이오.”

“잠깐만….”

그러나 전화는 끊어졌다. 잭은 통신 기술자를 마주보았다. “녹음된 것을 분석할 수 있도록 CTU로 전달하세요.”

에반스가 말했다. “그들이 미국의 방송 채널을 임시 연단으로 이용하도록 놔둬서는 안 됩니다.”

“절대로 안 되지. 그렇게 할 수는 없지.” 잭이 말했다. “하지만 우리가 그자의 요구에 응하고 있는 것처럼 보인다면, 새로운 공격 계획을 만들어내기 위한 시간을 좀 벌 수 있을 거야.” 잭이 자신의 이마를 문질렀다. 두통이 다시 맹렬하게 돌아왔다. “그들이 자신들의 메시지가 외부로 전달되고 있다고 믿게끔 우리가 그들을 속일 수 있는 방법이 분명히 있을 거야.”

오후 10:29:09

체임벌린 대극장 외부

모든 것이 준비가 되었다. 실버 스크린 시상식을 취재하기 위해 현장에 온 경쟁 방송국에서 골라 모은 방송 기술자들의 노력 덕분이었다.

잭 바우어의 요구에 따라 그들은 불가능을 이루어내기 위해서 협력했다. 25분 만에 각기 분야의 이들 전문가들은 도로 아래에 매설된 광섬유 케이블을 찾아내서 그것을 활용하는 데에 간신히 성공했다—첫 번째 단계는 테러범들이 보는 대극장 내부에 있는 텔레비전 화면들의 영상을 통제하는 것이었다.

CTU에서는 체임벌린 대극장 내부에 수십 개의 모니터들이 케이블과 연결되어 있다는 사실을 알고 있었다. 테러범들은 지역 채널들, 혹은 24시간 케이블 뉴스 방송을 통해서 그들의 모습이 방송되는 것을 확실하게 지켜보게 될 것이다. 그 말은 그 채널들 즉, 단지 그 채널들만이 전파 방해를 받고 가짜 방송과 대체될 거라는 것을 의미했다. 그것은 불가능한 일로 보였지만, 기술자들은 잭에게 그 일이 성공할 것이라고 단언했다.

"저희를 믿으세요." 한 제작자가 말했다. "우리는 환상을 만드는 직업을 가진 사람들입니다. 우리는 시청자들이 어떤 것이든 믿도록 만들 수 있습니다, 적어도 잠깐 동안은 말입니다."

"그 잠깐이 우리에게 꼭 필요한 시간이었으면 좋겠군요." 잭이 대답했다.

이제 카메라들이 제 위치에 자리했다. 환하게 빛나는 대극장이 배경 화면으로 조심스럽게 잡혀졌다. 크리스티나 홍이 시작 신호를 기다리는 동안 그녀의 화장은 어떤 영화 스타일리스트가, 그녀의 머리는 유명한 앵커우먼의 개인 비서가 완벽하게 손봐 주었다. 그녀의 전체적인 모습은 에미상을 수상한 한 프로듀서에 의해서 준비되었다. 전국적인 방송국의 전문가에 의해 연출이 되기 직전이었다. 이 모든 것이 시애틀의 작은 지역 방송국에 일주일에 세 번 나오는 한 아가씨에게는 꿈이 실현되는 것과 같은 일이었다.

"내 텔레비전 경력의 모든 것을 펼쳐 보이겠어." 그녀는 중얼거렸다. "하지만 한 떼거리의 저 미친 테러범들 말고는 아무도 보지 못하겠지만 말이야." 반은 흥분되고 반은 두려운 자존감이 일을 그르칠 수도 있으므로 그녀는 목을 가다듬고 어깨를 똑바로 폈다.

화장 담당 스타일리스트와 개인 비서는 감독이 큰소리로 초읽기를 시작하자 뒤로 물러섰다. 마지막 3초를 남겨 놓은 상황에서 그의 목소리가 사라졌다. 세 개의 손가락이 올라갔고, 그 다음엔 둘. 그가 가리켰다.

"저는 로스앤젤레스에 있는 체임벌린 대극장에서 생방송을 진행하고 있는 크리스티나 홍입니다. 뉴스 속보로 인하여 정규 프로그램을 잠시 중단하게 되었습니다. 신원이 밝혀지지 않은 테러범들이 연례 실버 스크린 시상식을 장악하고 수백 명의 사람들을 인질로 붙잡고 있습니다. 인질들 가운데에는 잘 알려진 유명 인사들이 포함되어 있으며…."

지휘 본부 안에서 잭이 화면을 지켜보고 있었다. 크리스티나 홍은 설득력 있게 잘 해내고 있는 것이 분명했다. 화면 아래 오른쪽에 있는 로고 때문에 잭의 눈에도 로스앤젤레스 1번 뉴스 채널로 방송되는 것처럼 보였다. 그는 채널을 바꿨다. 폭스 뉴스에서도 똑같은 영상의 크리스티나 홍이 보였다—그 화면은 익숙한 폭스 뉴스 로고로 조작되어 있었다.

"지금 사건 현장에 나와 있는 미국 정부의 고위 관리들에 말에 의하면, 자신들은 신원이 밝혀지지 않은 테러리스트 집단의 임박한 성명을 기다리는 중이며 곧 시작될 예정이라고 합니다."

크리스티나 홍의 영상이 사라졌고, 머리부터 발끝까지 검은색으로 감싸고 얼굴을 감추기 위해 시커먼 복면을 쓴 남자로 대체되었다. 그 사람의 눈만 겨우 보일 뿐이었다. 그는 아그람 2000 자동 소총 한 정을 팔꿈치 안쪽에 움켜잡고 있었다. 잭은 초록색과 검은색으로 된 '자유 체첸공화국 연합 해방 전선'의 깃발을 알아보고 움찔했다. 규모가 알려지지 않은 극단적인 과격 분파였다.

비록 그 단체는 그들이 활동하는 지역 내에서는 평화와 안정을 위협하는 단체일지는 몰라도, 잭은 그 '연합 해방 전선'이 국가 안보에 결코 위협적인 존재라고 생각하지는 않았다. 특히나 이번처럼 능수능란한 탈취 작전을 감행할 수 있을 만한 정보나 자원을 보유했다고 믿지도 않았다—도움도 없이 말이다.

한편 크리스티나 홍의 즉흥적인 해설 소리가 이어졌다. "우리는 이 사람들이 무엇을 원하는지, 그리고 그들이 어떤 대의를 대변하는지, 그리고 무엇이 그들을 이러한 극단적인 행동을 취하게끔 내몰았는지를 곧 알 수 있을 것입니다. 이제 그들의 성명을 시청자께 생중계로 보낼 것입니다…."

잠시 숨을 돌린 후, 복면을 한 남자가 말을 하기 시작했다. 그는 긴 목록의 불가능한 요구 사항들을 발표했다—러시아는 체첸공화국에서의 주둔을 철수하고, 모든 정치범들을 석방하고, 점령 기간 동안의 희생자들에게 배상해야만 한다.

잭은 복면을 한 테러범이 러시아의 영부인과 미국의 부통령 부인을 인질로 잡고 있다고 주장하는 것에 주목했다—거짓말이라는 것을 잭은 알고 있었다. 그는 방송이 시작되기 전에 체임벌린 대극장 아래의 지하층에 있는 크레이그 오번과 짧게나마 통화했고, 그들은 은신처에서 여전히 안전한 상태였다. 이것은 즉 난국을 뚫기 위해서라면 기꺼이 허세를 부리는 남자와 잭이 마주하고 있다는 것을 말해주고 있었다.

오후 10:51:39

LAPD 이동 지휘 본부

복면을 쓴 체첸인의 20분에 걸친 장광설의 거의 끝날 무렵, 잭의 휴대폰이 울렸다. 니나 마이어스였다.

"잭, 테러범들 지휘자에 대해서 확신할 만한 음성 일치 자료를 찾아냈어요."

"잘했어!"

"당신이 보내준 첫 번째 전화 통화는 결론에 이르지 못했어요. 하지만 이 방송이 음성 연구소에서 일치를 결정적으로 확신하는 데 필요한 모든 음성 표본들을 우리에게 제공했어요."

"얼마나 확신할 만한 하지?"

"음성 연구소에 있는 분석가들은 98퍼센트 확신하고 있어요. 지금 말하고 있는 남자는 바스티안 그로스트, 44세, 빅터 드라젠의 옛 동료이자 그의 비밀 경찰대인 블랙 독의 일원이었어요."

"젠장," 잭이 중얼거렸다. "또 드라젠이군."

"드라젠을 알아요?"

"… 일부 자료를 읽은 적 있어." 잭이 대답했다.

"바스티안 그로스트는 UN 전쟁 범죄 조사위원회에서 수배 중인 인물이예요." 니나가 계속 말했다. "그자는 체포 과정에서 도주했고, 사라졌어요. 인터폴에서는 그자가 체첸공화국에서 테러리스트 단체들의 훈련을 위해 고용되었다고 의심하고 있어요."

"나는 그로스트가 테러범들을 훈련시키고 있다는 사실을 충분히 납득할 수 있었어." 잭이 말했다. "하지만 이런 형태의 자살 공격은 그자의 경력에 들어맞지는 않아. 드라젠의 부대는 정치적 기회주의자들로 구성되어 있으니까. 그들은 생존자들이야, 대의를 위해서 기꺼이 죽을 만큼 자살하고 싶어서 미친 사람들이 아니란 말이지."

"그로스트가 세뇌당한 게 아닌 한 말이죠." 니나가 대답했다. "이븐 알 파라드나 리처드 레저처럼."

잭이 고개를 끄덕였다. "하산에게 세뇌당한 거야."

1 2 3 4 5 6 7 8 9 10 11 12 13
14 15 16 17 18 **19** 20 21 22 23 24

다음 이야기는 오후 11시에서 오후 12시 사이에 일어난 것이다.

오후 11:01:01

체임벌린 대극장, 지하 3층

백악관 수습직원인 애덤 칼라일은 걱정이 되었다. 비밀경호국 요원인 크레이그 오번은 평소보다 땀을 많이 흘리고 있었다. 벽 속에 움푹 들어가 있는 비상등들이 희미하게 빛나고 있는데도 불구하고, 애덤은 그 남자의 얼굴빛이 창백한 것을 볼 수 있었다. 상태가 좋아 보이지 않았다.

지난 4시간 동안 크레이그 오번은 어두운 구석에 낡은 휴대용 전화기를 끌어안고 검은색 플라스틱 수화기를 손에 든 채 쭈그리고 앉아 있었다. 몇 분마다 그는 속삭이는 목소리로 전화의 상대편 누군가와 이야기를 하곤 했다. 또 다른 비밀경호국 요원? FBI? CTU? 애덤을 알지 못했다. 그가 알고 있는 거라곤 아마도 수백 명의 사람들이 이 지하층에서 그들을 구출하기 위해 동분서주하고 있을 거라는 사실이었다—*어쨌든, 영부인인 노바르트토프와 부통령의 부인이 아닌가.*

정치와 관련된 두 부인들은 눅눅하고 어두운 지하층에 있는 유일한 가구인 카드놀이용 탁자 앞에 있는 접이식 의자에 앉아 있었다. 그들은 서로 거의 말을 하지 않으면서도 어려움을 잘 참아내고 있었다.

그들이 직원용 승강기에서 나오고, 한 시간쯤 후 애덤은 철제 도시락통을 발견했다. 그 내용물 가운데에는 빈 보온병 하나가 있었다. 그는 지하층의 반대편 끝 벽에 달린 수도꼭지에서 그것을 깨끗하게 씻었는데, 물이 기울어진 바닥에 있는 원형의 구멍을 통해 배수되고 있었다. 그는 부인들에게 물을 가져다 드렸고, 그밖에 다른 것이 필요할 경우 자신에게 알려달라고 했다. 그 이후, 그와 동료 수습직원인 메간 글리슨 역시 서로 거의 말을 하지 않았다.

약 한 시간 전에 메간은 두려움으로 인한 아드레날린의 급증과 이어지는 무대책 때문인지 잠이 들고 말았다. 지금 그녀가 살짝 움직이기 시작했다. 갑자기 그녀가 눈을 커다랗게 떴다. 두 눈은 공포로 가득 차 있었다.

"괜찮아." 애덤은 그녀가 비명을 지르거나 다른 짓을 벌일까봐 걱정하며 속삭였다—특수요원 오번이 그들에게 처음부터 그리고 자주 조용히 하도록 주의를 주었으니까. 어느 순간, 그들은 위쪽에 있는 통풍구를 통해서 뭔가 부딪히는 요란한 소리들과 목소리들을 듣고, 테러리스트들이 그들을 사냥하고 있다는 것을 알았다.

"몇 시예요?" 메간이 일어나 앉아서 곧은 갈색 머리칼을 뒤로 빗어넘기면서 물었다.

"11시가 넘었어." 애덤이 대답했다.

"믿을 수가 없어요, 내가 잠이 들다니." 그녀가 속삭였다.

"충격을 받아서 그래. 우리 모두가 말이야. 하지만 전화가 여전히 작동되고 있으니까 반드시 우리를 구출하러 올 거라고 저 특수요원이 그랬어."

콘크리트 바닥은 차가웠다. 메간은 쫓기는 과정에서 하이힐을 잃어버렸고, 스타킹은 갈기갈기 찢어져서 맨발인 상태였다. 얇은 검은색 드레스뿐인 차림이라서 그녀는 몸을 떨기 시작했다. 애덤은 자신의 야회복 재킷을 벗어서 그걸로 그녀를 감쌌다.

"고마워요." 그녀가 이를 딱딱 맞부딪치면서 말했다. "맙소사, 배가 고파요. 오늘 아침 이후로 아무것도 못 먹었거든요."

애덤이 미소지었다. "이걸 봐." 그가 뭔가 공모하듯이 속삭였다. 그가 재킷 주머니에서 셀로판지로 싸인 반원통형 냉동 크림 케이크를 꺼냈다. 그 도시락통에서 발견한 것이었다. "기껏해야 하루나 이틀 정도 유통 기한이 지났을 뿐이야, 내가 확인해 봤어. 사실, 이런 것들에는 너무나 많은 화학물질이 들어 있기 때문에 십년이 지나도 먹을 수 있어."

메간은 케이크를 향해 떨리는 손으로 뻗다가 순간 멈칫했다. "케이크를 노바르토프 영부인에게 권해야 하지 않을까요, 외교 의례상 말이예요?"

애덤은 어깨 너머로 힐끗 쳐다보았다. "기억 않나, 우리가 부통령의 개인 비서가 시상식 후에 있을 파티를 준비하는 동안 그 부인들은 스파고(《미슐랭 가이드》에도 소개된 고급 레스토랑)에서 미식가를 위한 저녁식사로 포식하고 있었던 거 말이야? 내 생각에 부인들이 벌써 배가 고프진 않을 거야… 그리고 부통령 부인은 굶어 죽을 것처럼 보이진 않잖아."

메간은 놀라서 입을 딱 벌리고 동료 수습직원을 쳐다보았고, 그리고는 머리를 저었다. "선배가 그렇게 말하다니 믿을 수가 없네요."

"먹어." 애덤이 명령했다. "내가 말했지, 이 직업에는 특전이 있다고."

"애덤."

특수요원 오번이 저쪽에서 손을 흔들어 그를 불렀다. 한눈에도 그 이유를 알 수 있었다. 그 남자는 숨을 쉬는 게 힘들어 보였다. 그의 표정이 일그러졌다. 확실히 고통스러워 보였다.

"괜찮으세요?" 애덤은 기겁하며 속삭였다.

그가 몸을 바짝 기댔다. "심장에 문제가 생긴 것 같네."

"제가 무엇을 도와드리면 될까요?"

"다른 사람들에게는 말하지 말게나." 그는 재킷 안으로 손을 뻗고, 무언가를 꺼내서 그것을 애덤의 손에 찔러주었다.

수습직원이 고개를 숙였다. 900그램짜리 검은색 금속 물체가 보였다.

"그것을 어떻게 사용하는지 자네에게 가르쳐주겠네." 요원이 속삭였다. "나한테 어떤 일이 생길 경우를 대비해서. 무슨 말인지 이해하겠나?"

애덤은 끄덕였다.

"이 무기는 45구경 USP 전술형 모델이네—일반적인 자동 장전식 권총이야." 크레이그 오번이 속삭였다. "타격이 심하겠지만, 반동-흡수 장치가 있어. 그러니까 총을 발사할 때 충격이 그리 크진 않을 거야. 무슨 말인지 알겠나, 젊은 친구? 겁내지 말라고."

사실 애덤은 겁나지 않았다. 테러리스트들이 사람들을 해치고 죽이는 것을 보고, 또 그들이 누구를 해치고 죽이려는지를 알고 난 후… 애덤이 느꼈던 것은 분노였다.

"네, 알겠습니다. 계속 하시죠."

오후 11:23:46

로스앤젤레스, 테런스 알톤 체임벌린 대극장

"데니스와 낸시가 간 지 세 시간이 지났어." 챈드라가 얼굴을 찌푸리며 말했다. "어디로 그들을 데려간 걸까? 그들이 두 사람에게 무슨 짓을 한 거야?"

테리 바우어는 그 질문들을 무시하고, 칼라를 살펴보았다. 그녀의 진통은 이제 멈춘 듯 보였다. 눈은 뜨고 있었지만, 창백했고 땀을 흘리고 있었다.

"칼라?" 테리가 속삭였다. "나한테 말해봐."

"나도 뭐가 잘못된 건지 모르겠어." 칼라가 대답했다. "진통이 왔을 때, 난 죽을지도 모른다고 생각했어. 이제는 진통이 멈추니까, 뭔가 안 좋은 일이 내 아가한테 일어나고 있을까봐 너무 무서워."

"너무 걱정하지 마." 테리가 대답했다. "나도 킴벌리를 낳을 때 스물두 시간이 넘도록 진통을 했어. 진통이 멈췄다가 다시 시작된 게 여러 번이었어. 내 사촌은 진통이 완전히 멈추는 바람에 유도 분만을 했야만 했었고."

"모르겠어, 모르겠어… 너무 무서워."

"긍정적으로 생각해야만 해, 칼라. 그게 이런 어려움을 헤쳐나갈 수 있는 유일한 길이야. 네 아가를 위해서 네가 정신을 똑바로 차리고, 모든 것이 다 잘 될 거라고 믿어야 해."

칼라는 고개를 끄덕였고, 어렵게 마른침을 삼키고, 억지로 미소를 지었다.

"이봐, 저기 좀 봐!" 화난 듯한 목소리가 갑자기 들려왔다.

테리는 고개를 들어 복면을 쓰고 자동 소총을 어깨에 걸친 두 남자가 다가오는 것을 보았다. 그들은 축 늘어진 나이 든 남자 한 사람을 질질 끌고 있었다.

테리 바로 앞쪽에 있는 열에는 비어 있는 좌석들이 한 줄 있었는데, 테러범들은 부상당한 그 남자를 그 좌석들 중 한 곳에 아무렇게나 내려놓았다.

"나치 같은 놈들." 남자가 피를 뱉으면서 중얼거렸다. 새빨간 핏물이 그의 얼굴에서, 셔츠의 깃과 나비 넥타이가 풀어 헤쳐진 하얀색 셔츠 위로 주르르 흘렀다. 한쪽 눈은 부어올라서 감겨 있었고, 피투성이 입 안에서 피가 원래 치아 하나가 있었던 틈으로 새어나왔다.

또 다른 나이 많은 남자가, 여전히 야회복 재킷을 입은 채로 복도를 서둘러 달려왔다. 그는 부상을 당한 남자 곁을 향해 다가왔지만, 복면을 쓴 남자들 가운데 한 명에게 뒤를 붙잡히고 손바닥으로 철썩 맞고 말았다. 그 남자는 자신의 손목에 차고 있던 롤렉스 시계를 풀어서 복면을 쓴 남자에게 그것을 내밀었다. 복면을 쓴 두 남자는 그 뇌물을 무시하고 웃으면서 떠나버렸다.

"벤, 벤." 그 새로 나타난 남자가 부상을 입은 남자에게 말했다. "어째서 자네는 입을 다물고 있지 않았나?"

"형편없는 나치 놈들 같으니. 그놈들에게 다시 침을 뱉어줘야 하는데." 벤의 피투성이 입이 씨익 웃었다. "내가 녀석들을 열 받게 만든 건 틀림없어, 그렇지 않나, 할?"

"자네가 당한 꼴을 보게, 멍청하기는."

테리는 앞으로 몸을 숙였다. "여기요, 이걸로 그 사람을 닦아주세요." 그녀는 누군가가 흘린 공단으로 된 어깨 장식용 천을 할에게 건네면서 말했다.

"고마워요." 그가 말하고는 피를 흘리는 친구를 닦아주기 시작했다.

"전 테리 바우어예요."

"만나서 반가워요. 난 할 그린이에요, 이 비참한 실패작의 연출가죠." 그는 친구를 가리켰다. "그리고 여기 이 떠버리 친구는 보조연출가인 벤 솔로몬이고요. 우리는 일이 벌어졌을 때 조정실에 있었어요. 토마스 모랄레스와 보안 요원들이 공격을 벌이려고 시도했지만, 테러범들이 그들 모두를 총으로 쏴 죽였어요. 그러고는 이 미친 놈들이 장악한 후, 통제실 안에 카메라를 설치하고 그들 중 한 사람에게 그것을 어떻게 사용하는지 가르치도록 내게 강요했어요. 그리고 나서 우리를 여기에다 아무렇게나 던져놓은 겁니다."

할 그린은 대극장을 훑어보았다. "여기 아래층에서는 일이 어떻게 되어 가고 있나요? 우리는 위층과는 더 이상 연락이 되지 않아요."

"그들은 지금 우리에게 화장실에 갈 시간은 주고 있어요. 한 번에 열 명씩. 애버게일 헤이어와 그녀의 수행원이 첫 번째 몫을 차지했어요."

"놀라운 일도 아니죠." 챈드라가 코웃음을 쳤다. "한 번 할리우드의 스타면, 영원히 할리우드의 스타니까."

"아직도 음식이나 물은 전혀 제공되고 있지 않아요." 테리가 덧붙였다. 그런 다음 그녀는 그들 머리 위쪽에 있는 유리로 된 부스 통제실을 힐끗 쳐다보고는 칼라는 들을 수가 없도록 할에게 가까이 기댔기 때문에. "그들이 저 위에서 카메라를 사용하고 싶어 한다고 말했었죠?" 그녀는 속삭였다.

"맞아요."

"그렇다면, 그들은 틀림없이 요구 사항들을 발표하려고 준비하고 있는 거예요. 그리고 그들의 요구 사항들이 받아들여지지 않으면, 인질들을 살해하기 시작할 거예요"

할 그린은 테리를 의심스럽다는 듯 쳐다보았다. "당신은 누구죠, FBI 요원? CIA?"

"비슷해요." 그녀가 대답했다.

오후 11:38:46

LAPD 이동식 지휘 본부

잭 바우어, 쳇 블랙번, 그리고 급하게 소집된 컨설팅 엔지니어들은 체임벌린 대극장의 청사진을 한 시간이 넘도록 검토하고 있는 중이었다. 테러범들로부터 유일하게 탈출한 두 사람 가운데 한 명인 로니 노부나가도 그들 가운데 끼어 있었다. 잭의 그 사진작가가 실제로 대극장 내부에 있었으므로 그가 어떤 식견을 제공할지도 모른다고 생각했다.

그 모임에서는 테러범들이 대강당에 새로 설치 중인 에어컨 및 여과 시스템에 대해서 모르고 있다고 추론했다. 그것은 실내 공기의 질적 향상을 목적으로 주 정부가 마련한 새로운 기준을 충족시키기 위한 것이었다. 조립 중인 배관들은 크고 폭이 넓어서 무장한 저격수들이 눈에 띄지 않고 건물 안으로 침투하기에는 충분했다. 그러나 배관구에 도달하기 위해서는 건물의 지하층에 들어가야만 가능했다.

그들은 도시의 상수도와 폭우 배수 시스템을 연구했지만, 또 다른 막다른 길에 부딪쳤다. 대극장 안으로 들어가거나 또는 그곳에서 나오는 배관 중에서 지름이 50cm보다 더 큰 것은 없었다—사람이 통과하기에는 너무나 좁다는 것이었다. 대극장과 가까이에 있는 건물이라고는 서미트 스튜디오 사옥이 유일했는데, 그 건물은 사실상 대강장에 접해 있었다. 따라서 그 사옥은 대극장 건물과 똑같은 방화문 시스템을 공유하고 있어서 역시나 통과할 수 없었다.

"대극장의 벽은 장소에 따라서 두께가 1미터나 됩니다." 존 프랜시스라는 뚱뚱한 엔지니어가 말했는데, 그는 구겨진 하와이언 셔츠를 입고 마치 당구공처럼 머리를 깨끗이 밀어버린 대머리였다. 낮에는 인근의 한 대학에서 공학 교수로 있는 프랜시스는 프리랜서로 CTU 자문역을 맡고 있었다. "건설 팀이 한 시간 정도 작업해야만 뚫을 수 있을 겁니다—어쩌면 더 걸릴 수도 있고요." 그가 충고했다.

"테러범들은 착암기 소리를 듣자마자 그들이 설치한 폭탄들을 터뜨릴 겁니다." 잭이 덧붙였다.

에반스가 말했다. "어떻게 그들이 폭탄을 가지고 있다고 확신하는 거죠?"

"체첸인들은 모스크바 오페라 하우스에서 벌어졌던 포위 작전을 초래했던 사람들입니다." 잭이 대답했다. "그리고 그 사건이 어떻게 막을 내렸는지는 알고 있을 겁니다. 테러범트들은 극장을 장악했고, 폭탄을 옷 속에 숨긴 체첸 전쟁의 미망인들을 이용해서 당국이 대응할 수 없도록 위협했습니다. 결국 푸틴 대통령은 러시아 경찰에게 모든 사람들이 의식을 잃을 수 있는 진정제 성분의 가스를 사용하도록 허가했죠—그 선택이 이 상황에서는 가능하지 않습니다."

"왜 안 되는 거죠?" 로니 노부나가가 물었다. "무기고에 치명적이지 않은 가스가 있지 않나요?"

"유감스럽게도, 그러한 치명적이지 않은 화학무기 공격이라는 건 있을 수 없습니다, 전문가들이 무슨 말을 하든 말입니다." 잭이 대답했다. "펜타닐(마취 보조제)이나 다른 진정 효과가 있는 가스들은 농축이 많이 될수록 치명적입니다. 그리고 체임벌린 대극장에 가득 채우려면 엄청난 양을 필요로 합니다. 그 말은 군중 속에 있는 많은 사람들의 죽음을 의도할 수 있다는 겁니다. 어린이들이 영향을 가장 많이 받을 테지만, 일정 몸무게 이하의 사람들도 과잉 복용하게 될 겁니다. 알레르기가 있는 사람들에게도 부정적이고, 치명적인 반응을 일으킬 겁니다. 앞서의 질병을 가진 사람들은 합병증으로 인해 사망할 수도 있고, 임신한 여성들은 틀림없이 유산을 하게 될 겁니다. 백 명이 넘는 인질들이 모스코바 포위 작전에서도 목숨을 잃었습니다—그 대부분이 가스 때문이었죠, 테러범 때문이 아니고요."

로니는 고개를 떨구었다. "무슨 말인지 알겠어요."

에반스는 모니터에 떠 있는 배선도들을 보고 인상을 찌푸렸다. "이 장소는 들어갈 수 없어요. 방화문들이 폐쇄되었기 때문에 마치 요새 같으니까요."

경찰 기술자 한 명이 그들에게 다가왔다. "바우어 특수요원? 니나 마이어스가 당신과 통화를 원하고 있습니다."

잭 바우어는 헤드셋을 받아들고, 수신기를 귀에 슬쩍 밀어넣었다. "니나, 테러범들에 관해서 알아낸 게 있어?"

"'자유 체첸을 위한 해방 전선 연합'은 존재해 온 지 8년이 넘었어요. 그 조직은 적은 수로 시작했지만 규모는 세 배로 불어났고 세력도 무척 빠르게 커졌어요. 게다가 과격적이에요—체첸 판 헤즈볼라라고나 할까요. 그 조직은 이 년 전 니콜라이 마노스, 그러니까 러시아 동유럽 무역 연합의 수장이 국무부와 그 단체의 반군 지도자와 비밀 협상 과정을 도울 정도로 영향력이 커졌어요."

"니콜라이 마노스. 그 사람과 연락할 수 있어?" 잭이 물었다.

"시도는 해보았어요," 니나가 대답했다. "유감스럽게도 마노스는 연락이 되지 않아요. 그는 오늘 오후에 기자 회견 때문에 그 기구의 로스앤젤레스 본부에 있었는데, 그 분의 보좌관들이 말하기를 비밀 무역 업무차 이 도시를 떠났다네요."

“지나칠 정도로 편리하군. 마노스와 그 기구에 관해서 알아낼 수 있는 건 모두 찾아봐.”

“벌써 하고 있어요.” 니나가 대답했다.

잭은 통화를 끝내고, 화면을 바라보았다. 거기엔 크리스티나 홍이 테러범들이 여전히 채널을 맞추고 있을 공산이 큰 속임수 방송을 계속하고 있었다.

1 2 3 4 5 6 7 8 9 10 11 12 13
14 15 16 17 18 19 **20** 21 22 23 24

다음 이야기는 오전 12시에서 오전 1시 사이에 일어난 것이다.

오전 12:10:59

CTU 이동식 지휘 본부

에드가 스타일스는 거울을 볼 필요가 없을 정도로 키가 작고 땅딸막한 남자였다. 그는 잘생기지도 않았을 뿐더러 패션 감각에 민감하지도 않았다—카키색 바지는 그가 입자마자 구김이 진 것 같았고, 셔츠는 단추를 굵은 목까지 죽 채워서 입었다. 그러나 에드가는 어리석은 사람은 아니었다. 그는 잭 바우어가 직면한 전술적 궁지를 거의 즉각적으로 파악했다.

체임벌린 대극장이 바라 보이는 곳에서 여덟 개의 바퀴가 달린 CTU의 이동식 지휘 통제 본부에 앉아 있던 에드가는 문 밖을 힐끗 쳐다보았고 LAPD 이동식 지휘 본부 차량이 도로 바로 건너편에 주차되어 있는 것을 보았다. 불과 몇 미터를 사이에 두고 두 대의 대형 차량이 서 있었다. 그러나 에드가에게는 두 차량이 지구 반대편에 서로 주차되어 있는 것처럼 느껴졌다.

CTU에서 근무한 지 채 6주도 되지 않은 스타일스는 자신의 친숙한 워크스테이션으로부터 벗어나 테러범들의 위험으로부터 겨우 몇 구역 떨어져 있는 위장된 이동용 주택에 배속되어 앉아 있는 것이 그리 달갑지만은 않았다. 그가 현장에 도착했을 때, 그날 저녁 직속 상관인 마일로 프레스만이 대극장의 청사진을 스캐닝하고 디지털화하는 너무나 지루한 임무를 그에게 할당했다. 배선도들은 도처에서 도착했다—로스앤젤레스 상하수도국, 퍼시픽 전력 회사, LA

케이블비전, 그리고 캘리포니아 고속도로관리국.

얼마 지나지 않아서 에드가는 바우어 특수요원과 첫 블랙번 전술 부대 지휘자가 그들의 존재를 인질범들이 눈치 못채도록 하면서 체임벌린 대극장 내부로 침입하는 방법을 찾기 위해 고심하고 있다고 추론했다.

비록 에드가의 본능은 자신의 자부심을 평가 절하하려고 했지만, 그는 이 상황에서 자신이 알고 있는 정보가 상관들을 도와 생명들을 구할 수도 있다는 것을 잘 알고 있었다. 지금까지도 에드가는 이 정보를 가지고 누구에게 다가가야 할지를 망설였다. 15분 동안 그는 이 진퇴양난에 대해서 숙고했다. 마침내 그는 마일로에게 이야기하기로 결정했다—그렇다고 특별히 편안한 것은 아니었지만 말이다. 그건 그가 마일로를 좋아하지 않아서가 아니었다. 에드가는 그저 마일로한테서 편안함을 느껴지 못할 뿐이었다.

"죄, 죄송한데요," 에드가는 너무 긴장해서인지 벌써부터 허둥대며 말했다. "누군가와 이야기를 했으면 하는데요."

"도움이 필요하면, 댄 해스팅스에게 말해." 마일로가 말했다. "댄은 이 지휘본부를 자신의 손바닥처럼 알고 있으니까. 난 지금도 눈코 뜰 새 없이 바쁘거든."

"아, 그렇군요… 죄, 죄송해요." 에드가가 대답했다. "다시는 신경 쓰게 하지 않겠습니다."

기분이 상한 에드가는 자기 자리로 돌아왔다. 그는 책상 위에 쌓여 있는 것들을 줄이기 위해서 노력했고, 그런 다음 잠시 휴식을 취하고 신선한 공기를 마시기 위해서 밖으로 걸음을 옮겼다. LAPD 지휘 본부의 열린 출입구를 통해서 에드가는 잭 바우어가 블랙번을 비롯한 다른 사람들과 조용하게 상의하고 있는 모습을 볼 수 있었다.

"무엇이든 말을 해야만 해." 에드가는 혼자서 중얼거렸다.

두 번씩이나 그는 그 차량의 출입구로 향하는 걸음을 멈추고 되돌아오거나 어두운 거리에서 초조하게 서성거렸다. 몇 분이 더 흘렀고, 에드가는 그가 살펴보아야 할 정보들이 더 많이 밀려들어올 경우를 대비해서 자신의 자리로 돌아가는 것이 낫겠다고 깨달았다. 그러나 에드가가 몸을 돌려 가려는 순간, 그는 격앙된 목소리들이 출입구를 통해서 흘러나오는 것을 들었다.

"마치 마사다 같군!" 첫 블랙번은 좌절감이 담긴 목소리로 외쳤다. (Masada, 마사다는 이스라엘 남부에 위치한, 곡물창고와 저수지가 있는 난공불락의 요새로, A.D. 70년 경 유대인과 로마군의 전쟁에서 960명의 유대인 열심당원들이 끝까지 항전한 곳이다. 2년에 걸쳐 로마군은 누벽을 세우고 투석기와 공성탑을 끌어올렸고 결국 73년 4월 16일 마사다 요새가 함락될 위기에 처하자 지도자인 엘리아자르 벤 야이르는 적의 노예가 되느니 자결을 호소했고, 저항군은 각자 가족을 죽이고 다시 모여 제비뽑기로 한 사람이 아홉 명을 죽이는 방식으로 죽음의 의식을 치렀고, 최후의 한 사람이 성에 불을 지른 후 자결했다. 동굴에 숨어서 살아남은 사람들이 당시 상황을 증언함으로써 마사다 항전 이야기가 전해질 수 있었다.)

"침입이 불가능한 요새는 없어. 체임벌린 대극장도 우리가 이용할 수 있는 어떤 약점이 분명히 있을 거야. 우린 그것을 찾아야만 해."

두 번째로 말한 사람은 바로 잭 바우어였고, 그 남자가 말을 마친 순간 에드가는 반대쪽 방향으로 달아나고 싶어졌다.

이 사내는 사람도 죽여봤어. 그는 상상할 수 있는 모든 종류의 위험한 상황도 겪어봤어. 어떻게 나 같은 게으름뱅이가 그 같은 사람을 도울 수 있겠어?

그럼에도 불구하고 에드가는 대화를 오래 엿들을수록, 머릿속에 들어 있는 정보가—정말로 하찮은 것이지만—실제로 도움이 될 수도 있다고 확신하게 되었다. 그리고 만일 도움을 줄 수 있다면, 목숨이 위태로운 무고한 사람들을 구하는 데에 보탬이 되는 것이 아니겠는가?

용기를 낸 에드가는 숨을 깊게 들이쉬고는 작전 중인 지휘 본부 안으로 걸어 들어갔다. 모니터들, 통신 장비와 고성능 단말기들로 가득한 통제실 중심부를 지나가는 동안, 에드가는 검문을 받고 그 자리에서 쫓겨나리라고 충분히 예상했다. 하지만 아무도 그에게 주의를 기울이지 않았다. 그들은 자신들의 업무를 마무리하느라 새로운 인물에 신경 쓸 겨를이 없는 것이 분명해 보였다.

에드가는 잭 바우어에게 다가갔다. 그 남자의 얼굴은 지도용 탁자의 수평 화면 위로 보여지는 디지털 영상 때문에 반짝이고 있었다. 눈부신 불빛이 그 남자의 이미 창백해진 얼굴을 마치 시체처럼 거의 하얗게 보이도록 만들었다.

"바우어 요원님?" 에드가는 소심한 성격에 긴장한 나머지 너무 크게 말한 자신의 목소리를 듣고 내심 민망했다. "잠시 얘기 좀 할 수 있을까요?"

잭은 생각에서 불현듯 벗어나서 에드가를 마주보았다. "뭐라고 하셨죠?"

CTU를 책임지고 있는 특수요원과 서로 얼굴을 맞댄 에드가는 도망치고픈 충동을 꾹 눌렀다. 대신, 그는 마른기침을 하고 거리낌 없이 말했다. "선생님과 이야기를 하고 싶습니다. 제가 가진 정보가 도움이 되리라 생각합니다."

이제는 잭의 날카로운 눈빛이 에드가에게 고정되었고, 말단 컴퓨터 기술자는 그의 기대에 찬 강렬한 눈길에 움츠러들었다.

에드가가 계속 말했다. "그러니까… 체임벌린 대극장 자리에 원래 있었던 건물에 대해서 아시는 게 있는지요?"

쳇 블랙번도 이제는 귀를 기울였고, 다른 엔지니어들도 마찬가지였다.

"아뇨, 모릅니다." 잭이 대답했다. "성함이 뭐라고 하셨지요?"

"스타일스입니다, 바우어 씨. 에드가 스타일스. 저는 컴퓨터 서비스 부서에서 근무하고 있습니다."

"댄 해스팅스 밑에서요?"

"네, 하지만 오늘은 마일로 프레스만 밑에서죠."

"그래요, 당신이 체임벌린 대극장에 관해서 말하려고 했던 게 무언가요?"

"저 실은, 대극장이 건축된 장소에 대해서 말하고자 합니다."

기술자들 가운데 한 사람이 언급했다. "내 기억으론, 중심가 중에서도 이 지역은 무척 침체된 곳이었어요."

"맞습니다." 에드가가 말했다. "하지만 이 도시에서 가장 호화로운 옛날 대형 영화관들 중 하나가 있었지요. 그 건물을 허물고 체임벌린 대극장을 건축했죠."

"어떻게 그 정보가 우리에게 도움이 된다는 거죠?" 잭이 물었다.

"그 크리스털 영화관은 1930년대, 그러니까 대공황 직전에 지어졌습니다." 에드가가 대답했다. "발코니를 비롯해 모든 것을 갖춘 그런 거대한 옛날 극장들 가운데 하나였습니다. 진짜 명소였지요."

"그 극장에 대해서 읽은 기억이 나네요." 블랙번이 언급했다. "하지만 내 생각에 그 극장은 훨씬 더 서쪽이었던 것 같은데."

"아뇨!" 에드가는 소리쳤다. 다시 목소리가 커졌다. "거기가 바로 여기, 이 교차로였습니다."

"놀랍군요." 쳇이 웃음을 참으면서 말했다.

"제 어머니가 1960~70년대, 그러니까 냉전시대에 그 극장에서 일하셨어요. 어머니는 제게 넷 또는 다섯 개의 지하층이 그 극장 밑에 있다고 하셨어요. 가장 아래의 두 개 층은 민방위 측에서 공습 대피소로 사용하였습니다. 그들은 그곳에 물통, 방사선 측정기들, 기타 물품 등을 비축해 놓았죠."

기술자들이 처음으로 반응을 보였다. "그렇다면 설계도면들 중 하나에 그런 표기가 설명되어 있을 겁니다." 존 프랜시스가 말했다. "현존하는 지하 구조물에 관한 어떤 것이든지요, 내벽이나 뭐 그런 것들 말입니다."

"확실한 이야긴가요, 에드가?" 바우어가 물었다.

에드가는 고개를 끄덕였다. "제 어머니는 텔레비전에서 *안정 보장 시스템*에 대한 것을 시청한 이후로 많은 악몽을 꾸셨어요. 만일 언제든 핵 전쟁이 일어난다면 자신은 곧장 크리스탈 극장 아래로 향할 것라고도 말했어요. 그곳의 지하층들은 무척 깊기 때문에 방사능으로부터 안전할 거라고요."

"맙소사," 존 프랜시스가 앓는 소리를 냈다. "만일 이 친구의 말이 사실이라면, 그 지하층들은 아직도 존재할 가능성이 있습니다. 그리고 그렇지 않더라도 그곳으로 공급되던 통풍 수갱들이 그 시설 바로 밑에 아직 묻혀 있을 수도 있고요. 비록 지하층들은 사라졌다 하더라도 말입니다."

"하지만 그게 우리에게 무슨 소용이 있는 거죠?" 쳇이 물었다. "우리는 그 수갱들이 어디에 있는지 모르잖습니까, 또 그 지하층도요?"

"아뇨, 반드시 *누군가*는 알고 있을 겁니다." 프랜시스가 대답했다. "크리스털 극장에 관한 설계도면들이 어딘가에 자료로 있을 겁니다. 로스앤젤레스 시립기록 보관소나, 어쩌면 시청일 수도 있고요."

"예전 민방위 조직 자료들은 어때요?" 에반스 특수요원이 물었다. "그곳에는 그러한 공습 대피소에 관한 설계도면들이 있을 겁니다. 연방 정부에 제출해야 하니까요."

"이것에 대해서 우리가 끌어모을 수 있는 모든 정보를 정확히 찾아내야만 해,

최대한 빨리 말이야." 바우어가 말했다. "만약 그 터널들, 그 지하층들이 아직도 존재한다면, 그곳이 바로 우리가 들어갈 길이야."

잭이 주변을 둘러보았다. "시장님의 연락 담당자는 어디 있지?"

"여기 있습니다." 깔끔한 줄무늬 정장을 입은 젊은 여성이 대답했다.

"당신이 그런 기록들을 찾아줘야 합니다. 최대한 빨리요."

한편 기술자들은 디지털 배선도들을 몇 페이지 뒤로 돌려 보면서 그것들 가운데 현재 사용되고 있는 내벽을 알아볼 수 있는 설계도면들이 있는지 찾기 위해 노력하고 있었다. 활기찬 움직임들이 에드가 스타일스의 주위에서 바쁘게 돌아가고 있었다. 하지만 그는 거기에 참여하지 않았다. 그는 사람들이 분주하게 움직이는 것을 몇 분간 지켜본 다음, 그들에게 더 이상 자신이 필요치 않다고 생각했다.

새로운 서류 묶음들이 어쩌면 이미 그의 책상 위에 쌓여 있을지 모른다고 생각한 에드가 스타일스는 지휘 본부를 떠나서 자신의 자리로 돌아갔다. 눈에 띄지 않게.

1 2 3 4 5 6 7 8 9 10 11 12 13
14 15 16 17 18 19 20 **21** 22 23 24

다음 이야기는 오전 1시에서 오전 2시 사이에 일어난 것이다.

오전 1:01:56

CTU 이동 지휘 본부

마일로는 고인이 된 발레리 다지의 컴퓨터를 캐보는 것은 완전히 시간 낭비라고 생각했다. 그렇게 생각할 수밖에 없었다.

컴퓨터 안에는 모델링 에이전시에 관한 수많은 파일들이 있었고, 단 하나의 파일만이 암호가 걸려 있었다. 마일로는 비밀번호 시스템을 우회해서 파일을 열어보는 데에는 겨우 몇 분밖에 걸리지 않았다—멋스럽게 덧붙인 부가 기능으로 가득한 커다란 멀티미디어 자료.

"이런." 그가 소리쳤다.

마일로는 재빨리 체임벌린 대극장에 관한 계획서를 찾아냈고, 그리고 나서 여성 자살 폭탄 테러범들의 사진과 프로필 들을 발견했다—러시아에 대항하여 진행 중인 내란 기간 동안 남편들이 죽거나 그야말로 사라져버린 체첸 여성들이었다. 다음으로 그가 발견한 것은 스무 명의 체첸 총잡이들의 사진과 프로필 들이었는데, 그들은 'MG 엔터프라이즈'라고 하는 회사에 의해 미국으로 밀입국한 다음, 실버 스크린 시상식에 안내원으로 고용되었다.

파일들을 읽으면서 마일로는 모든 것이 여기 들어 있다는 것을 알았다. 급습을 위한 시간 선택, 입구들과 출구들, 그리고 가장 중요한, 대극장 내부에 있는 자살 폭탄 테러범들의 위치. 모든 것이 여기에 있었다. 노다지를 건졌네.

오전 1:07:19

LAPD 이동 지휘 본부

마일로는 이 좋은 소식을 잭에게 곧바로 전달했을 때, 기술공학자들이 되돌아왔다. 모두 미소를 지은 채로.

"우리가 당신을 위해 뭔가를 마련했어요, 잭, 그리고 당신도 그것을 마음에 들어할 겁니다." 존 프랜시스가 말했다. 그는 펜 드라이브 하나를 맵 테이블(map table, 디지털 지도 테이블)에 꽂고 파일을 불러들였다.

"그 키 작은 남자의 말이 맞았어요," 프랜시스가 이야기를 시작했다. "옛 크리스털 팰리스 영화관은 현재 체임벌린이 점유하고 있는 자리에 위치해 있었어요. 그리고 그 옛 극장에는 다섯 개 정도로 생각할 수 있는 지하층이 있었습니다. 자세히 살펴보면, 옛날 벽들 중 일부가 체임벌린의 건축도면에 나타나 있습니다."

"그렇다면 우리가 그 지하층들을 통해서 대극장 안으로 침입할 수 있습니까?" 잭이 물었다.

"우리는 구멍 하나를 뚫어서 이 빗물 배수관을 통해 옛 지하실로 침입하도록 할 수 있습니다. 바로 여기에다가요." 상하수도 부서에서 나온 남자가 설명했다. "그곳을 통해서 체임벌린 밑으로 들어갈 수 있습니다. 아마도 당신들이 구멍 하나를 다른 어딘가에 뚫어야 하겠지만, 아무튼 내부에는 들어가 있을 겁니다."

"모든 것이 완전히 비밀리에 진행되겠네요," 존 프랜시스가 끼어들었다. "보안 카메라들은 대극장 외부로 향해 있는데다, 테러리스트들이 우리를 지켜보는 데에 사용하고 있어요. 그놈들은 어떤 낌새도 눈치 채지 못할 겁니다."

"소음이 문제가 될 것 같습니다만," 다른 엔지니어가 경고했다. "착암기를 5분 정도 사용을 해야만 이 벽을 뚫을 수 있습니다—두께가 60cm도 넘으니까요. 평소라면 이 정도 두께는 폭발시켜 버리겠지만, 이번 경우에는…."

"그건 걱정하지 마십시오," 잭이 말했다. "대극장 주변에 확성기들을 설치하고, 쾅쾅 울리는 음악을 틀어댈 겁니다. 그것 때문에 착암기의 소리가 묻혀버릴 겁니다."

"테러범들이 뭐라고 생각할까요?" 프랜시스가 물었다.

"저들은 우리가 심리전 수법들을 쓰는 것이라고 생각할 겁니다." 잭이 그들에게 알려주었다.

"그 수법들이 효과적이지 않다는 것은 누구나 알고 있지요." 비밀경호국 요원인 에반스가 불쑥 끼어들었다. "그 일이 우리를 어리석게 보이도록 만들지 않을까요?"

맵 테이블의 강한 하얀색 불빛 속에서 잭은 에반스의 눈을 마주보았다. "테러범들에게 우리가 무력하다는 생각을 하도록 만드는 겁니다. 만약 저들이 우리를 과소평가한다면, 그들은 부주의하게 되고 실수를 범하게 될 겁니다. 그때 우리가 그놈들을 해치울 겁니다."

오전 1:18:06

빗물 배수관 속

존 프랜시스는 한 굴착 팀을 퍼시픽 전력 회사로부터 데려왔다. 곡괭이, 삽, 손전등 들 그리고 한 대의 휴대용 전기 착암기로 무장한 채 그들은 대극장에서 세 구역 떨어져 있는 하수도로 들어갔다.

상하수도국에서 나온 한 무리의 조사관들의 안내로 그들은 탁하고, 발목까지 찬 물이 흐르는 폭 2미터, 높이 3미터의 미로 같은 콘크리트 터널을 효율적으로 통과했다. 맨 뒤쪽에 있던, 통신 회사에서 파견된 두 명의 기술자들이 긴 전화선을 풀었다—기술 팀과 잭이 있는 LAPD 지휘 본부를 연결해 주는 일반 전화선이었다.

조사관들은 그 팀을 막다른 곳이라고 보여지는 곳으로 이끌었다.

"그래, 여기가 바로 그곳이야," 존 프랜시스가 아주 작은 맥라이트(Maglite, 손전등 브랜드)를 종이 지도 위로 비추면서 툴툴거렸다—그는 현장에서는 결코 디지털 지도를 사용하는 법이 없었다. "8인치 두께로 쏟아부은 콘크리트가 바로 여기 있네요. 그 뒤로는 60cm 두께의 단단한 벽돌이 있고요. 다이너마이트 없이 부서뜨릴 수 있겠습니까?"

"뒤로 물러서세요," 착암기를 든 남자가 말했다.

그들이 들어오는 길에 깔아놓은 일반 전화선을 이용해서 존 프랜시스는 지휘 본부에 연락했다. "음악을 틀어요." 그가 외쳤다.

오전 1:25:50

로스앤젤레스, 테런스 알톤 체임벌린 대극장

거대한 무대 중앙에 놓인 왕좌 같은 의자에 앉아 있는 바스티안 그로스트는 부하들와 인질들 앞에서 자신감 넘치는 겉모습을 유지하고 있었다. 그의 복면은 목 주위에 걸려 있었다—그가 인질들에게 얼굴을 드러내보이는 것을 개의치 않은 것은 그들 모두 곧 죽게 될 것이기 때문이었다. 그는 태연해 보이면서도 위압적으로 아그람 2000 자동소총을 팔꿈치 안쪽에다 자신의 힘과 배짱을 넌지시 비치는 자세로 끼고 있었다.

지금까지는 그의 전략이 제대로 진행되었다. 할리우드 명사 같은 상류층 인사들일지라도 그가 그들을 냉혹한 눈빛으로 쳐다보면 그들은 시선을 피했다. 그러나 차가운 겉모습에도 불구하고 바스티안 그로스트의 몸속은 분노로 끓고 있었다. 작전 지휘자로서 그는 부하들의 실수들과 놓쳐버린 기회들, 그리고 일부 여성 인질들에 대한 폭행을 포함한 온갖 종류의 폭력을 제멋대로 행사하지 않고서는 간단한 명령조차 수행하지 못한 그들의 무능함에 대해서 욕을 퍼부었다. 실로 모든 것이 시작부터 잘못되어 갔다.

성공적으로 시상식장을 장악한 후, 그의 훈련된 공격 팀은 러시아의 영부인인 마리나 노바르토프 또는 미국 부통령 부인을 사로잡는 데에 실패했다. 그로스트의 부하들 대부분이 미국과 러시아의 보안 요원들과의 총격전을 벌이는 동안 사격을 해대느라 아무도 그 부인들이 어디로 도주했는지 정확하게 목격하지 못했다. 그 부인들은 방화문들이 닫히기 전에 빠져나갔을 가능성이 높았다. 또한 그 두 사람이 직원용 승강기 속으로 탈출했을 가능성도 있었다.

그 승강기는, 그로스트가 나중에 발견했지만, 대극장의 건축 도면 원본에도 나와 있지 않았을 뿐더러 그 시설의 컴퓨터로도 통제가 되지 않았다. 그로스트가 그 승강기의 잠금장치를 해제하고 재가동할 수 있는 방도를 찾을 수는 없었지만, 그 노력의 시간이 헛되지는 않았다. 설계도를 검토해 본 결과 이 건축물은 네 개 층만 수색하면 된다는 것을 알아냈다. 메저닌(2층 앞부분 좌석), 극장 1층, 건물 로비, 그리고 지하층.

시간은 이미 지나가 버렸고, 그로스트가 보초 근무병들 중에서 할애해 온 부하들은 부인들을 찾는 데에 실패했다. 그는 부인들을 카메라 앞에 세울 수 없다는 사실을 받아들여야만 했다. 그들을 억류하고 있다고 허풍을 떠는 수밖에 없었다.

두 번째 문제는 오후 11시에 일어났다. 하산은 체임벌린 대극장과 티후아나에 있는 컴퓨터 센터를 연결하는 보안이 된 비밀 전화선을 통해서 서로 연락하는 데에 실패했다. 게다가 하산의 표현에 따른, "순교자로서의 마지막 성명"을 발표하기로 약속했었던까지도 말이다.

그 다음은 자정에 있을 결정타였다. 서구 세계의 컴퓨터 사회기반시설을 무너뜨리기로 예정되어 있던 파괴적인 바이러스가 계획대로 진척되지 않았던 것이다. 그로스트는 대극장의 지붕으로 부하들을 보내서 정전이 된 그곳의 주변 너머 로스앤젤레스 스카이라인을 살펴보도록 한 이후 그것이 사실임을 알아차렸다. 부하들은 도시의 불빛들이 여전히 눈부시게 빛나고 있고, 교통 신호등도 제대로 작동되고 있으며, 여객기들이 LA 국제공항에 착륙하기 위해 머리 위의 하늘에 줄지어 있다고까지 보고했다.

그 시점에 이르자 그로스트는 설마 하던 것들을 더 이상 부정할 수 없었다.

티후아나에 있는 컴퓨터 센터가 기능을 제대로 발휘하지 못한 것이 틀림없어. 어쩌면 파괴되었을지도. 그렇다면 우리가 자체적으로 해내야 한다는….

바스티안 그로스트의 생각은 이상한 소리 때문에 방해를 받았다—쿵쿵거리며 울리는 미국의 힙합 음악. 소리는 나직했지만, 대극장 어디에서나 들을 수 있을 정도는 되었다. 그는 돌처럼 굳은 표정으로 일 분 정도를 들은 다음 낄낄

거리며 웃기 시작했다. 그와 함께 무대 위에 있던 수하 한 명이 이상한 눈초리로 쳐다보았다.

보병들 중 한 명이 잠시 후 무대에 도착했다. "저들이 바깥 거리에 확성기들을 설치했습니다," 그가 보고했다. "무슨 수작일까요?"

"미국인들의 대테러 교과서에 그대로 나와 있는 전술이지," 그로스트는 비웃으면서 대답했다. "저들이 의도하는 건 형편없는 음악으로 우리를 이곳에서 몰아내려는 거야. 전혀 성공할 가능성이 없는 바보 같은 전략이지."

바스티안 그로스트는 자동 소총을 어깨에 맸다. 그는 목에 걸려 있는 길고 시커먼 스카프로 머리를 감쌌다. 적들이 속수무책이라는 사실을 생각하니 기분이 조금 나아졌다.

이것이 CTU가 생각해낼 수 있는 최선책이라면, 하산의 계획 중 마지막 계획—L.A.의 아침 출근 시간대의 수백만 목격자들 앞에서 대극장 안에 있는 모든 인질의 대량 학살하는 것—은 전혀 염려할 필요가 없겠군.

오전 1:33:09

LAPD 이동식 지휘 본부

사전 임무 브리핑 때문에 모여든 사람들로 인해 차량 안은 한쪽 끝에서 다른쪽 끝까지 가득 찼다. 빈 의자가 없었고, 많은 사람들이 서 있었다. 로니 노부나가도 그 상황에서 자신의 효과적인 역할은 끝난 지 오랜 후였지만 계속 서성거리고 있었다. 크리스티나 홍 역시 테러범들을 위한 가짜 방송을 능수능란하게 소화해 내고 있는 유명한 방송국 기자로 대체된 이후에도 여전히 그곳에 남아 있었다.

에어컨이 무리할 정도로 돌아가고 있는데도 불구하고, 지휘 본부 내부는 찌는 듯이 더웠다. 비상문들과 출입문들은 보안을 확실하게 하기 위해서, 그리고 대극장 주변의 음악 소리를 차단하기 위해서 굳게 닫혀 있었다.

내부에 자리하고 있는 대부분의 사람들은 저격수들로, 그들 십여 명은 첫 블랙번의 전술 부대, FBI, 그리고 스톤 경감의 SWAT 팀에서 차출되었다.

잭은 단도직입적으로 브리핑을 시작했다. "대극장과 천여 명이 넘는 인질들은 스무 명의 체첸 무장 병력들에 의해 억류되어 있습니다. 그들 모두는 잘 훈련되어 있고, 9구경 아그람 2000 자동 소총으로 무장하고 있습니다. 그들의 지휘자는 바로 이자입니다—."

한 얼굴이 벽에 고정된 평평한 스크린 화면에 나타났다.

"바스티안 그로스트. 그는, 우리가 밝혀낸 바로는, 체첸 태생은 아니지만 열정적으로 그들을 대의를 위해 헌신하고 있습니다."

화면 상의 영상이 다시 바뀌었다. 네 명의 여성 인물 사진이 나타났고, 일부는 두건을 두르고 있었다.

"스무 명의 무장한 남자들보다 더욱 위험한 것은 관객들 사이에 자리하고 있는 다섯 명의 자살 폭탄범들입니다…."

그 여자들은 대극장의 좌석 배치도 화면으로 바뀌었다.

"…발레리 다지의 컴퓨터에 있는 배치도에 의하면, 자살 폭파범들은 폭발물이 폭발할 경우 건출물의 다섯 개의 지지 기둥들에 최대의 피해를 입힐 수 있는 위치에 자리하고 있다는 것을 알 수 있습니다. 이 차트에서 보듯이 그들은 여기와 여기, 그리고 대극장 뒤쪽에 두 사람이 배치되어 있습니다. 또한 신원을 알 수 없는 한 자살 폭탄범을 무대 가까이, 유명인사들 가운데에 앉혔습니다."

잭은 잠시 멈칫했다. "계획은 간단합니다. 다섯 명의 우리 요원들이—모두 여성들이고, 모두 이브닝 드레스를 입은 채로—여성 자살 폭탄범들을 진압합니다. 동시에, 저격수들은 각자 두 명의 무장 테러범들을 빠르게 연속으로 제거합니다. 우리들의 타이밍이 정확해야만 합니다. 그리고 테러범들이 모든 무선 신호들을 전파 방해하고 있기 때문에 개별 그룹들은 대극장 안으로 진입하고 갈라질 경우 서로 연락이 두절될 겁니다."

"이런." 한 FBI 저격수가 중얼거렸다.

"급습은 완벽하게 시간을 맞춰야만 합니다. 공격을 위한 시각을 사전에 조정할 것이고, 모든 대원들은 반드시 1초의 오차도 없이 동시에 행동해야만 합니다."

신음과 한숨 소리들이 터져 나왔다.

"불행하게도, 타이밍을 맞추는 것 말고도 문제가 하나 더 있습니다." 잭은 모든 사람이 평정을 되찾을 때까지 잠시 멈추었다. "우리는 4명의 자살 폭발범들의 사진과 이름 들은 알아냈지만, 5번째 자살 폭발범의 신원은 밝혀내지 못했습니다."

이 소식에 격렬한 항의가 터져나왔다.

"그 말은 그 폭탄이 폭발할 가능성이 크다는 거로군요." 한 FBI 저격수가 외쳤다.

"꼭 그렇지만은 않습니다," 잭은 점점 커지는 동요하는 소리들 너머로 들리도록 목소리를 높이면서 말했다. "우리는 이 자살 폭발범이 어디에 위치하고 있는지 알고 있습니다—유명인사들 사이에 앉아 있습니다. 우리는 여성 공격팀을 저격 공격에 앞서서 미리 보낼 겁니다. 운이 좋다면, 니나 마이어스와 그녀의 동료 요원들이 이 신원 미상의 자살 폭발범을 찾아내고 제거할 것입니다. 다른 네 명과 함께 말입니다."

"잠시만요," 로니 노부나가가 소리쳤다. "그 신원 미상의 자살 폭발범이 유명인사들 좌석 지역에 있다고 말씀하셨나요?"

"그래요," 잭이 대답했다. "반드시 그럴 겁니다. 테러범들의 배치도에 그렇게 명시되어 있고 또한 그곳에 다섯 번째 지지 기둥이 있습니다. 만일 그들이 단 한 개의 기둥이라도 놓쳐 버린다면, 그 건물은 폭발 후에도 붕괴되지 않을 수도 있으니까요."

"그리고 그 사람이 여성이라는 게 확실합니까?"

"그건 체첸인들이 지금까지 일을 벌여왔던 수법 때문입니다," 잭이 대답했다.

"당신이 하고 싶은 말이 뭐죠?"

노부나가는 크게 심호흡을 했다. "들어보세요. 이건 저 테러범들과는 아무 상관이 없을 수도 있습니다만…."

"요점만 말해요. 우린 여기서 허비할 시간이 없습니다."

"애버게일 헤이어가 몸을 흔들거리며 할리우드에 나타났어요, 다름 아닌 시상식 때문에 임신한 모습으로요."

"놀랄 일은 아니죠," 크리스티나 홍이 말했다. "그녀와 니콜라이 마노스에 대한 험담 기사가 있으니까요."

잭은 눈을 깜박였다. "지금 마노스라고 말했나요?"

크리스티나가 끄덕였다. "모든 타블로이드 신문에 기사가 나와 있어요, 로니가 일하고 있는 싸구려 쓰레기 같은 신문을 포함해서요."

노부나가가 능글맞게 웃었다. "나 마음 상했어요."

잭은 시선을 로니에게 고정시켰다. "그러니까 당신이 말하려는 게 애버게일 헤이어가 마노스의 아이를 임신하고 있다는 건가요?"

로니는 고개를 가로저었다. "제가 말하려는 건 그녀가 줄곧 가짜로 임신한 척 해왔다는 겁니다. 복대 같은 걸 착용하고 말이에요, 마치 그녀가 출연했던 영화 〈뱅거, 메인〉에서처럼요. 그것을 증명할 사진도 갖고 있어요. 오늘 아침 그녀의 자택에서 찍은 거죠." 그는 열쇠 고리에 달린 썸 드라이브를 흔들어 보였다.

저격수 가운데 한 명이 입을 열었다. "말도 안 돼. 어떻게 애버게일 헤이어가 폭발물이 가득한 불룩한 배를 해 가지고 대극장 보안 검색을 통과할 수 있었겠어?"

로니라도 그 의문에 대한 답은 알고 있었다. "유명 연예인들은 레드 카펫을 따라 걷거든요. 그들은 보안 검색을 통과하지 않아요. 부통령과 영부인처럼 말이죠. 당신들은 당신들이 보호해야 할 사람들을 신원 조사하진 않잖아요."

1 2 3 4 5 6 7 8 9 10 11 12 13
14 15 16 17 18 19 20 21 **22** 23 24

다음 이야기는 오전 2시에서 오전 3시 사이에 일어난 것이다.

오전 2:09:03

체임벌린 대극장, 지하 3층

백악관 수습직원인 애덤 칼라일은 깜짝 놀라서 깨어났다. 그는 몸을 움직이려고 했지만, 차가운 콘크리트 바닥 위에서 잠을 잔 때문인지 등이 결렸다. 그의 움직임 때문에 그의 다리를 베게 삼아 이용하고 있던 메간 글리슨도 깨어났다.

"무슨 일이에요?" 그녀가 속삭였다.

"어떤 소리를 들었어." 애덤은 재빨리 일어서면서 말했다.

두 부인들은 의자에 앉아서 졸고 있었지만, 그들 역시 지금은 깨어나서 불안해하며 속삭이고 있었다. 애덤은 L자형 손잡이가 달린 구식 전화기 바로 옆에 있는 크레이그 오번 요원을 보았는데, 그는 그곳에 의식을 잃고 쓰러져 있었다. 그는 바닥에 누워 있었고, 오른손은 여전히 왼팔을 붙잡고 있었다. 눈은 감겨 있었고 호흡은 얕았다.

엄청난 큰 굉음이 울렸다. 마치 산사태가 난 것처럼.

"세상에," 메건이 속삭였다. "저게 무슨 소리죠?"

애덤이 그녀에게 알려주었다. "오번 특수요원이 의식을 잃기 전에 말해준 바로는 저건 구출 부대일 거야…, 그래야만 하는데."

메건의 얼굴이 창백해졌다. "확실하진 않은 거네요?"

긴 복도의 맨 끝에서, 애덤은 손전등 불빛이 어둠 속을 찔러대고 있는 것을 보았다. 검은색 사람 윤곽이 잠시 후 나타났다.

오번 특수요원이 그에게 건네준 USP 전술형 권총을 들어 올린 애덤은 손전등 불빛을 향해 과감하게 걸어갔고, 무기를 그 지점에 있는 사람에게 겨누었다.

"당신 누구요?" 애덤이 큰 소리로 물었다.

"대테러부대, 특수요원 잭 바우어." 잭이 대답했다.

들릴 정도로 크게 숨을 내쉬면서 애덤은 무기를 내렸다. 잠시 후 그 지하층은 무장한 남자들로 가득 찼다. 그들 중 한 명이 두 부인들에게 다가갔다.

"저는 비밀경호국의 에반스 요원입니다." 그가 부인들에게 말했다.

"하나님, 감사합니다." 부통령 부인이 말했다.

더 많은 사람들이 어둠 속에서 나타나서 두 부인들의 옆으로 다가왔고 마리나 노바르트프가 부상을 입은 다리로 일어서는 것을 도와주었다. 애덤은 에반스에게 오번의 심각한 상태에 대해서 말해주었다. 위생병 한 사람과 또 다른 남자가 도움을 위해 호출되었다.

"우리는 이곳에서 걸어서 나갈 겁니다, 지금 바로요." 그는 두 부인과 수습직원들에게 말했다. "이 두 요원들을 따라가시고 바싹 붙으십시오. 아직 위험에서 벗어나지 않았습니다."

그 일행은 어두운 지하실 바닥을 걸어갔고 마침내 콘크리트 벽에 있는 열린 철제 출입문에 다다랐다. 애덤은 그 출입문을 이전에 발견하고 그것을 열어 보려고 시도했었지만, 그것은 반대편에서 굳게 잠겨 있었다.

바로 그때, 화려한 이브닝 드레스를 입고 하이힐을 신은 다섯 명의 여자들이 그 출입문에서 모습을 드러냈다. 메건은 애덤을 호기심어린 눈길로 쳐다보았다. 그는 어깨를 으쓱였고 고개를 저었다. *나한테 묻지 마.*

에반스는 그들에게 다가섰다. "갑시다. 저 출입문을 통과해서 하수관으로 갈 겁니다."

메건은 몸서리를 쳤다. "하수관이요?"

애덤은 미소를 지으며 그녀의 어깨를 팔로 둘렀다. "내가 말해주지 않았던가,

네가 워싱턴에 온 걸 처음 환영할 때….”

“알아요, 안다구요.” 그녀가 말했다. “이 직업에는 그에 따른 특혜가 있다고.”

오전 2:13:32

체임벌린 대극장, 지하 3층

잭은 팔뚝에 묶어 놓은 디지털 지도 화면을 확인했다. 그것은 어둑어둑한 지하층에서 초록빛을 발하고 있었다. 그는 벽에 박혀 있는 커다란 쇠창살 앞으로 모두를 집합시켰다. 만능 열쇠를 이용해서 잭은 자물쇠를 열었다. 쇠창살은 마치 문처럼 활짝 열렸다.

쇠창살 뒤로 알루미늄 수직통로 하나가 체임벌린 대극장의 지붕까지 일직선으로 뻗어 있었다. 철제 가로대들이 수직통로의 벽 안쪽에 단단히 박힌 채로 위쪽으로 보이지 않는 곳까지 이어져 있었다. 잭은 위층들—점령당한 층들—에 있는 쇠창살로부터 흘러나오는 빛이 수직 통로 안에서 반짝거리는 것을 볼 수 있었다.

“좋아, 여자들 먼저.” 잭이 속삭였다. 니나가 앞으로 나섰는데, 번쩍거리는 검은색 드레스를 입고 있었다. 다른 네 명의 여자들도 비슷한 옷차림새였다. 잭이 그들 모두에게 강연하듯 말했다.

“쇠창살 네 개를 지날 때까지는 계속 올라가, 그런 다음 다섯 번째에서 빠져나가도록 해. 당신들은 1층 여자 화장실 바로 옆에 있는 복도로 나오게 될 거야. 테러범들도 인질들이 화장실을 사용하는 것은 허용하고 있을 거야. 당신들은 대극장으로 되돌아가는 여자들과 섞인 다음, 각자의 목표물에 최대한 가까이 자리를 잡았으면 해. 알아듣겠지?”

여자들은 고개를 끄덕였고, 그녀들의 얼굴은 긴장되었다.

“첫 번째 총격 소리를 듣자마자 그들을 해치워야 해. 우리가 사격할 시간은 정확히 2시 45분이야. 한치도 머뭇거리면 안 돼.”

잭은 잠시 멈췄다. “잘 기억해, 전체 임무의 성공 여부는 당신들의 행동에 달려 있어. 절대로 망설이면 안 돼, 수많은 생명들을 구하는 데 꼭 필요한 일이야. 만일 당신들이 실패하면, 수백 명이 죽을 수도 있어."

잭과 저격수들이 지켜보는 가운데 여자들이 수직 통로로 들어갔다. 그들이 올라가면 시야에서 사라지자, 잭은 그들을 뒤로 하고 쇠창살을 닫았다.

"우리도 가자." 그는 저격수들을 그들이 기어올라가야 할 바로 옆 통풍 통로로 이끌면서 말했다.

오전 2:32:27

체임벌린 대극장, 대극장 2층 앞좌석

잭은 화려하게 장식된 황동 창살 사이로 사람이 없는 대극장 2층의 앞부분 좌석 구역을 주의해서 살펴보았다. 그는 뒤쪽에서 따라오고 있는 저격수들로 구성된 팀과 함께 통풍 통로를 기어올라왔다. 이제 잭은 야간투시경을 사용해서 캄캄한 구역을 주의 깊게 살펴보았고 모든 좌석이 비어 있다는 것을 확인했다. 귀를 기울이던 잭은 아래쪽 1층에 모여 있는 군중의 웅얼거리는 소리를 들었다.

조용하게 그는 만능열쇠를 창살의 구멍 안으로 슬며시 넣고 그것을 이리저리 움직였다. 달그락거리는 쇠 소리가 마치 폭발음처럼 들렸지만, 단순한 잠금 장치는 쉽게 돌아갔다. 끼익 하는 쇠들끼리의 마찰 소리와 함께 잭은 장식용 쇠창살을 열었고 몸을 꿈틀대며 열린 틈을 통과했다.

그의 배를 바닥에 대고 앞으로 기어가면서 좌석 열들 사이의 통로를 따라 움직였다. 유리로 막혀 있는 조정실은 그의 뒷편 위쪽에 위치해 있었지만, 그곳은 2층 앞좌석 구역 앞으로 돌출되어 있어서, 조정실에 사람이 있다손 치더라도, 아무도 그를 볼 수는 없었다.

그가 카펫이 깔린 통로를 따라 2층 앞좌석의 가장자리 부분으로 기어가는 동안 저격수들은 그의 뒤쪽에 있는 수직 통로에서 조용히 빠져나왔다. 잭은 저격수들이 완벽한 사격 위치를 잡을 때까지 다양한 지점에 자리잡을 수 있도록 수신호를 보냈다.

마침내, 잭은 발코니의 가장자리 너머를 유심히 살폈다. 아래쪽에는 수백 명의 사람들이 자리에 앉아 있거나 바닥에 아무렇게나 누워 있었다. 파편들이 카펫 위에 흩어져 있었고, 옷들은 좌석 등받이에 걸쳐져 있었다. 대극장의 주변을 따라 인질들을 둘러보면서 잭은 열여섯 명의 복면을 한 남자들을 보았고, 또 다른 두 명이 무대 위에 있었다. 여전히 두 명의 저격수들을 행방을 알 수 없었고, 잭은 그들이 인질들을 화장실로 호송하는 길이기를 희망했다. 그가 보고 있을 동안, 그 행방불명된 두 사람이 나타났다. 그들은 툭 트인 무대 한가운데 있는 화려하게 장식된 왕좌 같은 의자에 앉아 있는 남자와 대화하기 시작했다.

수신호로 잭은 저격수들에게 그들의 무기를 조립하도록 명령을 내렸다. 그런 다음 그도 자신의 무기를 조립했다.

잭은 수직 통로를 힘들게 기어올라 오는 동안 등에 걸치고 있던 부드러운 천으로 된 가방을 열었다. 조심스럽게 그는 총열, 탄창, 저격용 적외선 조준기 그리고 두 개의 수신기를 풀었고, 면으로 된 포장용 천을 가방 안에다 쑤셔 넣었다. 빠르고 능숙하게 잭은 7.62mm 마크 11 저격용 소총 장비를 조립했다.

마크 11은 매우 정밀하고 정확한 반자동 소총이다. 현장에서 그 총을 사용하고 있는 요원들은 "스테로이드를 맞은 M16"이라는 별명을 붙였다. 가볍고, 다목적이고, 휴대하기 편한 이 소총은 두 개의 주된 부분으로 분해가 가능하기 때문에 이번과 같은 작전에서는 더없이 완벽한 무기가 되었다.

잭은 조립을 마친 후 탄창을 밀어 넣고 조정간을 반자동으로 돌렸다. 그는 적어도 두 명의 목표물을 연속적으로 타격해야만 했으므로 최대한 빠른 속도의 사격 기능을 원했다.

대극장의 화장실 중 한 곳 근처에서 니나가 막 황동 창살문을 닫고 나와서 드레스를 매만지고 있을 때, 복면을 한 남자가 대리석으로 깔린 복도 끝에 나타났다. 그는 무리지어 있는 여자들을 알아채고 서둘러 앞으로 달려왔다.

"이봐, 왜 뭐하는 거야?" 그는 어설픈 말로 고함쳤다. 그 남자는 검은색 자동

소총을 어깨에서 풀어내려서 위협적으로 흔들었다.

"화장실이요," 니나가 울먹이면서 두 손을 들어올렸다. "우린 그냥 화장실에 갔어요, 그뿐이에요."

다른 여자들도 니나의 모습을 따라서 두 손을 치켜 올리고, 종알거리기 시작했다.

"닥쳐, 닥치라고!" 총을 든 남자가 명령했다. "자리로 돌아가, 지금 당장. 돌아가!"

복면을 쓴 남자가 그들에게 앞쪽으로, 대리석이 깔린 긴 복도를 따라 대극장 쪽으로 가라고 손짓했다.

그들이 청중들에게 접근하는 동안, 니나는 사람들이 조용히 중얼거리는 소리를 들을 수 있었다. 출입구를 지키고 있던 총을 든 또 다른 남자가 니나와 다른 여자들이 거대한 공간 안으로 들어갈 수 있도록 옆으로 비켜섰다. "들어가, 들어가!" 그 무장한 남자가 고함쳤다.

"알았어요, 들어간다고요." 니나가 대답했다.

곧바로, 니나의 감각들이 괴로워졌다. 대극장 내부에서는 지독한 악취가 풍겼다—퀴퀴한 공기, 식은땀, 그리고 흘러나온 피 냄새의 고약한 조합. 통로를 따라 움직이기 위해서 니나는 한쪽 벽에 마치 장작 다발처럼 기대어서 잔뜩 쌓여 있는, 우아하게 차려입은 시체들 더미와 흐르는 피로 얼룩진 비싸 보이는 카펫을 지나쳐야만 했다. 천여 명의 사람들이 이야기하고, 울고, 한숨 쉬고, 속삭이는 나직한 웅성거림이 그녀의 귀를 가득 메웠다.

대극장 내부로 들어서자마자, 여자들은 재빨리 흩어져서 개인별로 교묘하게 작전 행동을 취하면서 그들 각자의 목표물에 할 수 있는 한 최대한 가까이 접근했다. 니나의 목표가 가장 멀리 있었다—대극장 뒤쪽에서부터 앞쪽 좌석까지 가야 했는데, 그곳에 세계적인 영화 배우 애버게일 헤이어가 자신과 그녀의 친한 할리우드 친구들을 저세상으로 보내기 위해 기다리고 있었다.

먼 길을 가야할 뿐만 아니라, 니나는 가장 힘든 임무를 띠고 있었다. 다른 여자 요원들은 자살 폭탄범들이 폭발물을 터트리기 전에 그들의 손에서 기폭장치를 빼앗고 숨겨둔 칼로 그들의 목을 베어버리면서 그들의 목표 인물을 죽이기만 하면 되는 일이었다. 하지만 니나는 애버게일 헤이어를 죽이지 않고 그녀가 폭발물을 터트리는 것을 저지해야만 했다. 니나의 임무는 그 영화 배우를 생포하는 것이었다.

오전 2:43:16

체임벌린 대극장, 1층

칼라는 분홍색 새틴 핸드백을 꽉 물었다. 그녀의 얼굴은 상기되었고, 피부는 붉고 번지르르한 땀으로 범벅이 되었다. 훌쩍이는 소리가 창백하고 하얗게 질린 입술 사이에서 흘러나왔다. 어두운 그림자 때문에 두 눈이 움푹 꺼져 보였고, 시선은 먼 곳을 바라보며 극도의 고통 속에서 빠져 있는 듯 했다.

"어머나, 세상에. 어떻게 해." 칼라는 울부짖었다.

테리 바우어는 바닥에 무릎을 꿇고, 두 손으로 칼라의 팔을 붙잡고 고정시켰다. 진통이 다시 시작되었다. 이제 진통은 3분 간격도 채 되지 않았다. 아기가 태어나려 하고 있었다.

"당신! 미국 여자. 조용히 시켜!"

테리가 올려다보았다. 복면을 쓴 남자가 통로에서 그녀를 지켜보고 있었다. 겨우 두 좌석이 떨어진 곳에서. 그는 어깨에 끈으로 걸려 있는 자동 소총을 쥐고 있었다.

테리는 입술을 깨물었다. 칼라는 다시 더 크게 울부짖었다.

"입 닥치게 해!" 총을 든 남자가 소리질렀다.

칼라가 바로 그때, 위험도 의식하지 못한 채 비명을 질렀다.

화가 난 그 남자가 앞으로 나섰다. "내가 입 닥치게 해주지." 그가 툴툴거렸다.

테리 바우어는 벌떡 일어서서 암살자의 길을 가로 막았다. 무릎은 후들거렸지만, 그녀의 태도는 갑자기 불타는 얼음으로 가득 찬 것처럼 변했고 그녀는 뒤로 물러나기를 거부했다.

오전 2:44:06

체임벌린 대극장, 2층 앞부분 좌석

발코니의 가장자리 너머를 유심히 살펴보고 있던 잭은 이미 무대 중앙에 앉아 있는 복면 쓴 남자를 정조준하고 있었다. 다른 사람들이 그를 따르는 것과, 그 남자가 아그람 2000 자동소총을 팔꿈치 안쪽에 들고 있는 방식—"팔레스타인 스타일"—은 이 인물이 그들의 지휘자라는 것을 말해주고 있었다. 바스티안 그로스트. 비록 이 세르비아인 도망자가 매우 유용한 죄수로 판명될지도 모르지만, 잭은 그 남자를 살려두지 않기로 결정했다. 빅터 드라젠의 살인마들은 응당한 처벌을 교묘히 빠져나가는 요령을 가지고 있었다. 하지만 바스티안 그로스트는 더 이상은 피할 수 없을 것이다. 특히 이번에는.

잭은 적외선 조준기 내부에 있는 디지털 시계를 확인했다. 공격 시각이 채 일 분도 남지 않았다. 그의 손아귀가 압축한 케블러 손잡이를 단단히 조여 잡았고, 손가락은 철제 방아쇠에 놓여 있었다. 사격을 위한 준비를 하는 사이에 잭의 주의가 통로에서 벌어지는 어떤 소동에 이끌렸다. 총을 든 한 남자가 한 여자를 향해서 거칠게 몸짓을 하고 있었다. 이 정도 거리에도 불구하고 그는 자신의 아내를 알아보았다. 잭은 그녀가 테리라는 것을 깨닫자 긴장감이 높아졌다. 그는 마크 11을 그의 목표로부터 방향을 휙 바꾸어 총구를 이 새로운 위협적인 인물에게 조준했다.

눈을 가늘고 뜨고 조준기의 통해서 바라보던 그는 십자선을 그 복면을 한 남자의 이마에 놓아 두었다. 시간이 흘러가는 동안 잭은 손을 고정시키고 숨을 참았다.

5초—.

총을 든 남자는 통로 속으로 걸어들어 왔다. 테리가 벌떡 일어서더니 그를 가로막았다.

4초—.

"이 여자한테 손대지 마세요." 테리가 외쳤다.

남자는 무기를 들어올려서 그녀를 내리칠 자세를 취했는데, 그가 자동소총

개머리판으로 타격하면 그녀가 죽을 수도 있는 상황이었다.

3초—.

잭은 방아쇠를 당겼다. 남자의 머리가 터져버렸다.

오전 2:45:00

체임벌린 대극장, 1층

소총들이 대극장 전역에 걸쳐서 거의 동시에 탕 하고 터졌고, 총알들이 그들의 목표물들을 향해서 초음속의 날카로운 소리를 내며 날아가는 동시에 타격들이 뒤따랐다.

곳곳에 있던 검은색 옷을 입은 무장한 남자들이 격하게 몸을 휙 비틀거나, 빙글 돌거나, 팔을 활짝 벌리는 사이에 7.62mm 탄환들이 피투성이 구멍들을 내면서 그들의 살, 뼈, 그리고 장기 들을 뚫고 지나갔다.

복면을 한 사내 하나는, 단 한 발의 총알에 두개골이 깨지는 바람에 여전히 에이전트의 옆에 앉아 있던 칩 매닝의 무릎 위로 털썩 쓰러졌다. 죽은 남자의 뇌수가 그 영화배우의 헬무트 랭 재킷 위로 흘러냈다.

터프 가이 매닝은 마치 어린 소녀처럼 꺄악 하고 비명을 질렀다.

애버게일 헤이어는 찢어지는 듯한 총소리를 듣자마자 자리에서 벌떡 일어섰다. 그녀는 바스티안 그로스트를 지켜보고 있었는데, 그는 두 발의 총알이 그의 가슴과 의자의 등받이에 커다란 구멍을 내는 동시에 갑자기 뒤쪽으로 날아가 버렸다.

헤이어 양이 일어섰을 때, 니나 마이어스는 그녀의 손에 있는 플런저(피스톤 같은 것을 밀어내리도록 되어 있는 기기)를 알아챘다. 그것은 검은색이었고, 크기는 피하 주사기만 했고, 길게 끌려나와 있는 두 개의 가느다란 선이 그녀의 속으로 흘러가고 있었다.

니나는 좌석 건너로 뛰어올랐고, 그 여자의 팔을 붙잡고 뒤쪽으로 비틀어서 뼈가 부러지는 만족할 만한 소리를 들었다. 그 여배우는 울부짖었고, 플런저는 그녀의 축 늘어진 손에서 떨어졌다. 그러나 니나는 수그러들지 않았다. 그녀는 부러진 손목을 위로 휙 잡아챘고, 강제로 애버게일 헤이어를 허리를 꺾어 버렸다. 그런 다음 니나는 팔뚝으로 그 여자의 목덜미를 가격했고, 그녀를 바닥에다 힘껏 내던졌다.

니나는 여전히 버둥거리는 여자를 통로 쪽으로 질질 끌고 나와서 그녀를 홱 뒤집고는, 가터 안쪽에 숨겨놓았던 거버 가디안 II 양날 칼을 꺼내어 드레스를 잘랐다. 조각조각난 명품 드레스 밑에서 하얀색의 몸에 차는 벨트가 보였다. 그녀는 가죽끈을 베어냈고 인공 보철물이 풀어지도록 휙 잡아당겼다. 가짜 복부 내부에는 폭발물이 빽빽히 들어차 있었다.

"안전해요!" 니나는 목청껏 소리쳤다.

대극장의 다른 장소들로부터 그녀는 자신이 말한 단어를 몇 차례 그대로 따라하는 것을 들었다. 귀청이 터질 듯한 폭탄의 폭발 소리는 들리지 않았다. 니나는 CTU가 이번 일에 성공했다는 걸 알았다.

"출동, 출동!"

스톤 경감이 그 말을 헤드셋에 대고 악을 썼다. 순식간에 수십 대의 LAPD의 경찰차들, 무장 차량들, 구급차들, 소방차들 그리고 비상 차량들이 엄호를 지나 달려들었고, 포장도로를 가로질러 체임벌린 대극장으로 몰려들었다. 사이렌이 요란하게 울렸고 수십 개의 비상등이 마치 작은 빨간 신호등처럼 깜박거렸다.

스톤은 잭과 그의 팀이 성공했는지 아니면 실패했는지는 알 길이 없었지만 그것이 어찌 되었든 문제가 되지 않았다. 그의 명령은 경관들을 이동시켜서 그 건물을 정확히 2시 45분에 에워싼 다음 그들이 전에 열었던 방화문을 여는 것이었고, 최대한의 병력과 함께 집입 대극장 안으로 집입하는 것이었다. 그리고 그것이 바로 그가 정확하게 한 일이었다.

스톤은 쌍안경 통해서 소방관들이 철제 문을 열고, 그런 다음 경찰과 SWAT 팀원들이 그 틈새로 쏟아져 들어가는 것을 지켜보았다. 그는 폭발음과 총격전

소리를 기다리면서 오랫동안 귀를 기울였다. 그 대신, 어떤 목소리가 헤드셋 너머에서 치직거렸다.

"건물은 안전하다. 반복한다, 건물은 안전하다. 인질들은 무사하다…."

오전 2:59:09

로스앤젤레스, 테런스 알톤 체임벌린 대극장

잭은 로비에서 아내인 테리를 발견했다. 응급 구조 팀이 칼라를 바퀴가 달린 들것에 태워서 밖으로 나가는 중이었고, 챈드라와 테리가 바짝 붙어서 뒤를 따르고 있었다. 그녀가 급히 서두르며 그를 지나쳐 갈 때, 잭은 아내의 팔을 스쳤고 눈이 마주쳤다.

"잭, 잭." 테리는 잭에게 안기면서 울음을 터뜨렸다. "당신이 올 줄 알았어요. 나는 그냥 알았어요."

"괜찮아," 잭은 그녀를 꼭 끌어안으며 속삭였다. "당신은 이제 안전해."

꽤 오랫동안 그들은 껴안고 있었다. 소용돌이치는 바다 한가운데에 떠 있는 섬처럼. 그리고 나서 테리는 뒤로 살짝 물러섰는데, 눈물이 그녀의 얼굴에 글썽이고 있었다.

"끝난 거죠, 잭? 진짜로 끝난 거죠?"

"거의." 그가 대답했다.

1 2 3 4 5 6 7 8 9 10 11 12 13
14 15 16 17 18 19 20 21 22 **23** 24

다음 이야기는 오전 3시에서 오전 4시 사이에 일어난 것이다.

오전 3:09:10

로스앤젤레스, CTU 본부

제이미, 마일로 그리고 도리스는 사이버 부서를 통제하고 있었다. 그들 세 명 모두가 모든 매개변수를 페이 허블리의 블러드하운드 프로그램에 입력했다. 인질극의 희생자들과 주모자들의 이름들과 함께—바스티안 그로스트, 나와프 산조르, 발레리 다지, 휴 베트리, 니콜라이 마노스—그들의 회사들, 단체들, 그리고 러시아 동유럽 무역 연합과 같은 기관들의 이름들 또한 추가되는 바람에 검색 조건이 기하급수적으로 확대되었다.

일단 프로그램이 가동되면, 방대한 양의 정보들에 대한 연관성을 알아보기 위해서 수많은 곳의 컴퓨터들이 검색을 하기 때문에 사실상 CTU에 있는 다른 컴퓨터의 기능은 작동이 정지되거나 축소되었다.

"시작할까요?" 제이미가 프로그래밍이 완료되었을 때 물었다.

"사작해." 라이언이 명령했다.

제이미는 "실행" 버튼을 눌렀고 그들은 기다렸다.

잭과 니나는 유리로 둘러싸인 잭의 사무실에서 검색 작업을 주시하고 있었는데, 그들은 포로인 애버게일 헤이어에 대해서 소송 절차를 진행할 보안팀을 기다리는 중이었다. 니나는 소송 절차가 성과를 내리라는 것에 대해 회의적인 표정을 지었지만, 잭은 아무런 내색도 보이지 않았다. 마일로, 제이미, 그리고 도리스는 모두들 컴퓨터에 무작위 시퀀서가 보강되었으므로 어느 정도의 단서들을—어쩌면 해답까지도—제시하는 것이 가능하다고 믿었지만 그들 중 아무도 프로그램이 제대로 작동할지는 단언할 수 없었다.

오직 책상 위에 부츠를 올리고 있던 토니 알메이다만이 조용히 과정을 지켜보면서 페이가 창작한 프로그램이 그녀의 살해범을 밝혀주리라 진심으로 믿고 있었다. 그는 아무런 결과 없이 5분이 지날 때까지도 침착하고 행동했다.

가능성 있는 단서들을 보여줘야 할 유일한 화면은 여전히 컴컴했다.

작업에 들어가고 21분 6초가 지났을 때, 모니터에 갑자기 환하게 밝아졌고 화면이 수백 개의 가능성 있는 단서들로 가득찼다. 작업이 무척 빠르게 진행되고 있어서 제이미가 개입해서 진행 속도를 늦춰야만 했다. 지속되는 흐름 속에서 적절한 사실들이 계속해서 드러났다.

모든 이질적인 실마리들이 연합된 단 하나의 연결점은 니콜라이 마노스였다. 프로그램은 마노스의 명의뿐인 회사 가운데 한 곳에서 한 지도제작 회사를 앤젤레스 국유림 속에 있는 공유지를 측량하기 위해 무척 비싼 값으로 고용했다는 것을 밝혀냈다.

MG 엔터프라이즈라는, 니콜라이 마노스가 관리하는 자산 없이 명의뿐인 회사가 39번 도로가 지나가는 어느 지역으로 일련의 건축 자재 배송을 위해 돈을 지불했는데, 39번 도로는 샌 가브리엘 산을 통과하는 도로로 십 년 넘도록 교통이 폐쇄되어 있었다.

퍼시픽 전력 회사에서는 측량 활동이 이루어졌던 샌 가브리엘 정상 부근을 통과하는 고압 전선에서 2년 동안 이해하기 어려운 순간적인 전력 급증 현상들과 전압 절도 사건들이 발생했다고 기록했다.

지난 14개월 동안 세 명의 도보 여행자와 한 쌍의 야영객이 이븐 알 파라드가 체포되었던 장소 인근의 지역에서 흔적도 없이 사라졌다.

앤젤레스 국유림의 공원관리원들은 밤중에 수상한 불빛을 보았다고 보고했다.

허가받지 않은 헬리콥터의 이착륙이 FAA(미국 연방항공청)에 보고되었다. 경비행기 한 대와 허가받지 않은 비행기 한 대가 서로 충돌할 뻔한 상황이 6개월

전 같은 지역에 있었음이 보고되었다.

동굴탐험 협회의 1977년도 한 기사는—지금은 그 협회 웹사이트에 게재되어 있지만—그물망처럼 뻗어 있는 거대한 동굴이 샌 가브리엘에서 발견되었다는 미확인 보고를 특별히 다루고 있었다. 차후의 탐험들은 동굴의 위치를 찾는 데에 실패했다. 마지막 탐험대가 18개월 전에 올라갔지만 비극적으로 끝났다. 탐험대의 차량은 산골짜기의 바닥에서 발견되었고, 전 대원이 차 안에서 사망했다. 이 사건은 당시에 단순 사고로 처리되었다.

제이미 패럴은 정확히 오전 3시 33분까지 검색 범위를 계속해서 좁혀 나갔고, 프로그램은 샌 가브리엘 산 속에서 경도와 위도 좌표를 산출해냈다. 약 5평방킬로미터로 이븐 알 파라드가 자신의 지도자를 찾던 중 체포된 장소로부터 겨우 6.5km 떨어진 곳이었다.

페이 허블리의 프로그램은 '산 위의 지도자'의 위치를 밝혀냈다.

오전 3:46:17

로스앤젤레스, CTU 본부

애버게일 헤이어는 알루미늄으로 된 취조용 의자에 앉아 있었다. 두 손은 팔걸이에 묶여 있었고, 왼쪽에 비해 부어오르고 보라색으로 변한 부러진 오른쪽 손목은 더 이상 치료를 받지 못했다. 여자는 알몸 수색을 받았고, 철저한 치아 확인을 참아야 했고 그리고 그녀의 모든 옷가지들, 장신구와 개인용 물품들을 빼앗겼다. 그녀는 카티아나 리처드 레저처럼 독약을 삼킬 기회를 얻지 못했다.

이 세계적인 스타는 오렌지색 상하의가 붙은 죄수복 외에는 아무것도 입지 않았다. 그녀는 정면을 응시한 채 눈도 깜박거리지도 않았지만, 잭은 그녀가 자신이 한쪽 방향에서만 보이는 거울의 반대편에 있다는 것을 알고 있다고 믿었다.

"끝을 내요, 잭. 그녀한테 자백하라고 해요." 토니 알메이다는 아직도 위장복을 입고 있었다—검은색 진, 피로 얼룩진 운동복 상의, 코 부분이 쇠로 덮인 카우보이 부츠. 면도를 하지 못한 피로 때문에 초췌해 보였고, 두 눈은 뭔가에 사로잡혀 있었다. 잭은 토니가 페이 허블리의 죽음에 대해서 자책하고 있다는 것을 알았다. 잭은 자신도 토니와 같은 상황을 겪은 적이 있었기 때문에 알 수 있었다. 여러 번이나.

니나는 아직도 반짝이는 장식이 달린 드레스를 입고 있은 채로 무표정하게 의자에 앉아 있는 여자를 바라보았다. 헤이어 양을 취조를 위해 CTU로 데리고 온 사람이 바로 니나였다. 그 여자는 변호사들을 불러줄 것을 요구했지만—그것도 여럿이나, 그녀는 한 팀의 변호사들을 데리고 있었으니까—거절당했다. 여배우는 그 후론 침묵으로 일관했고, 브랜다이스 박사의 몸 상태를 묻는 질문에도 대답하지 않았다.

그 의사는 그녀의 부러진 팔목을 치료할 시간을 요청했지만 잭은 거부했다. 곧바로 브랜다이스 박사가 진통제를 투여하기 위한 허락을 요청했다. 잭은 그 역시 퇴짜놓았다. 브랜다이스 박사는 취조에 입회할 수 있도록 요청하지 않았다. 이미 답을 알고 있으니까.

잭은 턱을 움직이면서 애버게일 헤이어를 유리 너머로 살펴보았다. 니나가 그의 팔을 건드리더니 가까이 기대고 속삭였다. "위기는 넘어갔어요, 잭. 의사가 그녀를 돌보도록 해줘요. 그녀가 털어놓으려고 할 때까지는 이곳에 유치해야 하니까요."

잭은 천천히 니나에게서 떨어졌다. "곧 끝날 거야." 그는 목에 두른 끈에 매달려 있는 키카드를 인식기에 대고는 방음장치가 된 취조실로 들어가고 있었다.

여자는 잭의 출현을 아는 척하려고 들지 않았다. 잭은 금속 의자 하나를 그녀 앞에다 가져다 놓고 앉았다. 여전히 그녀는 그의 눈길을 거부했다.

정보를 캐내는 데에는 여러 방법들이 있다는 걸 잭은 알고 있었다—고문, 약물, 수면 박탈, 살해 위협.

그러나 그러한 수법들은 죄수들의 의지를 시간이 가지고 서서히 꺾어야 하는데, 잭에겐 그럴 만한 여유가 없었다. 하산을 막아야만 했다. 지금 당장. 지금 이 순간만큼 그에게 접근한 적이 없었고, 언제 또 이만큼 접근할 수 있을

지는 장담할 수 없었다. 가능한 한 빨리 죄수로부터 필요한 확증을 받아내야만 했다.

게다가 잭은 이 상황에서는 육체적인 협박 또한 통하지 않으리라는 것을 알았다. 왜냐하면 애버게일 헤이어는 하산을 위해서 자신의 목숨도 기꺼이 희생하려고 했을 만큼 죽음을 전혀 두려워하지 않기 때문이었다. 이는 그가 그녀에게 빠르고 강력하게 정신적 타격을 가해야 한다는 것을 뜻했다—그녀가 정말로 두려워하는 것으로 말이다.

"하산은 죽었어." 잭이 말을 꺼냈다. 자신도 모르게 여자는 움찔하고 놀랐다.

"우린 그의 은신처에 대해서 알고 있어—산 속에 있는 그 장소말이야. 오 분 전에 우리가 그곳을 폭파해 버렸어. 내부에 있던 모든 사람들이 죽었지. 지금 피해 규모를 파악하는 중이야. 그자의 시체를 찾으면 당신에게 보여주지."

"하산은 절대 죽지 않아." 애버게일 헤이어가 어설픈 미소를 입가에 지이면서 말했다.

"당신 말이 어쩌면 맞을지도 모르지." 잭이 끄덕였다. 이제는 운에 맡길 시간이 되었다. "하산이라는 상징이자 이상형은 절대로 죽지 않을지도 모르지. 하지만 니콜라이 마노스, 즉 본인을 하산이라고 부르는 그자는 죽었어. 내가 그를 죽였거든."

잭은 여자의 얼굴을 유심히 살폈다. 그녀의 침착하고 통제된 태도가 수천 개의 작은 파편들로 갈리지는 지켜보았다. 시커먼 공허감이 그녀 안에서 열리면서 여자를 통채로 집어삼키는 것을 보았다.

잭은 애버게일 헤이어의 반응을 지켜보았고 그는 확신했다.

1 2 3 4 5 6 7 8 9 10 11 12 13
14 15 16 17 18 19 20 21 22 23 **24**

다음 이야기는 오전 5시에서 오전 6시 사이에 일어난 것이다.

오전 4:55:01

앤젤레스 국유림 위쪽

잭은 이번 급습을 위해 그가 찾을 수 있는 모든 자원을 동원했다. 쳇 블랙번의 혹사당한 전술부대가 공격을 이끌 것이고, FBI의 부대들, 스톤 경감의 LAPD SWAT팀, 캘리포니아 주 방위군은 물론—심지어 랭 경감의 지휘하에 있는 주 경찰들까지도—이용되었다.

십여 대의 헬리콥터들이 산을 선회하고 있는 동안, CTU 전문가들은 심층 토양 이미지 분석기법을 이용하여 더 이상 비밀이 아닌 하산의 지하 소굴의 숨겨진 출입구의 위치를 찾아냈다.

"두 곳의 출구를 찾아냈고, 두 곳 모두 지금 봉쇄했네." 쳇 블랙번이 잭에게 헬기 날개깃의 쿵쿵거리는 소음 너머로 들릴 수 있도록 외치면서 말했다. "모든 부대들이 제자리에 있어. 명령만 내리면 바로 출동할 거야."

잭 바우어는 끄덕였고, 헤드셋을 작동시켰다. "공격 개시…."

오전 4:59:17

앤젤레스 국유림 아래쪽

하산의 분노는 주변에 있는 사람들과 물건들을 때려부수는 물리적인 폭력으로 표출되었다.

나와프 산조르는 박살난 가구들과 깨진 유리의 파편들이 길게 늘어선 흔적을 따라서 지도자의 지하 본부 가장 깊은 부분까지 갔다. 그는 다수의 시종들이 철문 바로 앞에 몸을 숙이고 있는 모습을 발견했다.

"안에 계신가?" 건축가가 물었다.

예복을 입은 남자들이 끄덕였다. "주인님께서는 방해받는 걸 원치 않으실 겁니다."

산조르는 경고를 무시하고 무거운 문을 안쪽으로 밀었다. 뒤쪽의 방은 작고 컴퓨터와 위성 통신 장비들로 가득했다. 하산은 문을 등진 상태로 지휘용 의자에 앉아 있었다. 그는 정면에 있는 불 꺼진 모니터를 똑바로 응시하고 있었다.

"하산?"

"날 내버려 두게나."

"주인님. 이런 행동은 보기에 좋지 않습니다. 이번엔 차질을 빚었지만, 실패한 것이 아닙니다."

의자의 빙글 돌았다. 하산은 건축가를 마주보았다. "방금 전에 티후아나에 있는 통신 본부가 바이러스가 퍼트리기 몇 시간 전에 파괴된 것을 알았네. 정부 당국은 인질들을 구출했고, CTU는 애버게일 헤이어를 생포했어."

"그녀는 아무것도 모릅니다."

"그녀는 많은 걸 알고 있어. 하지만 난 그녀에 대해선 상관하지 않네. 오로지 과업뿐이지. 우리는 큰 타격을 입었어…."

"우린 살아남을 겁니다." 산조르는 울부짖었다. "아무도 주인님의 진짜 신분은 모릅니다. 아무도 이 장소에 대해서 알아낼 수 없을 겁니다. 심지어 그 멍청한 여배우가 니콜라이 마노스와 연루되었음을 보여준다 하더라도, 누가 그녀의 말을 믿겠습니까? 지도자님, 참고 견뎌내야 합니다."

하산은 산조르의 말에 진정된 보였지만, 의심의 그림자가 그의 얼굴에 드리워졌다. "우린 자산들을 잃었어. 복구할 수 없는 자산들을…."

"단순히 물러서는 것뿐입니다. 우리는 재건할 수 있습니다. 미래는 죽지 않았습니다."

"하지만 만일 내가 노출되었으면?"

"그러면 주인님은 비밀리에 활동을 계속하셔야 합니다. 바로 이 작전기지에서 말입니다. 잊지 마십시오, 대부분의 주인님 재산은 온전하게, 손 닿을 수 없는 스위스 계좌에 있다는 것을요."

"하지만 우리는 너무 많은 것을 잃었어."

"그렇지만 전부는 아닙니다. 당신은 여전히 살아계십니다, 하산. 그리고 살아계시면 당신은 계속 싸울 수 있습니다. 미국인들, 러시아인들, 그들은 주인님이 절대 침범할 수 없는 이 요새 안에 숨어 계시는 한 주인님을 해칠 수 없습니다. 때가 되면 이 은밀한 장소에서 우리는 공격을 다시 개시할 것입니다."

하산은 남자의 말을 곰곰이 생각해보았다. "자네가 나의 믿음을 되찾게 해주었네, 나와프. 진정 자네야말로 가장 충성스럽고 소중한 나의 추종자일세."

나와프 산조르의 심장은 좀처럼 들을 수 없었던 주인의 찬사에 터질 것만 같았다. 그는 허리를 굽히며 인사를 했다.

"주인님께 봉사하며 살겠…."

건축가는 폭발, 비명, 총격 소리 때문에 방해를 받았다. 곧바로 증폭된 목소리가 지하 동굴 전체에 울려퍼졌다.

"CTU다. 무기를 버려라. 너희들은 포위되었고 도망칠 수 없다. 항복하지 않으면 발포하겠다."

에필로그

리처드 월쉬는 녹음기를 끄고, 의자에 등을 기댔다. 잭은 하품을 억누르고, 머리가 욱신거리는 통증을 간신히 참았다. 그의 검은색 전투복은 불에 그슬린 상태였고, 급습이 성공적으로 끝난 지 몇 시간 후였지만 아직도 화약 냄새를 풍겼다.

월쉬는 바로 앞 탁자 위에 놓여 있는 서류철을 열었다. 그는 그것을 대충 훑어보더니 머리를 가로저었다. "마노스가 휴 베트리, 그 살해된 제작자와 접촉했었던 증거가 있네. 그들은 다수의 자선단체에서 함께 일을 했고, 작년에는 베트리가 마노스와 동행해서 새로 단장한 영화 스튜디오를 둘러보기 위해 동유럽에 갔더군."

잭은 고개를 끄덕였다. "제 생각엔 마노스가 휴 베트리를 세뇌시키려고 애썼지만 성공하지는 못한 것 같습니다. 아마도 베트리에게 아내와 가족이 있어서겠죠, 그건 자기 자신을 희생하면서까지 살아야 할 이유니까요. 그럼 점에서 볼 때, 베트리는 이븐 알 파라드, 리처드 레저, 나와프 산조르, 애버게일 헤이어과는 달랐습니다. 어쩌면 실제로는 더 현실적인 사람이었을지도 모르죠. 저는 베트리가 하산에게 저항했고 결국엔 살해당했다고 생각합니다."

"LAPD가 베트리의 컴퓨터에서 수백 건의 개인 신상 정보들을 발견했네." 월쉬가 말했다. "그의 서미트 스튜디오 사무실과 그의 집에서 말일세. 그는 자신이 사업을 함께 할 의향이 있는 사람들에 대해서 조사하는 것을 매우 중요하게 생각했네. 그 점이 그가 왜 잭, 자네에 대한 자료를 갖고 있었느냐에 대한 가장 그럴싸한 이유라고 보네—그는 마노스, 즉 하산에 대해서 알고 있는 것을 믿고 털어놓을 수 있는 누군가를 찾으려고 애쓰고 있었을 거야. 레저는 어떻게든 CTU를 사건에 개입시킬 요량으로 베트리에게 그 데이터 디스크를 제공했을 거고."

"꽤나 일리 있는 얘기로군요." 잭이 대답했다.

"다음 순서로 토니 알메이다에게 보고를 들을 예정이네." 월쉬가 말했다. "슈펠은 내가 그를 명령에 대한 불복종으로 질책해야만 한다고 말하더군. 오로지 복수만을 위해서 멕시코에 남아 있었다면서 말이야."

"슈펠이 잘못 생각한 겁니다." 잭이 말했다. "레저는 하산이 우리의 관심을 멕시코에서의 작전으로부터 딴 데로 돌리기 위해 우리에게 보낸 겁니다. 그의 계획은 토니가 슈펠의 충고를 들었다면 성공했을 겁니다. 바이러스는 자정에 티후아나에 있는 작전 본부에서 퍼뜨려졌을 것이고, 하산은 단테 거리에 있는 그의 비밀 근거지에서 이 나라에 대한 지속적인 공격을 조직화하고 지시할 수 있었을 겁니다."

월쉬는 자료 더미 맨아래에서 또 다른 서류철을 슬며시 꺼냈다. "자네가 흥미를 느낄지도 모르는 것이 여기에 있네. 워싱턴에서 니콜라이 마노스에 대해 광범위한 배경 조사를 진행했고 자료 일체를 찾아냈지. 그들의 의견이 궁금하지 않나, 잭?"

바우어가 대답을 하지 않자 월쉬는 밀고 나갔다.

"랭글리에 의하면, 니콜라이 마노스는 동유럽 어딘가에서 태어났네, 아마도 체첸공화국이겠만 정확히는 아무도 모르네. 1차 체첸 내란 이후의 혼란 와중에서 마노스는 고아가 되고 난민이 되었어. 9살의 나이에, 부유한 그리스 가족에게 발견되어 입양이 되었네. 그를 입양한 가족에 대해서 알려진 것은 광범위하지만, 그의 친부모에 대해선 아는 게 거의 없네. 그가 아주 어렸을 때 그들이 소련인들에게 살해당했다는 것 말고는. 그 자료를 조사한 분석가들은 마노스가 체첸인들에게 만행을 저지른 러시아 사람들에게 복수를 모색하던 중이라고 믿네. 그런 이유로 그들의 영부인을 원했던 거야—증오하는 러시아인들에게 굴욕감을 주고 겁을 먹게 하기 위해서 말이야. 자넨 어떻게 생각하나?"

"제 생각엔 분석가가 기회를 놓친 것 같네요."

"뭐라고?"

"마노스… 하산. 그는 단순한 복수의 수준을 넘었습니다. 그는 자신을 종교적 지도자로, 살아 있는 신으로 자처했습니다. 그는 중세의 이슬람교 지도자 속에서 자신의 모델을 발견했지만, 그는 이슬람교도가 아니었습니다. 하산은 자신보다 오래 살아 남을 새로운 종교, 신앙을 창시하는 중이었습니다.

월쉬는 자신의 콧수염을 쓰다듬었다. "그가 성공했나?"

"마노스는 투항을 거부했습니다—벙커 안에서 나와프 산조르와 함께 스스로 목숨을 끊었죠—그래서 저는 우리가 늦지 않게 그를 막았다고 생각합니다. 하지만 아닐 수도 있습니다. 만일 그의 신봉자들이 살아 남았다면… 만일 단 한 명의 추종자라도 살아 남았다면, 그의 종교 또한 계속 존재할 겁니다."

월쉬는 이 견해에 불안했는지 자세를 바꾸었다. "글쎄, 그 대극장에서 많은 사람들이 죽었지만 CTU가 인질들 대부분의 목숨을 구했어, 이 나라에서 가장 사랑받는 스타들 일부를 포함해서 말이야."

"지금 제 마음속엔 단 하나의 스타만이 있습니다." 잭이 대답했다.

월쉬는 그 의미를 이해했다. 버지니아 주 랭글리에 위치한 CIA본부의 로비에 있는 벽에는 70개가 넘는 별들이 걸려 있는데—그들 모두는 익명이었다—그 하나하나는 국가를 위해서 근무하는 중 목숨을 잃은 CIA 정보요원들이었다. 한 유리 상자 안쪽에 있는 '명예 인명록'에는 그들 가운데 일부의 이름이 포함되어 있었다. 다른 사람들의 신원은 여전히 기밀에 붙여 있었다. 비록 페이 허블리의 이름과 그녀의 근무 내용은 아마도 수십 년 동안 드러나지 않겠지만, 월쉬는 그녀의 별이 동료들 마음속에서 계속 빛나리라는 것을 믿어 의심치 않았다.

잭은 하품을 하더니 이마를 문질렀다.

"있잖아, 잭. 단순하게 들리겠지만 나는 가족만이 현실 속에서 내 위치를 유지하게 만들고, 온정신으로 버티게끔 만드는 이 세상에 있는 유일한 존재라는 걸 항상 느낀다네. 그리고 이번 작전으로 인해 그 생각이 더욱 분명해졌네."

"물론이죠!" 하고 잭이 대답했고, 끝날 것 같지 않던 하루가 마무리되고 있었다.

월쉬는 서류철을 닫았다. "집으로 가게나, 잭. 아내한테 키스해 주고 딸도 안아 주게. 가족들과 맛있는 저녁식사도 하고 킴이랑 체스라도 한 판 두게."

"감사합니다, 그럴 생각입니다." 잭은 탁자를 잡고 일어섰다.

"그리고 바우어 특수요원…."

"네?"

"내일은 쉬게."

〈끝〉

세뇌 테러

초판 1쇄 인쇄 2013년 6월 20일
초판 1쇄 발행 2013년 6월 27일

지은이 마크 세라시니
옮긴이 박진경

펴낸곳 화산문화기획
펴낸이 허승혁
출판등록 제2-1880호 (1994년 12월 18일)
브랜드 마그마북스

주소 서울시 종로구 자하문로 55, 206호
문의 02)736-7411~2, 02)736-7413(fax), magmabooks@naver.com

ISBN 978-89-93910-32-2 03840